Tanja Voosen

Geheimnisse des Himmels

Fantasyroman

freie edition

www.aavaa-verlag.de

1. Auflage 2011

Umschlaggestaltung:
SaJe Design

Printed in Germany
ISBN 978-3-86254-469-1

Dieser Roman wurde bewusst so belassen,
wie ihn die Autorin geschaffen hat,
und spiegelt deren originale Ausdruckskraft und Fantasie wider.

Alle Personen und Namen sind frei erfunden.
Ähnlichkeiten mit lebenden Personen
sind zufällig und nicht beabsichtigt.

Für Tim, der diese Geschichte als Erster mochte.
Und für Agnes, ohne die dieses Buch nicht annähernd so geworden wäre, wie ich es mir gewünscht habe.

Prolog

Himmelwärts

Der nachtblaue Himmel war sternenklar und die aufreißende Wolkendecke schimmerte dunkel, als hätte sie jeden Funken Licht verschluckt. Dichter kalter Nebel wirbelte in unzähligen Rauch ähnlichen Wölkchen durch die Nacht. Einige davon stoben auseinander, als zwischen ihnen ein Boot aufstieg. Eine rostige, alte Laterne, die an der Spitze befestigt war, wies den Weg durch die Düsternis und ließ die Umrisse des Bootes deutlicher werden. Es war klein und hatte eine hölzerne Verkleidung in sattem Braun. In der Mitte befand sich ein dicker Mast, der den größten Teil des Oberdecks ausmachte und an dem einige Seile zusammenkamen und vertaut waren. Auf dem Boot befand sich eine einzige Person, eingehüllt in einen schwarzen Umhang und die Kapuze so weit ins Gesicht gezogen, das niemand hätte erkennen können, wer dieses seltsame Gefährt flog.

Durch einen heftigen Windstoß spannte sich das Segel und trug es weiter hinauf, immer schneller und höher in die dichter werdenden Wolken. Nach wenigen Augenblicken wurde das Boot langsamer und schwebte nun, wie von unsichtbaren Strömen getrieben, weiter durch die Luft, auf einen schwarzen Umriss hinter dem Nebel zu, der nun immer deutlicher zu erkennen war. Eine unbeschreibliche Anhäufung von Grün, winzigen Häusern, Flüssen und Gebirgen in weiter Ferne und viele wundersame Dinge, waren auf diesem Fleck Erde, der unverkennbar eine im Himmel schwebende Insel verkörperte, gepfercht. An einer Stelle wuchs ein riesiger Baum, umwildert von Pflanzen und Büschen, neben dem vom Rande der Insel ein Steg hinweg führte und die Gelegenheit zum Anlegen bot.

Auf dem Boot wurde nun das Segel eingeholt.

Nachdem ein Seil fest um einen Holzpfeiler des Stegs gebunden war, stieg der Passagier mit einem kurzen Sprung auf den Steg aus und hatte endlich wieder festen Boden unter den Füßen. Ein schmaler unebener Weg erstreckte sich einige Meter bis hin zum Fuße einer Treppe. Im Umkreis wucherte das Grün; Bäume, außergewöhnlich bunte Sträucher, eine Vielzahl von Pflanzen und Blumen hinterließen den Eindruck, als würde man sich in einem besonders mystischen Wald befinden, der nur der Vorbote zu noch größeren Entdeckungen war.

Die Treppe, die weiter ins Inselinnere führte,war mindestens genauso alt wie der Wald selbst. Sie war aus grauem Stein und an einigen Stellen fehlte ein Stück. Kleine Risse durchzogen die Stufen, wie Schlangen die sich auf dem kalten Stein ringelten. Zu beiden Enden der Treppe befanden sich schwarze gebogene Laternenpfähle, deren Kerzenlicht die Treppe beleuchtete. Mit schnellen Schritten ging der Besucher die alten Steinstufen hinauf.

Am oberen Ende der Treppe wurden Überreste einer niedrigen Mauer von Efeu überwildert und durch einen Steinbogen, der als Durchgang diente, kam man auf einen weitläufigen Platz, indessen Mitte ein Denkmal stand. Verschiedene Wege führten von hier fort, in unzählige Richtungen, zu Orten, die anscheinend über die gesamte Insel verstreut lagen. Der Besucher entschied sich für einen der Wege auf der linken Seite und ging geradewegs durch die Mitte des Platzes auf einen Wegweiser zu. Für einen Moment hielt er inne und warf einen Blick auf das Denkmal. Es bestand aus weißem Marmor und war sehr gut erhalten, die Witterung schien ihm nichts anhaben zu können. Ein Mann mit schulterlangem Haar und spitzen Ohren lächelte gütig aus seinem steinernen Antlitz. Auf seinem Kopf thronte eine Krone, die mit Rubinen oder Diamanten besetzt war, sein langer Umhang reichte bis zu den Stiefeln und er stützte sich auf einen Stab, an dessen Ende eine Kugel eingelassen war. Die Inschrift zu seinen Füßen lautete:

„Ein selbst gewählter Weg, mit Mut und Stolz beschritten wird am Ende stets der richtige sein. Die Schatten die eine andere Seite des Lichts zeigen, können nichts gegen unser stärkstes Schild ausrichten, welches uns auch nach dem Tod nicht verlässt."

Darunter stand in spinnenartiger Schrift:

Thurisaz, Wächter der nördlichen Himmelsinseln

Nach einem kurzen Moment des Zögerns wandte sich der Besucher wieder dem Wegweiser zu. Der Pfeil verkündete:

Custocorward, 2 Kilometer

Der Weg dorthin, der sich erneut durch ein Stück Wald streckte, hatte hier und da weitere Abzweigungen. Gelegentlich erschienen zu beiden Seiten kleine Häuser oder Hütten. Die Fenster waren alle dunkel, weil die Bewohner dahinter schon lange Zeit schliefen. In kurzer Entfernung konnte man einen Hügel erkennen, der sich über dem Dorf namens Custocorward erstreckte.

Darauf lag ein großes Anwesen, dessen Fenster den kalten Nebel wieder spiegelten, der auch diesen Ort erreicht hatte. Der prachtvolle Garten ächzte unter dem ansteigenden Sturm und die Äste der Bäume bogen sich flehend zu Boden. Es war ein schönes Gebäude, das mit seinen vielen Zinnen und Türmen an eine Burg erinnerte.

Der Besucher schlug den Pfad hinauf zum Anwesen ein, um dem jetzigen Besitzer einen Besuch abzustatten. Er machte sich am Tor zu schaffen, welches ein ohrenbetäubendes Quietschen von sich gab. Der Rost nahe der Klinke blätterte ab und ließ etwas Goldenes hervorschimmern, das Buchstaben ähnelte, weiterhin von Schmutz und Nässe jedoch unleserlich blieb. Trotz der Bemühungen ließ sich das Tor nur halb öffnen und der Besucher musste sich hindurchzwängen; schließlich ließ er es halb offen zurück.

Nach ein paar Metern Fußmarsch über eine Auffahrt, die im Schlamm verschwand, war die Haustür nun endlich erreicht. Unter einer kleinen runden Klingel leuchtete der Name *Koirbet* silbern auf. Ohne zu klingeln, drückte der Besucher die eiserne, kalte Klinke herunter. Die Tür war nicht verschlossen. Bestimmend trat er ein, wobei er matschige Fußabdrücke hinterließ. Eine seiner Hände wanderte nach oben und löste die ersten Knöpfe des schwarzen Mantels, wobei die Kapuze zurückfiel und das Gesicht eines Mädchens preisgab.

Ihr Haar war lang und ebenholzschwarz, ihr Gesicht wirkte angespannt. Sie streifte sich ihren Pony aus der Stirn und sah sich um. Es war dunkel, nirgends brannte Licht und so hob sich die seltsame Farbe ihrer Augen noch deutlicher ab.

Sie schimmerten golden.

Das Mädchen versuchte etwas durch die Düsternis zu erkennen, aber ihre Augen brauchten einige Minuten, um sich an die Dunkelheit zu gewöhnen. Sie ging weiter in die Eingangshalle hinein, bis an den Fuß einer breiten Marmortreppe. Zu beiden Seiten hockte ein kleiner steinerner Drache auf einem Sims und zwei grün funkelnde Augenpaare starrten das Mädchen an. Die Treppe war mit rotem Samt ausgelegt und führte in den ersten Stock des Anwesens. Das Mädchen stieg die Treppe empor, wand sie sich nach rechts und ging einen langen Flur entlang. Es hatte mittlerweile angefangen zu donnern. Gelegentlich fiel ein kurzer Lichtblitz durch eines der wenigen Fenster des Flurs und das Mädchen konnte einen kurzen Blick auf die Gemälde und Porträts an der Wand erhaschen.

Rastlos tastete sie sich weiter durch den Gang.

In der Nacht nimmt alles eine andere Gestalt an, unbekannt und unheimlich, fast wie die Schatten selbst erscheinen einem vertraute Orte, wie ungelöste Rätsel, dachte sie.

Hin und wieder wurde die kalte Wand von hölzernen Türen unterbrochen, die das Mädchen jedoch ignorierte, den Blick weiterhin starr nach vorne geheftet. Der Gang endete mit einer weiteren Tür. Diese war anders, als die an denen sie bereits vorbeigegangen war. Sie war größer und schäbiger; mit einem runden silbernen Knauf.

Sie hob eine Hand und klopfte.

Nichts rührte sich. Sie klopfte noch einmal. Wieder nichts. Zögernd ergriff ihre Hand den Knauf und drehte ihn, die Tür blieb jedoch verschlossen.

Die goldenen Augen funkelten nun ungeduldig.

Urplötzlich flackerte ein glühend rotes Licht am Ende des langen Flurs auf. Weitere Lichter folgten dem Ersten. Es waren kleine Feuerkugeln, die aus der Dunkelheit stoben und die Kerzenleuchter entlang der Wände entflammten.

Unbeeindruckt wandte sich das Mädchen um. Es waren Schritte zu hören, jemand ging die Treppe empor. Nach nur wenigen Sekunden erspähte sie den Umriss einer Person, die lange Schatten warf und auf sie zukam. Ein junger Mann.

Als die Beiden sich gegenüberstanden, lächelte das Mädchen selbstgefällig.

„Ich habe schon gewartet", sagte sie, mit einem Anflug von Arroganz in der Stimme.

Es war ein hübscher junger Mann, dessen markante Gesichtszüge seine Miene noch unergründlicher wirken ließen. Er war nicht älter als zwanzig. Sein schwarzes glattes Haar reichte ihm bis zur Schulter und in seinen hellblauen Augen spiegelte sich das Licht des Feuers in einem dumpfen rostrot. Er trug ebenfalls einen schwarzen Umhang, in der auf Brusthöhe ein Wappen, mit einem Raben darauf eingestickt war. Die Enden seiner schwarzen Cordhose und seine Stiefel trieften vor Dreck und Schlamm. Auf seiner linken Schulter saß ein Rabe ähnlich dem Wappentier. Ein unglaublich schöner Vogel, dessen pechschwarzes Gefieder glänzte. Seine großen schwarzen Augen verengten sich zu Schlitzen und misstrauisch spähte er zu dem Mädchen herüber.

Ohne eine Erwiderung streckte der junge Mann seine in einen Lederhandschuh gehüllte Hand aus und drehte den Knauf, woraufhin sich die Tür öffnete, als sei sie nie verschlossen gewesen. Er schnippte mit den Fingern, als er den Raum betrat und wieder stoben kleine Feuerkugeln aus dem Nichts hervor und entzündeten mehrere Kerzen, die im Raum verteilt waren. Der junge Mann schien zufrieden damit, dass die Kerzen den Raum nur spärlich erleuchteten, und schnalzte dann mit der Zunge. Der Rabe gehorchte, flog in eine Ecke des Raumes und ließ sich auf einer grauen Eisenstange nieder.

Der Raum war ziemlich groß und schien Arbeits- und Schlafzimmer zu gleich zu sein. Nahe der Tür standen ein Bücherregal und ein großer, breiter Schreibtisch, auf dem jede Menge Unterlagen durcheinander lagen. Zeitungen, Briefe, Fotos, Federkiele, einige Stempel und eine alte Schreibmaschine. Gegenüber unter einer Dachschräge stand ein einfaches hölzernes Bett und daneben ein weiterer kleiner Tisch, auf dem sich Tintenfässchen und Notizbücher stapelten. An manchen Stellen türmten sich Bücher in immense Höhen und drohten fast umzukippen. Es herrschte ein völliges Durcheinander.

Als das Mädchen eintrat, knarrten Dielen unter ihren Füßen.

„Fye, es ist wichtig…ich habe -"

„Schließ die Tür."

Der schwarzhaarige junge Mann namens Fye wand sich von ihr ab, während er seinen Umhang über den Stuhl am Schreibtisch ablegte. Er ging hinüber zu einem der riesigen Fenster und spähte hinaus, so als könnte er irgendetwas durch die Dunkelheit erkennen. Dann setzte er sich auf die große gepolsterte Fensterbank und sah nun das Mädchen an.

„Bitte, Melora", sagte er mit leichtem Nachdruck. Melora schloss die Tür und ließ die Hand in die Tasche ihres Umhangs gleiten. Der Rabe fixierte sie immer noch.

„Mrs Koirbet, hat es also so eingerichtet, dass du dieses Haus betreten kannst, auch wenn niemand hier ist?", fragte Fye neugierig und sein Blick wanderte hinüber zum Raben, der leise krächzte.

„Sonst hätte ich ihren Bannkreis nicht durchdringen können, oder? Sie wusste, dass ich kommen werde“, sagte Melora und schritt auf Fye zu. Sie hielt ihm einen Brief entgegen, den sie soeben aus ihrer Tasche gezogen hatte.

„Seltsam“, fuhr Fye fort und richtete die Augen gebannt auf das Papier als sei es etwas Lebendiges.

„Das ist doch nicht etwa…?“

Melora seufzte schwer, so als sei dies offensichtlich gewesen. Fyes Augen untersuchten den Brief. In der Mitte war ein Siegel in rotes Wachs eingeprägt.

„Du hast ihn nicht gelesen…nein…“, murmelte er mehr zu sich selbst als zu Melora.

„Natürlich nicht!“, sagte sie aufgebracht.

„Sonst wäre das Siegel längst gebrochen.“

Fye nahm den Brief nun endlich entgegen. Erneut musterte er das Siegel, als würde es ihm etwas sagen. Er ging zum Schreibtisch, schob mit der Hand ein paar Unterlagen zur Seite und legte den Brief auf die freie Stelle.

„Das muss noch warten. Mrs Koirbet ist zurzeit nicht da. Ich denke Sie wird Morgen wieder kommen. Also…findest du den Weg ins Gästezimmer alleine?“

Melora sah Fye entgeistert an.

„Was? Hast du nicht gesehen, dass…dieses Siegel…es ist …“

„Da vorne ist die Tür.“

Fye begann ein paar Unterlagen zu ordnen. Er beachtete Melora nicht mehr.

„Ist noch was?“

Melora funkelte ihn zornig an.

„Es ist wichtig daher dachte ich du würdest mir helfen…ich habe mich wohl geirrt“, sagte sie bitter und in ihren Augen glomm Entrüstung auf. Sie wandte Fye den Rücken zu und verließ mit einem lauten Türknallen den Raum.

Der Rabe spähte durch seine schwarzen Augen direkt in die blauen Fyes.

„Melora weiß, dass ich Recht habe sonst hätte sie den Brief nicht hier gelassen“, sagte Fye leise. Der Anflug eines Lächelns umspielte seine Züge.

„Ja, Meister.“

Eine alte dumpfe Stimme sprach und es war eine Stimme, die nur Fye hören konnte. Der Rabe sprach erneut, ohne den Schnabel zu öffnen.

„Ihr wisst also um die Bedeutung des Siegels?“

„Oh, ja…“, sagte Fye ziemlich amüsiert.

„Ich glaube, darüber einiges zu wissen. Mehr als Melora, dass ist sicher. Dieser Brief beinhaltet sicher das Resultat unserer Reise. Doch die Bedeutung dessen, was für manche wichtig erscheint, ist für mich nur eine weitere Belanglosigkeit.“

Fye seufzte.

„Ich befürchte dieses Mal, wird mir meine Aufgabe etwas mehr abverlangen.“

Der Rabe schwieg daraufhin. Fye wandte den Blick wieder aus dem Fenster.

Kapitel 1

Über den Wolken

Die Gewitterwolken und das Donnergrollen erreichten das Dorf nicht.

Custocorward war ein kleiner und abgelegener Ort, doch die wenigen Häuser, die hier über Weiden und Wiesen verstreut lagen, waren recht hübsch anzusehen. Alte Gemäuer, überwuchert von wildem, ungezügelten Efeu; Häuser mit dicken Backsteinwänden und verschnörkelten Fenstersimsen. Jedes dieser Häuser schien seine eigene Geschichte zu haben, etwas Vergangenes, was es von den anderen unterschied. Entlang einer Waldböschung schlängelte sich ein breiter Fluss, dessen Ufer voll Schilf, sicherlich vielen wild lebenden Vögeln als zu Hause diente. Eine gepflasterte Straße zog sich durch den ganzen Ort und ihre kleinen Abzweigungen jeweils zu einem der Häuser. In der Mitte des Ortes gab es einen Dorfplatz, an dem alle Straßen zusammenkamen.

Mittendrin sprudelte ein ovalförmiger Brunnen, der in den Boden eingelassen war, leise vor sich hin und ließ alle paar Minuten eine kleine Fontäne aus einer runden Öffnung in der Mitte heraus spritzen. Eine riesige Turmuhr schlug gerade Mitternacht. Die alten rostigen Straßenlaternen, die eben noch die Schaufenster der wenigen Geschäfte im Umkreis erleuchtet hatten, erloschen mit dem zwölften Schlag.

Durch die plötzlich eingetretene Dunkelheit stach umso deutlicher hervor, dass nur noch in einem einzigen der Häuser Licht brannte. Es stand nahe dem Waldrand, umwildert von Bäumen und Sträuchern. Über einen unebenen Kiesweg gelangte man zur Haustür, über der sich ein eiserner Bogen zog, auf dem verworrenes Grüngeflecht wuchs. An der Vorderseite waren mehrere kleine Fenster, unter denen eine Bank eine Sitzgelegenheit bot. An einigen Stellen des Daches fehlten Ziegel. Im obersten Stockwerk, auf der linken Seite schimmerte durch eine offene Balkontür, das schwache Licht einer Kerze.

Ein Mädchen saß kerzengerade, keuchend und schweißnass in ihrem Bett und streifte sich ein paar Strähnen ihres goldblonden Haares aus der Stirn. Ihr Blick war starr auf das Ende ihres Bettes gerichtete, während sie versuchte sich zu beruhigen. Ihr Herz schlug so schnell, dass es ihr in den Ohren hämmerte. Während ihre hellgrauen Augen durch den Raum schweiften, versuchte sie sich fiebrig an ihren Traum zu erinnern. Eben jener Traum, der sie so unvorbereitet aus dem Schlaf gerissen hatte.

Er war so real gewesen.

Sie kniff die Augen nun fester zusammen, so als würde ihr das Helfen, sich zu erinnern. Zwei verschwommene Gestalten waren in ihrem Kopf. Es hatte nur ein kurzes Gespräch stattgefunden, dabei war das Anliegen des Mädchens doch so wichtig gewesen. Dann war da noch ein Siegel. Sie hatte es nicht allzu deutlich erkennen können. Auf einem Brief, mit rotem Wachs eingraviert, hatte es wie ein seltsamer Kreis mit Linien ausgesehen.

Kaithlyn Hayworths Gedanken schwirrten wirr durcheinander. Ihr Kopf fühlte sich schwer an, voller Bilder, die sie nicht verstand, nicht zuordnen konnte. Bilder, die nicht ihre eigenen Erinnerungen zeigten. Aber so war das in Träumen, oder? Die Realität zerfloss darin, wie ein Gemälde aus wässrigen Farben, das nicht die Chance bekommen hatte zu trocknen.

Ein unangenehmes Pochen breitete sich in kleinen Wellen in ihrem Kopf aus. Von Sekunde zu Sekunde stieg der Schmerz an und machte es ihr noch schwerer sich zu konzentrieren. Kleine Lichter flackerten vor Kaithlyns Augen auf.

Zu oft schon hatte sie solche Träume gehabt und in letzter Zeit kamen sie häufiger vor. Träume, die keinen Sinn ergaben. Träume, die sie zittern ließen, als ob eine kalte Berührung unerwartet über ihre Haut strich. Träume, die stechenden Kopfschmerz aufflammen ließen, und dadurch noch länger in ihren Gedanken haften blieben.

Kaithlyn hasste dieses Gefühl der Ahnungslosigkeit, der Ratlosigkeit. Es war als würde sie Fragen auf Antworten suchen, die es nicht gab.

Sie hatte sich mehrere Male vorgenommen, mit jemandem darüber zu sprechen, doch wenn sich eine solche Gelegenheit bot, fand sie meist nicht die richtigen Worte und beließ es beim Schweigen. Ihre Tante hätte sie womöglich zu einem Arzt geschleift, der ihr höchstwahrscheinlich riet Medikamente zu nehmen und das war keine Möglichkeit, die sie in Betracht ziehen würde. Ein Windstoß blies die Kerze aus und hinterließ eine Rauchwolke, die sich schnell in der wirbelnden Luft auflöste. Kaithlyn trat ans Fenster des Balkons. Der kalte Wind, der ihr Gesicht streifte, tat ihr gut. Es war angenehm kühl und entspannend. Die Benommenheit in ihrem Hirn begann nachzulassen. Kaithlyn sah in den Himmel hinauf. Sie konnte ein paar Sterne zwischen den dämmrigen Nebelschwaden erkennen. Sie gähnte laut und streckte sich. Das ganze Dorf schlief. Und dann diese unheimliche Stille…

Sie zuckte zusammen als etwas die Ruhe der Nacht erschütterte, laut, wie tausend Kanonenschüsse auf einmal. Das Geräusch von Pferdehufen auf dem Steinpflaster war deutlich zuerkennen. Kaithlyn kannte es nur allzu gut; fast täglich fuhren Kutschen oder Lastkarren durch das Dorf. Pferde waren das übliche Transportmittel, ein Schiff konnte sich hier kaum einer leisten.

Kaithlyn lauschte angestrengt.

Sie konnte nicht hören, aus welcher Richtung das Getrappel kam, doch es wurde eindeutig lauter. Durch die Düsternis und den Nebel konnte sie kaum etwas sehen, also lauschte sie weiter. Sie war ziemlich neugierig. Wer würde wohl mitten in der Nacht noch Besuch erwarten? Zu so später Stunde? Vielleicht würde endlich etwas Aufregendes geschehen.

Nach einigen Augenblicken erstarb der Galopp der Tiere. Der oder die Reiter mussten in der Nähe gehalten haben. Sie schloss die Balkontür und wollte sich gerade einen Weg zurück ins Bett bahnen, als ein lautes Klopfen von unten zu ihr hoch drang. Vor Schreck lief ihr ein eiskalter Schauer den Rücken herunter. Sie schlich zur Tür, wobei sie sich den Fuß am Bettpfosten stieß und laut fluchte, dann spähte sie durch einen Spalt in die Finsternis des Flurs. Unten ging das Licht an. Eine Tür, von der Kaithlyn wusste, dass es die Tür des Schlafzimmers ihrer Tante war, öffnete sich. Sie schob ihre eigene Tür ein Stück weiter auf, schlich in den Flur und hockte sich an das glatte Metall des Treppengeländers. Eine dumpfe Stimme, die einer Frau, drang nun zu ihr hoch.

„Kaithlyn, warum schläfst du nicht?"

Kaithlyn schrak auf.

„Geh wieder ins Bett und schließ die Tür. Gute Nacht."

Unten wurde es noch heller, das Flurlicht war angegangen. Kaithlyn kauerte wie angewurzelt auf derselben Stelle und rührte sich nicht. Sie lehnte sich weiter nach vorne, um besser sehen zu können, doch ihre Tante hatte die Haustür noch nicht geöffnet.

„Du bist ja immer noch da. Glaub nicht, ich sehe dich nicht, Kaithlyn. Geh wieder schlafen. Sofort!"

Es klang unfreundlicherweise nach einem Befehl.

„Ähm, gute Nacht."

Kaithlyn ging enttäuscht zurück in ihr Zimmer und schloss die Tür extra laut. Sie presste ihr Ohr an das dünne Holz und versuchte etwas zu hören. Die Dielen knarrten, der Besucher schien also eingetreten zu sein. Kaithlyn wüsste zu gerne, wer er war.

„Danke, dass du so schnell kommen konntest, Karrow", hörte Kaithlyn ihre Tante leise sagen.

Ein weiteres Knarren verriet, das die beiden in Richtung Wohnzimmer gingen. Es wäre sinnlos zu lauschen oder gar hinunter zu gehen, das wusste Kaithlyn. Sie zündete die Kerze wieder an und ließ sich aufs Bett sinken.

Ihr Zimmer war kleiner als die meisten Räume des Hauses, doch das störte sie nicht weiter. Gleich neben dem Bett war ein kleiner Hocker, auf dem die Kerze stand, das Wachs tropfte langsam herab. Gegenüber dem Bett war ein Schreibtisch, über dem sich Bücherbeladene Regale bogen. Eigentlich mochte sie keine Bücher, aber ihre Tante nutze jede Feierlichkeit dazu, um ihr ein neues zu schenken. Sie war der Meinung, dass die Bücher Kaithlyns kaum vorhandene Freunde ersetzten konnten.

„Bücher sind für die Ewigkeit. Sie sind unvergänglich", pflegte ihre Tante dann immer zu sagen, ohne schlechtes Gewissen, obwohl sie genau wusste, dass sie an Kaithlyns Misere die Schuld trug. Sie selber las kaum, was ein Widerspruch an sich war, daher waren die Bücher, die sie ihrer Enkelin schenkte ein bunt zusammen gewürfelter Haufen. *Platzverschwendung* dachte Kaithlyn gleichmütig. Kein Ersatz für Freunde, die Kaithlyn dank Relia nicht hatte.

In der anderen Ecke des Raumes standen ein schmaler Kleiderschrank und ein runder Standspiegel, an dessen Rand ein paar Fotos, bunte Merkzettel und ein Zeitungsartikel klebten. Auf den meisten Fotos war Kaithlyn zu sehen, als sie noch jünger war. Ein anderes Foto zeigte Kaithlyns Tante, Relia Abadon. Eine ältere Dame, die ihre silbergrau melierten Haare zu einem Knoten im Nacken zusammengebunden hatte. Sie trug ein einfaches schwarzes Kleid und sah ziemlich verbittert aus. Fest aufeinander gepresste Lippen, zu Schlitzen verengte dunkle Augen und die Brauen hochgezogen. Diesen Gesichtsausdruck trug sie die meiste Zeit zur Schau. Es war eine Mischung aus Verachtung und stolzer Überlegenheit. Es war das einzige Foto, welches Kaithlyn von ihr besaß. Mrs Abadon war die meiste Zeit viel unterwegs; wo sie hin ging oder warum, wusste Kaithlyn nicht.

Die wenigen Tage, die sie zu Hause verbrachte, beschloss sie in einem ihrer vielen sogenannten Arbeitszimmer zu verbringen, zu denen Kaithlyn natürlich keinen Zutritt hatte. Eigentlich wusste sie recht wenig über die Frau, bei der sie nun schon so lange lebte. Immer wieder schossen ihr unzählige Fragen durch den Kopf, die sie nur zu gerne gestellt hätte, doch sie wusste diese Mühe konnte sie sich sparen. Zu Beginn ihrer Ankunft in diesem Haus war sie so töricht gewesen, es immer wieder zu versuchen, doch Mrs Abadon hatte sie dann nur finster angestarrt oder murmelte Unverständliches vor sich hin. Die wenigen verblassten Erinnerungen an ihre Mutter ließen Kaithlyn hoffen, das sie nicht ein genau so verschlossener Mensch wie ihre Schwester war. In Kaithlyns Erinnerungen hatte ihre Mutter stets gelächelt, aber vielleicht war dies auch nur einer der vielen Träume gewesen, in denen sie nach Antworten gesucht hatte.

Das Einzige, was ihr geblieben war, was ein Stück aus ihrer Vergangenheit sein konnte, war ein Schmuckstück. Ein ovales Amulett, das hell Silber leuchtete. Auf seiner Oberfläche waren jede Menge Symbole und Zeichen eingraviert. Kaithlyn hatte sich oft gefragt, ob dies vielleicht eine Botschaft beinhaltete, die sie nicht verstand. Eine Antwort, Begründung oder Erklärung, warum sie nun an diesem Ort war und sich so schrecklich alleine fühlte.

Die erste Frage, die sie gestellt hatte, die Erste, die in ihren verschwommenen Erinnerungen auftauchte, war gewesen: *Wo sind meine Eltern?*

Es war eine der wenigen Fragen auf die Mrs Abadon geantwortet hatte.

„Deine Eltern kamen in einer sehr kalten verschneiten Nacht. Sie klopften an meine Tür, deine Mutter brauchte meine Hilfe. Beide hatten einen Ausdruck der Angst ins Gesicht geschrieben und sie waren völlig erschöpft. Sie sagten nicht viel, anscheinend wurden sie verfolgt und wollten dich in Sicherheit bringen. Es war einfach zu wenig Zeit und alles ging so schnell. Deine Mutter erklärte mir, dass du wohl hier am sichersten wärst. Ich versprach ihnen, gut auf dich zu achten und dann gingen sie. Am nächsten Morgen stand in der Zeitung, dass die Dierraider einen Teil des Dorfes abgebrannt hatten, in dem ihr gelebt habt. Es wird vermutet, dass sie dort etwas gesucht haben. Ein schrecklicher Tag, an dem viele ihr Leben lassen mussten. Aber ich glaube deine Eltern haben -“, doch an dieser Stelle hatte sie abgebrochen.

„Das ist nicht so wichtig.“

Nicht wichtig? Kaithlyn war da ganz anderer Meinung. Es war wieder so eine Sache über die ihre Tante nicht sprach. Mrs Abadon sagte nur so viel, wie notwendig und sie machte aus allem ein Geheimnis das Kaithlyn nicht erfahren durfte.

Dierraider war der Name für eine Gruppe Verbrecher der übelsten Sorte. Menschen, die nach verbotener Magie jagten oder sie ausübten; Verstoßene der Gesellschaft; Abtrünnige, wenn man so wollte.

Kaithlyn mochte die Vorstellung, dass es Magie gab. Es faszinierte sie, zu wissen, dass es etwas gab, das nur wenigen Menschen vorbehalten war. Sie malte sich oft aus, was Magie alles bedeutete, aber ein genaues Bild davon hatte sie nicht. Sie kannte niemanden der Magie nutzen oder anwenden konnte. So ging es den meisten Menschen. Magier waren selten und auf Custocorward gab es erst recht keine.

Es gab eine Himmelsinsel, wo eine Schule lag, die ganze Klassen in Magie unterrichtete. Die Deity Akademie war eine der bekanntesten Schulen aller Himmelsinseln. Schüler von überall her gingen auf die westliche Insel, nach Senegade, um dort zu lernen. Die Akademie hatte einen ausgezeichneten Ruf und nahm Schüler aller Schichten dort an. Da man kein Schulgeld zahlen musste, gingen die Schülerbewerbungen in immense Höhen und jedes Jahr wurden es mehr. Kaithlyn hoffte darauf, dass sie dieses Jahr einen Platz dort ergattern würde. Bis zu ihrem fünfzehnten Lebensjahr hatte sie eine Schule im Dorf besuchen müssen, aber nun endete ihre Schulpflicht und es stand ihr frei zu wählen, welchen Weg sie nun weiter beschreiten mochte. Sie hatte sich diese Schule nicht nur wegen der Magie ausgewählt, sondern auch, weil sie sehr weit von ihrer Heimat - und somit auch von ihrer Tante entfernt lag. Insgeheim hegte sie die Hoffnung etwas mehr über ihre Eltern in Erfahrung bringen zu können, wenn sie andere Möglichkeiten hatte. Ihre Eltern, die in irgendeinem Zusammenhang mit den Dierraidern standen. Doch wer waren diese Menschen? Niemand kannte ihre Gesichter wirklich. Zumindest niemand Gewöhnliches, wie sie. Der geisterhafte Name des Bösen, ja, so konnte man es nennen. Dierraider. Vielleicht war es auch nur ein Mythos, der alle Schandtaten der Vergangenheit rechtfertigen sollte und alle Gräueltaten vergessenen Gesichtern zu schrieb. Das Königshaus hüllte sich in Diskretion, wenn es um solche Themen ging. Der König schien der Meinung, das politische Diskussionen oder Abstimmung dem Volk vorenthalten werden sollten.

Warum waren Kaithlyns Eltern in genau jener Nacht vor vierzehn Jahren verschwunden? Es musste einen Zusammenhang zwischen ihrem Verschwinden und dem Erscheinen der Dierraider geben, von denen man Jahre lang nichts mehr gehört hatte. Zufälle solchen Ausmaßes gab es nicht.

Kaithlyns Gedanken kreisten immer wieder, um dieselben Fragen. Wieder und wieder, wie in einer Endlosschleife gefangen. Sie kannte noch nicht einmal den Namen ihres alten zu Hauses, weil ihre Tante befürchtete, dass Kaithlyn dorthin überstürzt aufbrechen würde, wenn sie auch nur die geringste Information mehr erhielt.

Sie starrte die Decke des Zimmers an. Einsamkeit bringt viel Zeit zum Nachdenken mit sich, dachte sie. Vage Erzählungen und Vermutungen waren alles, was sie besaß. Unzählige Theorien hatte sie sich zusammen mit Rose, ihrer besten und einzigen Freundin, ausgedacht. Keine davon war wahrscheinlich genug, um Mrs Abadon davon zu überzeugen, Kaithlyn nach ihren Eltern suchen zu lassen. Und so hatte Kaithlyn auch diesen Sommer auf Custocorward verbracht, die einzige Insel die sie je gesehen hatte.

Am nächsten Morgen war keine Spur vom nächtlichen Besucher zu sehen. Nichts wies daraufhin, das sie einen Gast hatten. Als auch beim Frühstück nichts herauszufinden war, denn Mrs Abadon sagte kein Wort, beschloss Kaithlyn, anstatt sich unnötiger Detektivarbeit hinzugeben, ihrer besten Freundin Rose, einen Besuch abzustatten.

„Wo willst du hin, Kaithlyn?"

Noch ehe Kaithlyn die Schuhe richtig anhatte, drang die Stimme ihrer Tante aus dem Wohnzimmer.

„Zu Rose", sagte Kaithlyn leise.

Ihre Tante kam laut und energisch in den Flur gestampft. Sie stemmte die dürren Hände in die knochigen Hüften und sah Kaithlyn misstrauisch an. Ihre Miene war wie immer unergründlich und finster.

„Ich möchte, dass du zu Hause bleibst."

Kaithlyn zog sich unbeeindruckt ihre Jacke an und griff nach der Klinke der Haustür.

„Kaithlyn, hörst du nicht?"

„Warum darf ich nicht?", fragte sie trotzig.

„Wir haben -", begann Relia und zögerte. „- heute noch etwas vor.

„Nur ein paar Stunden, bitte!"

Mrs Abadon seufzte. „Es ist nur so…"

„Mal wieder schwer zu erklären…ja, ja", beendete Kaithlyn den Satz. „Alles wird hundertmal durchdacht. Was ist es denn diesmal? Ich werde bald fünfzehn und habe außer Custocorward noch nie etwas anderes gesehen, nicht eines der Dörfer, die es noch auf dieser Insel gibt, geschweige denn, irgendeine andere Insel! Ich wundere mich nicht, dass ich nur eine Freundin habe! Und jetzt willst du mir auch noch verbieten sie zu treffen?", schnaubte Kaithlyn wütend.

„Ich verstehe, dass du aufgebracht bist. Es ist manchmal schwer nachzuvollziehen. Es ist für mich auch nicht so einfach, wie du denkst", sagte Mrs Abadon stockend und unsicher. So erlebte Kaithlyn sie in letzter Zeit häufiger. Sie schien zerstreut und abwesend und verlor immer wieder den Faden oder wusste nicht, wie sie sich ausdrücken sollte. Kaithlyn machte sich keine Sorgen deswegen. Sie wird einfach alt, dachte sie dann immer und kam nicht umhin ein wenig Schadenfreude zu empfinden. Vielleicht würde sie irgendwann vergessen, dass sie eine Enkelin hatte und Kaithlyn konnte ohne schlechtes Gewissen verschwinden.

„Ab Morgen wird sich einiges ändern."

„Noch mehr Verbote und Regeln?", fragte Kaithlyn und bemühte sich, dabei ruhig zu bleiben. Sie hatte es so satt. Diese Unwissenheit machte sie verrückt. Warum musste ihre Tante über ihr ganzes Leben bestimmen? Relia sah sie mürrisch an. Sie schürzte die Lippen – ein gutes Zeichen, es hieß oft, dass sie darüber nachdachte nachzugeben. Kaithlyn setzte einen glasigen, sehnsüchtigen Blick auf.

„Bitte?"

„Nun gut. Sei spätestens zum Abendessen wieder da."

„Ja", sagte Kaithlyn rasch und schloss die Tür hinter sich, bevor ihre Tante es sich anders überlegte. Sie stampfte den Weg Richtung Dorfplatz hinunter. Nach ein paar Minuten bog sie nach links, ging durch ein Stück Wald und erblickte am Ende, auf einer Lichtung, das Haus ihrer besten Freundin, Rose Aveda.

Das Haus war alt. Ein kleines, einstöckiges Gebäude mit abblätternder Fassade und Schindeldach. Direkt daneben befand sich eine große Scheune. Rose′ Vater hatte diese in sein ganz persönliches Labor umgebaut und sie bewohnbar gemacht. Ihre Eltern waren Alchemisten. Sie beschäftigten sich nicht nur mit Chemie, Experimenten, Heiltränken oder Heilkräutern, sondern vor allem mit wertvollen alten Büchern, deren Übersetzung und Reparatur. Dadurch hatte sich die Familie Aveda bereits einen Ruf gemacht, der sogar über die Grenzen der Insel Nameca, auf der Custocorward lag, hinausging. Das war beeindruckend, wie Kaithlyn wusste und Rose kam dadurch in den Genuss wunderbarer Reisen. Sie brachte Kaithlyn zwar jedes Mal ein Andenken mit, doch Erzählungen konnten nicht Erlebtes einfach nicht ersetzten.

Es gab einen lauten Knall und schwarzer Rauch wabberte aus dem offenen Scheunentor. Mr Aveda rannte heraus. Er hustete und rang nach Luft. Verdutz starrte Kaithlyn ihn einige Sekunden lang an. Er war ein kleiner rundlicher Mann, dessen weißes Haar sich, genauso wie sein Schnurrbart in alle Richtungen kräuselte. Meist trug er lange Mäntel und eine Schürze. Seine merkwürdige Erscheinung wurde von einer ovalen, knallroten Brille abgerundet, die auf seiner knolligen Nase saß und seine winzigen Augen, noch kleiner wirken ließ. Sie sahen aus wie glänzende Knöpfe. Rose nannte ihn immer aus Spaß den verrückten Professor.

„Alles in Ordnung bei Ihnen?", fragte Kaithlyn und wedelte mit beiden Händen, den Rauch aus ihrem Sichtfeld, der sich jetzt in der Umgebung verteilte und alles in einen dunklen Schleier hüllte. Ihr stieg der Geruch von gebratenen Kartoffeln in die Nase. Seltsam.

„R-rose, bist du das, Kind?", krächzte er.

„Nein. Hier ist Kaithlyn."

Sie hörte Mr Aveda wieder husten. Kaithlyn trat einen Schritt zurück, um sich dem nebligen Schwarz zu entziehen. Allmählich wurde ihr schwindelig. Sie hielt den Atem an und tauchte durch die Wolke hindurch, bis sie wieder frische Luft um sich herum spürte.

„Was hat er den dieses Mal angestellt. Du meine Güte. Oh, Kaithlyn?"

Mrs Aveda stürmte aus der Haustür. Sie hatte die Arme vor der Brust verschränk und ihre Augen glommen unheilvoll.

„Hallo", sagte Kaithlyn und stellte erleichtert fest, dass Mrs Avedas Ausdruck zu einem Lächeln überging. Für Kaithlyn war sie, wie die Mutter, die sie nie gehabt hatte. Sie erzählte oft Geschichten aus ihrer eigenen Kindheit und brachte Kaithlyn und Rose fast immer zum Lachen. Ihr sonniges Gemüt gab Kaithlyn stets ein warmes Gefühl. In ihrer Nähe konnte man nicht anders als sich wohlfühlen.

„Entschuldige", murmelte sie und steuerte auf die Nebelwolke zu, die inzwischen weniger bedrohlich erschien. Kaithlyn sah, wie ihr das lange, schwarze Haar in bauschigen Wellen hinter her wehte.

„Hey, Tagträumerin!"

Rose´ Stimme riss Kaithlyn aus ihren Gedanken.

„Hier oben."

Sie winkte ihr aus einem der Fenster im ersten Stock zu.

Rose war ein Jahr älter als Kaithlyn und auch einen ganzen Kopf größer. Im Gegensatz zu ihrer Mutter trug Rose ihr schwarzes Haar kurz, sodass es ihr grade bis über die Ohren reichte. Im Schein der Sonne leuchteten ihre mandelförmigen Augen in einem hellen Fliederton. Eigentlich waren sie dunkelblau, aber dieser eigenartige Schimmer erlosch nie darin. Rose meinte es käme davon, dass ein paar ihrer Vorfahren wohl sehr adelig gewesen sein mussten. Kaithlyn glaubte das nicht.

„Warte, ich komm runter!", rief Rose ihr zu und eine Minute später stand sie neben Kaithlyn.

„Meine Mom hat mich gezwungen aufzuräumen. Was für ´ne Arbeit und das in den Ferien, als hätte ich nichts Besseres zu tun. Puh!"

Rose seufzte schwer.

„Aber ich hab dabei ein altes Foto von uns gefunden, sieh mal."

Rose reichte ihr ein Foto, auf dem zwei kleine Mädchen waren; beide lächelten zufrieden. So lange kannten sie sich schon. Kaithlyn kam diese halbe Ewigkeit, stets wie flüchtige Monate vor. Gute Freundschaften sind einfach zeitlos, dachte sie.

„Ich wollte es dir geben. Magst du?"

„Danke."

Kaithlyn steckte es in ihre Jackentasche.

„Du glaubst also nicht, dass sie vielleicht etwas für deinen Geburtstag plant oder so?", sagte Rose, nachdem sie beide ein Stück gegangen waren.

„Nicht wirklich. Auf so eine Idee würde sie nie kommen. Sie verheimlicht wieder was. Und dann meinte sie noch: *ab morgen wird sich einiges ändern*, oder so ähnlich."

Dann erzählte sie Rose vom nächtlichen Besucher.

„Das ist wirklich merkwürdig, denk lieber über was anderes nach z.B. was wir noch in den letzten Ferienwochen so alles machen können. Oder an das , was danach kommt!"

Rose grinste. Kaithlyn wusste, was sie meinte.

„Nach den Ferien wartet das spannende Akademie-Leben. Dann gehen wir endlich auf dieselbe Schule."

Kaithlyn dachte nach. Die Aussicht Tag und Nacht mit Rose zu verbringen verschaffte ihr ein seliges Glücksgefühl im Magen. Es gab nur selten Augenblicke, in denen sie so zufrieden war und sich auf die Zukunft freute.

„Das stimmt", murmelte Kaithlyn unbeholfen.

„Aber ich..."

„Du machst dir Sorgen", erkannte Rose Kaithlyns Befürchtung.

„Ist doch verständlich. Dann beginnt ein neues Leben für dich."

Rose knuffte sie tadelnd in die Seite.

„Freu dich darauf. Du weißt, dass deine Zusage noch kommen wird, oder?"

Kaithlyn überging diese Frage.

Rose hatte schon oft von den tollen Dingen erzählt, die sie erlebt hatte, seitdem sie auf die Deity Akademie ging. Schon allein die Reise dort hin war ein kleines Erlebnis. Im Hafen von Nameca, wartete ein riesiges Schiff, so groß, wie man es nie gesehen hatte. Es erwartete sie eine Welt voller unbekannter Dinge.

„Das Beste daran ist, das Tante Relia nichts daran ändern kann. Endlich werde ich von hier fortgehen und etwas erleben!", sagte sie bestimmt. Falls sie nicht angenommen wurde, würde sie das Risiko eingehen und alleine losziehen. Das war weniger tröstend, aber das einzige, was zählte, war diesen Ort endlich verlassen zu können.

„Wir suchen uns dort ein Abenteuer, okay?", fügte sie hinzu.

Rose lächelte.

Das Wetter war herrlich warm. Der Himmel war zwar aschgrau und bewölkt, aber die Sonnenstrahlen schafften es durch die dichte weiße Masse hindurchzubrechen und wärmten Kaithlyn das Gesicht. Es war ein angenehmes Gefühl, das ihre Zufriedenheit verstärkte.

Als sie auf dem Dorfplatz angekommen waren, schlenderten die Mädchen an den Schaufenstern der Geschäfte vorbei. Sie gingen in einen kleinen Buchladen, der eigentlich keiner war, vielmehr konnte man hier so ziemlich alles erstehen, aber da es größtenteils Bücher waren, nannten die beiden ihn immer den Buchladen.

Hier fanden sich manchmal wahre Schätze.

Kaithlyn hatte einmal eine Kette für ihre Tante als Weihnachtsgeschenk besorgt. Ein schön ausgearbeitetes Stück, das vermutlich dreimal so viel wert war, wie sie dafür gezahlt hatte. Heute fanden sie nichts Sehenswertes.

„Uninteressant", brummte Rose als sie den Laden, über dem nur der Name des Inhabers *Mr Burschkovs* stand, wieder verließen.

„Langweilig", sagte Rose und zog das Wort dabei in die Länge. Mr Burschkovs sah ihnen nach, als hätte er diese Bemerkung noch gehört. Kaithlyn kicherte.

„Was hast du erwartetet. *Hier* gibt es kaum etwas Interessantes. Wir sind in Custocorward.", sagte Kaithlyn klagend. Jetzt war es an Rose, zu kichern.

„Alles hier ist so altertümlich und klein."

Sie spazierten einen Weg entlang, der allmählich in den Wald führte. Ja, Wald gibt es hier mehr als genug, dachte Kaithlyn. Sie genoss die Zeit mit Rose, auch wenn sie nichts taten oder so wie gerade nur nebeneinander hergingen. Die meisten Kinder in ihrem Alter, aber auch alle anderen, hielten Kaithlyn für verrückt oder komisch. Ihre Tante konnte man schon fast als Einsiedlerin bezeichnen und das färbte ab. Kaithlyn hatte Rose kennengelernt, als sie noch ganz klein war. Rose hatte Sie vor den anderen in Schutz genommen, als sie gehänselt worden war. Damals war sie so etwas wie ein Retter in der Not gewesen. Kaithlyn hatte Rose für ihr sicheres Auftreten und ihren festen, bestimmten Gesichtsausdruck bewundert. Sie scherte sich nicht viel, um die Meinungen andere Menschen. Kaithlyn hatte gelernt, das es völlig ausreichte nur eine Freundin zu haben, wenn es denn eine so Gute war, wie Rose.

Während sie in Erinnerung schwelgte, kamen wieder diese unbezwingbaren *was-wäre-wenn- Fragen.* Was wäre, wenn sie eine normale Kindheit gehabt hätte? Was wäre, wenn sie nicht ständig von Sorgen und Kummer ertränkt werden würde? Was wäre, wenn…sie hatte früh begreifen müssen, dass Menschen neugierig waren. Sie Fragen stellten die Kaithlyn Unbehagen bereiteten und sie geringschätzig ansahen, weil es keine Antworten gab. *Das Mädchen ohne Eltern. Das Mädchen, das bei der Einsiedlerin lebt. Das seltsame Mädchen, das nach seltsamen Regeln lebt…*Kaithlyn war stolz darauf, dass sie heute mehr Widerstandsfähigkeit besaß und Mauern aufbauen konnte, die sie davor schützten, sich durch Worte verletzten zu lassen.

Der Wald wurde immer dichter und kühler.

Kaithlyn konnte sich nicht daran erinnern, jemals diesen Weg entlang gegangen zu sein.

„Wo sind wie hier?“, fragte sie verwundert.

Rose sah sich um.

„Ich weiß nicht genau….ah, sieh mal da hinten!“

Rose zeigte weiter nach vorne. Dort stand eine Art Altar. Es war ein kleiner Schrein aus Holz und Steinen. Eine Kerze brannte. Sie sahen sich um, aber der Ort war verlassen.

„Ich glaube, das ist ein Gebetsschrein. Man kann Kerzen anzünden, um zu beten oder kleine Zettel auf denen Wünsche stehen verbrennen“, kam es nachdenklich von Rose. Kaithlyn sah, dass auf der Erde ein kleines zusammengeknülltes Papier lag.

„Wünsche aufschreiben? Ich wusste nicht, das es hier so etwas gibt.“

Sie hob den zerknitterten Zettel auf, entfaltete ihn und lass erschrocken die Worte:

Ich wünsche ihm den Tod.

Kaithlyn zeigte Rose den Zettel.

„Das bedeutet sicher nichts. Ich meine diese Wünsche gehen doch nicht echt in Erfüllung, oder?“, fragte Kaithlyn beunruhigt.

„Ich glaube auch nicht daran, das ist nur eine Art seinem Ärger Luft zu machen.“

Dann hörten Sie ein Geräusch. Kaithlyn sah nach oben.

„Da ist jemand im Baum. Da!“, machte Kaithlyn Rose aufmerksam. Ein paar Meter entfernt, auf einem der Äste, in einem besonders hohen Baum saß ein Junge. Ein dunkelblonder, fast brauner Haarschopf stach zwischen dem dichten Blätterwerk hervor und Kaithlyn erstarrte, als ein dunkles Augenpaar, mit einem hasserfüllten Blick zu ihr herunter sah. Als er sich erneut bewegte, konnte sie auch seine Arme und Beine ausmachen. Geschmeidig und anmutig kletterte er, wie ein wildes Tier von einem Ast zum nächsten und sah dabei ziemlich verwegen aus. Abrupt ließ er sich die letzten Meter in die Tiefe. Kaithlyn hielt den Atem an, als er mit einem lauten *Rums* auf dem Boden landete.

Rose packte Kaithlyns Arm.

„Warum starrst du uns so an?“, rief Kaithlyn zu ihm herüber. Er musste in ihrem Alter sein. Kaithlyn hatte ihn noch nie gesehen. Rose anscheinend auch nicht. Er kam näher und riss ohne zu zögern den kleinen Zettel aus Kaithlyns Hand. Dann ging er ohne ein Wort zu sagen an ihnen vorbei. Kaithlyn und Rose waren wie versteinert, dann drehten sie sich vorsichtig um und sahen ihm nach. Kaithlyn ergriff zuerst das Wort.

„Wer war das denn? Ziemlich unheimlich. Ob der Zettel wirklich ihm gehört?“

„Ich kenne ihn auch nicht…oh Gott, hab ich mich erschrocken!“

Die Mädchen warteten einen Moment, um sich sicher sein zu können, das zwischen ihnen und dem Jungen genug Abstand lag, um nicht erneut mit ihm zusammenstoßen zu müssen und machten sich dann auf den Rückweg.

Später lachten sie darüber, wie ängstlich Sie gewesen waren.

Der angebrochene Tag verging wie im Flug, während sie zusammen mit Rose über vergangene Erlebnisse schnatterte, mit den Avedas zu Mittag aß (was immer eine sehr lustige Angelegenheit war, da Mr Aveda dazu neigte die seltsamsten Geschichten zu erzählen) und einfach den Tag in Freiheit genoss, ohne sich pausenlosen Vorträgen ihrer Tante hingeben zu müssen, in denen sie Kaithlyn belehrte, wie wichtig ein strukturiertes Leben sei. Tatsächlich tat sie dies in regelmäßigen Abständen, fast so als markierte sie sich bestimmte Tage im Kalender, nur um voller Vorfreude den richtigen auch nicht zu verpassen.

„Ich muss dann mal wieder los. Meine Tante wartet“, sagte Kaithlyn und wippte unruhig mit ihrem Stuhl hin und her. Sie half Rose beim Abwasch und verabschiedete sich.

„Sehn wir uns Morgen?“, fragte Rose. Sie standen auf der Türschwelle. Kaithlyn schob die Hände in die Jackentaschen.

„Ich hoffe es. Tschüss.“

„Vielleicht findest du ja noch etwas heraus? Wer weiß.“

Rose nickte aufmunternd. Kaithlyn ging im sehr langsamen Trott nach Hause.

Kapitel 2

Reise ins Ungewisse

Wenige Meter vor dem Haus graste ein Pferd. Es war schneeweiß und seine Augen schimmerten grün. Was für ein schönes Tier, dachte Kaithlyn und dann fiel ihr wieder ein, dass der nächtliche Besucher auch mit Pferdegetrappel angekommen war. Sie stürmte die Treppe hinauf und öffnete langsam die Tür. Sie schlich leise durch den Flur und spähte in die Küche, weil dort die Tür als Einziges offen war. Mrs Abadon saß am Esstisch und trank Tee.

Kaithlyn bemühte sich unbemerkt um die Ecke zu spähen, aber sie verdrehte sich dabei nur den Hals. Ihre Tante war nicht alleine. Es war als könnte sie die Anwesenheit einer zweiten Person förmlich spüren. Jemanden atmen hören, obwohl das fast unmöglich war, auch, wenn in diesem Haus stets tödliche Still herrschte. Beklemmende Ruhe.

Kaithlyn zögerte.

Wenn Mrs Abadon offenkundig herumsaß und wusste, dass Kaithlyn jeden Moment wieder kommen würde, dann wollte sie den Gast anscheinend nicht mehr verstecken. Kaithlyn schlich zur Haustür zurück, zog Jacke und Schuhe aus, öffnete und schloss die Tür wieder. Sie achtete darauf dies besonders laut zu tun.

„Bin wieder da!“, rief Kaithlyn und ging zielstrebig auf die Küche zu. Sie ließ sich Zeit beim eintreten, als wäge sie jeden Schritt ab, weil sie auf einem dünnen Seil unterwegs war. Ein Blick genügte ihr, um den ganzen Raum zu erfassen.

Der Gast war ein junger Mann, vielleicht fünf oder sechs Jahre älter als sie. Er hatte ein markantes Gesicht und eine kräftige Nase. Sein dunkelblondes, kurzes Haar war zerzaust; seine Augen leuchteten unnatürlich hell in der Farbe frischer, grüner Blätter im Frühling. Seine Züge waren verhärtet, als loderte eine stumme Wut in seinem Inneren. Er trug seltsame, fremde Kleidung. Einen schweren, dunklen Reisemantel, der seine ganze breitschultrige Gestalt einhüllte. Darunter blitze ein dunkles Hemd hervor, das mit einem Garn bestickt war, wie Kaithlyn es nie zuvor gesehen hatte. Es war keine edle Kleidung, aus feinen Stoffen, wie Händler sie trugen, aber auch nicht die Kleider eines einfachen Reisenden. Nach einer eingehenden Betrachtung bemerkte Kaithlyn, das er eine Narbe unter dem rechten Auge hatte. Sie erschauderte leicht.

Als die Tante ihm dampfenden Tee nachschenkte, umklammerten seine kräftigen Hände, die Tasse so energisch, das Kaithlyn glaubte sie müsse jede Sekunde zerspringen. Er nahm einen ausgiebigen Schluck und sie sah, wie ein silbernes Amulett unter dem Ärmel seines linken Handgelenkes aufblitze. Kaithlyn starrte ihn ungläubig an. Etwas so kostbares konnte sich nun wirkliche kein *normaler* Reisender leisten. Sie trat unsicher näher an den Tisch heran. Ihre Augen weiteten sich, als sie begriff, was dort nur Zentimeter von ihr entfernt an der Wand lehnte. Zuerst hatte sie gedacht, es wäre ein einfacher Besenstiel gewesen, aber da hatte sie sich geirrt. Eine gemusterte Schwertscheide. Ein *echtes* Schwert!

Sie keuchte auf.

„Du bist zu spät", sagte Mrs Abadon. Als ihre Tante aufsah, folgte auch der junge Mann ihrem Blick. Er sah ziemlich missmutig drein, als habe er gerade etwas äußerst Bitteres gekostet. Kaithlyn riss ihre Augen von der Waffe los und starrte wieder den Besucher an. Er räusperte sich.

„Entschuldige", stotterte Kaithlyn. Mrs Abadon rümpfte die Nase.

„Darf ich euch einander vorstellen? Das ist Kaine Karrow. Er ist gestern Abend angekommen, wie du unweigerlich miterlebt hast. Kaine, das ist meine Enkelin Kaithlyn."

Kaithlyn nickte mechanisch. *Das* war der unerwartete Besucher?

Er passte nicht zu den Leuten, mit denen ihre Tante sich abgab, wenn sie sich überhaupt mit jemandem abgab. Seltsame Kleidung und eine Waffe. Waffen waren teuer, fast unbezahlbar. Die Einzigen, die sie bei sich trugen, waren Abgesandte des Königshauses, die keine Magie beherrschten, Rebellen, die sich gegen das Königshaus auflehnten oder Kopfgeldjäger. Kaithlyn versuchte Kaine einer der drei Kategorien zu zuordnen. Er sah eher aus, als würde er einem Abenteuerbuch entspringen. Sie musste sich ein aufsteigendes Schmunzeln verkneifen, als er erneut die Tasse an die Lippen ansetzte. Er stand definitiv nicht in Verbindung zum Königshaus, sonst hätte er das Wappen der königlichen Familie getragen, aber tranken Kopfgeldjäger Tee?

„Kaithlyn. Ich möchte, dass du nach oben gehst und einige Sachen zusammenpackst. Wir werden heute noch vor Mitternacht, das Haus verlassen. Ich habe in diesem Augenblick keine Zeit, um dir genaueres zu erklären, aber bitte vertraue mir."

„Was?“, warf Kaithlyn überrascht ein.
„Ist…ist was passiert?“
Keine Zeit? Aber Zeit um genüsslich Tee zu trinken schon?
Sie hatte das Gefühl, das es etwas mit Kaine zu tun hatte.
„Mach dir keine Sorgen. Das ist schon seit längeren so geplant. Wir müssen, bevor du zur Akademie gehst noch jemanden treffen und etwas klären. Kaine wird uns begleiten“, sagte Mrs Abadon, sah Kaithlyn dabei jedoch nicht einmal an.
„Ich werde dir später etwas zu Essen hochbringen, aber nun – “
„Nein“, sagte Kaithlyn verärgert.
„Ich will wissen, was los ist! Warum so plötzlich?“
Ihre Tante seufzte. Kaine schien das alles nicht zu interessieren, er trank weiter Tee.
„Noch ein letztes Mal musst du mir verzeihen, schon bald wirst du deine Antworten bekommen. Es ist notwendig. Bitte“
Kaithlyn drehte sich um, ohne ein weiteres Wort ihrer Tante Relia abzuwarten. Wütend stampfte sie die Treppe hoch und schloss sich in ihrem Zimmer ein. Sie fühlte sich überrumpelt und durcheinander. Zorn stieg in ihr auf. *Schon wieder*. Relia Abadon, tat es schon wieder. Kaithlyn warf sich aufs Bett und vergrub den Kopf zwischen ihren Kissen.

Eine halbe Stunde später saß Kaithlyn auf dem Boden und war dabei ihren Koffer zu packen. Sie wusste dass es zwecklos war, gegen die Regeln ihrer Tante anzugehen. Ihr war es lieber, das sie freiwillig und mit einwenig Stolz den Befehl folge leistete, anstatt gewaltsam aus dem Haus gezerrt zu werden, wie Relia es sonst sicherlich getan hätte.
Ihre Tante hatte so lange an ihrer Tür geklopft, bis Kaithlyn es nicht mehr aushielt und ihr öffnete. Die beiden trugen einen stummen Blickkampf aus. Relia stellte wortlos ein paar Sandwichs auf ihrem Schreibtisch ab und verschwand wieder.
Noch immer wütend biss sie beleidigt in ein Sandwich hinein und schmiss den nächsten Pullover in den Koffer, der ziemlich unordentlich aussah. Sie raffte sich dann doch noch auf etwas ordentlicher zu packen und bemühte sich so viele Habseligkeiten wie möglich hineinzuquetschen. Es war schwer für ein unbekanntes Ziel zu packen. Ein kleiner Hinweis hätte sie vielleicht besänftigt. Wenigstens ein einziger Hinweis…

Es war merkwürdig nach dem ungeklärten Gespräch mit ihrer Tante und diesem Fremden im Wohnzimmer zusammenzusitzen. Kaithlyn suchte sich einen Punkt an der Wand und fixierte diesen. Sie presste die Lippen aufeinander und brachte all ihre Selbstbeherrschung auf, um nicht erneut unzählige Fragen zu stellen. Der Gedanke dieses Hauses für unbestimmte Zeit zu verlassen, fühlte sich nicht gut an. Jetzt wo die Abreise so kurz bevorstand und Kaithlyn nicht wusste, was auf sie zu kam, hatte sie Angst. Ihr Mund war staubtrocken. Sie fröstelte leicht, obwohl es warm im Raum war. Besorgnis und Unzufriedenheit schnürten ihr die Kehle zu. Sie verschränkte die Arme vor der Brust.

Ihre Tante hatte die Beine übereinandergeschlagen und die Hände im Schoss gefaltet. Sie warf unruhige Blicke auf ihre Armbanduhr. *Worauf warteten sie?* Kaithlyn seufztze.

Da ihre Tante beiläufig die Akademie erwähnt hatte, war sie etwas beruhigt. Sie durfte die Schule also besuchen, aber bis zum Beginn des neuen Schuljahres war es noch fast ein Monat. *Was würde sie so lange aufhalten? Wohin ging die Reise?*

Kaithlyn hatte gerade beschlossen, ihre Fragen nicht länger zurückzuhalten, als Relia einen letzten Blick auf ihre Armbanduhr warf und abrupt aufstand. Kaithlyn klappte den Mund wieder zu.

„Folgt mir", sagte Mrs Abadon. Sie griff nach einem schmalen Koffer, doch Kaine nahm ihn ihr sofort ab und trug ihn hinaus. Kaithlyn tat es ihm gleich. Ihr Koffer war furchtbar schwer, aber sie verzog keine Miene, auch nicht, als der Griff ihr in die Handfläche schnitt.

Erleichtert stellte sie ihn vor dem Haus wieder ab.

Auf der steinernen Straße stand eine kleine Kutsche. Sie war aus sehr dunklem Holz gefertigt und die breiten Speichen der Räder glänzten im Licht der Abenddämmerung. Zwei große, schlanke Pferde mit muskulösen Körpern und tintenschwarzem Fell waren davor gespannt. Eines von ihnen hatte eine helle Blesse auf der Stirn, die aussah wie ein unförmiger Halbmond. Der Himmel hatte sich rötlich gefärbt und bleifarbene Wolken zogen am Horizont dahin, wie Schiffe, die viel zu langsam davon segelten. Es war ungewöhnlich kalt, wie Kaithlyn fand. Als ob die Temperatur sich der Atmosphäre zwischen ihr und Relia anpassen würde. Unbeständig und frostig.

Immerhin verriet ihr das Gepäck ihrer Tante, das sie mit ihr reisen würde. Der Gedanke, jemanden an ihrer Seite zu haben, dem sie vertraute, war beruhigend. Kaithlyn vertraute Relia. Nicht uneingeschränkt, weil die ständigen Sorgen Zweifel säten, aber sie vertraute ihr genug, um nach ihren Regeln zu leben; ihr ins Unbekannte zu folgen. Obwohl die Beiden ihre Differenzen hatten, glaubte Kaithlyn tief in ihrem Herzen daran, das ihre Tante wirklich gute, vernünftige Absichten hatte. Trotz all der Wut musste Kaithlyn sich diese Tatsache eingestehen.

Sie hob den Kopf und sog die frische Luft ein, um einen klaren Kopf fassen zu können. Sie musste jetzt aufmerksam sein und beobachten, was um sie herum geschah.

„Kaithlyn."

Sie kannte diese Stimme.

„ Mr Aveda?", fragte sie und blinzelte mehrmals, um sich davon zu überzeugen, dass Rose´ Vater wirklich vor ihr stand.

„Guten Abend."

Er lächelte wissend.

„Was machen Sie denn hier?"

„Er ist einer der wenigen verlässlichen Menschen in unserem Umfeld", erklärte Mrs Abadon.

„Ich habe ihn gebeten, uns heute Abend zu unserem Zielort zu fahren."

„Sie sind unser Kutscher?"

Mr Aveda tätschelte sanft ihre Schulter. Wortlos machte er sich daran, die Koffer auf die Dachablage zu hieven und festzubinden. Sie wollte ihm helfen, doch er schüttelte den Kopf.

„Schon erledigt", sagte er freundlich. Er betrachtete Kaithlyns ratloses Gesicht.

„Mach dir keine Sorgen, Kaithlyn. Du wirst schon sehen, es kommt alles in Ordnung."

Es kommt alles in Ordnung? Was wusste er, was sie nicht wusste?

„Weiß Rose, dass Sie hier sind?"

„Nein. Ich denke du hast das Recht ihr das alles später selber zu erklären."

„Also wissen Sie, wo es hingeht?", fragte Kaithlyn ungläubig.

„Ich weiß nicht besonders viel, da musst du schon deine Tante fragen", er zwinkerte mit einem Auge und sprach dann leise weiter.

„Hier ganz in der Nähe, oberhalb eines Berges liegt eine Villa. Sie gehört einer alten Freundin deiner Tante. Dorthin werden wir jetzt fahren. Ich begleite euch den Weg dort hin und damit ist meine Aufgabe auch schon wieder beendet."

„David", rief Mrs Abadon empört, die das Gespräch zwischen ihnen gehört hatte.

„Tante Relia?", fragte Kaithlyn vorsichtig.

„Was machen wir dort?"

Zu ihrer Verblüffung antwortete ihre Tante.

Hatte sie ein schlechtes Gewissen, weil sie Kaithlyn so überrumpelt hatte?

„Wie David bereits gesagt hat, werden wir jemanden besuchen. Das Anwesen ist nicht unser eigentliches Ziel. Wir treffen uns dort mit *Freunden.*"

Sie hielt inne. Das letzte Wort hatte sie ausgesprochen, als sei es eine Beleidigung ihres Stolzes auf andere angewiesen zu sein. Kaithlyn dachte darüber nach, ob es ihrer Tante überhaupt möglich war, eine solche Bindung einzugehen. Hilfe anzunehmen. Vertrauen zu schenken. Das alles zählte zu einer guten Freundschaft. Vielleicht gab es eine Seite an Relia, die sie nicht kannte? Eine Relia, die lächelte und es genoss Gesellschaft zu haben; Gespräche zu führen. Die andere dazu brachte sie tatsächlich richtig gern zu haben.

„Wir werden uns dort nicht lange aufhalten."

Jetzt schien sie der Meinung zu sein, genug gesagt zu haben, denn sie schwieg wieder. Ihr tiefes, abwehrendes Schweigen, das wie eine persönliche Duftnote immer an ihr haftete.

Mr Aveda streckte seinen Arm an ihr vorbei und öffnete die Tür der Kutsche.

„Wir wären dann so weit", sagte er und rieb sich gedankenverloren mit einer Hand über den dicken Bauch. Kaithlyn hatte diese Angewohnheit schon öfters bei ihm beobachtet. Es war ein Zeichen von Unruhe. Das Lächeln, das ihn im Gesicht klebte, war also nur halbherzig und aufgesetzt. Sie musste sich wirklich bemühen, ihre Zunge im Zaum zu halten. Sie warf einen beiläufigen Blick auf Kaine. Er hatte ihr den Rücken zugewandt und schnürte den Sattel seines Pferdes enger. Als er aufstieg, schnaubte es laut unter der Last seines Herrn.

„Warum kommt *der* mit?", flüsterte sie Mr Aveda zu.

Sie meinte Kaine. Irgendwie hatte er eine einschüchternde Wirkung auf sie, wie er dort, so hoch zu Ross saß und finster auf sie hinab spähte, als wäre er über sie erhaben.

„Kaithlyn“, ermahnte Mrs Abadon sie erneut.

„Was gibt es nun schon wieder?“

Frustriert presste Kaithlyn die Zähne fest zusammen.

Der anklagende Tonfall von Relia machte sie ganz verrückt. Sie gab ihr Bestes, um ruhig und vernünftig zu sein. *Hab Vertrauen*, wiederholte sie immer wieder, wenn sie ihrer Tante ins Gesicht sah, doch Relia schien nicht einmal zu bemerken, wie wütend Kaithlyn in Wahrheit war. Dass in ihrer Brust ein tosendes Ungeheuer namens Wut ein ungeduldig, brennendes Feuer anstachelte. Kaithlyn rief sich eine schöne Erinnerung ins Gedächtnis. Ihr Tag mit Rose.

„Ich habe mich gefragt, warum Kaine uns begleitet. Wir haben uns einander zwar vorgestellt, doch ich kenne seine Beweggründe nicht“, sagte sie und stellte fest, dass ihre Stimme wunderbar nüchtern klang.

„Kaine begleitet uns, weil ich es so wünsche.“

Der knappe, nichtssagende Satz zerrte an Kaithlyns Nerven. Sie schob sich an Mr Aveda vorbei ins Kutscheninnere. Ihre Tante folgte ihr wie ein Schatten. Als Mr Aveda die hölzerne Tür geschlossen hatte, räusperte Relia sich. Sie beugte sich vor und fasste Kaithlyn an den Händen.

„Hör mir gut zu. Falls etwas *Unerwartetes* geschehen sollte – wovon ich nicht überzeugt bin – dann begibst du dich in Kaines Obhut. Er wird auf dich achten. Er wird für dich verantwortlich sein. Du wirst das tun, was er verlangt.“

Mrs Abadon sah Kaithlyn ernst an.

„*Etwas Unerwartetes*?“, sagte Kaithlyn und sie fühlte wie Unverständnis und Misstrauen das Vertrauen in ihre Tante entwurzelten; wie Gift das zwar nur langsam, aber dafür sehr effektiv arbeitete.

„Sind wir in Gefahr?“

„Alles wird schon gut gehen“, sagte Mrs Abadon bestimmt. Wieder senkte sich Schweigen über sie, wie eine Welle aus Eis.

Alles hatte sich plötzlich geändert.

Was würde da auf sie zu kommen? Was würde Rose dazu sagen, wenn Kaithlyn morgen nicht vorbei kommen würde? Würde sie Kaithlyn suchen? Oder würde Mr Aveda sie aufklären? Sie verließen das Dorf. Aber warum so plötzlich? Wann würden sie zurückkommen?

Kaithlyn wurde schwindelerregend bewusst, dass sie den Plänen ihrer Tante vollkommen ausgeliefert war. Wie hypnotisiert starrte sie Relia an; versuchte in dieser unergründlichen Miene einen Funken Mitleid oder

Verständnis auszumachen, aber ihre Tante war wie eine unüberwindbare Mauer, die ihr stets die Aussicht auf den Weg vor ihr versperrte. Obwohl Kaithlyn sich eben noch so sicher gewesen war ihr zu vertrauen, fühlte sie sich schrecklich leer und einsam.

Mit einem Ruck setzte sich die Kutsche in Bewegung.

Der Innenraum war sehr geräumig, die Bänke gemütlich, doch das war Kaithlyn egal. Sie streckte die Beine aus, verschränkte die Arme vor der Brust und ließ sich tief in die weichen Polster zurücksinken. Stumm blickte sie aus dem Fenster. Eine Weile lang kannte Kaithlyn sich noch aus, doch nach gut einer halben Stunde fuhren sie Straßen entlang, die Kaithlyn nicht kannte. Von einer Villa außerhalb Custocorward hatte sie nie gehört. Sie war sich sicher, dass die Leute im Dorf ständig darüber sprechen würden, wenn sie davon wüssten. Klatsch und Gerüchte waren für viele die einzige Abwechslung zu ihrem harten Arbeitsalltag. Zudem war Custocorward ein kleines, armes Dorf und solch ein großes Haus in der Nähe wäre unumgänglich aufgefallen.

Sie lehnte sich an das kalte Fenster und ihr Atem ließ die Scheibe beschlagen. Unwillkürlich dachte Kaithlyn an ihren Traum. *War das ein Zeichen gewesen?* So ein Quatsch. Ich sollte daran keinen Gedanken mehr verschwenden, dachte sie träge.

Der Wald wurde dichter und dichter.

Kaithlyn hatte jegliche Orientierung verloren. Es wurde immer schwieriger, etwas durch das Dickicht zu erkennen. Tante Relia blieb stumm. Seit der Abfahrt hatte sie starr aus dem Fenster geschaut und es vermieden Kaithlyn anzusehen. Vielleicht befürchtete sie, dass sobald sie Kaithlyn ansah, diese dann auf die Idee kam, wieder mit dem Fragen anzufangen. Zwei geschlagene Minuten später hatte Kaithlyn das Gefühl die Kutsche würde allmählich langsamer fahren. Das Knirschen, welches die Räder auf dem unebenen Grund verursachten verklang. Abrupt blieb die Kutsche stehen, so heftig, das Kaithlyn fast von ihrem Sitz rutschte und alle Mühe hatte sich noch rechtzeitig festzuhalten.

„Was war das?", rief sie erschrocken. Ihr Herz begann gegen ihre Rippen zu hämmern. Von draußen vernahm sie das erregte und aufgewühlte Wiehern der Pferde.

„Sind wir schon da?"

Kaithlyn glaubte selbst nicht daran, als sie fragte, dafür war die Kutsche zu schnell zum Stillstand gekommen. Einen Moment lang hielt sie den

Atem an und lauschte angestrengt, was draußen vor sich gehen könnte. Dann wurde die Tür geöffnet.

Zu Kaithlyns Erleichterung war es Mr Aveda.

„Es sieht so aus als kämen wir hier nicht weiter, Relia."

Ihre Tante runzelte die Stirn.

Kaithlyn lehnte sich nach vorne und versuchte an Mr Aveda vorbei zu spähen. Kaine war von seinem Pferd gestiegen und wanderte an einer unsichtbaren Linie entlang. Er sah ziemlich wütend aus.

„Bannkreis", murmelte er leise vor sich hin. Kaithlyns Tante stieg aus, doch als Kaithlyn ihr folgen wollte, hielt sie sie zurück und sagte barsch:

„Sitzen bleiben!"

Mrs Abadon ging zusammen mit Mr Aveda hinüber zu Kaine. Relia begutachtete nun eine Stelle einige Meter vor der Kutsche. Aus Kaithlyns Sichtwinkel – sie presste das Gesicht an die Fensterscheibe – sah es aus als fixierte sie einen unbestimmten Punkt in der Luft.

Ein Bannkreis? Kaithlyn wurde neugierig. Sie konnte dort, wo die anderen hinsahen, nichts erkennen. Sie wagte sich vor und steckte den Kopf langsam aus der Kutschentür, um besser sehen zu können, was die anderen taten. Mrs Abadon und Mr Aveda tauschten Blicke. Kaine seufzte schwer. Niemand achtete auf sie.

„So wie ich ihn kenne, hat er den Brief mit Sicherheit nicht rechtzeitig weitergegeben", sagte Kaine und ein Anflug von Hass lag in seiner Stimme.

„Wer?", fragte Mr Aveda interessiert. Kaithlyn hielt es nicht mehr aus. Sie stieg aus der Kutsche. Der Boden war matschig und nass und ihre Füße versanken im Schlamm. Sie ging zu den anderen hinüber und sah auf die Stelle, auf die alle ihre Blicke geheftet hatten. Da war noch immer nicht das Geringste zu erkennen.

„Kaithlyn!", sagte ihre Tante, die sie nun bemerkt hatte.

„Was ist denn los? Warum geht es nicht weiter? Was ist dort?"

Vor ihnen lag ein holpriger Weg. Soweit Kaithlyn erkennen konnte, war dort weder ein Hindernis, das die Weiterfahrt verzögerte, noch sonst ein sichtbares Problem. Die Pferde vor der Kutsche schnauften laut und scharrten mit den Hufen. Mr Aveda lächelte Kaithlyn verständnisvoll an. Kaithlyn fühlte sich dadurch dumm und unbeholfen, auch, wenn dies von Rose' Vater nicht beabsichtigt gewesen war.

„Vor uns befindet sich ein Bannkreis“, sagte er sachlich. Als er Kaithlyns ratlose Miene sah, begann er zu erklären.

„Ein Bannkreis ist ein magischer Schutzkreis, der stärksten Sorte, der es nur bestimmten Personen erlaubt, das Gebiet, welches vom Kreis umschlossen wird zu betreten.“

„Ich sehe dort nichts. Und außerdem sollte dort nicht jemand auf uns warten? Warum ist dann der Durchgang dann versperrt?“

Kaithlyn wandte sich kurz zu ihrer Tante; sie schien angestrengt nachzudenken.

„Was passiert, wenn wir einfach durchgehen?“

Kaine lachte kurz auf. Kaithlyn warf ihm einen finsteren Blick zu.

„Es kommt darauf an, wie der Bannkreis eingerichtet ist, doch dies ist schier unmöglich mit bloßem Auge zu erkennen. Wie du selber sagst, sieht man nichts. Es ist mehr wie eine Luftbarriere aus unsichtbarer Materie. Wenn man so etwas öfters erlebt, entwickelt man ein gewisses Gespür dafür“, sagte Mr Aveda sofort.

„Sie kennen sich also damit aus?“

Mr Aveda lief leicht rosa an.

„Ein wenig.“

Die Zeit verstrich in endlos langen Sekunden. Kaithlyn bemühte sich leise zu sein. Sie ging ein Stück hin und her, wippte auf den Füßen auf und ab und wartete darauf, dass die Erwachsenen etwas taten, das sie weiter brachte.

„Kaithlyn“, Mrs Abadon drehte sich zu ihr um.

„Das Amulett, hast du es dabei?“

„Ähm…ja…kann es helfen?“

Kaithlyn zog es unter ihrer Jacke hervor. Es reflektiere das dumpfe Licht, das durch die vielen Bäume drang.

„Komm mal her.“

Ihre Tante winkte sie herbei. Sie beäugte Kaithlyn. Ihre Augen blieben am Amulett hängen.

„Ich denke du könntest ihn vielleicht betreten.“

Sie schürzte die Lippen

„Mh“, machte sie leise.

„Ich?“, stutze Kaithlyn.

„Ich kenne mich damit doch gar nicht aus.“

„Das macht nichts. Dieses Amulett wird dich beschützen.“

Kaithlyn sah ihre Tante ungläubig an.
„Wirklich?"
Kaithlyn hatte sich nie Gedanken darüber gemacht, ob dieses Amulett Kräfte besaß oder nicht. Sie wusste eigentlich noch nicht einmal genau, von wem sie es hatte. Sie wusste nur, dass es das Einzige war, was zusammen mit ihr, in der Nacht, in der ihre Eltern sie verlassen hatten, seinen Weg zu Relia gefunden hatte.
Mrs Abadon warf einen Blick zu Kaine hinüber. Er nickte nur. Anscheinend mochte er es lieber sich mit Gesten anstatt Worten zu bedienen, was ihn noch abweisender wirken ließ. Kaithlyn erinnerte sich an das Schmuckstück, das sie an seinem Handgelenk gesehen hatte. Konnte es sein, dass…
„Du hast auch eins?", fragte sie und riss die Augen weit auf.
Kaine hob stumm seinen Arm, um es ihr zu zeigen. Kaithlyn ging auf ihn zu und beugte sich nach vorne, so nah, bis ihr Gesicht nur noch Zentimeter von der silbrig glänzenden Oberfläche entfernt war. Sie erkannte, dass es ihrem sehr ähnlich war. Leuchtend hell, nicht aus gewöhnlichem Silber, überzogen von verschlungenen Mustern und kryptischen Symbolen.
„Oh", machte sie leise. Kaithlyns Herz schlug schneller. Enttäuscht senkte sie den Blick. Sie besaß also keine Einzigartigkeit, die eine für sie besondere Bedeutung hatte?
„Lass uns gehen."
Noch ehe Kaithlyn etwas fragen konnte, packte Kaine sie am Arm und zog sie durch die vermeintliche Stelle des Bannkreises. Sie keuchte erschrocken. Es fühlte sich wie ein eiskalter Schauer an, der jeden Zentimeter ihres Körpers durchdrang, von den Fingerspitzen, bis zu den Zehen. Ihre Haut kribbelte und ihre Sicht verschwamm für einige Sekunden, fast so, als wäre sie unter Wasser gezogen worden. Das Gefühl verschwand so schnell, wie es gekommen war. Kaine ließ sie so abrupt los, als habe er sich die Finger verbrannt und Kaithlyn verlor kurz das Gleichgewicht.
„Was ist passiert?"
Die Umgebung hatte sich schlagartig verändert. An der Stelle, wo sie so eben zusammen mit ihrer Tante und Mr Aveda gestanden und in die Luft gestarrt hatte, war nun ein schmiedeeisernes Tor, das halb geöffnet vor ihr lag. Sie sah sich zu allen Seiten um und stellte fest, dass sie den Ort gewechselt hatten. Der Wald aus langen Tannen und dichtem Geäst war in die Ferne gerückt. Sie stand in einem großen, kahlen Garten, mit kurzem Gras und vereinzelten Eichen. Hinter ihr lag nun ein kleiner Pfad, der von

vergangenem Regen nass und schlammig geworden war. Er führte zu einem Anwesen, das kaum zehn Meter von ihr entfernt aufragte.

„Wie ist das möglich?", sagte Kaithlyn erstaunt. Sie streckte eine Hand aus und fragte sich, ob Relia und Mr Aveda jetzt zeitgleich auf der anderen Seite des Bannkreises eine in der Luft schwebende Hand zu Gesicht bekamen. Als die Kälte ihren Arm taub werden lies zog sie ihn zurück.

„Das ist total abgefahren!"

Ihre Bedenken hatte sie verloren. Begeistert drehte sie sich zu Kaine um.

„Also, wie funktioniert das?"

Kaine öffnete widerstrebend den Mund.

„Ein Bannkreis hüllt den Raum, den er umgibt, in einen Schleier oder Schutzmantel ein. Für Außenstehende ist der Raum des Bannkreises nicht sichtbar. Es verlangt wirklich stabile und konzentrierte Magie, um ein ganzes Gebiete einzuhüllen", sagte Kaine und es war das erste mal, das Kaithlyn ihn richtig sprechen hörte.

„Wie lange hält ein Bannkreis an und –"

Kaine räusperte sich.

„Wir sollten gehen."

Kaithlyn schluckte.

„Und unsere Amulette, was bedeuten die?"

„Eine Erklärung würde zu lange dauern. Komm jetzt."

Raschen Schrittes hastete Kaine voraus. Sie stampften den schlammigen Weg entlang. Kaithlyns Stiefel versanken im Matsch und sie hatte Mühe ihm zu folgen. Es kam ihr vor als würden sie eine habe Ewigkeit gehen, während die Villa nicht näher zu rücken schien. Sie begann zu frösteln. Als ihr Atem schneller ging, bemerkte sie, wie dieser sich in kleine weiße Wölkchen verwandelte. Sie sah zum Himmel. Die Atmosphäre veränderte sich kaum merklich. Es wurde kälter.

„Spürst du das auch?", fragte sie und steckte ihre zitternden Finger in ihre Jackentaschen. Die Kälte drang jetzt bis zu ihrer Haut durch. Zwei Meter bevor sie die Veranda erreichten blieb sie stehen. Sie starrte auf ihre Füße hinab. An ihren Beinen hatte sich Reif gebildet, eine hauchdünne Eisschicht voller glitzernder Kristalle. Mit dem nächsten Atemzug schmeckte sie frostige Splitter auf der Zunge.

„Was ist das?"

Kaine schnellte herum.

„Melora."

„Eine Freundin von dir?“, fragte Kaithlyn verwirrt.

„Freundin?“, wiederholte er spöttisch. Sie folgte seinem Blick. Es war inzwischen richtig dunkel geworden und Kaithlyn konnte kaum sieben Meter weit sehen. Sie zuckte erschrocken zusammen, als sie eine Gestalt am Rande der Mauer ausmachte, die die ganze Villa umgab, wie ein schützender Wall aus unverwüstlichem Stein. Erst waren es zwei leuchtende, goldene Augen die Kaithlyn anstarrten. Ein zierliches Mädchen trat aus den Schatten der anbrechenden Nacht. Ihr Gesicht war blass. Sie wirkte wie eine Elfe, deren Haut aus reinem, matten Schnee gemacht war. Ihr dunkles Haar bildete einen anziehenden Kontrast zu ihrem hübschen Gesicht und den leuchtenden Augen, die hervor stachen wie Diamanten. Ihre ganze Erscheinung zeugte von Bestimmtheit und Überheblichkeit, die sich auch in ihren Zügen widerspiegelten. Sie bemühte sich nicht die Hochmütigkeit in ihrem Feixen zu verbergen als sie Schritt für Schritt näher an sie herankam.

Kaithlyn verspürte einen erneuten Temperaturanstieg, als sei Melora die Winterkönigin höchstpersönlich. *War das eine Form von Magie?*

Eine Aura, kalt und glatt wie Marmor.

„Blane“, sagte Kaine geringschätzig.

„Du machst ihr Angst.“

Kaithlyns Beine fühlten sich taub an. Hastig rieb sich mit den Handflächen über ihre Hose, um den Frost zu vertreiben. Sie bemerkte, wie ihr der Mund offen stand und klappte prompt den Kiefer wieder zu. Zu ihrem Bedauern konnte sie ihre Bewunderung nicht verbergen.

„Das ist das Mädchen?“

Obwohl Melora lächelte musterte sie Kaithlyn keineswegs auf eine freundliche Art.

Kaithlyn schwieg. Sie hielt Meloras Musterung stand.

„Kaithlyn Hayworth?“, sagte sie und ging auf Kaithlyn zu. Die Kälte in der Umgebung wurde milder und verschwand fast gänzlich. Melora wedelte entschuldigend mit einer Hand.

„Manchmal vergesse ich mich“, fuhr sie fort.

„Ich bin Melora Blane.“

Sie hielt Kaithlyn eine Hand hin, die Kaithlyn höflich annahm.

„Wir haben euch nicht so früh erwartet. Mrs Koirbet dachte, es sei ratsam, den Schutz um ihr zu Hause zu verstärken, weil sie letzte Woche nicht hier verbracht hat. Sie war auf Reisen und wollte ihr Heim nicht schutzlos zurücklassen. Du musst wissen, dass sie ein paar außergewöhnliche Dinge besitzt. Außerdem kann es nützlich sein, um – ", sie hielt inne und bedachte Kaine mit einem grimmigen Blick.

„ – sich unerwünschte Besucher vom Hals zu halten."

Kaithlyn sah ratlos zwischen den beiden hin und her. Sie konnte förmlich hören, wie die Luft vor Anspannung zu knistern begann.

„Anscheinend ist seine Wirkung verblasst, sonst hättet ihr nicht passieren können. Welches Rinstrait habt ihr benutzt?"

„Ein was?", fragte Kaithlyn verwirrt. Melora seufztze resigniert.

„Du kommst ja von außerhalb", murmelte sie leise.

„Ein Rinstrait ist ein Objekt, das mit Magie belegt wurde. Solche Gegenstände erlauben es einem Bannkreise zu durchdringen, ohne Schaden davon zu tragen."

Kaithlyn fingerte an ihrem Amulett herum. Als Melora sie interessiert beäugte, schob sie es schnell unter den Saum ihrer Jacke zurück. Sie wusste nicht genau, warum, aber eine innere Stimme sagte ihr, dass es besser war, dass Melora es nicht zu Gesicht bekam. Als sie Kaines Blick auffing, schien er dasselbe zu denken.

„Also?"

Melora sah Kaithlyn drängend an.

„Sorge lieber dafür, dass die Kutsche das Tor passieren kann", meinte Kaine und fuhr sich mit einer Hand durch das ohnehin schon wirre Haar. Kaithlyn fuhr erneut zusammen, als sie das laute Krächzen eines Raben über ihren Köpfen vernahm. Das Tier kreiste über der höchsten Spitze des Gebäudes und gab immer wieder kehlige Laute von sich.

„Scheint erledigt", antwortete Melora noch immer lächelnd.

„Dann geh und sag ihnen Bescheid, Karrow."

Wieder dauerte es einige Sekunden, bis die beiden ihre Blicke voneinander abwendeten. Die Zwei, schienen sich absolut nicht ausstehen zu können, dachte Kaithlyn. Sie spürte ihre gegenseitige Abneigung, die wie ein Gewitter in der Luft lag und ihr hin und wieder einen Schlag verpasste, wenn sie einem von beiden in die Augen sah. Kritisch beobachtete sie, wie Kaine widerwillig folge leistete und langsam zurück trottete.

„Ich frage mich, wie es wohl dazu kam, dass du dich hier wieder blicken lässt. Der Kopfgeldjäger Kaine Karrow, arbeitet jetzt anscheinend als Leibwächter, wie?"

Melora kicherte gehässig. Sie wurde Kaithlyn immer unsympathischer. Kaine ging ungerührt weiter. Als er außer Sicht kam, entspannte sich Melora sichtlich.

„Ist Kaine wirklich ein Köpfgeldjäger?“, fragte sie. Melora lachte auf.

„Hin und wieder schon. Nach allem, was ich so gehört habe…“, sie unterbrach sie selbst, indem sie sich räusperte.

„Wie auch immer. Du kannst schon mal mit mir kommen.“

In der Eingangshalle der Villa flackerten unzählige Kerzen. Der Boden war glatt und aus grauem Stein. Ihre Schritte hallten darauf wieder, als seien es die hunderter Personen und nicht zweier. Der weitläufige Raum war bis auf die Kerzenhalter wie leer gefegt und umso deutlicher stachen die verschieden farbigen Türen heraus. Bunte Türen, die einfach nicht her zu passen schienen. Wie Regenbogenfarbende Punkte stachen sie einem ins Auge. Eine Tür war besonders auffällig. Sie war dreimal so groß und breit wie die anderen und hatte einen silbernen Rahmen, wie ihn normalerweise nur Spiegel hatten.

„Warum…?“, setzte Kaithlyn an, fand jedoch keine Worte, um ihrer Frage Ausdruck zu verleihen. Staunend folgte sie Melora, ohne zu darauf achten wo es lang ging. Als sie sich an der riesigen Halle satt gesehen hatte, schenkte sie ihre Aufmerksamkeit wieder Melora.

Eins war sicher, sie konnte zaubern und das beeindruckte Kaithlyn, auch wenn sie einen äußerst selbstgefälligen Eindruck machte. Erneut schossen Kaithlyn unglaublich viele Fragen durch den Kopf und sie hatte alle Mühe die Flut der Gedanken zurückzudrängen.

Melora steuerte auf die größte aller Türen zu. Als die beiden sich näherten, sprang sie wie von Zauberhand – und vermutlich war es auch so – auf. Ein riesiger Raum mit gepolsterten Sesseln aller Art und in allen erdenklichen Farben erstreckte sich vor Kaithlyn. Es gab viel zu kleine Sessel, welche mit breiten Armlehen, einfache aus Holz, verzierte und gemusterte. Andere waren mit rotem Samt bezogen und sahen sehr edel aus und wiederum andere schienen aus mehren bunten Teilen zusammen gewürfelt zu sein. Die meisten standen quer durch den Raum verteilt. Eine Reihe von Sesseln stand in einer Art Kreis vor einem großen Kamin, indem ein Feuer loderte. Die Wände waren mit Bücherregalen gesäumt, an den Fenstern hingen klobige blaue Vorhänge und der Raum wirkte sehr überladen und unzusammenhängend vollgestopft.

„Du musst wissen, die Besitzerin dieses Anwesens, Mrs Koirbet, hat einen ausgefallenen Stil", sagte Melora, als sie Kaithlyns Verwunderung bemerkte.

„Setz dich, wohin du möchtest."

Ihre Stimme klang übertrieben freundlich, nicht so bösartig wie ihre Worte an Kaine.

„Kann ich dich etwas fragen?", sagte Kaithlyn nervös.

„Nur zu."

Melora nahm in einem Ledersessel platz und schlug die Beine übereinander. Kaithlyn versuchte, die Fragen in ihrem Kopf nach der Wichtigkeit zu ordnen. Sie beschloss, beim eben Geschehenen zu beginnen.

„Also, wie hast du das eben gemacht? War das ein Zauber?"

„Oh, das von vorhin? Ja. Ich beherrsche Eiszauber."

Melora war also tatsächlich eine Magierin.

„Das eben war vielmehr ein Versehen. Weißt du, meine Magie ist stark an mein Gemüt geknüpft und ich war…sagen wir leicht aus der Fassung gebracht, weil ich nicht wusste, dass *er* kommt."

Sie biss sich auf die Unterlippe und ihre Finger krampften sich um die Lehnen ihres Sessels.

Oh, ja. Sie konnte Kaine wirklich kein Stück leiden, dachte Kaithlyn.

„Du kennst keine Magier, oder?"

„Nein", sagte Kaithlyn und schüttelte den Kopf.

„Ich hätte nicht gedacht, dass du so jung bist. Höchstens vierzehn, oder?"

Kaithlyn nickte. Dieses Mädchen schien einiges über sie zu wissen. In ihrem stechendem Blick lag Neugier, etwas Mitleidiges und Überlegenheit. Kaithlyn wand den Blick ab. Sie hatte da so eine Ahnung, was Melora für ein Mensch war und diese Vorstellung gefiel ihr ganz und gar nicht. Melora war keines Falls froh darüber, hier mit ihr warten zu müssen.

Es wurde totenstill.

Kaithlyn bevorzugte erneut Schweigen gegenüber einer Unterhaltung mit Miss Winterkönigin. Für gewöhnlich hätte sie die Gelegenheit genutzt, jemandem der etwas zu wissen schien mit Fragen zu überrumpelt – so hätte sie es bei jeden anderen getan – aber bei Melora beschlich sie ein mulmiges Gefühl. Kaithlyn wollte ihr nicht ihre ratlose, eingeschüchterte Seite offenbaren. Schon gar nicht einem Menschen, der es genoss andere mit Worten anzugreifen. Sie stand auf und tat so als würde sie die Buchrücken in den Regalen studieren, dabei flimmerten die Buchstaben an ihrem Auge vorbei, ohne das sie ihnen eine Bedeutung zu miss.

Die Tür schwang knarrend zur Seite und ein älterer Herr, mit zur Glatze neigendem weißgrauem Haar, betrat das Zimmer. Er trug einen Anzug und eine Krawatte und sprach sehr höflich. Durch sein Hinken wirkte er noch gebrechlicher.

„Guten Abend, Miss Blane. Mr Karrow, Mr Aveda und Mrs Abadon sind nun eingetroffen. Darf ich ihnen Tee servieren?"

„Okay, danke. Schicken Sie sie rein."

Er verneigte sich und machte den Weg für die anderen Besucher frei.

„Kaithlyn, geht es dir gut?"

Mrs Abadon stürzte sich auf Kaithlyn und drückte sie an sich, als hätte sie Kaithlyn ewig nicht gesehen. Kaithlyn stöhnte leise.

„Schon gut, du erdrückst mich Tante Relia!"

Mrs Abadon ließ sie los.

Nachdem Melora sich mit Mr Aveda bekannt gemacht hatte, bot sie allen einen Platz an und sagte, das Mrs Koirbet – die Person wegen der sie hergekommen waren – jeden Moment eintreffen würde und der Butler – *der Butler!* Kaithlyn konnte es kaum glauben – ihnen allen ein heißes Getränk servieren würde, um die Wartezeit zu verkürzen.

„David, wenn es dir nichts ausmacht, bleib", hörte Kaithlyn ihre Tante flüstern.

„Ich bin sicher Musa wäre froh dich wieder einmal zu sehen."

Rose´ Vater nickte zustimmend.

Kaithlyn spürte Kaines lastende Blicke im Nacken. Er hatte sich einen Sessel in der hintersten Ecke ausgesucht und beobachtete sie aus einem Schatten heraus, so wie es Melora zuvor im Garten getan hatte.

„Lang ist`s her! Lang ist`s her", sagte Mr Aveda vergnügt und Kaithlyn fühlte sich in seiner Gesellschaft gleich viel wohler. Er hatte dasselbe warmherzige Lächeln wie Rose. Kaithlyn vermisste sie jetzt schon.

„Diesen Raum mochte ich schon immer gerne", sagte er zu Kaithlyn.

„Dann waren Sie schon einmal hier?", fragte Kaithlyn, überflüssiger Weise.

„Ich kam schon einige Male hier her. Die Besitzerin, Mrs Koirbet, bat mich einen Blick auf ein neu erworbenes altes Buch zu werfen, da konnte ich nicht widerstehen", sagte er lächelnd.

Dann war es wieder still.

Kaithlyn warf einen Blick in die Runde. Ihre Tante wich nervös ihrem Blick aus. Melora sah in die Ecke auf eine schmale Standuhr, die gerade zehn Uhr schlug und Kaine starrte gelangweilt aus dem Fenster. Eine nette Runde hatte sie hier erwischt.

Ging es noch bizarrer?

Kaithlyn wusste nicht recht, was sie von all dem halten sollte. Noch immer verstand sie den Zusammenhang der Ereignisse nicht. Sie lehnte sich weiter in ihren Sessel zurück und wartete darauf, dass jemand das Wort ergriff.

Jemand klopfte an und der Butler gesellte sich zu ihnen. Er schob einen Servierwagen herein, auf dem sich mehre Tassen und eine Porzellankanne mit dampfendem Tee befand.

„Danke, Albert", sagte Melora kurz.

„Haben Sie Fye schon gesehen?"

Der Butler hustete kränklich.

„Der junge Herr Crossdale ist in der Bibliothek. Er lässt ausrichten, dass er sich zu gegebener Stunde zu ihnen begibt."

„So?", sagte Melora vorwurfsvoll.

Während Albert eine nach der anderen Tasse mit Tee füllte und ihnen reih um reichte, trat wieder unangenehme Stille ein. Albert ging auch zu Kaine, um ihm Tee anzubieten, doch der schüttelte nur den Kopf.

„Nein", sagte er und zog sich seinen Umhang tiefer ins Gesicht.

Der Butler verneigte sich anmutig und schritt aus dem Zimmer, den Wagen ließ er stehen.

„Schweigen wir uns jetzt nur noch an?", sagte Kaithlyn sauer.

Sie probierte den Tee, er schmeckte sehr bitter.

„Wir warten nur noch auf Mrs Koirbet", sagte Melora genervt, als wäre es eine unzumutbare Anmaßung von Kaithlyn mehr als zehn Worte am Stück zu erwarten.

Fest entschlossen mied Kaithlyn Meloras durchdringenden Blick und sagte nichts dazu. Hatte ja nicht besonders lange gedauert, bis sich ihre Einschätzung von Melora bewahrheitete. Zudem bezweifelte sie stark, das niemand außer dieser ominösen Mrs Koirbet eine Erklärung abgeben konnte und sie war es leid, als einzige im Dunkeln zu tappen.

Kaithlyn stellte die Teetasse auf den eckigen Tisch in der Mitte der Sesselrunde ab und räusperte sich, womit sie Melora zeigen wollte, das sie ihr nicht glaubte. Melora stand auf.

„Es ist Zeitvergeudung dir jetzt den Kopf darüber zu zerbrechen."

Kaithlyn war da anderer Meinung.

„Ach ja? Wenn nicht jetzt, wann dann?"

Es war ungerecht, das noch immer keiner ein Wort sagte. Sie war es doch schließlich, die in eine Kutsche ins Nirgendwo gestiegen war und um die es hier ging. War ihre Abreise nicht hektisch und schnell verlaufen? Warum schien das plötzlich nicht mehr wichtig zu sein? Sie saßen hier und tranken Tee, als wäre das nur ein netter Ausflug. Sie musste ihre enorme Wut zurückhalten und presste die Lippen aufeinander, um nichts Falsches zu sagen. Wut schien das einzige Gefühl zu sein, das Kaithlyn in letzter Zeit verspürte und es wurde schlimmer je länger sie es unterdrückte. Es staute sich in ihrer Brust auf, wie eine Bombe kurz vor der verheerenden Explosion. Sie war wütend auf Melora, die mit Kaithlyns Unwissenheit spielte. Auf Kaine der sie einfach so und unvorbereitet durch den Bannkreis gezogen hatte und ständig ein Gesicht, wie sieben Tage Regenwetter zog, aber vor allem auf ihre Tante.

Relia Abadon, die es einfach für nicht nötig hielt, aus welchem Grund auch immer, ihr Rede und Antwort zu stehen und das nicht nur heute. Kaithlyn stand auf und stampfte zur Tür.

„Wo ist das Bad?", sagte sie, ohne sich noch mal umzudrehen.

„Die Treppe rauf und dann links", sagte Melora verdutzt.

„Soll ich es dir zeigen?", fragte sie in einem Anflug echter Freundlichkeit.

„Nicht nötig!"

Und schon war Kaithlyn aus der Tür, die sie sofort hinter sich schloss. Das halte ich dort nicht länger aus, dachte sie. Ziellos wanderte sie die nächste Treppe hinauf und schleppte sich durch einen langen düsteren Flur.

Das Feuer im Kamin ging langsam aus und ein leises Knistern erfüllte die Luft wie ungebetene Musik zur falschen Zeit. Der Wind rappelte an den Fenstern und setzte Blätter auf den Simsen ab. Melora knirschte mit den Zähnen und starrte die Tür an, als würde das Kaithlyn zurückbringen.

„Lass sie nur, Melora", sagte Mr Aveda beschwichtigend.

„Sie ist noch ein Kind."

Dann sah er Mrs Abadon an. Sie hatte ihren Kopf zwischen den dünnen runzeligen Fingern begraben und seufzte im Minutentakt.

„Sie hasst mich dafür. Für einfach alles. Für mich ist es doch auch nicht leicht", sagte Mrs Abadon und war den Tränen nahe.

„Nein. Nein. Nicht doch, Relia."

Mr Aveda stand auf und legte Mrs Abadon tröstend die Hand auf die Schulter.

„Kaithlyn wird schon bald Verständnis dafür haben. Sie ist ein liebes Mädchen", sagte er mit beruhigender Stimme und einem sanften Lächeln.

„Es war nicht leicht immer alles unter Verschluss zu halten. All die Jahre, voller Geheimnisse", sagte Mrs Abadon zittrig.

„Bald wird sie alles verstehen."

Kaine starrte aus dem Fenster. Sein eigenes Gesicht sah ihn aus dem Spiegelbild der Scheibe entgegen. Er fühlte sich nicht besonders wohl an diesem Ort mit den Leuten, von denen er normalerweise Abstand hielt. Er konnte dieses Mädchen verstehen. Wirklich. Aber seit wann versuchte er sich in Dinge einzumischen, die ihn nichts angingen.

Kapitel 3

Harlow

Kaithlyn stoppte verwirrt. Hier oben wurde es von Schritt zu Schritt dunkler. Keine Kerzen brannten und die Fenster hätten bei der übermäßigen Dunkelheit der Abenddämmerung auch kein Licht hereinlassen können. Also stolperte Kaithlyn durch den langen Flur, dessen Wände mit Porträts gesäumt waren, die sie jedoch nur schemenhaft ausmachte. Sie blieb hin und wieder stehen; versuchte etwas zu erkennen. Die Toilette hatte sie jedenfalls noch nicht gefunden. Es erschien ihr als sei der Flur endlos lang.

Sie tastete entlang der Wände und spürte zu ihrer rechten Seite einen kalten Türknauf. Es war unheimlich alleine durch die Finsternis zu wandern und um aus dem dunklen Flur zu kommen, entschied sie einfach in das nächstbeste Zimmer zu gehen, in dem es hoffentlich einen Lichtschalter gab. Erleichtert fand sie diesen direkt neben dem Türrahmen.

Vor ihren Augen blitzen grelle Lichter, als es abrupt hell wurde.

An der Decke hing ein riesiger Kronleuchter aus Kristallen und Perlen und erhellte den Raum. Kaithlyn sah sich um; das Bad war es nicht. Sie hätte diesem Raum aber auch keine andere Eigenschaft zuordnen können, weil eine Menge nicht zusammenpassender Dinge hier drin standen. Ein paar Spiegel an der Wand, alt und mit milchigen Gläsern. Kisten aus Holz und Koffer mit Flicken, seltsame Instrumente und Geräte aus Metal, mit vielen Knöpfen in jeder Größe, Form und Farbe. Außer dem Kronleuchter hingen Mobiles und Kristallkugeln an der Decke. Hier und da lagen ein paar kaputte Bücher auf dem Boden verteilt und in einer Ecke stand eine steinerne Figur eines Tieres. Kaithlyn trat näher. Es sah aus wie ein Drache, aber dafür war der Schwanz viel zu lang und die Flügel nicht aus Schuppen, sondern Federn. Sie wusste nicht, was es darstellen sollte. Vielleicht eine Figur aus einem Mythos?

Die Besitzerin des Anwesens musste wirklich einen ausgefallenen Geschmack haben.

Ihre Schuhe hinterließen Abrücke in der zentimeterdicken Staubschicht des Bodens als sie weiter ging und sich immer noch neugierig umsah. Ihr Blick fiel auf ein großes Porträt, das auf einem Fenstersims stand. Eine junge Frau mit goldblondem, langem gelocktem Haar lächelte ihr entgegen. Sie trug ein rubinrotes Kleid aus Spitze und an ihren auf dem Schoß gefalteten Fingern trug sie einen auffälligen Ring. Kaithlyn beugte sich nach vorne. Ein silberner Ring, in den ein Zeichen eingelassen war. Kaithlyn glaubte, es zu kennen.

Diese Zeichen, dieses Siegel…konnte das sein? Kaithlyn war sich nun sicher. Es war jenes aus ihrem Traum. Die Erinnerung stach so scharf aus ihrem Gedächtnis heraus, als habe sie soeben ein Foto davon geschossen. Sie erkannte es nun deutlich wieder. Ihr Herz schlug wie wild. Konnte dies ein bloßer Zufall sein? Sie schluckte und suchte das Bild nun nach Hinweisen ab. In der unteren Ecke stand in verblasster Handschrift:

Für meine gute Freundin Harlow Hayworth

Kaithlyn las die Widmung erneut. Sie traute ihren Augen kaum. Könnte es sein, das diese Frau eine Verwandte von ihr war? Den Namen Hayworth gab es nicht besonders oft. Nicht das Kaithlyn ihn häufig gehört oder gelesen hätte. Gab es außer Tante Relia noch jemanden? Kaithlyn suchte das Bild weiter ab, doch mehr als diese Widmung fand sie nicht. Das Porträt schien ihr nicht besonders alt. Es war fast frei von Staub, im Gegensatz zu den anderen Sachen, die hier herumstanden. Es konnte vielleicht bis vor kurzen noch irgendwo anders gehangen haben. Kaithlyn dachte angestrengt nach. Soweit sie wusste hatte sie außer ihren Eltern und ihrer Tante Relia niemanden.

Hatte ihre Tante gelogen? Kaithlyn hatte noch nie einen Stammbaum ihrer Familie gesehen und Fotos von ihren Eltern gab es auch nicht. Vielleicht lebte Harlow Hayworth und wusste nicht einmal, dass es Kaithlyn gab. Das war wohl eher unwahrscheinlich, dachte sie. Ihre Tante war zwar verschlossen und verheimlichte viel, aber so etwas würde selbst sie nicht verschweigen.

Kaithlyn fiel urplötzlich wieder ein, dass sie nach oben gegangen war, weil sie ins Bad wollte und die anderen sie bestimmt schon vermissten. Als sie gerade den Raum verlassen wollte, machte es laut *Klick*. Sie drehte sich erschrocken um.

Angestrengt horchte sie in die Stille hinein. Kaithlyn ging einige Schritte zurück und sah wie etwas in einem der Spiegel aufblitzte.

Klick.

Erneut dasselbe Geräusch. Sie sah in einen ovalen Spiegel mit Eisenrahmen und tatsächlich blitze etwas darin. Etwas wurde darin gespiegelt. Kaithlyn drehte sich um.

Klick. Klick. Klick.

Kaithlyn rührte sich nicht. Das Blitzen und Klicken schien denselben Ursprung zu haben. Hinter den Kisten zu ihrer Linken regte sich etwas. Kaithlyn trat nach vorne und schob eine Holzkiste zur Seite. Dort war nichts. Ein Schatten huschte an ihr vorbei. Vor Schreck stieß sie eine der anderen Kisten um und der gesamte Inhalt verteilte sich lautstark über den Boden.

Klick.

Da war es wieder. Hinter einer anderen Kiste. Vorsichtig lugte sie dahinter. Kaithlyn atmete erleichtert aus. Eine kleine silberweiße Katze rollte sich über den Boden im Staub und spielte

mit einem Plastikball, der jedes Mal, wenn sie darauf biss, das klickende Geräusch verursachte. Sie trug kein Halsband, nur eine Schleife, an der eine goldene Kugel und ein winziger Schlüssel hingen. Die Goldkugel spiegelte das dumpfe Licht des Kronleuchters und ab und zu fiel ein Lichtstrahl in einen der vielen Spiegel. Die Katze schnurrte und Kaithlyn musste lächeln.

„Du hast mich aber erschreckt."

Sie streckte die Hand aus und die Katze legte ihren Kopf hinein.

„Wie kommst du denn hierher? Hast du dich verirrt?", fragte jemand und es war nicht Kaithlyn, die das sagte. Sie drehte sich um. Da war niemand. Woher kamen dann diese Fragen?

„Ist da jemand?", sagte sie leise.

„Das habe ich gesagt!"

Kaithlyn sah die Katze an. Für einen Moment hatte sie doch wirklich gedacht, dass die Katze gesprochen hätte. Doch soweit sie wusste, taten Katzen das nicht.

„Warum siehst du mich so an?"

Tatsächlich, ohne die Schnauze zu öffnen, sprach die Katze erneut. Kaithlyn konnte sie deutlich hören.

„Du…kannst…sprechen?", fragte Kaithlyn zaghaft.

„Nein. Als sprechen würde ich es nicht bezeichnen. Sagen wir du hörst meine Gedanken. Miau. Aber sprechen so wie die Menschen es tun, kann ich auch, obwohl ich das nicht sehr gerne tue."

Kaithlyn kniete sich zu dem Tier nieder.

„Und? Warum bist du hier? Ich spiele hier öfters, aber dich kenne ich nicht."

„Wie…wie ist das möglich?"

Kaithlyn war noch immer völlig überwältigt und verwirrt.

„Ich bin ein Kianki. Das sind Tiere, die magische Eigenschaften aufweisen. Wir sind selten, aber es gibt uns."

Die Stimme der Katze klang sehr freundlich. Kaithlyn sah sich unbeholfen um.

„Bist du erstaunt?"

Die kleine Katze rollte sich erneut über den Boden. Kaithlyn lächelte erheitert.

„Ich habe noch nie etwas wie dich gesehen", sagte Kaithlyn.

„Du meinst, eine Katze?"

„Nein. Ein…Kianki."

„Mh…du bist ein Mensch!", stellte die Katze fest.

„Bist du alleine hier?", fragte Kaithlyn weiter.

„Mir wurde gesagt, dass ich warten soll", schnurrte die kleine Katze.

„Warten worauf?", sagte Kaithlyn neugierig und noch immer fasziniert zu gleich.

„Das weiß ich nicht. *Sie* hat erzählt, dass mich jemand abholt."

Die Katze sah Kaithlyn an.

„Und bist du allein?"

„Ähm…nein, eigentlich sollte ich wieder runter gehen…die warten bestimmt schon."

Kaithlyn wollte die Katze nicht alleine zurücklassen. Dann knarrten die Dielen hinter ihr.

„Dies ist nun nicht mehr notwendig", sagte eine dumpfe rauchige Frauenstimme. Kaithlyn sah erschrocken zur Tür. Eine sehr alte Frau mit faltigem Gesicht und langem grauem Haar stand in der Türzarge. Sie stützte sich auf einen hölzernen krummen Stock. Die Katze lief der Frau zu und schmiegte sich um ihre Beine.

„Entschuldigen Sie, ich wollte nur…ich habe…", Kaithlyn sah schuldbewusst drein.

„Guten Abend. Mein Name ist Mrs Koirbet. Ich bin die Besitzerin dieses Anwesens und bedauerlicherweise der zu spät kommende Gast, der bereits von euch erwartet wurde."

Sie lächelte gutmütig, wodurch ihr Gesicht noch faltiger wirkte. Kaithlyn sah sie stumm an. Neben ihr am Türrahmen lehnte ein junger Mann. Er sah sehr gut aus, völlig in schwarz gehüllt und seine Augen waren stahlblau. Auf seiner linken Schulter saß ein pechschwarzer Rabe.

„Das ist Fye Crossdale", sagte Mrs Koirbet und Fye nickte. Seine Miene zeigte keine Regung.

„Ich bin Kaithlyn Hayworth und ich wollte nicht…", begann Kaithlyn.

„Schon gut. Neugierde ist auch eine der meinigen Eigenschaften."

Sie trat näher an Kaithlyn heran.

„Genauso so habe ich mir dich vorgestellt. Du ähnelst deiner Mutter sehr. Und…wie ich sehe, hast du das Kätzchen schon kennengelernt."

„Wirklich?", sagte Kaithlyn noch nervöser.

„Du bist ihr wie aus dem Gesicht geschnitten."

Mrs Koirbet lächelte.

„Also, Kaithlyn, diese Katze hier ist ein Kianki." Sie machte eine Pause. „Kiankis bleiben ein Leben lang ihrem Besitzer treu und nur der Besitzer darf ihnen einen Namen geben. Du musst wissen der Name bindet das Tier an seinen Meister."

Die Frau trat nun noch näher und stand nun genau vor Kaithlyn. Kaithlyn wusste nicht, wie sie darauf reagieren sollte.

„Diese hier hat noch keinen Namen. Niemand hat bisher ihre Stimme gehört. Nur ein Mensch auf der ganzen Welt passt zu ihr. Nur einer kann ihre Stimme hören und nur eine einzige Person eignet sich als Meister für sie."

Die Aura dieser alten Dame strahlte eine solche Wärme und Freundlichkeit aus, das Kaithlyn all ihre Bedenken verlor, als sei sie hypnotisiert worden.

„Ich habe ihre Stimme gehört. Sie hat mit mir gesprochen", sagte Kaithlyn unbewusst.

„Das habe ich mir schon gedacht. Und was sagt dir das?"

Kaithlyn sprach nicht aus, was sie dachte.

„Ich hab sie hier aufgenommen, aber ihr Meister bin ich nicht."

Fye beobachtete Kaithlyn. Der Rabe auf seiner Schulter krächzte, so als wolle er Kaithlyn auf das Offensichtliche hinweisen.

„Ich möchte, dass du sie nimmst. Du bist ihr rechtmäßiger Besitzer, Kaithlyn."

„Was? Aber sie kennen mich doch gar nicht…ich versteh nicht…?"

„Es gibt nicht immer für alles eine Erklärung."

Das Kianki sah Kaithlyn erwartungsvoll an.

„Okay."

„Nun, wo das geklärt ist, sollten wir deine Tante nicht länger warten lassen."

Die Katze lief neben Kaithlyn her, während sie Mrs Koirbet und Fye den Flur entlang zurück folgte. Unwillkürlich wahrte sie Abstand zu den beiden Fremden. Wachsam musterte sie Mrs Koirbets Rücken und verfolgte ihre etwas eingerosteten Bewegungen. Fye ging schnellen Schrittes voran und würdigte sie keines Blickes.

„Also wirst du mir einen Namen geben?", fragte das Kianki.

Kaithlyn überlegte kurz, um einen geeigneten Namen zu finden. Wenn ich ihr einen Namen gebe, ist sie an mich gebunden? Und was wenn das etwas Schlechtes ist? Kaithlyn sah in die dunkelgrünen Augen der Katze, die munter neben ihr hersprang.

Sie sah einfach zu niedlich aus.

„Harlow."

Die Katze schmiegte sich an ihr rechtes Bein.

„Ich nenne dich Harlow, okay?"

Unwillkürlich war ihr der Name des Mädchens vom Porträt eingefallen und sie schmunzelte. Harlow war ein schöner Name.

Kaithlyn konnte sich nicht erinnern einen solch langen Weg hinauf gegangen zu sein, den als sie unten ankamen, schien es so als sei eine halbe Ewigkeit vergangen. Als sie das Wohnzimmer betraten, sprang Mrs Abadon auf und warf Kaithlyn einen *Ich-war-halb-krank-vor-Sorge-Blick* zu. Sie wollte ihren Gedanken beim Anblick der anderen zwei wohl nicht aussprechen. Mrs Abadon und Mrs Koirbet fielen sich freundschaftlich in die Arme. Der Anblick ihrer alten Freundin entlockte Relia sogar ein seltenes Lächeln.

„Wie geht es dir Relia?"

„Gut und dir Musa?"

Melora warf Fye einen vielsagenden Blick zu, der Kaithlyn nicht entging. Mr Aveda machte sich mit Fye bekannt und Kaine nickte Fye zu, was wohl so viel wie *Hallo* bedeuten sollte. Anscheinend kannten Fye, Melora und Kaine sich. Nachdem alle in den Sesseln platz genommen hatten, wartete Kaithlyn sehnsüchtig darauf, das nun endlich alles aufgeklärt würde.

Harlow hatte sich auf ihrem Schoß zusammengerollt und gähnte müde. Mrs Abadon warf der Katze einen verwunderten Blick zu, sagte jedoch nichts, sie wollte wohl nicht die Erste sein die etwas sagte. Kaithlyn atmete tief durch. Endlich würde sie ein paar Antworten bekommen.

Kapitel 4

Nur ein Stück Papier

Mrs Abadon sah ziemlich beunruhigt aus, so als sei dies der lange erwartete Moment, indem sich etwas offenbaren sollte, was sie gerne noch weitere vierzehn Jahre geheim gehalten hätte. Sie hatte Angst vor Kaithlyns Reaktion und fühlte sich schuldig. Hatte sie sich denn wirklich etwas vorzuwerfen? Das alles war doch zum Wohlergehen des Mädchens geschehen. Relia erinnerte sich noch genau an die Nacht, in der sie Kaithlyn das erste Mal sah. Kaithlyn war noch so klein gewesen. Es hatte geschneit und es war einer der kältesten Winter, die es je gegeben hatte, gewesen. Sie hatte gerade Tee gekocht, als es an ihre Tür klopfte. Eigentlich bekam sie nie Besuch, schon gar nicht so spät. Sie war gerne allein, vor allem nach all den Enttäuschungen, die sie bereits einstecken musste. Das Gefühl, was sie überkam, als sie ihre Schwester Alyssa und ihren Mann Aiden auf ihrer Türschwelle stehen sah, würde sie nie vergessen. Sie würde nie den Hilfe suchenden Ausdruck in ihren Gesichtern vergessen. Niemals.

Kaithlyn fuhr Harlow über ihr Fell und tätschelte ihren Kopf. Es lag eine sehr gedrückte Stimmung in der Luft. Kaithlyn wagte es nicht durch eine Frage die Stille zu unterbrechen. In Meloras goldenen Augen spiegelte sich der Glanz des kleinen Feuers, während sie in den Kamin starrte. Fye verzog keine Miene. Kaithlyn entging nicht, dass er sie interessiert musterte und sie fühlte sich beobachtet, also hielt sie seinem Blick stand. Auch der sonst so fröhliche Mr Aveda wirkte angespannt. Kaine war aus Kaithlyns Blickfeld verschwunden, doch sie war sich sicher, dass er noch immer in der hinteren linken Ecke saß und aus dem Fenster starrte. Der Servierwagen und ihre Tassen waren inzwischen weggeräumt worden. Mrs Koirbet warf einen Blick in die Runde und erhob ihre rauchige, kratzige Stimme:

„Es freut mich, das alle wohl auf sind. Ich möchte mich für meine Verspätung entschuldigen. Ich wurde aufgehalten, aber das ist jetzt nicht mehr wichtig. Bevor wir nun beginnen, sind wir Kaithlyn eine Erklärung schuldig."

Sie lächelte Kaithlyn an und Kaithlyns Herz machte einen bedeutenden Sprung.

„Wo fangen wir an? Um all das nachvollziehen zu können, musst du wissen, dass deine Eltern in der Nacht ihres Verschwindens nicht nur deine Tante aufsuchten. Sie klopften auch an meine Tür. Dein Vater war ein alter Schüler von mir. Der Beste den ich je hatte, nun, sagen wir, er war einfach fantastisch", sagte Mrs Koirbet mit nostalgischem Blick. Kaithlyn grub ihre Finger in ihre Beine, sodass es schon fast schmerzte.

„Er und deine Mutter hatten nicht viel Zeit und so waren ihre Worte sehr kurz, doch er gab mir einen Brief, der alles erklären sollte."

Kaithlyn war so aufgeregt, dass ihr Atem flacher ging. Ihr ganzer Körper zitterte.

„Ich kenne den Inhalt des Briefes sehr gut. Darin stand etwas über dich und deinen Aufenthaltsort, eine äußerst kostbare Information, wenn man bedenkt, dass deine Eltern eventuell verfolgt wurden und dich vor den Verfolgern in Sicherheit wissen wollten. So gaben sie mir diesen Brief, damit auch ich ein Auge auf dich werfe. Dein Vater schenkte mir sein bedingungsloses Vertrauen. Ich nahm diese Verantwortung an."

Kaithlyn runzelte sie Stirn. *Ein Brief? Es ging um lächerliches Stück Papier?*

„Nun kommt der Teil, den ich zu tiefst bedaure."

Mrs Koirbet sah sehr ernst aus.

„Der Brief wurde mir gestohlen", sagte sie bitter.

Kaithlyns Herz schlug ihr nun bis zum Hals.

„Ich entschuldige mich dafür, weil es nicht mehr gut zu machen ist. Ich habe das Vertrauen der Hayworths enttäuscht. Das ist der Grund, warum ich mich mit deiner Tante in Verbindung setzte, da ich befürchtete, dass deine Heimat, das Dorf Custocorward nicht mehr sicher für dich sei. Es ist meine Schuld, dass du dein zu Hause verlassen musstest. Ich hoffe du verzeihst mir irgendwann."

Kaithlyn sah Mrs Koirbet mitleidig an.

„Es geht also um einen Brief. Was genau haben meine Eltern geschrieben? Was haben Sie Ihnen mitgeteilt? Warum nehmen Sie an, dass es nicht mehr sicher genug für mich ist, nachdem er gestohlen wurde? Und wer sind diese Leute, die meine Eltern verfolgt haben? Die sich erst für sie und jetzt für mich interessieren? Was genau wollen sie von meiner Familie?"

Kaithlyn schloss hastig den Mund, bevor noch mehr Fragen heraus quellen konnten wie Wasser durch ein undichtes Rohr. Jetzt begann Relia zu antworten.

„Es ist nicht leicht, all diese Fragen gerecht zu beantworten, zumal ich zum jetzigen Zeitpunk nur spekulieren kann. Auch ich kenne den Inhalt des Briefes. Dein Vater beschreibt darin, dass er befürchtete beobachtet zu werden, weil er im Besitz von etwas war, was einige Menschen zu interessieren schien. Eine genaue Erklärung hat er dabei ausgelassen, aber aus seinen flüchtigen Worten ging deutlich hervor, das es seiner und auch der dringlichste Wunsch deiner Mutter war, dich versteckt vor der Welt, dem Leben, das sie gelebt haben, zu halten. Sie wollten, dass du weit weg von deinem eigentlichen zu Hause aufwächst, in einer Sicherheit, die nur ich dir geben konnte."

Mrs Abadons Augen glänzten traurig.

„Sie haben mich zu dir gebracht, weil du dich ebenfalls versteckt hieltest? Deshalb hast du nie über unsere Familie gesprochen. Deshalb haben sie mich zu dir gebracht?"

Kaithlyn sah ihre Tante ungläubig an.

„Vor was…nein, vor *wem*?"

„Das ist eine andere Geschichte und sie hat nichts mit dir zu tun."

„Natürlich hat sie das!", sagte Kaithlyn entrüstet.

„Das ist der einzige Grund, warum meine Eltern mich zu dir und nicht zu jemand anderem gebracht haben, oder? Weil Sie wussten, das du dich erfolgreich von der Familie getrennt hast!"

Relia schüttelte den Kopf.

„Nein, Kaithlyn. Das ist ein persönliches Problem, das ich seit geraumer Zeit hege. Deine Eltern haben durch nichts darauf schließen lassen, das du keinen Kontakt zu unserer Familie halten sollst und -"

„Dann gibt es noch mehr Hayworths außer uns? Ich wusste es!", unterbrach Kaithlyn sie. Relia hob mahnend eine Hand.

„Ich will, dass du mir vernünftig zuhörst und mich nicht ständig unterbrichst."

Kaithlyn und ihre Tante starrten einander zornig an. Kaithlyn gab schließlich nach. Sie musste sich beherrschen, um so viel wie möglich erfahren zu können.

„Ich höre."

„Du weißt sicher noch, was ich dir über deine Eltern erzählt habe? Es war nicht viel, aber ich bin mir sicher, dass Sie zum damaligen Zeitpunkt verfolgt wurden. Nicht nur der Brief wies daraufhin. Ihr Haus und sämtlicher Besitz wurden von den Dierraidern zerstört. Deine Eltern haben aus irgendeinem Grund ihre Aufmerksamkeit geweckt und nicht nur sich, sondern auch dich in große Gefahr gebracht. Es könnte sein, dass dies die Verfolger sind, von denen dein Vater sprach, aber ich weiß es nicht mit Bestimmtheit. Alyssa und Aiden haben sich nach diesem Vorfall von dir getrennt und werden seither vermisst."

Mrs Abadon sah Kaithlyn genau in die Augen. Kaithlyn erinnerte sich. Natürlich tat sie das. Es war ihre einzige Erinnerung an ihre Eltern. Zu oft schwirrten Bilder durch ihren Kopf. Sie träumte von brennenden Häusern, so wie das Bild in der Zeitung es gezeigt hatte, hörte Schreie und stellte sich ihre Eltern vor, wie diese in Eile und vielleicht sogar panischer Angst gepackt, bei dichtem Schnee und eisiger Kälte ihr einziges Kind ohne eine Antwort schmerzhaft zurück ließen.

„Zuerst dachten wir, dass die Feinde deiner Eltern nicht wissen würden, dass du lebst, hofften, dass sie nichts von deiner Existenz wussten. Diese Hoffnung wurde vierzehn Jahre lang, der Strohhalm an den ich mich klammerte. Unsere Sicherheit."

Deshalb all die Regeln? All die Vorschriften?

Kaithlyn biss sich so fest auf die Unterlippe, bis sie Blut schmeckte. Harlow sah zu ihr auf.

„Kaithlyn. Beruhige dich", flüsterte ihre Gedankenstimme und ließ Kaithlyn zusammenzucken.

„Ich habe jedoch nicht ausschließlich darauf vertraut und habe mir immer eine Hintertür offen gehalten", fuhr ihre Tante nun fort. Mrs Koirbet nickte ihr bestärkend zu.

„Wie du richtig vermutet hast, gibt es weitere Mitglieder unserer Familie. Sie heißen jedoch nicht Hayworth. Dies ist der Familienname deines Vaters, welchen deine Mutter annahm, sondern Karacord. Deine Mutter und ich waren ursprünglich Töchter der Karacords."

Kaithlyn wiederholte den Namen wieder und wieder im Geiste. Ihre Tante hatte nach ihrer Heirat den Namen Abadon angenommen, daher hörte sie diesen zum ersten Mal. Das war wirkliche eine clevere Taktik gewesen, um ihr diese Information vorzuenthalten. Irgendwo tief in ihrem Unterbewusstsein spürte sie eine Vertrautheit mit den Namen. Hatte sie ihn vielleicht schon einmal gehört? Er stand in Verbindung mit etwas, dass…Rose′ Gesicht tauchte vor ihrem inneren Auge auf. Rose? Was hatte sie damit zu tun?

Verwirrt senkte Kaithlyn den Blick.

„Da ich wusste, dass du dieses Jahr eine neue Schule außerhalb von Nameca besuchen würdest, habe ich versucht über Relia Kontakt zu den Karacords aufzunehmen. Ich wollte nicht, dass jemand meinen Aufenthaltsort erfährt, daher bat ich sie darum."

Mrs Koirbet rutschte unruhig auf ihrem Platz hin und her.

„Vor zwei Tagen bekam ich eine Antwort."

Sie atmete einmal tief durch. Kaithlyn wusste, dass das nichts Gutes bedeuten konnte.

„Dieser Brief wurde gestohlen. Das bedeutet, jemand sucht nun nach dir."

Mrs Koirbet und Mrs Abadon tauschten einen unschlüssigen Blick.

„Auch wenn die nördlichen Inseln abgelegner liegen als die anderen, bleiben wir nicht von allem verschont. Die Dierraider haben eine immer größer werdende Anhängerschaft. Tatsache ist, dass Sie nun wo der Brief gestohlen wurde, vielleicht auf die Idee kommen dich zu suchen, weil Sie glauben könnten, es würde Ihnen nutzen. Man könnte denken deine Eltern haben dir etwas überlassen, das von Bedeutung sein könnte. Oder dich vielleicht als Geisel benutzen. Wir wissen es nicht. Aber als einzige Tochter von Alyssa und Aiden Hayworth, werden Sie unvermeidlich daran glauben, dass du ihnen egal wie von Nutzen sein kannst", schloss Mrs Abadon.

„Deshalb die schnelle Abreise?", fragte Kaithlyn, die sich völlig überrumpelt fühlte. In ihr stiegen unzählige ungewohnte Gefühle auf. Sie war angespannt und ihr wurde leicht übel.

Sie war also in Gefahr? Ihr Kopf fühlte sich wie Blei an, sie konnte nicht mehr denken.

„Deine Sicherheit ist nun das wichtigste", sagte Kaithlyns Tante. Sie hatte in diese Stunde mehr als in Kaithlyns ganzen Leben gesprochen; so kam es Kaithlyn zumindest vor.

„Und du wusstest es? Die ganze Zeit?"

Kaithlyn sah ihre Tante an und fühlte sich mit jedem Wort mehr elend.

„Du wusstest, dass es so kommen würde? Deshalb die Verbote und Heimlichtuereien?"

„Ja."

Kaithlyn stand abrupt auf und vergaß dabei, das Harlow auf ihrem Schoß gesessen hatte.

Harlow plumpste auf den Boden und sah Kaithlyn verwundert an.

„Du wusstest es? DU WUSTESST ES?!"

Kaithlyn schrie fast, es war ihr egal, das all diese Fremden ihr zuhören konnten. Sie war wütend. All die Jahre wurde sie also versteckt? Und nun musste sie das zwischen all den vielen Leuten hören. In Gesellschaft von Fremden etwas über ihr Leben erfahren?

„Du hättest es mir also nie gesagt, wenn der Brief nicht gestohlen worden wäre? Du hättest weiter gelogen? Und so getan als sei alles in Ordnung?"

Kaithlyn holte Luft.

„Du bist eine Lügnerin."

Als sie nun fast flüsterte, schien das ihrer Tante noch mehr zuzusetzen als ihr Geschrei.

„Wie konntest du nur…? Ich hätte etwas getan…irgendwas."

Kaithlyn brach ab. Sie sah beschämt zu Boden. Es war nicht ihre Art einen solchen Gefühlsausbruch vor den Augen so vieler Menschen hinzulegen. Sie wollte ihre Tante nicht vor allen Leuten so bloßstellen, aber über all die Jahre hatte sich sehr viel Wut angestaut.

„Genau deshalb", sagte ihre Tante ruhig.

Dass Relia ebenfalls ruhig blieb, ließ Kaithlyn sich noch schlechter fühlen. Kaithlyn fragte sich, was es wohl für sie bedeutet hatte, so zu leben. Hatte Relia auch Angst gehabt? Dadurch, dass sie ihre Nichte bei sich aufgenommen hatte, brachte sie sich selber in Gefahr, oder? Kaithlyn dachte an die unzähligen Streitereien zwischen ihnen. All an die Konflikte und Auseinandersetzungen, die sie erlebt hatte, durch die sie sich gegenseitig verletzt und noch weiter voneinander entfernt hatten.

„Entschuldige", sagte Kaithlyn leise und setzte sich wieder. Harlow war vor Schreck über den plötzlich angestiegenen Lärmpegel unter einen leeren Sessel gesprungen, um sich zu verstecken. Kaithlyn bedachte sie mit einem hilflosen Blick.

„Wegen all der Vorkommnisse habe ich beschlossen, dass wir Custocorward verlassen werden", erklärte Relia.

„Ich möchte das Risiko nicht eingehen, das dir etwas geschieht. Zudem kann jemand anderes dir besseren Schutz bieten. Schutz, denn ich niemals aufbringen könnte. Ich habe gründlich darüber nachgedacht. Da du bald fünfzehn wirst und auf die Akademie gehst, wird es leichter sein dich aufzuspüren und du wirst Unterstützung nötig haben. Zudem wird es an der Zeit, das du erfährst, wer deine Eltern waren und was es bedeutet ihren Namen zu tragen. Ich hätte es dir gerne erspart, aber diese Konfrontation ist nun unausweichlich."

„Ich lerne meine Familie kennen?"

Kaithlyns Augen weiteten sich.

„Ich darf Sie kennenlernen?"

Ihre Tante nickte langsam.

„Derjenige nach dem ich habe suchen lassen ist Lyon Karacord, dein Großvater", sagte Mrs Abadon vorsichtig, sie wollte nicht, das Kaithlyn noch einmal laut wurde.

„Ich habe einen Großvater?", fragte Kaithlyn erneut mit einem Anflug von Wut in der Stimme. Während Sie sich unterhielten, waren alle anderen unheimlich still.

„Dein Großvater und ich sind im Schlechten auseinandergegangen. Nachdem ich die Familie verlassen habe, brach ich den Kontakt zu ihm gänzlich ab. Du musst wissen, dass er eine mächtige Position innehält und ein sehr einflussreicher und bekannter Mann ist. Als deine Mutter verschwand, wurde es ruhig um ihn. Gerüchte kamen auf, weil er sich aus der Öffentlichkeit zurückgezogen hatte. Böse Zungen munkelten sogar er sei gestorben", sagte Mrs Abadon und sah gequält zu Boden. Kaithlyn stöhnte verächtlich. Die eine Tochter hatte ihn verlassen und die andere war unauffindbar. Kein Wunder, das dieser Mann sich zurückgezogen hatte. Im Gegensatz zu Relia schien ihm das Wort Familie etwas zu bedeuten.

„Warum hat er mich nie besucht? Warum durfte ich nichts von ihm wissen?"

Kaithlyn verstand, was Relia ihr erklärt hatte, aber dennoch...dann fiel es ihr wie Schuppe von den Augen.

„Er weiß nicht, dass ich bei dir bin. Er denkt ich sei mit meinen Eltern verschwunden..."

Kaithlyn schlug sich eine Hand vor den Mund, um ein Aufschluchzen zu unterdrücken. Sie bemühte sich die brennenden Tränen zurück zudrängen, die sich nun einen Weg an die Oberfläche bahnten.

„Ja", bestätigte ihre Tante.

„Wir werden ihm einen Besuch abstatten. Dort wirst du auf weiteres bleiben, bis die neue Schule dir Schutz bieten kann."

Kaithlyn fühlte leeres Entsetzen.

„Musa Koirbet ist unsere Verbindungsperson zu der Insel, auf der er lebt."

Sie wand sich Melora zu.

„Melora Blane wird Musas Aufgabe übernehmen und mit uns reisen."

Als nächstes wies Mrs Abadon auf Fye.

„Fye Crossdale ist derjenige, der deinen Großvater aufgespürt hat. Seine Familie lebt ebenfalls auf der Insel, auf der er sich befindet. Auch er wird uns begleiten."

Kaithlyn drehte sich instinktiv in Kaines Richtung.

„Kaine Karrow wird dein Begleitschutz sein, solange ich dies für nötig halte."

Ein unausgesprochener Satz lag in der Luft. Kaithlyn funkelte Relia finster an.

„Du wirst mich nicht begleiten?"

Sie dachte an Relias Gepäck. Dann bedachte sie Mrs Koirbet abschätzend.

„Wohin werdet ihr zwei gehen?"

Kaithlyns Herz schlug unregelmäßig, ein Takt außerhalb der bekannten Melodien, der Unbekümmertheit und Stärke. Es war etwas Schmerzendes und ein dicker Kloß bildete sich in ihrer Kehle, die ganz trocken wurde. Kaithlyn würde ihre letzte Sicherheit verlieren, wenn Relia sie nicht begleiten würde. Sie wäre ganz allein. Einsamkeit war im Vergleich zu ihrer unerbittlichen Wut ein noch unerträglicheres Gefühl.

„Musa und ich werden nach Diadem fliegen."

Kaithlyn wusste, das Diadem die Himmelsinsel war, auf der sich der königliche Palast befand. Diese Insel lag ganz in der Nähe derjenigen auf der die Deity Akademie lag.

Kaithlyn ließ sich keine weitere Enttäuschung anmerken. Sie schwieg und stellte keine Frage nach dem weshalb oder warum. In diesem Augenblick war es ihr egal, das Einzige was zählte war, dass Relia sie nicht begleiten würde.

„Es wird dir gut ergehen."

Mrs Abadon zeigte den Anflug eines unsicheren Lächelns.

„Dort wohnen viele Freunde deiner Eltern. Es wird sehr viele Menschen geben, die sich freuen werden dich kennen zulernen. Zudem…"

Sie sprach nicht zu Ende. Kaithlyn wand den Blick ab.

„In einer Stunde werden wir abreisen und diese Insel verlassen", sagte Mrs Koirbet freundlich. Auf ein Zeichen hin erhob sie sich gemeinsam mit Fye und Melora.

„Es gibt noch einiges vorzubereiten. Bitte entschuldigt uns nun."

Alle drei gingen zur Tür und Mrs Koirbet drehte sich noch einmal um.

„Ich könnt euch durch dieses Haus frei bewegen."

Sie schloss die Tür und ließ Mr Aveda, Mrs Abadon, Kaine und Kaithlyn zurück. Kaithlyn starrte mit leerem Blick zu Boden. Die Standuhr schlug gerade elf Uhr, doch die Zeit, die sie in diesem Raum verbracht hatte, kam ihr viel länger als eine Stunde vor.

„Ich habe einen Großvater", wiederholte sie leise vor sich hin murmelnd.

Benommen nahm sie kaum war, dass Mr Aveda das Wort ergriff.

„Es ist ein ungünstiger Zeitpunkt, aber ich denke es wird Zeit für mich zu gehen", sagte er freundlich.

„Natürlich, David", sagte Mrs Abadon gefasst.

„Kaithlyn, ich wünsche dir alles Gute. Wir werden uns sicher bald wieder sehen."

Er streckte ihr eine Hand hin, die Kaithlyn schweren Herzens annahm.

„Danke, Mr Aveda", sagte sie niedergeschlagen.

„Sagen Sie Rose bitte, dass ich Morgen nicht zu ihr kommen kann?"

„Selbstverständlich. Mach dir keine Sorgen."

„Glauben Sie, dass es für andere, die mich kennen auch gefährlich werden könnte?"

Kaithlyn machte sich große Sorgen.

„Da der Brief erst vor kurzen gestohlen wurde, werden Sie wohl kaum wissen, mit wem du etwas zu tun hast, oder?", sagte Mrs Abadon. Kaithlyn stimmte zu.

„Versprich mir, dass du dir nicht allzu sehr den Kopf zerbrichst", sagte Mr Aveda.

„Wir werden uns bestimmt schneller wieder sehen, als du denkst.

„Ich versuche es. Und hoffentlich", fügte sie hinzu.

Sein aufheiternder Versuch prallte einfach an ihr ab.

„Auf Wiedersehen."

„Pass auf dich auf, Kaithlyn. Alles gute Relia."

Mrs Abadon reichte ihm zum Abschied die Hand. Die Tür schloss sich leise.

„Warum gehen alle?", tönte es unter einem Sessel hervor. Harlows grüne Augen funkelten aus dem Schatten heraus.

„Hast du denn nicht mitgehört?", sagte Kaithlyn.

„Ich habe es gehört, aber nicht verstanden."

So ähnlich fühlte Kaithlyn sich auch. Vierzehn Jahre lang hatte sie nie etwas erfahren, was ihr solche Kopfschmerzen bereitete. Sie war nicht erleichtert oder froh, wie sie es erwartet hätte, wenn sie endlich ein paar

Antworten bekam. Stattdessen warfen sich noch mehr Fragen in ihrem Kopf auf.

„Mit wem redest du da?", fragte Mrs Abadon und sah auf den leeren Sessel.

„Mit Harlow."

„Mit Harlow?"

„Kannst du sie nicht hören?"

„Nein."

„Kiankis können nur mit ihrem Meister kommunizieren, wenn sie ihre Gedankenstimme benutzen", sagte Harlow leise.

„Ich hab dir doch gesagt, dass ich meine normale Stimme kaum benutze. Das strengt mich ungemein an."

„Sie ist ein Kianki, falls du weißt, was das ist", sagte Kaithlyn einwenig überlegen.

„Mrs Koirbet hat sie mir geschenkt."

Mrs Abadon lachte kurz auf.

„Oh. Geschenkt ist wohl nicht das richtige Wort. Kiankis suchen sich ihrem Meister selber aus, das habe ich jedenfalls gehört."

Kaithlyn musterte Harlow.

„So?"

„Schön, dass sie dich gewählt hat. Hat sie auch besonderen Kräfte?"

„Weiß nicht…mh…"

Harlow machte auf Kaithlyn nicht den Eindruck als hätte sie besondere Kräfte.

„Sie scheint noch sehr jung zu sein. Pass gut auf sie auf. Kiankis sind sehr selten. Viele Menschen würden einiges tun, um eines zu besitzen."

Während Sie über Harlow redeten, verflog die Anspannung zwischen ihnen allmählich.

„Ich wollte dich nicht anschreien", sagte Kaithlyn plötzlich.

„Es tut mir leid."

Kaithlyn bereute es wirklich, aber das änderte nichts daran, dass sie sich noch immer hintergangen und belogen fühlte. Diese Gefühle gruben sich tief in ihr Herz und es würde sehr lange dauern sie wieder zu vertreiben. Kaithlyn kamen erneut die Tränen; sie hielt sie nicht mehr zurück. Ihre Augen brannten und missmutig wischte sie sich mit dem Ärmel übers Gesicht. Dann tat Relia etwas, von dem Kaithlyn nicht geglaubt hatte, das sie dazu in der Lage sei. Sie stand auf und nahm Kaithlyn in den Arm.

Drückte sie fest an sich und ließ sie eine ganze Weile nicht mehr los und diese unbekannte Nähe zwischen ihnen ließ für einen Moment alles wieder in Ordnung sein.

„Ich möchte nicht, dass sich eine Kluft zwischen uns entwickelt", sagte Relia.

„Nein", sagte Kaithlyn.

„Das will ich auch nicht."

Trotz dieser warmen Geste ging Kaithlyn wieder ein Stück auf Abstand.

„Aber all diese Gefühle ändern nichts an den Tatsachen. Du hast mich belogen und nun einfach so aus meinen Leben herausgerissen. Nicht das mir dieses Leben viel bedeutet hat, aber es war etwas das mir Sicherheit gab. Nun habe ich nicht einmal mehr das."

Ihre Tante räusperte sich. Sie wirkte verletzt.

„Versprich mir…", begann Kaithlyn gedrungen.

„Das wir von nun an ehrlich zueinander sind. Das würde helfen, die Dinge ein kleines Stück wieder in Ordnung zu bringen."

Ihre Tante lächelte müde.

„Gut."

„Verzeih mir, Kaithlyn", sagte Relia erneut.

„Ich werde versuchen es zu verstehen", sagte Kaithlyn beklommen.

„Ich werde dir schreiben, damit du dich nicht allzu alleine fühlst", sagte Relia.

Kaithlyn schnaubte verächtlich, was Relia nicht entging und ein Ausdruck der Sorge und Kummers glitt über ihre Züge. Kaithlyn fand nichts, was sie weiter dazu sagen konnte. Wie sollte man auch einen Konflikt klären, wenn eine Partei dachte, sie sei im Recht?

„Sie ist nicht alleine!", rief Harlow plötzlich und empört.

„Ich beschütze Kaithlyn!"

Kaithlyn nahm Harlow hoch und drückte sie an sich.

„Das ist lieb von dir."

Plötzlich fiel ihr auf, das Kaine auch noch da war. Er saß hinten in einer Ecke auf einem Sessel und musste jedes Wort gehört haben. Er hatte sie weinen sehen. Sie sah zu ihm hinüber. Er schien so zu tun als würde er schlafen. Kaithlyn wusste nicht, was sie von ihm halten sollte. Er hatte eine seltsame Ausstrahlung. Fast düster. Wie eine kalte Nacht.

„Hast du ihn angeheuert?"

„Wie kommst du denn darauf, Kaithlyn?“, fragte Mrs Abadon, die ihrem Blick gefolgt war.

„Melora sagte er sei ein Kopfgeldjäger.“

„Das höre ich zum ersten Mal. Kaine was sagst du dazu?“

Kaine sagte nichts, aber Kaithlyn meinte, so etwas wie ein leises Stöhnen zu hören.

„Ich habe jemanden gesucht, der über dich wacht. Da wusste ich noch nicht, das Mrs Koirbet Fye und Melora gebeten hat dich zu begleiten. Karrow hat einen guten Ruf. Ich dachte er sei der Richtige für diesen Auftrag, so weit ich weiß, arbeitet er öfters als Begleitschutz.“

Kaithlyn schwieg und machte sich ihre eigene Vorstellung davon, warum Mrs Abadon ihn angeheuert hatte. Kaithlyn hatte bei Kaine wohl kaum eine Chance auf dumme Gedanken zu kommen. Sie sah auf die Uhr, es blieb noch eine halbe Stunde.

„Was ist mit den anderen? Werden die mich auch überwachen“, fragte Kaithlyn gefrustet.

„Niemand wird dich überwachen, Kaithlyn. Du bist doch nicht in einem Gefängnis.“

Wieder hatte Kaithlyn das Gefühl Kaine würde etwas stören. Er knurrte fast. Dafür, dass er so wenig sprach, fluteten seine Gefühle aus ihm heraus und trieben durch den Raum, so greifbar wie eine weitere Person. Ihre Tante hingegen schien nichts davon zu spüren.

Kaithlyn sah sie ratlos an.

„Du lernst sie besser kennen, wenn du deinem eigenem Urteil vertraust“, meinte diese nur.

„Ich werde mir einwenig die Beine vertreten. Möchtest du mitkommen?“

Kaithlyn hatte genug vom Anwesen.

„Nein.“

Sie wollte nicht schon wieder den Eindruck erwecken, als würde sie neugierig herumschnüffeln, obwohl Mrs Koirbet es erlaubt hatte. Nein, für heute hatte sie genug von all den fremden Menschen. Und die Vorstellung eine Weile, wenn auch nur wenige Minuten ihre Ruhe zu haben, machte sie fast glücklich.

„Geh ruhig alleine.“

Nachdem Kaithlyns Tante gegangen war, wurde es ziemlich still. Kaithlyn lehnte sich in den gemütlichen Sessel zurück und schloss kurz die Augen. Sie fühlte sich erschlagen und ausgelaugt…

„Lass das!", zischte es aus der Ecke, wo Kaine saß. Kaithlyn drehte sich zu ihm um. Harlow zog mit einer Tatze an seinem Umhang. Es schien ihr Spaß zu machen. Als Kaine bemerkte, das Kaithlyn ihn beobachtete, trafen sich ihre Blicke für einen kurzen Moment, dann drehte sich Kaine weg. Nach ein paar Minuten stand er auf und ging hin und her, um Harlow abzuschütteln. Es sah recht komisch aus, so wie Kaine da im Kreis ging und Harlow ihm folgte. Kaithlyn unterdrückte ein Kichern.

Jetzt fiel ihr Blick wieder auf das Amulett an seinem linken Handgelenk. Mrs Abadon hatte gesagt, dass sie beide wegen der Amulette durch den Bannkreis hindurchgehen konnten. Melora hatte ihr flüchtig erklärt, ihre Amulette seien Rinstraits. Kaithlyn hatte sich immer wieder gefragt, warum ihre Eltern in Besitz eines solchen Schmuckstücks gewesen waren und warum Relia ihr kein Sterbenswort über die Bedeutung erzählt hatte. Zudem beschäftigte Kaithlyn die Frage, warum Kaines Amulett dem ihren so ähnlich war. Ob sie es wagen sollte, Kaine danach zu fragen?

„Nimm sie!", unterbrach er ihre Gedanken barsch.

Er stand plötzlich vor Kaithlyn und hielt Harlow am Genick gepackt, direkt vor ihre Nase.

Harlow zappelte und strampelte, um sich gegen seinen rohen Griff zu wehren. Kaithlyn nahm sie ihm ab. Kaine setze sich ihr gegenüber und sah sie finster an. Harlow streckte ihm die Zunge raus, doch er bemerkt es nicht.

„So ein Spielverderber", miaute sie. Kaithlyn gab Harlow einen leichten Klaps.

„Hör auf damit", flüsterte sie leise, musste dabei aber lachen und kassierte noch einen finsteren Blick von Kaine. Seine hellgrünen Augen schienen voll Zorn und Wut. Kaithlyn nahm ihren Mut zusammen und sagte vorsichtig:

„Kann ich dich etwas fragen?"

„Nein", knurrte Kaine. Kaithlyn fuhr erschrocken zurück. Damit hatte sich dieses Thema schnell wieder in Luft aufgelöst. Sie presste die Lippen aufeinander, um sich eine gemeine Bemerkung zu verkneifen.

Es begann zu regnen.

Regentropfen schlugen immer lauter werdend gegen die Fenster. Das Wetter hätte Kaithlyns Stimmung ausdrücken können. Harlow rollte sich wieder auf einem leeren Stuhl neben ihr zusammen und war Minuten später eingeschlafen. Kaithlyn ging zu einem der Fenster hinüber, um Kaines Blicken zu entkommen.

Noch zehn Minuten bis Mitternacht. Das Ticken der Uhr machte sie allmählich nervös. Sie holte tief Luft und lauschte dem Regentropfen die an den nassen Scheiben entlang rutschten und zu einem einzigen Wasserschwall verschmolzen. Ihr eigenes Gesicht wurde dank der Finsternis draußen im Glas gespiegelt und sie betrachtete ihre eigene Miene so eingehend, dass sie sich völlig fremd vorkam. Sie war blass und ihre Augen waren kalt und traurig. Sie spielte mit ihrer Mimik, bis sie für andere Augen wieder gefasster wirkte. Stark und unerschütterlich. Sie wollte keinen der neuen Menschen, die sie heute Abend kennen gelernt hatte, einen Anlass geben sie als hilfloses, kleines Mädchen anzusehen.

Für einen weiteren Herzschlag schloss sie die Lieder und horchte auf ihre innere Stimme. Sie lehnte die Stirn gegen das kühle Glas und verspürte sofort das Bedürfnis nach Ruhe. Leider hielt das Gefühl der Stille keine zwei Sekunden. Ein eiskalter Schauer lief durch ihren ganzen Körper und sie schrak hoch. Es war als würde sie die plötzliche Präsenz einer weiteren Person spüren, wie eine Berührung auf der nackten Haut. Dicht hinter ihr stand Fye. Wo war er so plötzlich und ohne einen Laut hergekommen? So tonlos und rasch konnten sich nur Schatten bewegen…

Kaithlyn konnte nicht anders als ihn eindringlich anzusehen. Sie wand sich von seinem Spiegelbild ab, das neben ihrem in der Fensterscheibe aufgetaucht war und drehte sich zu ihm herum. Er hatte eine unheimlich schöne Ausstrahlung, warm und golden, wie gleißendes Licht; mächtig und ergreifend, wie jemand dem man gerne folgen würde und es war, als ob er sie in seinen Bann zog. Nur seine Augen spiegelten tief im Inneren etwas Frostiges wieder. Der Rabe auf seiner Schulter krächzte leise und ließ Kaithlyn zur Besinnung kommen. Er starrte sie ebenfalls gebannt an, obwohl Kaithlyn sich sicher war nur halb so interessant auf Fremde zu wirken, wie Fye es auf sie tat.

„Ich habe mich noch nicht persönlich vorgestellt. Fye Crossdale“, sagte Fye und ließ nicht den Blick von ihr. Er streckte die Hand aus. Sie fühlte sich warm und weich an.

„Kaithlyn Hayworth“, sagte sie mit einem Lächeln auf den Lippen. Kaine war abrupt aufgestanden und riss Fyes Hand von Kaithlyn weg. Es verblüffte sie so sehr, dass sie einen Moment lang sprachlos war.

„Es ist bald Zeit aufzubrechen, Fye. Du hast sicher noch zu packen“, sagte Kaine und seine Stimme klang nicht besonders freundlich. Er schob sich zwischen Kaithlyn und Fye. Fye trat zurück.

„Aber natürlich, Kaine.“

Fyes Miene blieb kalt und unergründlich. Kaine starrte ihn zornig an.

„Schon gut“, sagte Kaithlyn, doch die Anspannung zwischen Fye und Kaine blieb gleich. Was zum Teufel war in Kaine gefahren? Fye hatte sie schließlich nicht belästigt, sondern höflich…

Urplötzlich spürte sie einen Schmerz, der so groß war, dass sie völlig unvorbereitet auf die Knie fiel. Ihr Kopf brannte und es fühlte sich an, als ob tausende Hammer auf sie einschlagen würden. Sie presste ihre Hände gegen den Kopf und versuchte den Schmerz zu unterdrücken. Das Gefühl war beklemmender als es jemals nach einem der Träume gewesen war. Der Raum drehte sich um sie herum und die Umgebung verschwamm wie flüssige Farbe. Dann flackerten Bilder vor ihren Augen auf. Sie sah einen Mann, in einen dunklen Umhang gehüllt, sein Gesicht war nicht zu erkennen. Er lachte böse. Sie hörte einen Schrei. Ein anderes Bild. Eine Wüste aus Eis und starrer Kälte. Wieder dieses unheimliche Lachen. Es hallte in ihrem Kopf wieder, wie ein widerspenstiges Echo. Vor Kaithlyns Augen tanzen schillernde Lichter und sie hörte Stimmen um sie herum wirbeln, wie flüsternder Wind der es eilig hatte.

„Was hast du getan?“

Es war Kaines Stimme, in weiter Entfernung. Alles ging so schnell vorbei, wie es gekommen war. Da saß sie, zusammengesackt auf dem Boden und Schweißperlen rannen ihr von der Stirn. Kaine hatte ihren Arm gepackt und sah sie hilflos an. Kaithlyn presste sich die Hand auf den Mund. Ihr war übel.

„Was ist passiert?“, hauchte sie angestrengt.

„Du bist ganz heiß“, hörte sie Fye sagen, der vor ihr hockte und seine Hand auf Ihre Stirn gelegt hatte.

„Hast du etwas gesehen?“, fragte er.

„Gesehnen?“, sagte Kaine angewidert zu Fye.

„Was war es? Eine Vision?“, drängte Fye.

Der Schmerz ließ nach und Kaithlyn rappelte sich auf.

„Nein. Ich…gesehen? Mir ist nur schlecht…Kopfschmerzen“, sagte sie leise und noch völlig überwältigt vom eben Geschehenen. Warum sie log wusste sie selbst nicht. Kaithlyn hatte ein ungutes Gefühl, weil sie nicht wusste, ob sie diesem Fye trauen sollte.

„Mir geht's besser, danke."

Kaine bemerkte, dass er noch immer ihren Arm hielt, und ließ sie unbeholfen los.

„Gib mir mal deine Hand", sagte Fye.

„Was?"

Er griff nach Kaithlyns Hand und murmelte etwas vor sich hin. Die Stelle auf ihrer Haut die Fye berührte wurde heiß, dann breitete sich prickelnd eine unnatürliche, aber angenehme Wärme aus, die durch ihren ganzen Körper schoss, wie das Blut in ihren Venen. Der Schmerz klomm ab, verschwand restlos als wäre er nie da gewesen und zurück blieb etwas betörendes, wie Glück, das er ihr übertragen hatte.

„Geht es dir besser?", fragte Fye und lächelte nun freundlich. Kaithlyn sah ihn verwirrt an.

„Ein alter Genesungszauber."

„Danke."

Die Uhr schlug Mitternacht.

„Passiert dir das öfters?"

„Nein", antwortete sie Fye.

„Es ist spät, wir sollten gehen. Mrs Koirbet hat doch gesagt, das wir in einer Stunde abreisen. Jetzt ist es Mitternacht, also…", sagte Kaithlyn rasch, die nicht länger mit den beiden allein sein wollte. Wer wusste, was als nächstes geschah? Zudem war Fye vermutlich heruntergekommen, um sie zu holen. Als sie sich aufrichtete, fühlten sich ihre Beine wie Gummi an.

„Bist du dir sicher?", fragte Fye. Der Klang seiner Stimme wirkte unheimlich beruhigend auf sie.

„J-ja", stotterte Kaithlyn verschämt. Sie weckte Harlow auf und bedeutete ihr, Fye und Kaine zu folgen, die bereits auf der Türschwelle standen und warteten.

Am Ende der Treppe, die Kaithlyn auch auf der Suche nach dem Badezimmer bestiegen hatte, bog Fye nach links, dann nach rechts. Das Anwesen schien größer, als Kaithlyn es zunächst eingeschätzt hatte.

Durch einen Flur, der mit schwerem, schwarzen Teppich ausgelegt war, ging es ins nächste Stockwerk. Fye führte sie zu einer glänzenden Tür, die vollkommen aus Metal war.

Der Raum dahinter war nicht besonders groß.

Die Dielen zu Kaithlyns Füßen waren aus Rosenholz und die Wände cremefarben gestrichen. Ein einziger breiter Vorhang aus dünnem silbernem Stoff bedeckte eine der vier Wände und hüllte sie vollkommen ein. Fenster gab es keine.

Kaithlyn erblickte Mrs Koirbet, die auf der einen Seite des Vorhanges stand und ihre Tante, Melora und den Butler, Albert, die auf der anderen Seite standen. Zusammen mit Fye, Kaine, Harlow und ihr wirkte der Raum sichtlich überfüllt. Dazu kam, dass ihre Koffer ebenfalls hier hochgebracht worden waren und einige andere, fremde Gepäckstücke ihnen Gesellschaft leisteten und noch mehr Platz wegnahmen. Kaithlyn konnte förmlich spüren, wie die Luft dünner wurde, als sie zwischen Fye und Kaine schweigend verharrte. Sie suchte den schmalen Raum ein weiteres Mal ab und kam zu dem Schluss, dass der Vorhang ein Geheimnis bürgen musste. Wieso sonst sollten sich alle hier versammeln?

„Es ist also an der Zeit", sagte Mrs Koirbet.

„Die Reise kann weiter gehen."

Die alte Dame hob eine Hand, griff nach einer dicken Kordel, die seitlich am Vorhang baumelte und riss mit einem kräftigen Ruck daran. Der Vorhang schnellte nach links und gab einen riesigen Spiegel frei, der fast bis zur Decke reichte und in die Wand eingelassen war, die nicht wie die anderen mit einer Tapete überzogen war, sondern aus grauen Backsteinen bestand. Er hatte einen silbrig blau schimmernden Rahmen. Als Kaithlyn näher trat, um ihn genauer zu betrachten, merkte sie, dass er keine Spiegelung ihrer Figur warf. Die Oberfläche wirkte wie ein seidiger Nebel, in dem schattenhafte Umrisse aufflackerten.

„Melora und Fye, ihr geht zuerst."

Mrs Koirbet klopfte mit ihrem Gehstock auf den Boden, als sei es das Zeichen für die beiden sich zu beeilen. Melora griff nach einer klobigen Tasche, Fye nach einem Koffer.

„Guten Durchgang", flötete die alte Dame munter. Melora schenkte ihr ein Lächeln. Kaithlyn stockte der Atem, als Melora ohne zu Zögern durch den Spiegel hindurchging und darin verschwand. Fye tat es ihr nach. Kaithlyn blinzelte. Sie rieb sich mehrmals die Augen. Da waren gerade zwei Personen vor ihrer Nase durch einen Spiegel gegangen. Ihre Silhouetten waren mit dem Glas verschmolzen. Es hatte sie einfach so verschluckt.

Starr vor Faszination und Ratlosigkeit sah sie auf die Stelle, an der die Beiden verschwunden waren.

„Ist das wirklich passiert oder träume ich?“, platzte es aus Kaithlyn heraus. Mrs Koirbet lachte heiser. Ihre Tante kniff die Augen zusammen, als würde ihr nicht gefallen, das Kaithlyn erfuhr, welche Magie hier am Werk war. Richtig! Magie!

„Das war Magie!“

Mrs Koirbets runzlige Lippen formten ein gnädiges Lächeln.

„Eine der zwei Arten von Magie. Man nennt es Mercudimagie. Alltagsmagie. Diese Form des Reisens heißt Zeitsprung“, sagte Mrs Koirbet verheißungsvoll, als sie Kaithlyns Miene sah.

„Ein Zeitsprung bringt einen, innerhalb Sekunden an verschiedene Orte. Es gibt zu diesem Spiegel ein Gegenstück, der Ort an dem man nach Betreten dieses Spiegels ankommt. Man muss nur eine Verbindung zu dem gewünschten Ziel erstellen. Man nennt diese Reisespiegel auch Porta und in diesem Fall bringt er dich zum Anwesen deines Großvaters.“

„Warum ist er dann nicht zu uns gekommen?“, fragte Kaithlyn.

„Porta funktionieren nur in eine Richtung“, sagte Mrs Koirbet.

„Das ist ihr größter Nachteil. Sie ermöglichen eine schnelle, unbeschwerliche Reise, aber immer nur in eine Richtung und auch nur, wenn ihr Gegenstück aktiv ist.“

„Warum kenne ich diese Art zu reisen nicht“

Der Spiegel sah ganz gewöhnlich aus, nicht anders, als den der bei ihr zu Hause stand.

„Es ist nicht die Art des einfachen Volkes, auf solche Weise zu reisen. Porta sind sehr teure Luxusartikel“, antwortete Mrs Koirbet.

„Eine weitere Erklärung würde zu lange dauern. Verzeih, Kind.“

Kaithlyn nickte verstehend und sah nun ihre Tante erwartungsvoll an.

„Wir sehen uns bald wieder“, sagte Relia und es klang traurig. Sie streckte die Arme aus und Kaithlyn ließ sich erneut von ihr umarmen. Dieses Mal lag etwas Ängstliches in der Berührung, als fürchte Relia Kaithlyn zu verlieren. Sie sah ihrer Tante forschend ins Gesicht, aber sie schien wie immer. Disziplinierte Haltung und Gleichmütigkeit vereint. Wahrscheinlich irrte Kaithlyn sich.

Mrs Koirbet winkte Kaithlyn näher zu sich.

„Der Brief, den deine Eltern mir gaben, war nicht alles, was sie mir hinterließen.“

Sie hielt ein Kätschen in den Händen.

„Das haben deine Eltern bei mir gelassen. Vielleicht hilft es dir. Pass gut auf dich auf."

„Haben sie vielen Dank", sagte Kaithlyn und nahm das Kästchen entgegen. Es war aus weichem geschmeidigem Stoff und sah mit all den vielen Mustern die darauf eingelassen waren fremdländisch und kostbar aus. Kaithlyn wog es in den Händen. Es war ganz leicht.

Mrs Koirbet sah auf ihre Uhr.

„Ihr solltet euch beeilen. Zeit ist ein weiterer Nachteil eines Porta. Der Durchgang ist zeitlich begrenzt. Daher auch der Name Zeitsprung!"

„Ich kümmere mich um ihr Pferd, Mr Karrow", sagte Albert, der Butler.

Kaine nickte dankend. Kaithlyn nahm ihren Koffer in die eine Hand und hielt Harlow mit der anderen im Arm. Sie zögerte und starrte die ebene glatte Fläche des Glases an.

„Nur zu, keine Angst!", sagte Mrs Abadon.

„Auf wieder sehen", sagte Kaithlyn. Sie stand sehr dicht am Spiegel und ihr Atem beschlug darauf. Dann warf Kaithlyn einen letzten Blick zurück auf ihre Tante, bevor sie durch den Porta trat. Und mit einem Mal war auch sie verschwunden.

Kapitel 5

Der Name Karacord

Mit nur einem Augenaufschlag befand sich Kaithlyn in einem völlig anderen Raum. Sie drehte sich um und sah einen längeren, breiteren Spiegel, als jenen durch den sie eben getreten war. Dieser Spiegel war hoch und stand frei inmitten des Raumes.

Es blitzte flüchtig im Glas auf und Kaine trat an ihre Seite.

Sie befanden sich in der größten Bibliothek, die Kaithlyn je gesehen hatte. Bücherregale schlugen sich in unmessbare Höhe auf verschiedene Ebenen verteilt empor. Die Bücher waren so vielfältig und bunt, so verschieden und chaotisch aneinandergereiht, das Kaithlyns Augen bei diesem einzigen Meer aus flackernden Farben gar nicht wussten, wo sie zuerst hinschauen sollten. Hier und da führten Treppen und Leitern weiter hinauf zu Vorsprüngen, die mit Geländern umschlungen waren. Unzählige Tische und Stühle standen durch den Raum und die Ebenen verteilt. Kleine Leselampen flackerten wie Glühwürmchen, die umherschwirrten. Kaithlyn war einfach überwältigt. Noch nie hatte sie so viele Bücher auf einem Haufen gesehen. Sie stellte ihren Koffer ab und ließ den Blick umherschweifen. Das Deckengewölbe lag so hoch, das sie kaum erkennen konnte, wie viele Meter es bis nach oben maß. Wo hin sie auch hin sah, nichts als Regale, die wie Wände ein Labyrinth aus Wissen und Geschichten errichtet hatten. Es roch nach Papier und Holz. Der Anblick und Geruch waren so aufregend, dass sie am liebsten losgelaufen wäre und ein Buch nach dem anderen in die Finger genommen hätte.

„So viele Bücher gibt es noch nicht einmal in der Akademie", staunte Melora.

„Wahnsinn", sagte Fye.

„In der Tat. Nicht wahr?", japste eine aufgeregte Stimme. Ein Mann mit kurzem, braunen Haar und einem vornehmen Anzug kam zu ihnen herüber. Er hatte ein langes Gesicht, eine markante Nase und jede Menge Grübchen die um die Mundwinkel ein mattes Lächeln formten. Er war einen halben Kopf größer als Fye und sicherlich doppelt so alt.

„Herzlich willkommen. Ich bin der Assistent von Mr Karacord. Mein Name ist Liveley Roberts."

Er machte eine bedeutende Pause.

„Herzlich willkommen im Karacord Anwesen! Ich freue mich, Sie alle hier begrüßen zu dürfen!"

Er schien seine Worte wirklich ehrlich zu meinen. Seine positive Ausstrahlung nahm Kaithlyn etwas von ihrer Beklemmung.

„Mr Karacord ist zurzeit beschäftigt, also werde ich mich um Sie alle kümmern. Wenn Sie Fragen haben oder etwas brauchen, wenden Sie sich einfach an mich."

Er winkte ihnen, damit sie ihm folgten. Kaithlyn sah unsicher zu Fye und Melora.

„Keine Sorge, um ihr Gepäck wird sich gekümmert."

Kaithlyn zögerte.

„Danke, aber ich kann meinen Koffer auch selber tragen."

Sie wollte nich unhöflich erscheinen, aber es war nun wirklich nicht notwendig, das extra jemand her kam um ihren Koffer hinter ihr herzutragen. Mr Roberts sah sie verwundert an.

„Sie hat recht", sagte Fye freundlich.

„Das ist nicht nötig."

Seine intensiven Augen fingen Kaithlyns Blick ein. Mechanisch griff sie nach ihrem Koffer.

Mr Roberts nickte. „Zuerst würde ich mich gerne mir ihren Namen vertraut machen. Miss Blane?"

„Hier", sagte Melora gelangweilt. Mr Roberts lächelte wieder.

Meloras Laune schien ihn zu erheitern.

„Mr Karrow und Mr Crossdale?"

Fye und Kaine nickten.

„Und…Miss Hayworth, nicht wahr?", vergewisserte sich Mr Roberts genauer.

„Ja, das bin ich."

Kaithlyn sah er besonders interessiert an.

„Bitte folgen Sie mir jetzt, ich geleite Sie zu ihren Zimmern. Es ist spät und Sie wollen sich sicher ausruhen."

Sie gingen durch eine große hölzerne Doppeltür in einen prachtvollen Flur. Gemälde von Landschaften und Tieren zierten die Wände. Alle Bilderrahmen glänzten golden und auch alle Türen besaßen einen vergoldeten Rahmen. Der Boden war mit Dielen ausgelegt und alles sah sehr edel aus.

„Dieses Haus bietet jedem von Ihnen ein eigenes Zimmer und Bad. Alles ist sehr geräumig. Sie werden sich hier sicher wohlfühlen", sagte Mr Roberts und wies auf eine Tür. Sie durchquerten einen riesigen Tanzsaal. Die Fenster reichten hier bis zum Boden, der aus schwarzem Marmor bestand und in den mit bunten Kacheln Muster eingelassen waren. Hier fanden sicherlich herrliche Feste statt. Mr Karacord musste unermesslich reich sein.

„Sie müssen sich den Weg nicht unbedingt merken. Man verläuft sich sehr schnell. Es gibt so viele Flure, die auf den ersten Blick gleich aussehen."

Mr Roberts war der Einzige, der ab und zu sprach. Kaithlyn und die anderen waren damit beschäftigt sich alles genau anzusehen. Sogar Harlow war still. Sie ging mittlerweile neben Kaithlyn her und reckte den Kopf, um besser sehen zu können.

„Ach, wie lange wir schon keine Gäste mehr hatten und nun gleich so viele", murmelte Mr Roberts leise vor sich hin. Er gluckste vergnügt.

Es ging immer tiefer ins Schloss hinein, da sie unzählige Flure durchqueren mussten. Mr Roberts hatte recht, dachte Kaithlyn, alles sah auf den ersten Blick gleich aus.

„Wir sind da."

Sie standen am runden Ende eines breiten Flurs mit hellen Wänden der wie ein offener Raum gebaut war und nur eine weitere Tür, die farblich passend zu den Wänden im matten braun gestrichen war, hatte. Der bronzene Türgriff war so angebracht, dass man daran ziehen musste. Mr Roberts mühte sich den Bruchteil einer Sekunde damit ab sie zu öffnen.

„Dieser Bereich ist speziell für mehrere Gäste eingerichtet worden, damit Sie alle zusammenbleiben können", verkündete er stolz. Kaithlyn trat wagemutig als Erste ein.

Der Raum war weitläufig und bei Tag sicher sonnendurchflutet, denn ein einziges riesiges langes Fenster erstreckte sich über die gesamte Südwand. Der Panoramablick musste unglaublich sein. Davor standen ein Mahagonitisch mit einer silbernen Tischdecke und ringsherum rot gepolsterte Stühle mit hohen Rücken aus Schnitzereien. An der linken Wand war ein kleiner Kamin eingelassen, über dem ein Bild einer Stadt mit einem Fluss hing. Zwei Ohrensessel standen sich in einer anderen Ecke gegenüber, dicht bei einem schmalen offenen Schrank voller Weinflaschen und hohen Gläsern. Der Boden hier war aus Parkett und weitere Türen die überall zwischen den Möbeln verteilt waren führten in jeweils ein Schlafzimmer mit Bad, wie Mr Karacord Assistent erklärte.

Melora schob sich an Kaithlyn vorbei und sah sich neugierig um. An ihrem Blick merkte Kaithlyn, das auch sie nie etwas Vergleichbares gesehen hatte. Sie war froh darüber, nicht die einzige zu sein, die der ganze Luxus an diesem Ort überwältigte.

„Sie haben sicher Hunger", sagte Mr Roberts beschwingt.

„Ich habe bereits einen Imbiss zubereiten lassen. Ein Dienstmädchen wird Ihnen etwas zu Essen bringen. Suchen Sie sich nach Belieben ein Zimmer aus. Morgen werde ich kommen, um Sie zum Frühstück abzuholen. Wie gesagt, es ist etwas schwer, sich an den ersten Tagen hier, zu orientieren. Wäre Ihnen neun Uhr recht?"

Er sah fragend in die Runde, weil keiner etwas sagte, nahm er dies als Zustimmung.

„Neun Uhr. Nun gut, ich wünsche Ihnen eine ruhige Nacht."

Kaine verschwand rasch in einem der Zimmer. Kaithlyn fand, dass dies eine gute Idee war.

„Welches Zimmer wollt ihr?", fragte sie die anderen. Fye zuckte mit den Schultern.

„Egal, such du dir zuerst eins aus", antwortete Melora gleichgültig.

„Ich nehme...das Rechte."

Kaithlyn und Harlow gingen zur rechten Tür. Harlow sprang direkt aufs Bett und gähnte müde. Kaithlyn hatte sich ein schönes Zimmer ausgesucht. Es gab ein großes Bett, mit großen weichen Kissen, an der linken Seite des Bettes stand ein Schränkchen mit Lampe, es gab einen Kleiderschrank und einen Tisch mit zwei Stühlen. Das Fenster war klein und rund. Draußen war es stockfinster. Eine viereckige Uhr, die mit all den Rubinen besetzt sehr kostbar schien, zeigte an, dass es bereits ein Uhr war.

Kaithlyn stellte ihren Koffer an eine Seite. Sie warf sich aufs Bett, ohne dabei auf Harlow zu achten, die ein Stück wegrutschte und fast von der Kante purzelte. Kaithlyn war unbeschreiblich müde; von den Gesprächen, der Reise und dem Anfall, den sie gehabt hatte. Ihr Körper fühlte sich schwer und träge an und während sie die Augen schloss, fragte sie sich ob das alles nur ein Traum war. Auch, wenn die Müdigkeit überwältigend war, an Schlaf war für sie nicht zu denken. Eine kribbelige Aufregung steckte ihr in den Gliedern, die nur dumpf abklang. Zu viele Gedanken schossen ihr noch immer durch den Kopf. Da war sie nun…so weit weg von zu Hause…mit all den Leuten, die sie nicht wirklich kannte.

Abenteuer, schoss es ihr durch den Kopf.

Sie hatte ihres gefunden und es fing gerade erst an.

Da fiel ihr Blick auf das Kästchen, welches Mrs Koirbet ihr gegeben hatte. Sie hatte es auf den Tisch neben die Rubinuhr abgestellt. Kaithlyn stand sehr langsam auf, nahm das Kästchen und schob es unters Bett. Was auch immer darin war, musste warten. Kaithlyn reichte es für heute mit dem Geheimnis lüften. Es war schon merkwürdig. Ob Mrs Koirbet wohl wusste, was sich darin befand? Die Gelegenheit zu fragen war verstrichen.

Und wieso waren sich eigentlich alle sicher gewesen, dass es hier bei ihrem Großvater, von dem sie gerade mal den Namen kannte, sicherer als zu Hause war? Kaithlyn seufzte schwer. Es klopfte an ihre Tür. Kaithlyn ging hinüber um sie zu öffnen. Es war Melora.

„Es gibt was zu Essen…falls du Hunger hast?"

„Okay", sagte Kaithlyn. Sie sah hinüber zu dem großen Tisch, der jetzt von einem Dienstmädchen gedeckt wurde. Sie hatte kurze, blonde Locken und ihre Ohren sahen aus wie kleine Flügel. Ein Mensch war sie nicht, dachte Kaithlyn. Sie trug eine Dienstuniform, auf die ein Wappen genäht war.

„Kann ich dir helfen?", fragte Kaithlyn. Das Mädchen war kaum älter als sie selbst.

„Nein, danke sehr, Miss."

Mit geschickten, raschen Bewegungen deckte sie weiter den Tisch. Auf einem Wagen neben ihr war eine große Platte mit vielen belegten Brötchen, mehrere Kannen, kristallenen Karaffen mit Säften, Tassen, Gläser, Brot und etwas Gebäck.

„Wenn Sie noch etwas wünschen, dort drüben ist eine Klingel", sagte das Mädchen höflich und deutete auf eine Art Sprechanlage an der Wand.

„Danke", sagten sie alle im Chor. Kaithlyn lächelte dem Mädchen entgegen. Sie ist genauso alt wie ich und arbeitet um diese Zeit, dachte sie. Es tat ihr wirklich leid, dass sie so spät gekommen waren. Dann fiel Kaithlyns Blick auf das Wappen der Uniform. Dasselbe Zeichen wie in ihrem Traum, auf dem Wachs des Briefes. Dasselbe wie auf dem Ring des Mädchens

vom Porträt. Ein rundes Wappen, das durch ein Schwert geteilt wurde. In beiden Teilen des Wappens war ein Symbol. In ihrem Traum und auf dem Porträt hatte es einwenig anders ausgesehen, vielleicht irrte sie sich auch einfach?

Kaithlyn verbarg, dass sie unheimlich aufgeregt über diese Entdeckung war. Wie gebannt starrte sie dem Mädchen nach.

„Entschuldigen Sie mich jetzt bitte."

Das Mädchen zog den Servierwagen hinter sich aus dem Zimmer. Kaithlyn ging ihr nach.

„Wo willst du hin, Kaithlyn?", fragte Melora, doch Kaithlyn war schon aus dem Zimmer und hörte sie nicht mehr. Das Dienstmädchen bog gerade um eine Ecke. Kaithlyn rannte das kurze Stück, um sie noch einzuholen und prallte dann hart gegen den Wagen, der abrupt stehen geblieben war. Einige Tassen gingen scheppernd zu Bruch; Scherben lagen verstreut über den Boden. Schmerz, schnell wie ein Blitz, schoss durch ihre Knie und Arme.

Kaithlyn stöhnte auf.

„Entschuldige", sagte sie erschrocken und rieb sich über die stechenden Stellen.

„Oh, nein. Ich entschuldige mich, Miss", sagte das Mädchen schüchtern.

„Nein. Es war meine Schuld."

Kaithlyn versuchte hastig die Scherben aufzuheben und legte sie auf eine Serviette. Das Mädchen sah sie ängstlich an.

„So die letzte Scherbe. Au!"

Kaithlyn hatte sich geschnitten und blut ran ihr nun von Daumen und Zeigefinger.

„Mist", stöhnte sie erneut. Das Mädchen reichte ihr eine weitere Serviette vom Wagen.

„In der Küche haben wir einen Verbandskasten, ich gehe ihn schnell holen", sagte das Mädchen unsicher.

„Schon gut. Ich kann ihn holen gehen", sagte Kaithlyn, obwohl sie keine Ahnung hatte wo die Küche war.

„Aber Miss, sie sind unser Gast."

„Ich bin Kaithlyn."

„Was?"

„Nenn mich Kaithlyn, du bist ja kaum älter als ich."

Das Mädchen sah verwirrt umher.

„Wie ist dein Name?"

Sie zögerte.

„Ich heiße Hannah", sagte sie leise.

„Sollen wir zusammen in die Küche gehen, Hannah? Ehrlich gesagt weiß ich nicht, wo sie ist", sagte Kaithlyn und presste die Serviette fester um Daumen und Zeigefinger. Sie hatte sich ziemlich tief geschnitten.

„Kommen Sie Miss, hier entlang."

Hannah schob den Wagen nun vor sich her, anstatt ihn zu ziehen.

Sie musterte Kaithlyn besorgt aus den Augenwinkeln.

Am Ende des Flurs war ein Aufzug, der sie hinunter in die Küche brachte. Kaithlyn studierte erstaunt die Anzeigetafel der Stockwerke. Wenn man es glauben konnte, hatte das Gebäude, in dem sie sich befand, außer Erdgeschoss noch acht weitere Stockwerke.

„Ist dieses Haus hier sehr groß?", fragte sie Hannah.

„Es ist überwältigend. Es besitzt rund dreihundert Zimmer auf acht Stockwerke verteilt."

„Ist Mr Karacord, der Einzige der hier wohnt?"

„Mr Karacord bekommt nicht sehr oft Besuch. Außer ihm wohnen die Angestellten und seine Assistenten hier", sagte Hannah, die nicht recht zu wissen schien, ob sie Kaithlyn all das erzählen durfte.

Die Küche war geräumig und blitz blank sauber geputzt, alles leuchtete förmlich. Viele Töpfe und Pfannen hingen von der Decke und der Boden hatte Ähnlichkeit mit einem gewienerten Schachbrett. Die Küche bot viel Arbeitsfläche zwischen Spülen und Herden.

„Warum braucht man eine so große Küche, für so wenige Personen?"

Hannah schwieg. Sie ging in eine Ecke, wo der Verbandskasten neben dem Speiseaufzug hing. Sie setzten sich an einen Tisch in einer Wandnische und Hannah verband Kaithlyns Finger.

„Danke", sagte Kaithlyn.

„Ich bin dir hinterher gegangen, weil ich dich was fragen wollte."

Kaithlyn sah noch einmal auf Hannahs Uniform und das Wappen.

„Das da. Dieses Zeichen oder Wappen. Wofür steht es?"

„Das?"

Sie zeigte auf ihre Uniform.

„Es ist das Zeichen der Familie Karacord, das Familienwappen."

„Weißt du, ob es eine Bedeutung hat?", fragte Kaithlyn stürmisch.

„Das Schwert steht für Macht und Ruhm, man findet es oft in Wappen, von sehr berühmten Familien. Das rechte Symbol…"

Hannah deutete auf etwas, das aussah, wie eine Sonne die von einem Kreutz durchzogen wurde.

„Es ist ein altes Symbol aus einer noch älteren Sprache und bedeutet Karacord. Das Symbol in der linken Hälfte steht für den Drachenclan."

Es sah aus wie eine gebogene Flamme.

„Drachenclan?", sagte Kaithlyn. Sie hatte noch nie davon gehört.

„Die Familie Karacord gehört diesem Clan an. Viele Familien gehören dazu, sie leben über diese ganze Insel verteilt."

„Danke."

Kaithlyns Magen begann zu knurren.

„Ich habe wohl Hunger", lachte Kaithlyn. Es stimmte, seit gestern Abend hatte sie nichts mehr gegessen und inzwischen war so viel passiert, dass sie gar nicht gemerkt hatte, wie hungrig sie eigentlich war.

„Ich werde sie zurückbringen, Miss", sagte Hannah etwas lockerer.

„Nenn mich nicht Miss, sondern Kaithlyn, okay? Und nochmals danke, aber ich denke den Weg finde ich auch alleine."

Kaithlyn ging zurück zum Aufzug.

„Gute Nacht."

Nachdem sich die Tür des Aufzuges geschlossen hatte, trat eine rundliche Frau mit gewelltem roten Haar aus einer Nische.

„Wer war denn das?", fragte sie neugierig.

„Ein Gast, der heute gekommen ist", sagte Hannah.

„Du hast uns belauscht, Serverine?"

„Ich nenne es eher einen Zufall", lachte die Frau laut auf.

„Ich war nur neugierig. Vielleicht war das die Enkelin von Mr Karacord?"

„Seine Enkelin?", hauchte Hannah.

„Ja, ja…hast du es noch nicht gehört? Sie soll doch unter den Besuchern sein! Sie hat wohl vorher bei Relia Abadon gewohnt und Mr Karacord bekam doch diesen Eilbrief. Susanne hat es mir erzählt. Die Kleine eben hatte doch Ähnlichkeit mit Harlow Hayworth, nicht? Stell dir vor, sie wäre es…wie aufregend!"

Hannah sah hinüber zum Aufzug.

„Sie war sehr nett", sagte Hannah. Die dicke Frau lächelte.

Kaithlyn stand vor der Tür zum Wohnraum. Melora würde sicher wissen wollen, wo sie gewesen war. Melora war äußert bedacht darauf nett zu ihr zu sein, aber ihre Freundlichkeit hatte etwas Trügerisches. Sie war schlicht weg neugierig; auf eine aufdringliche Weise, die Kaithlyn Unbehagen bereitete. Sie behielt recht.

„Wo warst du?"

Melora sah sie ernst an. Fye und sie saßen am Tisch. Sie schienen schon gegessen zu haben, denn vor ihnen stand benutztes Geschirr.

„Warum willst du das wissen?", konterte Kaithlyn mit einer Gegenfrage. Wenn Kaine beschlossen hatte, das es sicher für sie sei alleine herumzulaufen, konnte Melora dagegen keine Einwände erheben. Es war Kaines Aufgabe auf sie auszupassen. Kaithlyn konnte sehen wie die Zahnräder in Meloras Kopf sich zu drehen begannen.

„Ich dachte nur, dass…du bist vollkommen hysterisch aus dem Raum gestürzt", sagte Melora lahm. Kaithlyn zuckte mit den Schultern.

„Ich hatte eine Frage", sagte sie schließlich. Sollte Melora sich doch ihren hübschen Kopf zerbrechen.

„Was für eine Frage?", entgegnete Melora direkt.

„Vielleicht kann ich…"

„Nein", meinte Kaithlyn.

„Ich denke nicht."

Meloras Augenbrauen zogen sich zusammen. Ihre Unausgeglichenheit reizte Kaithlyns Nerven bereits jetzt. Sie war wie eine Zeitbombe, die aus unerfindlichen Gründen irgendwann hochzugehen drohte.

„Wie du meinst", fuhr Melora Kaithlyn schroff an. Mit einem bitteren Blick erhob sie sich und peilte die Tür ganz links an.

„Na dann, gute Nacht."

Kaithlyn ließ sich auf einen der Stühle nieder. Sie nahm sich eine Tasse, goss sich Tee ein und trank einen Schluck. Dieser Tee schmeckte um einiges besser als der von Albert. Er wärmte sie von innen heraus und verschaffte ihr das Gefühl von Behaglichkeit. Sie seufzte resigniert und musterte mit den Augen die Auswahl an Essen, die vor ihr ausgebreitet stand.

„Was ist mit deiner Hand passiert?", sagte Fye. Kaithlyn blickte auf. Sie hatte seine Anwesenheit fast vergessen, so still, wie er sich verhalten hatte. Sie hörte ihn nicht einmal atmen. Ob, das so ein Magier Ding war? Lautloses Anschleichen und eine Präsenz, kaum wahrnehmbar, fast wie die eines Geistes.

„Geschnitten", sagte sie leise.

„Soll ich es heilen?“, fragte Fye. Kaithlyn setzte ihre Tasse ab, um ihre Finger schnell zu verbergen. Sie wollte nicht, dass Fye ihr noch einmal zu nahe kam.

„Nein, danke.“

Stille Wasser sind tief, dachte sie. Zudem wäre es töricht, Fremden sofort blindes Vertrauen zu schenken. Am Besten hielt sie die anderen zunächst auf höflichen Abstand. Es gab aber auch noch einen weiteren Grund für ihre Unsicherheit und dieser Gedanke drang augenblicklich an die Oberfläche. Sie wusste nicht, wie man Freundschaften schloss. Höflichkeit, Respekt oder Freundlichkeit waren elementare Dinge, die ihre Tante ihr anerzogen hatte, aber Beziehungen zu anderen Menschen aufzubauen war ein schwieriges Unterfangen…

„Es wäre wirklich kein Problem…“, bot er wiederholt seine Hilfe an.

„Ist es denn mit Magie nicht wie mit Medikamenten? Man sollte so etwas nicht bei jeder Kleinigkeit anwenden…außerdem, verbrauchst du dadurch nicht deine, ähm, Reserven?“, antwortete sie, ohne zu wissen, ob ihre Vermutungen stimmten.

Fyes Mundwinkel zuckten leicht.

„Das kling durchaus clever“, sagte er leichthin.

„Es ist jedoch sehr viel leichter kleinere Wunden zu heilen, als schwerwiegendere Verletzungen. Ich bin auf diesem Gebiet kein Experte. Richtige Heiler, die ihre Whyburnmagie darauf konzentrieren, arbeiten Jahre lang an ihren Künsten.“

Whyburnmagie? Kaithlyns Blick glitt flüchtig zu Meloras Tür. Diese Art von Magie hatte sie ebenfalls erwähnt. Es gab aber auch noch eine andere Magie…wie war der Begriff noch gleich? Was war der Unterschied?

„Du wirst es schon noch verstehen.“

Kaithlyns Augen fixierten Fye. Er schüttelte den Kopf.

„Nein. Ich kann deine Gedanken nicht lesen.“ Er lächelte. Kaithlyn spürte, wie diese Geste ihr Hitze durch den Körper jagte. Es lag nicht daran, das sie sich zu ihm hingezogen fühlte, sondern, weil seine Augen so unnachgiebig kalt dabei aussahen. So verloren. Das schärfte ihre Sinne. Jeder hat ein Geheimnis, hatte ihre Tante einmal gesagt. Kaithlyn begriff, dass es stimmte.

„Woher kannst du das eigentlich? Heilen?“, fragte sie.

„Das ist ganz einfach, ich habe es gelernt.“

Kaithlyn sah zu dem Raben auf seiner Schulter.

„Lernt man so was auf der Deity Akademie?"

Ihr fiel spontan kein anderer Ort ein, an dem es Klassen gab, die in Magie unterrichtet wurden.

„Auf der Akademie lernt man so einiges", sagte Fye und strich dem Raben übers Gefieder. Auf solch eine Unterhaltung hatte Kaithlyn keine Lust. Einseitig und tonlos, weil Fye statt ihr zu antworten, lieber zweideutige Sätze in den Raum warf. Sie legte den Kopf schräg und betrachtete Fyes Raben. Seine runden schwarzen Knopfaugen waren ihr unheimlich.

„Hat sie es dir gesagt?"

Kaithlyn riss sich von dem dunklen Blick des Tieres los.

„Was denn?", fragte sie verdutzt.

„Etwas über das Wappen", sagte Fye.

„Dein Blick ist mir nicht entgangen."

Kaithlyn lehnte sich über den Tisch. *Beobachtete er sie so genau?*

„Was weißt du darüber?", fragte Kaithlyn und versuchte gelassen zu bleiben.

„Sehr viel", schloss Fye.

Er schien es zu genießen, das Kaithlyn ihm alles aus der Nase ziehen musste.

„Sehr viel", murmelte Kaithlyn, nahm sich ein Brötchen mit Schinken und biss hinein. Missmutig kaute sie länger an dem Bissen, als sie eigentlich musste.

„Dieses Gespräch bringt *sehr viel*."

Fye setzte sein Glas an die Lippen und hielt inne.

„Es gibt da so ein Sprichwort: Unwissenheit ist Macht."

„Nur, wenn der Unwissende sich entmächtigen lässt. Ich kenne es", nuschelte Kaithlyn mit halb vollem Mund.

„Es ist aus irgendeinem Buch."

„Als irgendein Buch würde ich es nicht bezeichnen. Es heißt: die Legende von Blaze Karacord", sagte Fye. Kaithlyn verschluckte sich fast.

„Karacord?"

Kaithlyn kam der Name des Buches bekannt vor. Eine neblige Erinnerung schwappte über den Rand ihrer Gedankensuppe…aus diesem Buch hatte Rose ihr einmal vorgelesen. Es ging um Drachen, mehr wusste sie nicht mehr. Wie konnte sie nur vergessen haben, dass sie den Namen *Karacord* schon einmal gehört hatte? Deshalb hatte sie diesen Namen auch mit Rose´ Gesicht in Verbindung gebracht!

„Du kennst das Buch?“

„Ich kann die Sprache, in der es geschrieben ist nicht lesen. Eine Freundin von mir hat mir einmal davon erzählt, glaube ich. Dieses Zitat stammt aus der Einleitung“, sagte Kaithlyn nachdenklich.

„Dann muss deine Freundin sehr begabt sein“, sagte Fye, ganz so als sei Kaithlyn dumm, weil sie es nicht lesen konnte.

„Ihre Eltern beschäftigen sich mit so was, außerdem sind sie Alchemisten“, sagte Kaithlyn zu ihrer Verteidigung.

„Nun ja, es stimmt schon, dass außer der Chemie und den Zaubern auch Bücher ein Hobby von Alchemisten sein sollen, dennoch ist das Buch in einer sehr alten Sprache geschrieben und es bedarf hohen Engagements sie zu entschlüsseln.“

Rose hatte so viele Bücher und sie erzählte so oft Dinge daraus, sodass Kaithlyn sich kaum etwas davon merken konnte. Wie Rose es schaffte sich jedes Detail einzuprägen war ihr ein Rätsel. Insgeheim stimmt sie Fye zu.

„Hat der Blaze Karacord denn etwas mit dem jetzigen Mr Karacord zu tun?“, fragte Kaithlyn.

„Er ist ein uralter Vorfahre und das Buch über ihn ist eine Geschichte oder viel mehr eine Legende über die Entstehung des Drachenclans, wobei die Familie Karacord als Gründer des Clans im Vordergrund steht“, erklärte Fye.

„Es gab viele Ausgaben dieses Buches. Ein Jahrhundert lang war die Legende um die Gründung des Clans sogar eine sehr weit verbreitete und beliebte Geschichte, aber nach und nach, kamen die meisten Exemplare abhanden, gingen verloren oder wurden zerstört. Niemand machte sich die Mühe die Legende neu zu verfassen, da auch heute die Familien des Drachenclans diese mündlich über Generationen überliefern. Es gibt jedoch, meines Wissens nach, noch einige, wenige erhaltene Bücher.“

Der Drachenclan. Ihre Familie gehörte dazu. Kaithlyn spürte. wie ihr Herz schneller zu schlagen begann. Wie konnte sie all die gehörten Sachen in einen übersichtlichen Zusammenhang bringen?

„Hast du das Buch auch gelesen?“

„Das war nicht nötig“, sagte Fye.

„Warum nicht?“

Kaithlyn gewann den Eindruck, dass Fye Melora sehr ähnlich war. Überlegen und arrogant wirkte er zwar nicht, aber eine gewisse Verschlossenheit umgab sie beide. Kaine ebenfalls.

„Die Familie Crossdale gehört auch zum Drachenclan. Ich bin mit dieser Geschichte aufgewachsen."

Kaithlyn keuchte überrascht auf.

„Die Familien des Drachenclans sind Magier? *Magier*?"

„Obwohl es sehr viele Menschen gibt, die Magie beherrschen, sind die sieben Familien des Drachenclans, diejenigen deren Whyburnmagie am stärksten ist. Wir sind sozusagen recht bekannt und genießen einen gewissen ehrfürchtigen Respekt."

„Magier", wiederholte Kaithlyn mehr für sich selbst. Vielleicht half es, wenn sie es erneut aussprach; vielleicht fühlte es sich dann realer an?

„Was ist Whyburnmagie?"

„Wie bereits angedeutet ist das kein Thema für eine Nacht wie diese", antwortete Fye sachlich. „Es ist ein umfassendes Thema, dem ich sicher nicht gerecht werden kann, indem ich dir einige Dinge dazu erzähle. Das sollte jemand anderes übernehmen."

Kaithlyn nickte verständnisvoll. Für eine solch kostbare Information hätte sie in ihrem Gehirn keinen Platz mehr gehabt. Niemand konnte zu viele Ereignisse auf einmal verdauen. Zudem war es nicht Fyes Aufgabe, ihr all ihre Fragen zu beantworten.

„Wenn mein Großvater Karacord heißt und du zum Drachenclan gehörst, sind wir dann…", sie brach ab und überlegte fieberhaft, ob…

„Die Familien des Clans sind nicht miteinander verwandt. Oft verbindet sie Freundschaft oder etwas anderes, etwas, dass nichts mit der Blutlinie zu tun hat", sagte Fye, so als hätte er Kaithlyns Gedanken erneut durchschaut.

„Dir mehr darüber zu erzählen, würde viel Zeit in Anspruch nehmen."

Er deutete auf die Standuhr neben dem Kamin. Zwei Uhr. Kaithlyn störte sich nicht an der Uhrzeit. Sie hatte das Gefühl das Adrenalin der Aufregung, was sie kurz nach ihrer Abreise überfallen hatte, erneut durch ihre Venen rauschen zu spüren.

„Wie kommt es das ich nie davon gehört habe?", sagte sie.

„Diese Frage kann ich dir nicht beantworten. Da du bei deiner Tante aufgewachsen bist, hätte sie dir alles darüber erzählen müssen, aber anscheinend weißt du nichts darüber. Der Drachenclan sehr bekannt und angesehen, er wird oft in Büchern erwähnt, da er das größte Bündnis ist, welches jemals in der Weltgeschichte geschlossen wurde."

Fye räusperte sie.

„Aber…"

„Aber?“

„Den Aussagen deiner Tante nach zu urteilen, würde ich meinen, dass sie es dir aus denselben Gründen verschwiegen hat, wie auch all die anderen Ereignisse.“

Kaithlyn nickte stumm. Weil Relia nicht wollte, das Kaithlyn irgendeine Verbindung zwischen ihren Eltern und deren Vergangenheit herausfand. Das hatte sie im Hause von Mrs Koirbet deutlich zu verstehen gegeben…

„Dein Großvater wird dir alles darüber erzählen, da bin ich mir sicher. Falls nicht, lade ich dich zu meiner Familie ein. Mein Vater wird sich freuen, dir davon zu erzählen. Früher oder später fügt sich alles zusammen.“ Fye stand auf und sein Rabe spreizte die Flügel, blieb jedoch auf seinem angestammten Platz sitzen. „Gute Nacht.“

Fye ließ Kaithlyn allein.

Sie sah aus dem Fenster in die Dunkelheit hinaus und es war so als würde etwas von der Düsternis direkt in ihr Herz fließen. Kaithlyn spürte deutlich, wie die Enttäuschung und der Zorn wieder die Oberhand gewannen. Ihre Tante hatte ihr nie auch nur ein Wort von einem Clan erzählt, dem Clan zu dem ihre Familie gehörte. Noch wütender war sie auf sich selbst. Was hatte sie eigentlich all die Jahre über gemacht? In den Tag gelebt ohne sich wirklich zu bemühen an Informationen zu gelangen? Wenn es eine so berühmte Familie war, wieso war sie niemals selbst darauf gestoßen?

Sie schob sich das letzte Stück Brötchen in den Mund und beschloss dann auch ins Bett zu gehen. Es hatte keinen Sinn hier zu sitzen und weiter zu grübeln.

Sie war zu müde um ihren Koffer zu öffnen und sich umzuziehen, also warf sie sich einfach aufs Bett und schlief nach wenigen Minuten schnell ein.

Kaithlyn träumte von Drachen, die gewaltige Feuer spien, von einem alten Mann, der sie fröhlich in die Arme schloss und von Harlow die sagte:

„Kaithlyn ist nicht allein. Ich beschütze Kaithlyn.“

Kapitel 6

Das Labyrinth

Nur wenige Stunden später rieb Kaithlyn sich bereits verschlafen die Augen. Sie rollte sich auf die Seite und blinzelte gegen das Licht an, das hell und grell durchs Fenster fiel und sie an der Nasenspitze kitzelte. Eine Sekunde lang fragte sie sich, warum ihr Bett so groß und voller weicher Kissen war, die nach Flieder rochen, dann fuhr sie erschrocken hoch und starrte in Harlows pelziges Gesicht, bis ihr klar wurde, dass die Ereignisse des gestrigen Tages kein Traum gewesen waren. Harlows grüne Augen starrten zurück und dann begann sie auf den vielen Kissen hin und her zu springen, als gäbe es nichts Schöneres am Morgen.

„Kaithlyn, ich habe Hunger!", brüllte sie lautstark und hopste nun auf Kaithlyn rum. Es fühlte sich an als würde das Bett vibrieren. Kaithlyn drehte sich um, zog die Decke über den Kopf und schloss wieder die Augen.

„Ich bin noch müde. Wie spät ist es denn?"

„Essenszeit!", miaute Harlow und sprang vom Bett.

„Moment."

Kaithlyn richtete sich wieder auf. Die Sonnenstrahlen ließen den Raum jetzt noch viel größer wirken als gestern Nacht. Er war mindestens zweimal so groß wie ihr Zimmer auf Custocorward. Auf welcher Insel befand sie sich genau? Hatte sie bereits danach gefragt oder es vergessen? Kaithlyn hätte am liebsten das Gesicht wieder in den Kissen vergraben. All die Geschehnisse erschienen ihr wie ein immenses Hausaufgabenpensum der Schule, das sie anstatt in Wochen an einem Tag bewältigen sollte. Sie atmete mehrmals tief durch, rutschte zur Bettkante und streckte sich. Nur die Ruhe, dachte sie. Einen Schritt nach dem anderen. Sie warf einen Blick auf die Uhr und erhob sich träge.

Das Badezimmer war viel zu geräumig für eine Person. Kaithlyn fragte sich, ob es in diesem Anwesen überhaupt kleine Zimmer gab. Der Boden war aus weißen Fliesen, die ihre eigene Wärme verströmten und die Wände bestanden aus vielen kleinen Kacheln, die mühsam zusammengesetzt Mosaike ergaben. Eine lange, einladende Badewanne stand auf silbernen Klauenfüßen an der linken Wand, über einem riesigen Waschbecken hing ein noch größerer Spiegel und in einem breiten Schrankregal lagen flauschige, weiche Handtücher, die wunderbar nach Jasmin rochen. Im ganzen Raum verteilt standen Fläschchen, gefüllt mit Seife, Shampoo und anderen wohlriechenden Flüssigkeiten. Kaithlyn kniff sich in die rechte Wange. Kein Traum. Sie war wahrhaftig aufgestanden und träumte nicht mehr. All das war echt. Sie trat ans Waschbecken und spritzte sich kaltes erfrischendes Wasser ins Gesicht.

„Was machst du?", wollte Harlow wissen, die Kaithlyn gefolgt war und sie interessiert

beobachtete.

„Umziehen."

Sie zog ihren Koffer ins Badezimmer und Harlows Blick folgte den Schatten die sie bei ihren Bewegungen an die Kachelwände warf. Kaithlyn wühlte sich durch den Inhalt ihrer Sachen bis sie ihre Bürste fand und begann sich die Haare zu kämmen, die wild durcheinander in alle Richtungen abstanden. Anschließend begutachtete sie ratlos das Innere ihres Koffers.

Bei der Eile oder besser gesagt ihrer üblen Laune vor der Abreise hatte sie einfach nur unglaublich viele Sachen in den Koffer gequetscht, der jetzt wo sie ihn geöffnet hatte, viel zu klein für all die Dinge darin schien. Bunte Klamotten sprangen ihr entgegen, lose Gegenstände kullerten auf dem Boden herum (Harlow jagte einen losen, flüchtendem Knopf nach) und nachdem Kaithlyn ihr Hab und Gut auf dem Boden ausgebreitet hatte, konnte sie keinen Schritt mehr machen ohne Gefahr zu laufen über etwas zu stolpern. Sie entschied sich für einen dunklen Pullover und Jeans, zögerte jedoch einen Moment und überlegte, ob man sich in solch einem Anwesen nicht auch anders kleiden musste.

Eigentlich war das keine Entscheidung, da sie ohnehin nur normale Kleidung besaß. Keine Reiseumhänge oder die extravaganten und gar ausgefallen Kleider, die so manche Händler oder Fürsten trugen.

Im Wohnraum (so nannte Kaithlyn das Zimmer in dem alle Gästezimmer zusammenkamen) saßen bereits Melora und Fye. Melora zwirbelte ihr pechschwarzes Haar durch die Fingerspitzen und ihre Augen ruhten unablässig auf ihrem Gegenüber. Jetzt im hellen Schein des Tages fiel Kaithlyn zum ersten Mal auf, das die Farbe die aus den feindseligen Höhlen strahlte nicht karamellbraun war, wie sie zunächst gedacht hatte, sondern golden. Meloras Augen waren flüssiges, reines Gold. *Welcher Mensch hatte goldene Augen?*

Als Melora bemerkte wie eindringlich Kaithlyn sie betrachtete huschte ein verächtliches Lächeln über ihre Lippen. *Baute sich etwa zwischen ihnen bereits nach einem Tag eine Feindschaft auf?*

Kaine stand einige Meter von ihnen an eine Wand gelehnt und der Ausdruck, der seine Züge beherrschte, war der gleiche wie gestern. Starr. Kalt. Ablehnend. Auch jetzt hatte er sein Schwert nicht abgelegt. Er trug es fest auf dem Rücken als wolle er es ewig an sich binden. Kaithlyn war verblüfft. Vielleicht war so etwas üblich unter Magiern und Kopfgeldjägern? Vielleicht trug jeder entweder Spott, Arroganz und Ablehnung zur Schau; vielleicht fühlten sich solche Menschen anderen gegenüber grundsätzlich überlegen? Erwartungsvoll schweifte ihr Blick zu Fye, aber er lächelte nur in sich hinein.

„Guten Morgen", sagte Kaithlyn, nachdem der Augenblick für solch eine Begrüßung schon längst verflogen war. Fye war der einzige der ihr antwortete.

„Sitzt ihr schon lange hier?", fragte Kaithlyn.

„Ein paar Minuten", sagte Melora und spähte feixend zu Kaine hinüber.

Wie auf Abruf klopfte es an der Tür. Es war Mr Roberts. Er hatte ganz rosige Wangen, so als wäre er geradewegs im Eiltempo zu ihnen geeilt.

„Guten Morgen! Ich hoffe Sie haben alle gut geschlafen?", sagte er strahlend. Kaithlyn schenkte ihm ein dankbares Lächeln. Von Höflichkeit schienen ihre neu gewonnenen Bekanntschaften anscheinend noch nichts gehört zu haben.

„War alles zu Ihrer Zufriedenheit? Gut, das freut mich. Wenn Sie mir nun folgen möchten, das Frühstück ist bereits angerichtet."

Es ging zurück durch den Flur, die Treppe erneut hoch, an den Gemälden vorbei und in einen anderen Gang. Kaithlyn hatte längst aufgegeben zu versuchen sich hier den Weg zu merken. Sie folgten Mr Roberts durch einen steinernen Rundbogen ins Esszimmer, das wie alle Räume im Karacord Anwesen nicht an Platz sparte. Der Raum öffnete sich nach oben und die hohe Decke war mit Stuckaturen besetzt. Eine hölzerne Tafel durchzog den Raum, an deren Ende ein hoher langer Stuhl mit Armlehen stand, anders als die anderen Stühle, die kleiner und schmaler waren. Gut zwanzig Leute hatten hier Platz, aber es waren nur vier Gedecke aufgetragen und eine riesige Auswahl an Essen stand bereit. Alle erdenklichen Brotsorten und Brötchen, Croissants, frisches Spiegelei, Speck, Aufschnitt, Käse, Marmelade, Obst, Saft – und Milchkrüge, dampfender Tee und Kaffe, sogar Pfannkuchen und Waffeln und vieles mehr. Kaithlyn staunte nicht schlecht. Sie konnte sich gar nicht mehr satt sehen.

„Man hat mir zugetragen, dass Sie ihr Kianki noch nicht lange bei sich haben", sagte Mr Roberts an Kaithlyn gewand.

„Ja, das stimmt."

„Es ist so: Kiankis können menschliche Nahrung zu sich nehmen, aber das eigens für sie gemachte Futter ist nahrhafter und Vitamin reicher, zudem enthält es ein Spurenelement das sich Sefrien nennt und die natürlichen magischen Energien der Kiankis stärkt. Daher halte ich es für ratsam Sie lassen ihr Kianki das Pettropfutter essen."

Mr Roberts wies auf verschiedene Näpfe, die akribisch aufgereiht, auf einem kleinen Teppich an der rechten Wand standen.

„Ähm…", machte Kaithlyn verwirrt. Mr Roberts sprach von Harlow als sei sie Kaithlyns Haustier, aber Harlow war kein gewöhnliches Tier.

„Ich überlasse das ihr", meinte sie und warf Harlow einen fragenden Blick zu. Mr Karacord Assistent sah sie mit hochgezogenen Augenbrauen an. Kaithlyn sah hilflos zurück. Sie bemerkte, dass eine Stange, mit einer keinen Holzplattform für Fyes Raben, neben dem für Harlow organisierten Essen stand. Wenn er sein Kianki dieses Futter essen ließ, war es vielleicht doch richtig? Während sie grübelte nahm Harlow ihr die Entscheidung ab, indem sie sich über einen der gefüllten Näpfe hermachte. Kaithlyn seufzte erleichtert. Sie hatte die Verantwortung für ein Kianki und konnte nicht einmal eine solche Kleinigkeit entscheiden?

Fye trat neben sie, streckte den Arm aus und sein Rabe hüpfte seinen Arm entlang, bis zur Handfläche und flog das zu seinem Futterplatz hinüber.

„Kiankis haben ihren eigenen Willen", flüsterte Fye leise.

„Sie brauchen also spezielles Futter?", fragte Kaithlyn und sah Harlow zu deren Schwanz vor Freude durch die Luft sauste.

„Sie wird dir sagen, was sie braucht. Keine Sorge."

Melora riss einen Stuhl herum und setzt sich, nicht ohne sich auffällig zu räuspern, was Kaithlyns Unwissenheit zu gelten schien. Sie ignorierte Melora und beschloss später ein Buch über Kiankis in der Bibliothek zu suchen.

„Noch etwas, Miss Hayworth", sagte Mr Roberts und hielt Kaithlyn einen Brief entgegen.

„Ihr Großvater ist leider verhindert. So sehr er es auch bedauert, seine Arbeit ihnen vorzuziehen, er ist ein beschäftigter Mann und so manche Dinge haben eine beständige Wichtigkeit, daher möchte ich mich in seinem Namen entschuldigen."

„Danke", sagte Kaithlyn, wendete den Brief in den Händen und las auf der Rückseite ihren Namen, der in so verschlungener Schrift dort stand als hätte der Absender es sehr eilig gehabt. Ihr Magen verkrampfte sich und machte einen Satz nach vorne. Ein Brief von ihrem Großvater? Sie öffnete ihn und las. Er war recht kurz gehalten.

Liebe Kaithlyn,

ich freue mich, dass du und deine Freunde wohl auf seid. Zu meinem Bedauern hatte ich bisher keine Zeit, um euch persönlich zu begrüßen. Entschuldige dies bitte, es gab einen dringlichen Grund dafür. Ich erwarte dich gegen sechs Uhr in meinem Büro.

Lyon Karacord

Kaithlyn las den Brief noch einmal. In seinem Büro? Brauchte sie etwa einen Termin, um ihren Großvater zu treffen? Melora schien die Frage nach dem Inhalt des Briefes auf der Zunge zu liegen. Ihr unverhohlener Blick durchbohrte sie. Kaithlyn faltete ihn und steckte ihn in ihre Hosentasche.

„Miss Hayworth, ich werde Sie dann um sechs zu ihm geleiten", sagte Mr Roberts und rückte seine Krawatte zurecht. Kaithlyn sagte nichts. Nicht nur das dieser Brief nicht sehr aufschlussreich war, nein, Mr Roberts schien seinen Inhalt zu kennen. Kaithlyn hatte sich mehr erhofft. Sie sah in die Gesichter der anderen und bezweifelte stark, dass diese Drei bereits ihre Freunde waren.

„Ich habe einen Termin bei ihm", sagte Kaithlyn mürrisch.

„Er wird sich sicher genug Zeit für Sie nehmen, Miss Hayworth", sagte Mr Roberts freundlich.

„Ich habe auch noch einiges zu tun. Entschuldigen Sie mich nun."

Er verließ das Esszimmer im Eilschritt. Leise hörte man seine Schritte verhallen.

Kaithlyn nahm neben Fye Platz. Melora saß ihm wieder einmal gegenüber. Vielleicht brauchte sie den Anblick seines hübschen Gesichtes am Morgen, so wie manch andere eine Tasse Kaffee? Kaithlyn starrte auf ihren leeren Teller.

„Gut", murmelte sie leise vor sich hin. Unzufrieden begann sie sich alles Mögliche auf ihren Teller zu häufen. Melora sah sie verdutzt an. Vielleicht suchte sie nach einer Gelegenheit über Kaithlyn herzuziehen und Kaithlyns Tischmanieren würden ihr einen Grund liefern, wie Kaithlyn wusste.

„Es tut mir leid wegen gestern, okay?", sagte sie nachgiebig zu Melora,

„Okay", sagte Melora eine Spur verlegen.

„Eigentlich ist es nicht nur das..."

Kaithlyn wandte sich an niemand bestimmten.

„Seit ich von zu Hause weg bin, fühle ich mich ständig so...", begann Kaithlyn die nicht wusste, wie sie sich ausdrücken sollte. Ihr Kopf schwirrte. Ihr Herz ordnete die Gefühle. Da war jede Menge. Neugier. Angst. Entrüstung. Enttäuschung. Ahnungslosigkeit. Ratlosigkeit. Unverständnis. Misstrauen. Hilflosigkeit. Hoffnung. Bedauern. Unterlegenheit. Freude und Kummer. Nie hatte ihre Gefühlslage aus so vielen aufwühlenden Emotionen bestanden. Der Beginn einer Konfrontation mit ihren Wünschen und Ängsten hatte viel zum Vorschein gebracht. Diese auferlegte Freiheit ließ sie so einiges in Frage stellen, manchmal war beständige Sicherheit besser. Dieser letzte Gedanke hätte glatt Relias sein können.

Kaine griff an ihr vorbei, nach einem Stück Brot und ging ohne etwas zu sagen. Flüchtig wie ein Geist verschwand er in den Weiten des Anwesens. Kaithlyn sah ihm nach.

„Was hat er?"

„So ist er eben", sagte Melora.

„Woher kennt ihr euch?", wollte Kaithlyn wissen.

„Von...früher", antwortete Melora kurz.

Es wurde unangenehm still, so als hätte Kaine ihnen etwas von der unbeholfenen Atmosphäre gestohlen. Kaithlyn biss in eine Waffel. Sie duftete köstlich und schmeckte auch so.

„Ich verstehe rein gar nichts", sagte Kaithlyn mit einem Blick auf Harlow.

„Wir sind in einer ganz anderen Welt aufgewachsen", sagte Fye aufmunternd.

„Fragen hilft", steuerte Melora höflich bei.

„Das ist es ja…ich weiß nicht einmal, wo ich anfangen soll", sagte Kaithlyn verblüfft über Meloras Freundlichkeit. In Fyes Nähe war sie viel ausgeglichener.

„Die Sache mit meinem Großvater…", begann Kaithlyn.

„Es war sehr schwer ihn ausfindig zu machen", sagte Fye plötzlich und machte eine Pause.

„Es gibt zwar viele erdenkliche Zauber und andere Dinge für so etwas, aber bis vor kurzen, wusste niemand, wo er sich versteckt hatte. Es war fast so als sei er einfach verschwunden."

„Wie hast du es geschafft?", fragte Melora, die Kaithlyn ihre Frage damit abnahm.

„Ihr müsst wissen, das Mr Karacord, der Einzige verbleibende der Familie Karacord ist, bis auf Relia Abadon, die nach ihrer Heirat einen anderen Namen angenommen hatte, weit weg zog und Alyssa Hayworth, die verschwunden ist. Lyon Karacord hat sich schon immer verdeckter gehalten und sehr zurück gezogen gelebt. Ich für meinen Teil, dachte die Blutlinie der Karacords wäre ausgestorben."

Er musterte Kaithlyn eindringlich.

„Mit dem Verschwinden seiner Tochter verschwand auch er."

„Was hat man euch erzählt?", fragte Kaithlyn. Sie wusste bereits, das Melora und Fye auf Wunsch von Mrs Koirbet mitreisten.

„Ich meine, abgesehen von den Dingen, die ich bereits weiß."

Melora sah Fye an, als müsse sie ihn erst um Erlaubnis bitten, um sprechen zu dürfen.

„Ich bin Mrs Koirbet einen Gefallen schuldig", sagte sie langsam.

„Als sie mich bat, dich bei dieser Reise zu begleiten, habe ich nicht viele Fragen gestellt."

Undenkbar, bei jemandem wie ihr, dachte Kaithlyn.

„Sie teilte mir mit, dass sie jemanden suche, der dich begleitet und den Kontakt zu ihr und somit zu deiner Tante hält. Jemanden, der nicht vom Drachenclan beeinflusst wird."

Sie warf Fye einen entschuldigenden Blick zu.

„Ich denke, das ist ein wichtiger Punkt", sagte er.

„Besonders auf dieser Insel gibt es fast ausschließlich Menschen, die in irgendeiner Verbindung zueinanderstehen."

„Mrs Koirbet ist also misstrauisch?", fragte Kaithlyn.

„Denkt sie, du bist nicht vertrauenswürdig?"

Melora zischte erbost.
„Wie kannst du so etwas sagen? Du kennst Fye doch gar nicht!"
„Auf einer Insel wie dieser haben sogar die Wände Augen und Ohren", bemerkte Fye unbeirrt, im Gegensatz zu Melora die so eingeschnappt wirkte, als habe Kaithlyns sie soeben beleidigt. Aber Fye und Melora stehen auch in einer Verbindung zueinander, dachte sie insgeheim. Vielleicht würde ihr natürliches Misstrauen ihr hier von Vorteil sein?
„Dein Vorteil", murmelte Fye undeutlich.
Kaithlyn starrte Fye überrascht an. Wenn er nicht ihre Gedanken las, wie konnte er dann…waren ihre Absichten denn wirklich so offensichtlich? Sie begann Ärger über sich selber zu verspüren und fragte sich gleichzeitig, ob Fye auch das wieder in ihrem Gesicht ablesen würde. Melora sah zwischen den beiden hin und her.
„Schuldest du Mrs Koirbet auch einen Gefallen?", fragte Kaithlyn hastig, um ihn von ihrem Gemütszustand abzulenken.
„Mrs Koirbet war meine Lehrerin, als ich noch zu Schule ging", erklärte er Kaithlyn.
„Sie und mein Vater sind ebenfalls alte Freunde. Für meine Familie ist es eine Frage der Ehre, bedingungslos zu helfen, wenn ein Freund um einen Gefallen bittet. Mrs Koirbet weiß meine Hilfe, eben aus dem Grund, das ich zum Drachenclan gehöre, zu schätzen."
„Ich schätze, sie wusste, wenn jemand Mr Karacord ausfindig machen kann, ist es Fye", fügte Melora hinzu und lächelte ein warmherziges Lächeln.
„Zunächst ging es darum, einen Ort auf dieser Insel zu finden, an dem du dich bis Schulbeginn aufhalten kannst. Meiner Familie wäre es ein Vergnügen gewesen, dich bei uns unterzubringen. Ich vermute, dass viele andere Familien des Drachenclans, wenn sie denn wüsste, dass du hier bist, sich sogar um dieses Unterfangen gestritten hätten", sagte Fye nachdenklich. Als er auf die anderen Familien des Drachenclans zu sprechen kam, hörte sie einen Anflug von Missgunst in seiner Stimme.
„Wie der Zufall es so wollte…"
Er beendete den Satz nicht. Für einen Moment waren seine Augen abwesend und leer.
„Eigentlich war es mein Vater, der auf deinen Großvater stieß. Mrs Koirbets Wortwahl hat es vielleicht so aussehen lassen, als ob dies eine schwere Bürde gewesen wäre, aber es war sehr viel einfacher. Mr Karacord tauchte

völlig unerwartet bei einer Versammlung auf. Der Drachenclan hält solche Versammlungen nicht häufig ab, aber nach der langen, ungeklärten Abwesenheit Mr Karacords, hielten es die Oberhäupter der Familien für ratsam zu beratschlagen, was in naher Zukunft geschehen sollte. Zudem hat ein Berater des Königshauses Druck auf uns ausgeübt. Der Drachenclan, als mächtigste Allianz magisch Begabter steht in stetiger Rücksprache mit dem Königshaus. Wir müssen ihnen regelmäßig Bericht erstatten und bei manchen Dingen ihre Erlaubnis einholen. Das war jedoch durch die Abwesenheit unserer Verbindungsperson nicht möglich. Mr Karacord hat die höchste Autorität innerhalb des Clans inne."

Fye unterbrach sich, als sein Rabe zurück auf seine Schulter flatterte.

„Innerhalb des Drachenclan gelten bestimmte Regeln und er als der Träger des ganzen hat er erheblichen Schaden angerichtet als er verschwand. Unstimmigkeiten, Vertragsbrüche…ich weiß nicht einmal ob diesem Mann bewusst war, das er die Clanfamilien im Stich gelassen hat. Sein unerwartetes Auftauchen hat Tagelang unsägliches Chaos gestiftet. Manche haben sogar seinen Rang angezweifelt, was meiner Meinung nach verständlich ist. Als mein Vater ihm die Nachricht Mrs Koirbets weitergegeben hat, entschied er sich, dafür, das du in sein Anwesen gebracht werden sollst. Er war außer sich vor Freude."

Fye zögerte einen Moment.

„Dennoch, du solltest ihm nicht ohne Vorbehalte vertrauen oder darauf hoffen, dass er dir die Ereignisse der Vergangenheit offenbaren wird. Ich bin mir sicher, dass du bereits darüber nachgedacht hast, Kaithlyn."

Melora, die die ganze Zeit an Fye Lippen gehangen hatte, seufztzte resigniert.

„Das klingt nach einer ziemlich unbeständigen Person", sagte sie. Kaithlyn verkniff sich ein Lachen. Ob Melora nicht wusste, das *unbeständig* sie ziemlich gut charakterisierte? Was Fye betraf…er erschien Kaithlyn ehrlich und hatte keine Angst sich zu seiner Meinung zu bekennen, auch, wenn die Wände Augen und Ohren hatten, wie er zuvor erwähnte. Sie mochte das. Es waren Eigenschaften, die sie an sich selber schätzte und Fye in ihren Augen sympathisch wirken ließen.

„Danke für den Rat", sagte Kaithlyn. Sie frühstückten ohne ein weiteres tiefgehendes Gespräch weiter und Kaithlyn genoss, das köstliche Essen. Bei Relia bekam sie meistens nur Cornflakes oder Brot, was nicht schlecht war, aber natürlich nichts im Vergleich zu diesem Festmahl. Während sie ihre dritte Waffel verschlang, grübelte sie über Kaine nach. Für einen Beschützer schien er Einsamkeit einwenig zu gern vorzuziehen. Harlow kam an und sprang auf einen leeren Stuhl neben Kaithlyn. Sie durchbrach die ruhige, unbelassene Stimmung.

„Ich bin satt", sagte sie.

„Du bist ein richtiger Vielfraß", erwiderte Kaithlyn schmunzelnd. An Harlow Schnauze hingen noch immer Krümel und es sah einfach zu niedlich aus. Kaithlyn nahm eine Serviette und wusch ihr über den Mund. Das gefiel Harlow ganz und gar nicht und sie schnappte nach der Serviette, mit der sie anschließend unterm Tisch verschwand.

„Harlow", sagte Kaithlyn.

„Komm raus!"

Mit der Serviette übern Kopf sprang Harlow zurück auf den Stuhl und streckte sich, um über die Tischkante sehen zu können. Sie war wie ein kleines Kind, dachte Kaithlyn.

Kiankis haben ihren eigenen Willen. Harlows grüne Augen wanderten von Melora zu Fye und dann gierig über das Frühstücksbuffet.

„Dein Rabe ist auch ein Kianki?"

Kaithlyn formulierte den Satz wie eine Frage, obwohl die Antwort auf der Hand lag.

„Sein Name ist Crowden", antwortete Fye.

Bei diesem Thema bekam Meloras Ausdruck etwas Wissbegieriges.

„Ich finde das faszinierend", gab sie zu, als Kaithlyns und ihr Blick sich trafen.

„So viele Mythen, Geheimnisse und Gerüchte ranken sich um Kiankis. Eines direkt vor Augen zu haben ist wirklich interessant."

„Aha."

Kaithlyn stütze ihre Ellbogen an der Tischplatte ab.

„Mrs Koirbet hat mir erzählt, dass sie eines bei sich aufgenommen hat, aber ihr direkt zu Beginn klar war, dass dieses sie nicht als Meister ausersehen würde", sagte Fye beiläufig. Melora sah die Katze begeistert an.

„Ich habe vorher noch nie von Kiankis gehört, auf Custocorward gibt es keine", steuerte Kaithlyn bei. Sie betrachtete Harlow eingehend.

„Kiankis gehören zu einer aussterbenden Rasse", erklärte Fye.

„Das Wissen über ihre Art haben nicht sehr viele Menschen. Es ist, wie mit allen Dingen, die selten und außergewöhnlich sind. Eine Zeit lang interessieren sich die Menschen dafür, einige spezialisieren sich auf dieses Themengebiet und betreiben Forschungen über diese Art von magischem Geschöpf, doch wenn der Erfolg ausbleibt, flaut die Welle der Interessenten ab und nur wenige beschäftigen sich weitergehend damit."

„Du meinst, wie eine neue Attraktion, die nach mehrmaligen Bewundern langweilig wird?", fragte Kaithlyn verdutzt.

„Genau. Der Wert eines Kiankis ist bekannt, aber da die meisten Menschen niemals in den Genuss einer solchen Verbindung kommen, schenken sie ihre Aufmerksamkeit anderen Dingen."

„Dauernd sprecht ihr davon, dass ein Kianki einen erwählt, was bedeutet das genau?"

Harlow sah Kaithlyn kurz an.

„Kiankis binden sich, das müssen sie tun, es ist wie eine natürliche, instinktive Handlung. So erhalten sie ihre Magie. Sie beziehen ihre Kraft aus der Bindung zu einem Menschen."

„Also suchen sie sich nur Magier?"

Fye schüttelte den Kopf.

„Nein. Dennoch kommt dies in den meisten Fällen vor. Vielleicht liegt es daran, das Magie selber etwas so altes und mächtiges ist, das sich diese Geschöpfe davon angezogen fühlen. Ich weiß es nicht."

Melora sah Fye neidisch an.

„Mh. Eines ist jedenfalls klar, ein Kianki zum Partner zu haben, bedeutet großes Glück", sagte sie ernst. Sie streifte sich ihr schwarzes Haar aus der Stirn; ihre goldenen Augen funkelten verheißungsvoll. Kaithlyn durchlief ein eisiger Schauder.

„Der Rabe ist das Wappentier der Familie Crossdale", schloss Fye.

„Crowden ist schon ewig bei mir. Schon seit meiner Kindheit begleitet er mich. Er ist ein treuer Gefährte. Es ist also jedes Mal eine neu, unbekannte Situation, wenn ein Kianki sich bindet. Genauso wie jedes Tier ein magisches Individuum ist."

Der Rabe nickte zutraulich. Kaithlyn dachte über die Lektion in Sachen magische Tierwesen nach. Sie versuchte, ihr neu erworbenes Wissen zu speichern.

„Können also alle möglichen Tiere Kiankis sein?", fragte sie. Dieses Mal schaltete sich Melora ein, als ertrüge sie es nicht länger als fünf Minuten zu schweigen oder von einem Gespräch (das Fye führte) ausgeschlossen zu werden.

„So weit ich weiß schon."
Sie lächelte.
„Man sagt, dass manche Geister verstorbener Magier, die zu früh aus dem Leben geschieden sind, sich irgendwann entschließen, als sterbliches Tier wiedergeboren zu werden. Doch, weil sie als Wiedergeborener nur eine halbe Seele besitzen, suchen sie sich einen Menschen aus, an den sie sich binden können, um ein neues Leben zu führen. Obwohl sie der Sprache mächtig sind, lassen sie meist nur ihre Seelenstimme erklingen, um denjenigen zu finden, der ihrer Ansicht nach als Meister am besten zu ihnen passt."
„Das klingt wie ein Märchen", erwiderte Kaithlyn schroff.
„Halbe Seele? Meister?"
Melora kraulte Harlow den Kopf, die nun mitten auf dem Tisch, zwischen all den Essen saß.
„Mir gefällt diese Geschichte besser, als eine wissenschaftliche Theorie."
Kaithlyn nickte zustimmend.
„Wenn Kiankis äußerlich kaum von normalen Tieren zu unterscheiden sind, woher wusste Mrs Koirbet dann, dass Harlow ein Kianki ist?", fragte Kaithlyn und füllte sich Orangensaft nach. Melora sah Fye fragend an.
„Kiankis haben einen Router in ihrer Aura. Ein endloses Thema", sagte Fye geduldig.
„Die Kurzversion lautet: eine magische Spur, die für manche Augen sichtbar und für manche Menschen spürbar ist. Zweifelsohne ein Talent derer, die den Router bemerken."
Das alles war so ungewohnt und komplex. Kaithlyn war beinahe froh, als Fye diese Unterhaltung vorerst beendete. Er trank einen Schluck Tee und entschuldigte sich dann.
„Ich denke ich werde mich hier mal umsehen. Die Bibliothek war sehr einladend, ich habe schon viel über die Büchersammlung von Lyon Karacord gehört, aber sie mit eigenen Augen zu sehen…ich sollte es ausnutzen so lange ich noch hier bin."
„Was? Reist du etwa schon wieder ab?", sagte Melora erschrocken. Kaithlyn verdrehte wissentlich die Augen.
„Meine Familie wohnt auch auf dieser Insel. Hier ist auch mein zu Hause, hast du das vergessen? Ich werde Mr Karacords Gastfreundschaft nicht überlang beanspruchen und mein Vater erwartet mich."
Fye wand sich an Kaithlyn.

„Ich bin nie außerhalb deiner Reichweite."

Kaithlyn kam nicht umhin, eine gewisse Zweideutigkeit aus seinen Worten heraus zu hören. Hatte dies wieder etwas mit seinem Misstrauen gegenüber Mr Karacord zu tun?

„Pflichten", murmelte er tonlos. Melora sah sehr enttäuscht aus und ihre Miene wurde noch enttäuschter als Fye sie mit Kaithlyn allein ließ. Kaithlyn fasste es nicht als Beleidigung auf. Meloras Verhalten sollte man besser nicht persönlich nehmen. Ihre Laune war wild wie das ungestüme Wetter beim Jahreszeitenwechsel.

„Er ist immer so. Ruhig, reserviert…nicht zu durchschauen."

Meloras Stimme klang leise und heiser. Vielleicht erwartete Melora, das Kaithlyn etwas dazu sagte? Als sie Fye das erste Mal gesehen hatte, hatte er einen strahlenden Eindruck gemacht, und als er sich ihr vorstellte, wurde Kaithlyn unweigerlich in seinen Bann gezogen. Er besaß eine ungeheure Anziehungskraft, die auch bei Melora zu wirken schien. Mehr als bei Kaithlyn jedenfalls. Aber Melora hatte recht, auch wenn Fye lächelte, seine Augen blieben kalt.

„Wie ist es auf die Akademie zu gehen?", fragte Kaithlyn, um für einen Themenwechsel zu sorgen. Doch während Melora zu erzählen begann schweifte Kaithlyn wieder in ihre eigene Welt ab. Sie dachte an Rose, die sie bestimmt erst dort wieder sehen würde, sofern sie überhaupt einen Schulplatz bekam! An Mrs Abadon und wie es ihr wohl erging. An all die Kopfschmerz bereitenden Sorgen, die sie sonst noch hatte.

Es war noch immer äußerst beunruhigend, dass jemand nach ihr suchen könnte; jemand Gefährliches und Fremdes, über den sie keine Informationen hatte. Außerdem fühlte sich Kaithlyn unwohl zwischen Melora, Fye und Kaine, die sie so schlecht einschätzen konnte. Sie hatte Angst davor ihren Großvater zu treffen und dachte ständig an das Porträt von Harlow Hayworth. All diese Verstrickungen zwischen irgendwelchen Familien und einem Drachenclan warfen weitere Fragen in ihrem Kopf auf. Kaithlyns Gedanken schweiften weiterhin ständig zu ihren Eltern ab. Das Einzige gute an all dem war, dass sie Harlow kennengelernt hatte. Harlow munterte sie durch ihre fröhliche, muntere Art sehr auf und Kaithlyn war überglücklich sie bei sich zu haben. Harlow wich nie von ihrer Seite, zumindest seit Kaithlyn ihr einen Namen gegeben hatte. Kaithlyn würde sich ohne Harlow einsam fühlen, so sehr hatte sie die kleine Katze bereits nach so kurzer Zeit ins Herz geschlossen.

„Darf ich das schon abräumen, Miss?“, sagte eine piepsige Stimme, die Kaithlyn aus ihrem Gedanken riss. Ein paar Dienstmädchen waren gekommen und hatten begonnen, den Tisch abzuräumen. Melora gähnte laut und bedachte Kaithlyn mit einem vielsagenden Blick.

„Entschuldige“, murmelte Kaithlyn und ein *Danke* an die Dienstmädchen gewand. Es war ziemlich ungewohnt für sie, bedient zu werden. Zu Hause hatte sie meist alleine gegessen und ihr wurde nicht ständig alles hinter her geräumt.

„Kaithlyn, sollen wir uns nicht auch umsehen?“, fragte Melora.

„Warum nicht?“

Kaithlyn zuckte mit den Achseln. Was sollten Sie auch sonst tun? Kaithlyn musste sich ja schließlich bis sechs die Zeit vertreiben.

„Harlow?“, sagte Kaithlyn und sah sich nach dem Kianki um. Harlow sprang vom Tisch in Kaithlyns Arme. Kaithlyn konnte sie gerade noch halten.

„Hey! Was soll das denn werden?“, fragte sie.

„Mach das nicht noch mal.“

„Warum nicht?“, schnurrte Harlow munter.

„Du hast mich erschreckt.“

„Ich will auch auf deiner Schulter sitzen!“

Harlow versuchte weiter an Kaithlyn hoch zu klettern.

„Du bist aber nicht so leicht wie ein Rabe.“

Sie setzte Harlow ab.

„Wie wäre es mit laufen?“

Harlow sah Kaithlyn beleidigt an und miaute laut.

„Entschuldigen Sie, aber gibt es hier einen Garten oder so etwas?“, fragte Kaithlyn eines der Dienstmädchen.

„Natürlich, Miss. Möchten Sie gerne nach draußen? Der Garten ist wirklich herrlich.“Das Dienstmädchen sah sie freundlich an.

„Würdest du uns den Weg erklären?“, fragte Kaithlyn.

Nachdem das Mädchen ihr denn Weg beschrieben hatte, sah Kaithlyn Melora fragend an.

„Harlow braucht, glaub ich, ein bisschen Auslauf. Kommst du mit?“

Einige Minuten und Treppenstufen später standen Kaithlyn, Melora und Harlow in einer riesigen, übergroßen Eingangshalle, in der alle Wege zusammenzukommen schienen. Es war mit Abstand der größte Raum des Anwesens, den Kaithlyn bisher gesehen hatte. Genau wie in der Küche war der Boden einem schwarzweißen Marmorschachbrett gleich. Die Treppe, von der Sie kamen, wurde von Säulen gestützt. In der Mitte der Halle stand eine lebensgroße Steinstatur eines Drachen. Kaithlyn sah an dem Drachen empor; er war fast zehnmal so groß wie sie und sehr detailliert ausgearbeitet. Durch eine Holztür ging es in eine weitaus kleinere Vorhalle, die nur mit Teppich ausgelegt war und ein Rundbogen aus grauem Stein ersetzte die Tür nach draußen. Kaithlyn und Melora wechselten erstaunte Blicke, dann richteten sie ihre Aufmerksamkeit auf den Garten, der vor ihnen lag. Es war als würden sie einen riesigen Park betreten. Von der Treppe ab auf der sie standen führten Kieswege durchs Grüne und zweigten hier und da erneut ab. Die Bäume hier waren so hoch gewachsen, wie Kaithlyn es nie gesehen hatte. Überall wucherten Blumen entlang der Wege, unglaublich schöne Blumen jeder Art und Farbe, die einen süßlichen Duft verbreiteten. Ein paar Meter entlang des größten Kiesweges war ein Brunnen, der wellenartige Fontänen spie. Vögel zwitscherten und Bienen schwirrten umher. Kaithlyn hatte noch nie ein so idyllisches Plätzchen Erde gesehen. Wenn sie an die Wälder von Custocorward dachte, sah ihre Heimat ziemlich alt gegen diesen Garten hier aus. Ob das überhaupt noch als Garten zählte, so riesig, wie die Fläche schien? Am Fuß der Treppe angelangt knirschte der Kies unter Kaithlyns Schuhen. Harlow rannte einige Meter voraus und rollte sich durch die Steine, wobei sie einige durch die Luft schmiss.

„Alles hier ist so unglaublich eindrucksvoll", sagte Kaithlyn.

„Mr Karacord hat einen herrlichen Besitz."

„Der Garten hier ist so groß wie das Dorf, in dem ich aufgewachsen bin", staunte Melora.

„Stell dir vor, wenn es stimmt, was Fye sagte, dann wirst du als einzige Enkelin von Mr Karacord, dass alles einmal erben."

Kaithlyn wollte über so etwas nicht nachdenken. Sie freute sich zu sehr darauf ihren Großvater zu treffen, sodass sie sich nicht vorstellen wollte, wie es wäre, wenn ihr Großvater starb. Er sie verließ, noch bevor sie ihn kennengelernt hatte. Kaithlyn hatte zu viele Verluste erlitten und dieses Gefühl wog wie ein schwerer Stein in ihrer Brust.

Sie folgten Harlow den Weg entlang und sahen sich dabei neugierig um. In der Ferne konnte man die Spitzen und Zinnen anderer Häusern oder Anwesen erkennen und Kaithlyn fragte sich, ob hier noch mehr prächtige Anwesen wie dieses lagen.

„Wie war der Name der Himmelsinsel?“, fragte Kaithlyn zögernd. Sie dachte daran, dass ihre Tante gesagt hatte sie würde auf die Insel gehen auf der ihre Eltern gewohnt hatten. Das hier wäre ihre Heimat gewesen, wenn sie eine normale Kindheit gehabt hätte.

„Ich habe gehört, dass der Drachenclan auf der Insel Krogan lebt, also auf einer der südlichen Himmelsinseln“, sagte Melora bedacht darauf charmant zu wirken.

„Meinst du, wir treffen jemanden von Ihnen?“

„Bestimmt. Immerhin haben alle Familien ein Bündnis miteinander, da liegt es doch auf der Hand, das sie dich sehen wollen, oder? Nach all den Jahren gibt es noch jemanden der Hayworths, den niemand kennt. Das verschollene Kind des mächtigen Lyon Karacord kehrt nach Hause zurück. Das verlangt förmlich nach einer prunkvollen, überflüssigen Feier“, antwortete Melora einwenig herablassend.

Kaithlyn runzelte die Stirn. In Meloras Gesicht spiegelte sich unterschwelliges Mitleid.

„Zumindest wäre es sicherlich interessant. Ich kenne ein paar Mitglieder des Drachenclans. Die meisten Familien schicken ihre Kinder auf die Deity Akademie. Einer von ihnen ist sogar in meinem Jahrgang.“

„Wirklich? Wer?“, fragte Kaithlyn interessiert.

„Die Familie heißt Arquette, ihr ältester Sohn ist so alt wie ich, er heißt Milo. Die Familien sind nicht mehr so groß, wie sie es mal waren. Insgesamt gibt es sieben. Einige der Namen sind bekannter als andere, aber die meisten Schüler und Lehrer kennen sie alle. Dem Drachenclan eilt sein Ruf voraus und daher erwartet man von den Sprösslingen der Familien…besonderes.“

„Besonderes?“, nuschelte Kaithlyn leise. Sie prägte sich den Namen genau ein.

„Milo Arquette ist der Schulsprecher. Sieht wie der Beginn einer Karriere aus“, scherzte Melora, die das alles nicht sonderlich ernst zu nehmen schien.

„Die Astonishschüler sind einfach so…ach, das ist eine andere Geschichte.“

Astonishschüler? Kaithlyn versuchte in Meloras Gesicht eine weitere Information abzulesen, aber Melora hatte ein unscheinbares, schmalspuriges Lächeln aufgesetzt, das ihre wahren Gefühle gut verbarg.

Sie waren mittlerweile so weit gegangen, das Kaithlyn hoffte sie würden noch zurückfinden. Der Kiesweg hatte sie in eine Vernetzung von anderen Wegen geführt. Der Garten hier war wilder, dichter und die Wege schmaler. Kaithlyn hatte einfach nicht bemerkt, wie weit sie gegangen waren. Als sie zurückblickte verschwand das Anwesen fast zwischen den bauchigen Wolken, die sich dicht am Horizont drängten.

„Ich glaube wir sollten zurück bevor wir uns verlaufen", sagte sie nervös. Verlaufen. In einem Garten. Kaithlyn hätte fast lauthals losgelacht. Wovor hatte sie eigentlich Angst?

Melora sah nach vorne, wo sich der Weg in der Dunkelheit des Dickichts verlor.

„Du hast recht. Lass uns umdrehen."

„Komm Harlow", sagte Kaithlyn. Das Kianki antwortete nicht. Die kleine Katze war weder vor, noch hinter ihnen zu sehen. Kaithlyn spähte zu beiden Seiten in das Gestrüpp hinein, obwohl sie nicht glaube, dass Harlow sich dadurch zwängen würde.

„Harlow, komm raus wir wollen gehen!"

Nichts regte sich. Harlow war nirgends zu sehen.

„Das ist nicht die beste Zeit zum Verstecken", rief Kaithlyn lauter.

„Vielleicht ist sie noch ein Stück weitergelaufen", sagte Melora und ging ein paar Schritte weiter.

„Komm wir sehen nach."

Sie kamen dem dunklen Ende des Wegs immer näher, während sie abwechselnd Harlows Namen riefen. Kaithlyn war dankbar für Meloras Hilfe. Sie wirkte nicht mehr spöttisch, sondern leicht beunruhigt.

„Harlow! Das ist nicht lustig!"

Kaithlyn begann, sich allmählich Sorgen zu machen. Wie konnte sie Harlow nur aus den Augen verloren haben? Eben war sie doch noch vor ihnen gewesen.

„Wir sollten nicht weitergehen", sagte Melora plötzlich. Sie hielt Kaithlyn am Arm zurück.

„Was?", sagte Kaithlyn verdutzt.

„Wir sollten dort nicht weiter gehen. Irgendwas stimmt nicht....", sagte Melora und ihre Stimme klang zittrig. Dann hörten Sie urplötzlich ein grelles Miauen.

„HARLOW!", schrie Kaithlyn. Sie wollte losrennen, aber Melora hielt sie weiter fest.

„Nicht weiter, sagte ich!", zischte sie.
„Aber hast du das nicht gehört? Das war Harlow! Vielleicht ist etwas passiert!", sagte Kaithlyn hektisch.
„Nicht Kaithlyn, hast du nicht gehört, was ich gesagt habe? Etwas stimmt nicht!"
„HARLOW!", schrie Kaithlyn weiter und riss sich von Melora los. Melora funkelte sie aufgebracht an.
„Bleib hinter mir", sagte sie barsch und ging widerwillig voran. Kaithlyn folgte ihr.
„Schneller", drängte Kaithlyn sie unnachgiebig. Überraschenderweise standen sie, nach einigen Metern, auf einen runden Platz, dessen Boden aus ebenmäßigen Steinen bestand. Moos wuchs zwischen den Ritzen. Die Büsche und Bäume, die zuvor ihre Wege flankiert hatten, waren nun besonders hochgewachsenen Hecken gewichen. Das Grün und die Zweige wuchsen dicht wie eine störrische Mauer aneinander. In dem wilden Kreis der Hecken taten sich einige Lücken auf, die schmale Pfade freigaben.
„Ein Labyrinth", stöhnte Melora.
„Wenn wir weiter gehen verlaufen wir uns."
Kaithlyn zählte die Aus – und Eingänge. Sieben. Sieben mögliche Wege.
„HARLOW!", rief sie erneut. Melora öffnete den Mund, um etwas zu sagen, doch Kaithlyn kam ihr zuvor.
„Ich weiß, was du denkst - "
Kaithlyn betrachtete die hohen, dichten Hecken. Die trübe Dunkelheit, die sich wie Nebel über die Pfade legte, weil sie verwildert und ungestüm vor sich hin vegetierten. Sie sah dem Schimmer von Ahnungslosigkeit und Befangenheit in Meloras Augen aufglimmen.
„- aber ich lasse Harlow nicht alleine zurück. Du musst nicht mitkommen."
„Deine Sicherheit geht vor, verstanden?", sagte Melora eindringlich.
„Nein", widersprach Kaithlyn ärgerlich.
„Nein. Was ist, wenn sie sich verlaufen hat oder verletzt ist?"
„Es ist –"
„Ein Garten", beendete Kaithlyn Meloras Satz.
„Wenn Fye dort wäre, würdest du ihn zurück lassen, ohne zu wissen was passiert ist?"
Das war melodramatisch, aber es zeigte Wirkung. Melora errötete leicht.

„Schon gut“, sagte sie geschlagen. Sie streckte ihre linke Hand aus, bog ihren Daumen, Zeige – und Mittelfinger, zusammen, sodass diese ein Zeichen formten.

„Aber ich gehe vor.“

Sie entschieden sich für einen mittleren Pfad.

„Reiche Menschen und ihre abstrusen Vorlieben“, meckerte Melora. Der Wind ließ die Blätter rauschen und die Zweige knacken. Kaithlyn rief weiter nach Harlow. Nach weniger als vier Minuten vernahm sie ein leises Murren.

„Da lang“, sagte Kaithlyn, ging nach rechts und war nun um einige Schritte schneller als Melora. Ob sie sich verirrten oder nicht, war Kaithlyn mittlerweile egal, sie wollte nur noch Harlow finden. *Warum erfüllte sie solche Panik?*

„Harlow, wo bist du?“, flüsterte sie fast unhörbar.

Kaithlyn ging noch schneller. Sie rannte fast, ohne darauf zu achten wohin sie lief. Der Pfad wurde noch dunkler, so als würde hier das Licht langsame erlischen; verschluckt von den hochgewachsenen Heckenmauern, die sich zueinander bogen und nacheinander griffen, als wollten sie aus den Gängen Tunnel erschaffen. Kaithlyns Schatten flackerte über die Erde, während sie hastig weiter Ausschau nach ihrem Kianki hielt.

„Kaithlyn, nicht so schnell!“, hörte sie Meloras Stimme, die langsam erstarb. Doch Kaithlyn ging unbeirrt weiter. Sie drehte sich nicht um und blieb nicht stehen. Einen Herzschlag lang erstarrte sie als sie ein Glöckchen klingen hörte.

„Harlow?“

Endlich antwortete ihr Harlows Stimme; dumpf und leise.

„Kaithlyn“, wimmerte Harlow. Kaithlyn starrte die Hecke zu ihrer linken Seite an. Harlow musste irgendwo dahinter sein. *Wer weiß, wann die nächste Abzweigung kam?*

Kaithlyn griff mit einer Hand nach ein paar Ästen der Hecke und drückte sie zur Seite. Es war nicht leicht gegen dieses harte, widerstandsfeste Gewirr anzukämpfen. Sie schnitt sich an den Dornen und ihre Finger pochten leicht. Mit aller Kraft presste sie ihren Körper durch das Gebüsch. Ihre Haare verfingen sich in den Zweigen und diese peitschten ihr ins Gesicht. Weitere Dornen rissen Löcher in ihre Kleidung und streiften ihre Arme und Beine. Ein unangenehmer Schmerz durchfuhr ihren Körper, als sie schließlich auf der anderen Seite der Hecke zu Boden fiel und kurz aufschreckte. Ihre Arme und Beine waren durchzogen von schmalen blutigen Rissen und ihr Gesicht brannte.

„Harlow? Wo bist du?"

Es war still. Der Pfad vor ihr machte eine Biegung an deren Ende etwas im Gebüsch funkelte. Es war Harlows rote Schleife, an der das Glöckchen und der kleine Schlüssel hingen. Sie war leicht zerfetzt. Kaithlyn fischte es aus der Hecke und schrie nun so laut sie konnte:

„HARLOW!"

Ihre Schreie gellten durch die Luft und hallten immer leiser werdender wieder. Sie steckte Harlows Band ein. Harlow musste einfach hier sein. Kaithlyn hatte sie doch gehört. Vielleicht schon eine Ecke weiter. Kaithlyn musste sie finden. Tränen schossen ihr in die Augen und sie sah panisch umher. Dann hörte sie ein weiteres Geräusch. Ein grauenhafter Schrei drang an ihre Ohren. Das war Meloras Stimme, dachte Kaithlyn und begann den Weg vor ihr entlang zu stürmen. Woher kam er?

Sie schien sich kaum fortzubewegen, alles sah gleich aus. Kaithlyn hatte sich verlaufen. Sie wusste nicht, welche Richtung oder Abzweigung sie nehmen sollte. Sie rannte noch schneller und lauschte angestrengt. Sie atmete schwerer und ihr Herz begann unregelmäßig vor Sorge und Anstrengung zu schlagen. Sie erreichte erneut eine Abzweigung, wand sich nach rechts und erblickte etwas. Einen großen Stein? Ein Bündel Lumpen…Hektisch riss Kaithlyn die Augen weit auf. Es war Harlow! Da hinten, nur wenige Meter entfernt, lag Harlow. Kaithlyn schoss hinüber, stauchelte und stürzte auf den Boden, wobei ihr rechtes Knie hart auf dem Stein aufschlug und zu bluten begann. Doch bei Harlows Anblick vergaß Kaithlyn jegliches Gefühl für Schmerzen. Das Kianki lag zusammen gekauert da, in einer Lache aus Blut. Sie zitterte am ganzen Körper. Ihr Fell war scharlachrot verschmiert. Auf Harlows Rücken klaffte eine schmale, schlitzartige Wunde und eine große Menge Blut strömte daraus.

„Harlow", sagte Kaithlyn entsetzt und auch sie begann zu zittern. Sie presste ihre Hand auf Harlows Wunde und versuchte die Blutung zu stoppen. Furcht stieg in ihr hoch.

„Was ist nur passiert?", keuchte Kaithlyn. Warmes Blut rann über ihre Hände. Harlows Blut. Noch mehr Tränen quollen ihr aus den Augen und versperrten ihr die Sicht. Vorsichtig nahm sie Harlow hoch und drückte sie an sich. Harlow wimmerte vor Schmerz. Ihre Lider flackerten.

„Wer hat dir das nur angetan?", hauchte Kaithlyn.

Harlow brachte kein Wort hervor. Kaithlyns Herz schlug so schnell, das es ihr in den Ohren röhrte. Harlow brauchte schnell Hilfe. Fye. Sie musste Harlow zu Fye bringen. Er konnte sie heilen. Er musste es tun!

Sie stürmte den Pfad zurück und versuchte sich zu erinnern, von wo sie gekommen war. *Welche Richtung sollte sie nehmen? Welche war die richtige? Was wäre, wenn sie auf Harlows Angreifer trafen?* Kaithlyn könnte förmlich spüren, wie Harlow von Minute zu Minute die verstrich schwächer wurde. Ihr Blut strömte unaufhörlich weiter und benetzte Kaithlyns Kleidung. *Was würde nur passieren, wenn Kaithlyn den Weg nicht fand? Wenn Harlow nicht durchhielt?*

Nach zwei weiteren Abbiegungen wurde Kaithlyn angsterfüllt bewusst, das Melora wirklich nicht mehr hinter ihr war. Dieser Schrei…sie hoffte, dass es nicht Melora gewesen war. Kaithlyn konnte sich nicht mehr erinnern, wo sie Melora verloren hatte. *Schon bevor sie durch die Hecke geklettert war?* Sie konnte keinen klaren Gedanken mehr fassen. *Aber Melora konnte doch zaubern…?* Melora konnte sich selber helfen, redete Kaithlyn sich ein.

Sie blieb stehen und keuchte vor Anstrengung. Sie hatte noch immer keine Ahnung, wo sie war. Keinen Orientierungspunkt, aber das war ja auch der Zweck eines Labyrinthes. Sie kämpfte erneut mit den Tränen. Kaithlyn musste den Ausgang suchen, aber musste sie nicht ebenfalls Melora finden? Doch wenn sie das tat, würde die Zeit zu knapp, um Harlow zu helfen. *Was sollte sie nur tun?* Ihr Herz schlug so schnell, das es unmöglich war sich zu beruhigen. Angst betäubte ihr Bewusstsein und die Fähigkeit eine Entscheidung zu treffen.

„Kaithlyn", miaute Harlow sehr schwach mit rauer Stimme.

„Alles wird gut. Ich bin ja da. Ich passe auf dich auf", sagte Kaithlyn leise und bemühte sich die Panik in ihrer Stimme zu verbergen. Harlow zuckte mit einer Pfote und krallte sich so fest an Kaithlyn, das ihre Krallen Kaithlyn ins Fleisch schnitten, doch sie stieß keinen Laut hervor.

Harlow zitterte heftiger. Und auch Kaithlyns Körper konnte sich nicht mehr beherrschen, sie bibberte vor Schock und Verzweiflung…und…da war noch etwas anderes, das sie frösteln ließ. Eisig kroch eine unerklärliche Kälte den Weg entlang. Ein Schwall winterlicher Luft strömte auf sie zu und drang durch ihre Kleider bis auf die Haut. Kaithlyns Zähne begannen zu klappern. Als sie erschrocken aufkeuchte, war es als würde ihr warmer Atem in der abgesunkenen Temperatur sofort gefrieren. Weiße Wölkchen tanzten vor ihren Augen, als sie die Luft scharf einsog und mischten sich mit der Atmosphäre, die neblig und dämmrig war. Das Labyrinth, das zuvor die Sonne ausgeschlossen hatte, war nun nicht mehr in dunkle Schattenflecken getaucht, sondern rauchig schneeweiße Kristallsplitter stoben durch die Luft und schimmerten in einem hellen Glanz, wie Glühwürmchen aus Schneeflocken. Kaithlyn blieb wie angewurzelt stehen. Faszination und Ehrfurcht ließen sie erstarren. Das Labyrinth war nicht länger warm und grün; die Natur schien von diesem Ort verschwunden zu sein. Die Hecken glichen nicht länger Zweigen aus grün und braun, sondern waren Gitter aus Frost, es roch nach Nässe und der ganze Ort schien sich zu wandeln. Die Funken aus Weiß verschlangen den letzten Rest Farbe; die Umgebung vor Kaithlyns Augen bestand nur noch aus grau und weiß. *Vielleicht war es Melora?* Als Kaithlyn Melora kennengelernt hatte, war dort ebenfalls Kälte gewesen. Kaithlyn verwarf diesen Gedanken augenblicklich wieder. *Denn warum sollte Melora so etwas tun?* Das ergab keinen Sinn. *Und der Schrei vorhin?* Kaithlyns Augen fixierten gebannt den Weg. Sie wünschte sich, dass ihr Verstand ihr einen Streich spielte; dass es eine Illusion ihrer Furcht war, pure Einbildung.

In naher Entfernung erhob sich eine dunkle Gestalt. Es sah aus, als würde sich die neblige, feuchtkalte Luft verformen. Die Kälte wurde nun unerträglich. Sie drang Kaithlyns bis ins Mark und lähmte ihre Bewegungen. Der dunkle Schemen der aus der unheilvollen Atmosphäre geboren wurde, begann sich deutlich vor dem finsteren Hintergrund abzuheben. Als alles in ihrem Inneren nach Flucht schrie und ihre Instinkte sich von der Wirkung der sinkenden Temperatur zu erholen begannen, schaffte Kaithlyn es, sich aus ihrer eingerosteten Starre zu befreien. Langsam machte sie ein paar Schritte rückwärts, ohne dabei die vage, gespenstische Gestalt vor ihr aus den Augen zu lassen. Zwei Herzschläge lang, glaubte sie, dass sie es schaffen würde, davon zu laufen; zu fliehen, aber ernüchternd musste sie feststellen, dass ihr ganzer Körper sich ihren Befehlen erneut verweigerte. Zu spät bemerkte sie, dass sie bereits gefangen war. Gefangen, in Fesseln aus hartem, widerstandsfähigem Eis. Es hatte sich um ihre Stiefel gelegt und hielt sie fest, als steckten ihre Füße in Klötzen aus Zement. Bei dem zwecklosen Versuch sich heraus zu winden, verlor sie ihr Gleichgewicht und fiel rücklings zu Boden. Ihre ganze Kleidung war von einer weißen Eisschicht überzogen. Ihre Haare klebten ihr nass im Gesicht und ihre Wimpern waren halb gefroren. Die Luft schmerzte ihr in der Lunge. Die eisigen Splitter waren nunmehr ein kleiner Sturm, der umher stob. Kaithlyns steife Finger pressten Harlow fester an ihre Brust. Taubheit drängte jegliche Gefühle zur Seite. Ihr Gehirn war ein einziger Eiswürfel.

Der Beschwörer all dessen – denn Kaithlyn war sich sicher, dass dies Magie sein musste – kam anmutig schwebend näher. Es war, als ob er auftauchte und für wenige Sekunden verschwand, wobei er einige Meter übersprang. Kaithlyn mühte sich mit aller Kraft ab, sich zu befreien. Mit einer Hand schlug sie fester und fester auf den Eisblock ein, obwohl ihr die spitzen Kanten des Eises in die Handfläche schnitten. Es war vergebens.

Kaithlyns Magen machte einen Übelkeit erregenden Salto, als sich die Umrisse ihres Peinigers nur Zentimeter vor ihr in einen erkennbaren Menschen verwandelten; etwas, das ihre Augen erfassen und realisieren konnten. Es war als hätte dieser den Schleier aus Dunkelheit, Nebel und Kälte abgelegt, der ihn so lange hatte unbestimmt erscheinen lassen.

Sie blickte in das hässliche, entstellte Gesicht eines Mannes.

Er war groß und hünenhaft, hatte breite Schultern, breite Arme und Beine, als bestünde sein ganzer Körper nur aus Muskeln und Haut. Und Narben. Sie zierten seine blasse Haut wie ein abstoßendes Kunstwerk. Es war als hätte jemand Stücke aus seiner ehemaligen Haut heraus geschnitten und sie durch ledrige, wulstige, unebene Teile ersetzt. Vor allem in seinem Gesicht. Seine Augen waren dunkle, abgründige Seen, seine Nase, schief und krumm, die Lippen spröde und farblos. Sein Schädel war kahl und eingedellt.

Kaithlyn zuckte bei seinem Anblick erschrocken zusammen. Sie hatte niemals jemand vergleichbaren gesehen. Es war grauenhaft. Ein Fleisch gewordener Albtraum, dessen Auftreten durch eine Aura aus greifbarem Hass und Zerstörung noch Furcht einflößender wurde.

„Was…wollen Sie?“, keuchte Kaithlyn.

„Wer – sind - Sie?“

Der Mann lachte. Es war ein grauenhaft böses Lachen. Mit einem weiteren Schritt stand er direkt vor ihr. Sie konnte den bitteren Geruch von Nässe und Schweiß gemischt mit etwas andrem wahrnehmen. Der Mann murmelte etwas Undeutliches. Er packte ihre Handgelenke, riss sie aus der Starre die ihr schlotternder Körper dank des Eises angenommen hatte, presste sie ruckartig gegen die Hecke und drückte ihr mit einer Hand die Luft an der Kehle ab. Völlig machtlos Harlow weiter festzuhalten, entglitt sie Kaithlyns Griff und schlug mit einem dumpfen Schlag auf dem Boden auf. Das Geräusch von Harlows Aufprall verursachte ihr Übelkeit. In

Kaithlyns Kopf begann ein Sturm aus Gedanken zu kreisen. Sie spürte, dass ihre Beine wieder frei waren. *War sein Gemurmel ein Zauber gewesen?* Sie rang nach Luft, während sie versuchte die Hand des Mannes von ihrer Kehle zu befreien. Wieder schossen ihr Tränen in die Augen und mit einem letzten Funken Trotz in den tauben Gliedern trat sie mit aller Kraft um sich.

„Das hat keinen Zweck", zischte die dunkle Stimme des Mannes gebieterisch.

„Mein Eisregen lähmt deinen Körper. Langsam und schmerzvoll…"

Kaithlyn fühlte sich ausgelaugt und es stimmte ihr Körper wurde schwerer. Ihre Muskeln schmerzten, als wäre sie soeben einen Marathon gelaufen. Die Kälte legte sich wie eine frostige Hülle um sie.

„Du kennst mich also wirklich nicht? Dabei gehören wir doch zu einer großen, glücklichen Familie."

Wieder lachte er laut auf.

„Drachenclan", spottete er. Er presste Kaithlyn noch fester gegen die Hecke und sie spürte, die Äste die hart in ihren Rücken stachen, begann zu röcheln und ihre Kehle wurde staubtrocken.

„Nun dann solltest du dir meinen Namen nun gut einprägen."

Seine Augen verengten sich zu Schlitzen.

„Anthony Green."

Er lächelte gehässig.

„Du bist die kleine Hayworth."

Kaithlyn schnappte nach Luft, doch die Panik in ihrer Brust, heiß und glühend, wie feurige Kohlen, erschwerten ihr simples Atmen als sei es ein übernatürlicher Akt.

„Das alles tut aber nichts zur Sache…"

Er lockerte seinen Griff. Das taube Gefühl ihrer Beine ließ nach und an dessen Stelle trat stechender Schmerz, der durch ihren Körper zu laufen begann. Wie Nadelstiche hämmerte das unsägliche Gefühl auf sie ein und machte sie ganz benommen. Als Green seine Hand ihrer Kehle entzog, gab es nichts mehr, das sie aufrecht hielt und sie sackte zu Boden. Um Harlow hatte sich eine kleine Pfütze aus Blut gebildet. Sie hatte die Augen geschlossen. Kaithlyn schluchzte leise. Sie kämpfte verbissen gegen den Unwillen ihrer bleiernen Glieder an und richtete ihren Oberkörper auf.

„Oh? Du bewegst dich noch?"

Green sah ihr belustigt zu. Kaithlyn zog Harlow an sich und mühte sich ab aufzustehen.

„Wie interessant…das wird ein lustiges Spiel", hauchte Green tonlos.

Kaithlyn spuckte ihm vor die Füße.

„Du Monster, das wirst du noch büßen", sagte sie mutig und voller Abscheu.

„Willst du etwas gegen mich kämpfen?"

Dasselbe widerwärtige Lachen erklang.

Kaithlyn schwor eine Mauer in ihrem Kopf herauf, die versuchte, den Schmerz und die Kälte auszuschalten. Sie sah Harlow in ihrem Armen liegen. Verletzt. Blutend. Harlow würde sicher sterben wenn Kaithlyn ihr nicht half. Sie würde Kaithlyn verlassen.

„Weißt du…"

Sie hörte Greens Worte nicht. Es war, als ob, während er sprach, die Starre die Kaithlyn gelähmt hatte abfiel und ohne nachzudenken rannte sie so schnell sie konnte los. Das Gefühl der Zuneigung, welches sie für Harlow empfand und der Wunsch sie zu retten siegte über alle anderen Gefühle. Sie drehte sich nicht um. Wie sie es schaffte, war ihr schleierhaft. Sie unterdrückte den Schmerz und legte noch einen Zahn zu. *Ich kann nicht kämpfen, ich kann nicht zaubern*, sagte eine Stimme in Kaithlyns Kopf. Sie hechtete um eine Abzweigung nach der anderen. Harlows schwächer werdende Wärme war ihr Antrieb.

Er ist hinter mir her, dachte sie. Er wird mich verfolgen. Greens Zauber hatte Kaithlyn noch nicht losgelassen, sie wusste, dass er ihr auf den Fersen war. Plötzlich prallte sie gegen einen Widerstand. Erneut stürzte Kaithlyn rücklings zu Boden. Doch diesmal hielt sie Harlow umso fester. Sie schloss die Augen. Jetzt war alles vorbei. Sie fühlte, wie sie am Arm hochgerissen wurde. Was sollte sie bloß tun? Ihre Kraft war verbraucht. Kaithlyn musste es einfach geschehen lassen.

„Kaithlyn", sagte eine Stimme. Es war nicht Green. Es war nicht Melora. Kaithlyn öffnete die Augen.

„Kaine", sagte sie erleichtert und sah ihn hoffnungsvoll an.

Kaine half ihr hoch. Harlow schnaubte laut.

„Harlow braucht Hilfe und da ist –"

Doch hinter ihnen, sie wusste es, hatte Green sie eingeholt. Sie hatten nie eine Chance zu entkommen gehabt. Das hier war sein Spiel.

Kapitel 7

Anthony Green

Kaine schob Kaithlyn hinter sich. Er musterte sie. Ihre Arme, Beine und das Gesicht von Rissen gezeichnet und überall war Harlows Blut. Kaithlyn rannen die Tränen übers Gesicht und Anthony Green stand nur wenige Meter von ihnen entfernt. Kaine wandte sich ihm zu. Seine Miene blieb starr. Green sah eher erfreut aus. Die Narben um seinen Mund spannten sich, als er die Zähne bleckte wie ein wildes Tier, das zum Angriff ansetzte.

„Anthony Green“, sagte Kaine tonlos.

„Karrow“, zischte Green.

„Sie gehört mir. Geh aus dem Weg.“

Kaine warf beiläufig einen Blick auf Harlow. Er zog sein Schwert aus der Scheide. Kaithlyn versuchte, sich zu beruhigen. Sie spürte Harlows Puls nicht mehr.

„Der berüchtigte Kopfgeldjäger nimmt es erneut mit mir auf?“, höhnte Green. Kaines Mundwinkel zuckten leicht. Green hob eine Hand und streckte sie nach Kaine aus, obwohl noch immer eine beachtliche Entfernung zwischen ihnen lag. Er sprach in einer Sprache die weder Kaine noch Kaithlyn kannte, eine Beschwörungsformel, wie sie beide im nächsten Moment wussten. Aus dem nichts stoben spitze Eiszacken und schossen auf die beiden zu. Mit einer für das Auge fast unerkennbaren Schnelligkeit zerbarst Kaine die Eiszacken mit seinem Schwert. Hauchdünnes Pulver aus Schnee wehte an Kaithlyn vorbei und verfing sich in ihrem goldenen Haar. Sie sah kaum, was Kaine tat und starrte wieder auf die leblose Harlow.

„Nicht schlecht, aber parierst du auch einen zweiten Abgriff?“, schrie Green.

Es folgten ein zweiter und dritter Angriff. Die Spitzen aus Eis wurden immer schneller und schärfer. Kaines Bewegungen waren unglaublich. Blitzschnell wich er allen Splitern aus und schütze dabei auch noch Kaithlyn und Harlow. Kaithlyn konnte nur tatenlos zu sehen.

Einer der riesigen Sperre aus Eis streifte Kaines Schulter. Er zuckte nicht einmal mit der Wimper. Ein Schwall Blut floss seinen Arm hinab und färbte den Boden scharlachrot.

„Deine Technik ist für Distanzkämpfe nicht geeignet", lachte Green. Er wirbelte einmal um die eigene Achse und aus seinen beiden Händen schoss ein Strom aus Eis und Schnee.

„Kanrei-Gen!", schrie er und sein mächtiger Zauber kam genau auf Kaithlyn, Harlow und Kaine zu. Auch, wenn Kaine tadellos ein guter Schwertkämpfer war, wie sollte jemand der keinen Funken Magie im Körper besaß sich solch einem Zauber entgegen stellen?

Kaithlyn hielt den Atem an und machte sich auf das Schlimmste gefasst.

In jenem Moment, da der Zauber sie fast erreicht hatte, kam von oben aus der Luft ein ebenso großer Schwall aus heißem schwarzem Feuer. Es gab ein ohrenbetäubendes Zischen als Kälte auf Hitze stieß und Rauch, der durch den Zusammenstoß beider Zauber entstanden war, wirbelte durch die Luft und hüllte die Umgebung in einen silbrigen feuchten Dunst. Kaithlyn und Kaine begannen zu husten und die warme süße Luft reichte kaum zum Atmen aus. Kaithlyns Augen brannten und trotzdem sah sie durch ihren verschwommenen Blick, wie jemand über die linke Hecke gesprungen kam.

Es war Fye der aufgetaucht war, er stand nun an Kaines Seite. Doch anstatt sich zu freuen, erschrak Kaithlyn zu tiefst. Fyes Augen waren glutrot und sie funkelten gefährlich. Es war nicht der Fye den Kaithlyn kannte, dieser Fye strahlte pure Grausamkeit aus. Sein Blick war noch versengender als seine magischen Flammen. Der Rabe, Crowden, Flog hinüber zu Kaithlyn.

„Deine Aura ist so verräterisch, Green. Man spürt sie bis zu den Mauern dieses Grundstück", sagte Fye kalt. *Aura?* Als er sich zu ihr umdrehte, spürte Kaithlyn, dass sie Angst vor ihm hatte. Da war keine Güte mehr, keine Ruhe in seinem Gesicht.

„Fye", hauchte sie müde.

„Kaine, nimm Kaithlyn und verschwinde. Crowden wird euch führen."

Fyes Stimme klang verzogen und dunkler als sonst. Es war ein scharfer Befehl, doch Kaine widersprach ihm nicht. Der Rabe flog tiefer und kreiste über ihren Köpfen.

Kaine reichte Kaithlyn eine Hand.

„Kannst du laufen? Dieses Blut…bist du schwer verletzt?", fragte er.

Kaithlyn sah Fye weiter an, sie reagierte nicht auf Kaines Frage. Sie war wie gefangen in der pulsierenden Macht die von Fye ausging. Fye stob in die sich lichtende Rauchwolke hinein und verschwand aus ihrem Blickfeld.

Heiße Luft streifte ihre Haut und sie roch Asche und Blut. Blut. Harlow! Der Name ließ sie zur Besinnung kommen.

„Kaithlyn?"

Kaine zog sie barsch auf die Beine.

„Ich - Ja - Harlow", stammelte Kaithlyn.

„Wir müssen weg von hier", sagte Kaine und schob Kaithlyn vor sich her. Er steckte sein Schwert zurück in die Scheide und presste eine Hand auf seine Wunde am Arm. Crowden flog über ihnen auf dem Luftweg voraus.

„Was ist mit Fye?", sagte Kaithlyn zitternd.

„Der kommt schon klar. Geh schon"

„Deine Schulter...du hast mich gerettet...danke."

Kaithlyn sah Kaine traurig an. Er blieb völlig ungerührt.

„Was ist mit dem Kianki?", fragte er, während er sie weiter antrieb und dafür sorgte, dass sie nicht stehen blieb. Kaithlyn erschauderte bei Harlows Anblick und begann heftig zu schluchzen. Der Rabe wies ihnen den Weg, bis sie zum runden Platz mit den vielen Abzweigungen kamen. Melora lehnte halb ohnmächtig und kreidebleich an einer Hecke. Sie schien weiter nicht verletzt, ihr Körper zuckte aber merkwürdig und ihr Blick war leer. Kaine ließ Kaithlyn los.

„Schaffst du es alleine weiter zu gehen?", fragte er bemüht freundlich. Kaithlyn nickte.

Kaine hob Melora hoch und trug sie. Keiner sagte ein Wort.

„Es war ihr Schrei...ihr Schrei...", murmelte Kaithlyn. Kaine sah sie beunruhigt an.

„Es ist alles meine Schuld", sagte Kaithlyn noch leiser. Sie sah in Meloras Augen. Sie waren so schrecklich leer, als erlösche Meloras Lebenswille darin. Melora schüttelte kaum merklich den Kopf und wurde dann ohnmächtig. Kaithlyn war schlecht. Der Geruch von Harlows Blut stieg ihr wieder in die Nase und abgesehen von ihren Schürfwunden und ihrem explosionsartig pumpendem Herzen drehte sich alles in ihrem Kopf.

Auf halben Weg zurück zum Anwesen kamen ihnen mehrere Bedienstete, Mr Roberts und zwei Männer, ganz in weiß, die aussahen als wüssten sie, was zu tun sei, entgegen. Einer von ihnen wollte Kaithlyn Harlow abnehmen, doch Kaithlyn wollte sie nicht freigeben.

„Ist schon gut, Mädchen!", sagte der Mann in weiß mit ruhiger Stimme und lächelte vertrauendwürdig.

„Ich bin ein Mercudiheiler.“

Kaithlyn gab nach.

„Schnell! Schnell!“, stöhnte Mr Roberts und trieb sie zurück zum Anwesen. Sekunden später waren sie in einer Art Krankenzimmer, mit vielen Betten und weißen Vorhängen. Mr Roberts wuselte zwischen allen hin und her und sorgte dafür, dass jeder etwas zu tun hatte. Jemand verband Kaine. Einer der Mercudiheiler stand an Meloras Bett und fuhr mit seinen Händen über sie, während er einen Heilzauber sprach.

„Unsere Heiler sind hervorragend“, versicherte Mr Roberts Kaithlyn, die nun zusah, wie man Harlow versorgte. Der andere Heiler legte ihr beide Hände auf, murmelte ab und zu etwas und schmierte anschließend eine Kräutersalbe auf Harlows geschlossene Wunde. Ein Dienstmädchen hatte Kaithlyn eine Schale Wasser gebracht und etwas zu trinken.

„Trinken Sie, Miss, es wird Ihnen helfen“, sagte sie und Kaithlyn gehorchte. Das Getränk schmeckte bitter und sprudelig. Sie bemerkte nicht, dass sich die Risse auf ihrer Haut schlossen und die Schmerzen abflauten, weil sie noch immer wie betäubt war. Der Mercudiheiler ließ von Harlow ab und bettete sie auf ein paar weiche Kissen. Kaithlyn starrte mit glasigem Blick auf das kleine Kianki. Es war falsch, dass sie mich als ihren Meister ausgewählt hat, dachte Kaithlyn voller Schuldgefühle. Abwechselnd sah sie Harlow und Melora an. Nach einer weile öffnete Melora die Augen und ihr Gesicht nahm wieder Farbe an.

„Fye?“, sagte sie schwach.

„Keine Sorge, Miss Blane. Mr Karacord kümmert sich persönlich darum“, sagte Mr Roberts zuversichtlich.

„Mr Crossdale wird nichts geschehen.“

Melora öffnete die Lippen, um weiter zu sprechen, als der Mercudiheiler, der sie eben behandelt hatte sie abrupt unterbrach. Er verwickelte sie in ein Gespräch, das Kaithlyn nicht verstand. Beiläufig schnappte sie Worte wie „Ruhe bewahren“ oder „Liegen bleiben“ auf.

„Harlow.“

Kaithlyn streifte ihr behutsam übers Fell.

„Wie steht es um Harlow?“, fragte Kaithlyn den Sanitäter, der sie geheilt hatte.

„Sie hat viel Blut verloren, aber sie wird es schaffen. Braucht viel Ruhe.“

Kaithlyn verspürte eine kleine Linderung ihrer Angst, dennoch schwoll das Gefühl kurz darauf wieder an und schnürte ihr die Kehle zu. Das geschäftige Treiben, Geraschel und Gemurmel erstarb, als die Mercudiheiler alle versorgt hatten und zusammen mit den Bediensteten einer nach dem anderen gingen, als ihre Arbeit getan war. Für einen Moment war es so still im Raum, das Kaithlyns sich fühlte als stände sie Mutterseelen allein vor einem tiefen Abgrund.

„Was ist überhaupt geschehen?", fragte Melora. Ihre Stimme klang rau, aber kräftig. Kaithlyn blickte auf und wich kurz von Harlows Seite, um zu Meloras Bett hinüber zu gehen. Unbeholfen starrte sie Melora an, wusste nicht, was sie tun oder sagen sollte.

„Es tut mir leid."

Diese vier Worte minderten kaum die Last auf Kaithlyns Gewissen, aber sie musste sie einfach aussprechen. Vielleicht, wenn sie diesen Satz nur oft genug sagte, würde er ausreichen, um ihren Fehler wieder gut zumachen. Beschämt sah sie zu Boden.

Melora griff unerwartet nach ihrer Hand.

„Es ist nicht deine Schuld", sagte sie mitfühlend. Kaithlyns spürte, dass ihre Hände zitterten und sie erwiderte Meloras Berührung mit einem festen Griff. Die goldenen Augen sahen an all dem Blut herab das ihre Kleider befleckte und Kaithlyn könnte beobachten, wie der Glanz in ihnen verschwand.

„Wer?", hauchte sie und Kaithlyn zuckte zusammen, als sich das Gesicht, des Mannes der ihnen all das angetan hatte, wie eine erschreckende Fratze in ihrem Geist wieder spiegelte.

„Green", knurrte Kaine. Meloras Finger klammerten sich um Kaithlyns. Hatte sie soeben wieder Farbe angenommen, wurde sie nun wieder bleicher. Geisterhaftes weiß ließ ihr Gesicht fahl wirken. Kaithlyn sah sie besorgt an.

„Green? Anthony Green?", sagte sie zittrig. Kaine nickte ernst.

„Ich frage mich, wie er es geschafft hat den Schutzkreis dieses Anwesens zu durchdringen. Auch, wenn er zweifelsohne eine enorme Whyburnstärke besitzt, das hätte er nicht alleine schaffen können."

Melora sah sehnsüchtig aus dem Fenster. Ihre Sorge um Fye war ansteckend. Kaithlyns Blick verlor sich ebenfalls in der Dämmerung. Sie dachte an ihren Großvater. Als sie begriff, dass es sie nur noch unruhiger machte, beschloss sie ihre finsteren Gedanken auszublenden und ihren Kopf stattdessen mit Antworten zu füllen.

„Wer genau ist dieser Green?", fragte sie gefasster.

„Die Familie Green gehört auch zum Drachenclan. Anthony Green ist der älteste Sohn der Familie und war dazu bestimmt, der Nachfolger des Oberhaupts zu werden, wenn sein Vater dieses Amt eines Tages nicht mehr ausführen kann. Das ist eine alte Tradition. Fye hat es mir erklärt. Aber vor einigen Jahren hat Green… “, Melora brach ab.

„Auf der Liste der Kopfgelder steht er ganz oben“, sagte Kaine.

„Auf seinen Kopf sind 100.000. Taler ausgesetzt.“

Kaithlyn wusste, dass dies eine unglaublich hohe Summe war.

„Er ist ein Dierraider.“

Melora zuckte kurz zusammen. Kaithlyns Augen weiteten sich.

„Aber er gehört dem Drachenclan an!“, protestierte Kaithlyn erschrocken.

„Es gab ein tragendes Ereignis, weshalb Green von seiner Familie verstoßen wurde“, fuhr Kaine fort.

„Damals war es in aller Munde; Gesprächsthema Nummer eins. Er hat Geheimnisse und Künste des Drachenclans weitergegeben. Das blieb natürlich nicht lange unbemerkt. Als sein falsches Spiel Gefahr drohte aufzufliegen und man ihn zur Rechenschaft ziehen wollte, versuchte er seinen Vater zu töten.“

„Er hat versucht seinen Vater zu…zu töten?“, wiederholte Kaithlyn, voller Entsetzen.

„Es hätte seiner Familie einen ungeahnten Schlag versetzt und er hätte so Zeit gewonnen sich aus dem Staub zu machen. Zudem glaubten viele, dass er es aus Rache tun wollte. Aus Rache an der Familie, die sich nicht seinen Zwecken anschließen wollten, sondern in seinen Augen Verrat an ihm begangen hatten. Sein Übergriff auf die Greens wurde jedoch von anderen Mitgliedern des Drachenclans vereitelt und in mitten des Gefechts, aus dem es kein Entrinnen für ihn gegeben hätte, fasste er einen Entschluss.“

„Du lässt es klingen, als hätte Green eine Überlegenheit zur Schau gestellt!“, sagte Melora zornig. Kaithlyn sah zwischen den beiden hin und her.

„Was hat er getan, um sich da herauszuwinden?“, fragte sie angespannt.

„Er hat versucht, mit einem Fluch, das ganze Anwesen der Greens in die Luft zu sprengen. Da er jedoch durch all die Kämpfe in die Ecke gedrängt worden war und ihm nach seinem missglücktem Attentat, nicht mehr viel Magie zur Verfügung gestanden hatte, war der Schaden den er erzielte nicht so hoch, wie er es sich gewünscht hat. Letzten Endes hat er sich damit nur selber geschadet. Du hast doch sein Gesicht gesehen? Er ist gezeichnet, von seiner grausamen Tat."

Kaithlyn rief sich Greens Gesicht in Erinnerung. Es war voller Narben und Brandlöcher gewesen. Wie tiefe Furchen hatten sie sein Gesicht entstellt, sodass einem bei seinem Anblick das blanke Grauen überkam.

„Und was geschah mit seiner Familie?", fragte Kaithlyn, der es schon vor der Antwort graute.

„Einige Menschen starben. Sein jüngerer Bruder war auch eines seiner Opfer."

Melora schreckte auf. Kaine sprach weiter, als sei ihm das alles gleichgültig.

„Zunächst dachte man, er wäre in dem Durcheinander, das er angerichtet hatte selber umgekommen. Doch nach dem Durchkämmen der Trümmer des Gebäudes stand die Zahl seiner Opfer fest und er selbst war nicht darunter. Es gab hitzige Diskussionen, Schuldzuweisungen und Erklärungsversuche, dafür, wie er entkommen konnte. Wie diese Tragödie sich ereignen konnte. Die Familien des Drachenclans waren sehr beunruhigt und besorgt und von dieser Tat vollkommen überwältigt. Ein Mitglied aus ihren eigenen Reihen hatte diese Tat begangen. Dies schuf auch politische Probleme, da der Drachenclan ein Bündnis zum Königshaus aufrechterhielt, um sich Entscheidungsfreiheiten zu sichern, die nach dem Vorfall infrage gestellt wurden."

Kaithlyns dachte an die Dinge die Fye erzählt hatte. Unruhen. Unstimmigkeiten. Streits. Alles, nachdem ihr Großvater verschwunden blieb. Das war jedoch nichts im Vergleich zu dieser Situation. Sie versuchte sie vorzustellen, wie die Fäden, die alles miteinander verbanden zum zerreißen gespannt waren. Wie viel Verantwortung und Macht jeder einzelne, der Teil des Drachenclans war, innehatte. Eine Gemeinschaft voller Geheimnisse und Bedrohungen. Das, was sie zum Königshaus hielten war sicher kein einfaches Bündnis. Der König hatte es geschaffen, um eine Kontrolle über Dinge ein zu behalten, die weit außerhalb seiner Reichweite lagen. In was für ein gefährliches Netz war sie da nur geraten?

Kaine schien das Erkennen in ihren Augen aufblitzen zu sehen. Er nickte kaum merklich und dieses Mal war es Kaithlyn, deren Finger sich fester um Meloras schlossen.

„Die Zeit verging, so wie immer, weil sie das einzige ist, was die Dinge am Leben erhält und vorantreibt. Die Öffentlichkeit hatte den Schock gerade überwunden, vielleicht sogar vergessen, als überall Gerüchte und Gemunkel über ein erneutes Erscheinen von Green die Runde machten. Das versetzte sowohl den Drachenclan als auch das Königshaus in Alarmbereitschaft. Weitere Monate, Jahre verstrichen und es blieb still um Green. Sie setzten seinen Namen auf die lange Kopfgeldliste der anderen gesuchten Dierraider."

Kaine seufztze herablassend.

„Wahrscheinlich waren sie davon überzeugt, dass es weitere Jahre so ruhig bleiben würde."

Kaithlyn ließ Meloras Hände los. Sie traute sich kaum, weiter zu fragen.

„Er kannte dich, nicht wahr Kaine?", sagte Kaithlyn entschieden.

Kaine zeigte auf die Narbe unter seinem rechten Auge.

„Ich bin ihm durch einen Zufall schon einmal begegnet."

Es sah so aus, als würde er nicht weiter darauf eingehen wollen, doch dann fügte er hinzu.

„Green beherrscht nicht nur die Drachenkünste, seine Whyburnmagie übersteigt vieles was ich bisher gesehen habe."

Kaine verstummte. Die Stille brachte Kaithlyn dazu die Geschichte erneut Revue passieren zu lassen. Anthony Green. Dierraider. Die übelste Sorte Verbrecher, die es gab. Nun konnte sie sich eine Vorstellung davon machen, was Menschen taten, um sich diesen Titel zu verdienen. Sie hatte ja keine Ahnung gehabt.

„Kaithlyn", begann Melora eindringlich.

„Erzähl uns bitte, was passiert ist."

Mr Roberts, der die ganze Zeit über geschwiegen hatte, sah bestürzt aus. Kaithlyn holte tief Luft und erzählte, was geschehen war, nachdem sie Melora zurückgelassen hatte. Sie erzählte von der Suche nach Harlow und von Greens Erscheinen.

„Was wollte er von dir?", fragte Kaine angespannt.

„Ich weiß es nicht."

Kaithlyn war ehrlich.

„Hat er etwas gesagt?"

Kaine sah sie misstrauisch an, als zweifelte er an ihrer Ehrlichkeit. Als Kaithlyn zögerte, zog Kaine die Augenbrauen zusammen, sodass sie eine einzige flache Linie bildeten und sein Gesicht wieder zu der ungeselligen, Furcht einflößenden Maske erstarrte.

„Er war verwundert darüber, dass ich nicht wusste, wen ich vor mir hatte."

Verwundert war untertrieben. *Entzürnt* traf es eher, dachte sie.

„Aber-", begann Kaine, doch Melora zischte und gebot ihm zu schweigen. Kaithlyn hatte nicht erwartet, dass er wirklich verstummen würde. Genau, wie in jener Situation, als Fye ihm befahl zu verschwinden. Er schien, wenn auch widerstrebend zu wissen, das es manchmal ratsam war auf andere zu hören, ob man sie nun mochte oder nicht. Sehr rational. Mit Sicherheit hatte es auch mit der Geschichte zu tun, die sich unausgesprochen in den Gesichtern der drei abspiegelte, so bald sie einander an sahen oder miteinander sprachen. Kaithlyn fühlte sich jedes Mal, wie eine Ausgestoßene; wie jemand, der als Einziger nicht von einem weltbewegendem Geheimnis wusste, das alle anderen teilten. *Es geht dich nichts an,* rief sie sich ins Gedächtnis. *Es geht dich einfach nichts an.* Aber die Neugier war stark und die Tatsache, dass die drei so viel von ihrem neuen Leben mitbekamen als blicken sie in ein offenes Buch, verstärkte das Bedürfnis ihrerseits auch mehr über die Melora, Fye und Kaine zu erfahren.

„Was ist passiert, nachdem wir uns verloren haben?", fragte Kaithlyn die nicht wollte, dass Stille eintrat. Mr Roberts ging nun nervös hin und her. Er mischte sich nicht in ihr Gespräch ein, beobachtete sie aber mit wachsenden Unbehagen.

„Als du um die Ecke gebogen warst und ich dich aus den Augen verloren habe, bin ich eine Weile die Wege weiter gegangen. Ich hatte bereits ein ungutes Gefühl gehabt, als wir uns dem Labyrinth näherten, weißt du noch?", sagte Melora.

„Ja."

Kaithlyn sah schuldbewusst weg.

„Dann kam die Kälte. Ich spürte dieses Stechen in der Lunge und wusste sofort, dass dies ein Lähmzauber war. Aber bevor ich irgendetwas dagegen tun konnte, wurde ich mit einem anderen Zauber belegt. Ich konnte nichts mehr tun, mich nicht mehr bewegen oder einen

Gegenzauber sprechen. Kaine hat mich gefunden" fuhr Melora fort, wobei der letzte Satz besonders bitter klang.

„Ich habe einen Schrei gehört", fügte Kaine hinzu.

„Ich war auch im Garten. Ich habe Melora zum Ausgang gebracht. Fyes Rabe hat mir den Weg gezeigt. Er tauchte plötzlich auf und flog über das Labyrinth. Ich dachte mir schon das etwas nicht stimmen würde."

„Fye", murmelte Melora leise. Mr Roberts schien der Ohnmacht nahe. Schweißperlen rannen ihm von der Stirn und er spähte aus dem Fenster.

„Sie kämpfen immer noch da draußen", bemerkte Kaithlyn, die sich neben Mr Roberts ans Fenster gestellt hatte.

„Sie machen sich auch Sorgen, nicht wahr?", sagte Kaithlyn verständnisvoll. Er nickte.

„Ich glaube nicht, dass ihm etwas zugestoßen ist, aber…"

Kaithlyn ging zurück an Harlows Bett. Harlow atmete leise und Kaithlyn legte ihr vorsichtig die Hand auf den Rücken. An manchen Stellen ihres Fells war noch getrocknetes Blut zu sehen. Kaithlyn schämte sich.

„Es ist meine Schuld."

Sie strich Harlow übers Gesicht.

„Was hat er dir nur angetan?"

Sie kämpfte wieder mit den Tränen.

„Wie hast du es nur geschafft dich weiter zu bewegen?", nuschelte Kaine undeutlich.

„Sogar Melora war völlig hilflos."

Bei diesen Worten stieg Melora Zornesröte ins Gesicht.

„Karacord Blut", sagte Melora laut.

„Es ist das verdammte Karacord Blut! Es fließt in Kaithlyns Adern, es hat sie sicher vor dem größten Schaden des Zaubers geschützt."

„Ja, bestimmt", antwortete Kaithlyn, um Melora zu besänftigen. *Ich bin eine Hayworth,* dachte sie. *Ich habe keinen Bezug zu den Karacords. Jedenfalls nicht emotional.*

Kaithlyn rieb sich die Tränen aus den Augen. Sie wollte nicht weinen. Sie wollte sich nicht so verdammt schwach fühlen, doch genau das war sie, schwach. Sie war einfach weggerannt. Harlow war verletzt worden, Melora und Kaine auch.

„Ist…ist Fye stark?", fragte sie leise.

Melora stand langsam auf und sah Kaithlyn eindringlich an. Ihre dunklen Haare standen wild durcheinander, ihre Kleidung war schmutzig und wies Spuren von getrocknetem Blut auf, aber ihre Augen funkelten in dem hellen Goldton, der Kaithlyn versicherte, das Melora sich wieder erholt hatte.

„Ich vertraue darauf, dass er Green besiegt."

Melora sprach ohne einen Zweifel.

Besiegt? Was bedeutete das? Bekämpfen…verletzen…töten? Kaithlyn traute dem rotäugigen Fye alles davon zu. Er hatte ausgesehen wie ein Dämon aus der Hölle. Blutrünstig.

„Fye hatte rote Augen", sagte Kaithlyn langsam. „Warum?"

Nach all der verstrichenen Zeit war es Mr Roberts, der nun seine Stimme erhob.

„Das waren die Drachenaugen", sagte er. „Es ist eine besondere Fähigkeit der Magier des Drachenclan. Sie ist eher selten und der Einsatz dieser Kraft zeugt von großer Selbstbeherrschung. Einmal aktiviert kann sie eine gewaltige Waffe sein."

Die Augen als teuflisches Werkzeug? Na, toll. Sie hoffte, dass ihre Augen niemals so aussehen würden. Sie hoffte, dass sie Fye nie wieder so sehen musste…

„Kann mein…Mr Karacord das auch?"

„Ja. Er war der Erste, der diesen Zustand erreichte. Alles in Ordnung, Miss Hayworth?", setzte er an, als Kaithlyn den Blick senkte.

„Es sind nur leichte Kopfschmerzen."

Kaithlyns Herz machte einen turbulenten Sprung in ihre Magengegend.

Nur Kopfschmerzen? NUR KOPFSCHMERZEN?

Es fiel ihr wie Schuppen von den Augen. Damals vor ihrer Abreise in Mrs Koirbets Haus, als sie im Wohnzimmer gewartete hatte und Fye sich ihr vorstellte…wie konnte sie nur vergessen haben was geschehen war? Diese plötzlichen Kopfschmerzen, dann die Bilder, die vor ihren Augen aufgeflackert waren. *Eine vermummte Gestalt. Eine Wüste aus Eis und Kälte und ein Schrei.* Das konnte nicht sein. Nein. Das konnte einfach nicht sein. Green war die dunkle Gestalt. Er setzte seinen Lähmzauber ein und schuf eine Wüste aus Eis und Kälte und der Schrei, es war Meloras Schrei gewesen, den Kaine und auch Kaithlyn gehört hatten. Alles war eingetroffen, alles geschah, genau wie in den Bildern in ihrem Kopf. *Hatte sie dieses Unheil so herauf beschworen? Oder war es so wie Fye gesagte hatte* eine Vision? *Hätte sie alles verhindern können, wenn sie ihn nicht angelogen hätte?* Kaithlyn schloss die Augen und versuchte sich die Bilder noch einmal ins Gedächtnis zu rufen.

„Vielleicht Nebenwirkungen der Medizin?", fragte Mr Roberts an niemanden bestimmten gerichtet und legte grüblerisch die Stirn in Falten.

Kaithlyn wusste nicht, was sie tun sollte. *Ich kann es ihnen nicht erzählen, nicht ohne mir sicher zu sein, dachte Kaithlyn. Was sollte sie bloß mit dieser Information anfangen?*

„Vielleicht wäre es besser, wenn Sie alle in ihre Zimmer gehen. Ich denke wir hätten alle einwenig Ruhe nötig. Zusammen in diesem Raum zu sitzen schafft nur noch mehr Zeit für freie Gedanken und Sorgen", sagte Mr Roberts zaghaft. Melora fuhr abrupt herum, ihr Körper zitterte schwach, doch sie hielt sich auf den Beinen.

„Glauben Sie ernsthaft, dass wir in unsere Zimmer gehen, wenn Fye noch da draußen kämpft?"

Ihre Stimme bebte vor Entrüstung. Mr Roberts wich überrumpelt zurück. Solche Unverfrorenheit war er nicht gewohnt. Er war ein friedliebender, höflicher Mann, darauf bedacht immer einen freundlichen Ton anzuschlagen.

„Glauben Sie, das –"

Kaithlyn fuhr Melora über den Mund.

„Es war nur gut gemeint, okay?", sagte sie erschöpft. Melora schien kurz zu überlegen; sie entschied sich mit Schweigen zu antworten. Kaine seufzte. Kaithlyn beobachtete weiter Harlow. Sie regte sich und öffnete langsam die Augen.

„Harlow?", sagte Kaithlyn sanft.

„K-k-k-kaithlyn…", murrte sie sehr leise.

Ihre Stimme klang wie ein heiseres Echo In Kaithlyns Kopf.

„Natürlich! Ich habe mir solche Sorgen gemacht. Wie geht es dir?"

„Solange Kaithlyn da ist, geht es mir auch gut. So lange du da bist ist alles gut."

Harlow schloss wieder die Augen.

„Ich bin so müde."

„Dann schlaf ruhig, ruh dich aus", sagte Kaithlyn und hielt Harlows Vorderpfote.

„Ich verspreche dir, dass ich auf dich aufpassen werde. Du bist in Sicherheit. So etwas passiert nie wieder."

Reue legte sich mit einem festen Griff um Kaithlyns Herz.

„Nie wieder, ich verspreche es."

Harlow war bereits weggedämmert. Kaithlyn streckte vorsichtig ihre Finger aus und nahm Harlow in ihre Arme. Im Schlaf, sah sie noch verletzlicher aus.

„Ich bringe Harlow in mein Zimmer, sie braucht Ruhe."

Niemand erhob Einspruch. Mr Roberts hielt ihr die Tür auf und lächelte freundlich. In diesem Augenblick erinnerte er sie an Mr Aveda tat.

„Danke."

Kaithlyn hörte, wie sich die Tür schloss und Melora dahinter aufgeregt etwas sagte, was eine Erwiderung von Kaine fand, doch mit jedem Schritt den sie tat, wurden ihre Worte undeutlicher und leiser. Kaithlyn wusste nicht wie sie es geschaffte hatte sich den Weg zu merken, aber sie fand direkt beim ersten Anlauf in ihr Zimmer zurück. Dort angekommen legte sie Harlow aufs Bett und deckte sie achtsam zu. Sie setzte sich auf den Boden und begann heftig zu weinen. Es war ihre Schuld. Sie fühlte sich schuldig und sie wollte nicht, dass die anderen ihre Tränen sahen. In diesem Moment hasste sie sich mehr als alles andere.

Kapitel 8

Kaithlyns Großvater

Sie wusste nicht, wie viel Zeit vergangen war, nur das ein Geräusch verriet, das jemand nebenan im Wohnraum eingetreten war. Kaithlyn versuchte sich zu beruhigen und wusch sich mit dem Ärmel die Tränen aus dem Gesicht. Sie atmete einmal tief durch und stand auf. In dem Wohnraum, der alle Zimmer miteinander verband stand Fye. Er sah arg mitgenommen aus und war voller Dreck und Blut. Seine Kleidung war zerfetzt und rauchte an einigen Stellen. Er hatte eine Platzwunde über dem rechten Auge und seine Unterlippe blutete heftig.

„Fye!", schrie Kaithlyn spitz und rannte zu ihm. Fyes Augen waren wieder normal: leuchtend blau wie der ewige Ozean. Kaithlyn rang einen Herzschlag lang um Fassung.

„Ich hole jemanden…einen Heiler oder -", sagte sie und wollte zur Tür, doch er sie hielt am rechten Arm fest. Sie erstarrte; seine Finger waren eiskalt.

„Schon gut", erwiderte er und hob den Blick.

„Mr Karacord wollte, das ich ohne Umweg zu dir gehe. Er will mit dir sprechen. Jetzt."

Kaithlyn verharrte in Fyes Griff.

„Was?", fragte sie, als habe sie nicht verstanden, was er soeben zu ihr gesagt hatte.

„Er hat dich nicht einmal behandeln lassen", flüsterte sie gebrochen.

„Das ist nicht nötig. Es sieht schlimmer aus, als es ist", sagte Fye ruhevoll. Er hob die freie Hand und wischte sich mit dem Handrücken das Blut von der Lippe. Kaithlyn sah, das der dünne Riss darin langsam zusammen wuchs, wie durch eine unsichtbare Naht gehalten.

„Ich kann mich selber heilen."

Fyes Augen wanderten, wie schon zuvor Kaines über das getrocknete Blut an Kaithlyns Kleidern. Seine Miene wurde stoisch und bedacht ließ er ihren Arm los.

„Ich war noch nicht bei den anderen, geht es ihnen gut?", fragte er müde.

„Und Kaithlyn, dieses Blut -"

„Ist nicht meins", unterbrach Kaithlyn ihn und beendete den Satz.

„Harlow wurde angegriffen. Es geht ihr gut, jedenfalls…sie lebt. Melora und Kaine wurden medizinisch behandelt. Sie sind okay."

Fye warf einen Blick auf Crowden, der wie immer auf seiner Schulter saß. Ein paar seiner schwarzen Feder standen in einem schiefen Winkel ab, aber dem Kianki schien bis auf diese kleinen Blessuren nichts zu fehlen. Dennoch konnte Kaithlyn förmlich sehen, wie die Gedanken in Fyes Kopf zu Harlow kreisten und darum, wie er sich fühlen würde, wenn sein treuer Begleiter eine solch schwere Verletzung davon getragen hätte.

„Das tut mir leid", sagte er angespannt.

„Danke", war alles, was Kaithlyn dazu sagen konnte.

„Du siehst schrecklich aus", fügte Fye hinzu.

„Ja, all das Blut und…vielleicht sollte ich –"

„Das meine ich nicht."

Kaithlyn verstand.

„Ich…", begann sie, doch anstelle von Worten gewannen zum wiederholten Male Tränen die Oberhand. Kaithlyn hielt sich eine Hand vor den Mund, um ein Schluchzen zu ersticken.

„Du musst dir keine Vorwürfe machen, es ist nicht deine Schuld", sagte Fye beruhigend. Er legte ihr sanft eine Hand auf die Schulter.

„Wer auch immer für den Schutzzauber des Grundstücks verantwortlich ist, hat seinen Job nicht besonders gut erledigt. Das wird noch ein Nachspiel haben", murmelte Fye undeutlich.

„Kaithlyn?"

Sie richtete ihre Augen auf sein Gesicht und begegnete einem Lächeln. Einem mitgenommen, erschöpften, aber zuversichtlichem Lächeln, das ihr das Herz wärmte und

ein sonderbares Gefühl in ihren Körper verteilte, wie ein heißes Getränk an einem nassen Regentag im Herbst. Zuerst wusste sie nicht was es bedeutete, aber nach einer Weile erkannte sie, dass dieses Gefühl Fye gegenüber Vertrauen bekundete. Erleichterung, ja, aber vor allem Vertrauen, das langsam wuchs. Eine kleine Pflanze, deren erste Blüte gerade erwachte. Als könne er ihre Gedanken lesen, streckte er eine Hand aus und als Kaithlyn ihre in seine legte, drückte er diese fest, als Zeichen des Verstehens. Seine warme Berührung erinnerte sie an Rose. An einen Freund, der ihr Halt gab und sie ohne Worte verstand. Der sie betrachtete, ohne sie zu verurteilen.

„Ich denke es gibt keinen günstigeren Zeitpunkt - ", sagte Fye.

„- aber Mr Karacord will unbedingt mit dir reden."

„Geht es ihm gut? Ich meine, ist Green..."

„Eine Unterhaltung wird sicher so einiges erklären", meinte er und richtete sich auf.

„Es geht ihm wirklich gut. Er ist ein beeindruckender Mann."

Fye klopfte sich den Staub aus den Kleidern. Kaithlyn glaubte das Aufflackern von Schmerz in seinem Blick zu sehen, doch es war so schnell wieder verschwunden, das sie sich fragte, ob Fye entweder starke Selbstbeherrschung ausübte oder seine eigenen Wunden tatsächlich in Sekundenschnelle heilen konnte.

„Du solltest dir besser etwas anderes anziehen. Dein Anblick kann im ersten Moment sehr besorgniserregend sein", sagte Fye trocken. Kaithlyn schenkte ihm ein mattes Grinsen. Mit einer schwungvollen Bewegung zog sie sich ihren Pullover über den Kopf; ihr T-Shirt darunter hatte nichts abbekommen.

„Da soll noch mal einer sagen, Mädchen wären nicht umkompliziert", scherzte er.

„Ich sehe noch kurz nach Harlow."

Kaithlyn verschwand in ihrem Zimmer.

„Ich bin gleich zurück", flüsterte sie leise der schlafenden Harlow zu. Hintergründig hörte sie Fye leise Worte murmeln und sie wusste, dass es ein Heilzauber sein musste. Als sie zurück kam waren seine Wunden verheilt. Er setzte sich auf einen nahe gelegenen Stuhl.

„Meine Kräfte sind ziemlich aufgebraucht", erklärte er schnaubend. Fye streifte sich sein schwarzes Haar aus dem Gesicht. Er sah sehr bleich aus.

„Magie fordert ihren Tribut", stellte sie fest.

„Mehr denn je, wenn man versucht, die eigenen Reserven aufzufrischen."

Also war es leichter andere zu heilen, als die eigenen Wunden zu versorgen? Das verstand sie nicht, aber es war auch nicht die Zeit für eine Lektion in Sachen Magie.

„Fye, ich will, dass ihr mitkommt. Du, Melora und Kaine."

Mit hoch konzentrierter Miene blickte er ihr ins Gesicht.

„Mr Karacord hat darum gebeten, mir *dir* zu sprechen."

„Ihr habt dasselbe Recht wie ich zu erfahren, was er zu sagen hat", konterte Kaithlyn.

„Melora steht kurz vorm Durchdrehen und Kaines Laune wird nicht besser, wenn er nichts weiter erfährt. Außerdem hat Mrs Koirbet im Einverständnis meiner Tante beschlossen, euch an meine Seite zu stellen."

Kaithlyn wusste nicht, was ihr Großvater preisgeben würde, aber die Tatsache, dass sie alle versucht hatten, ihr irgendwie zu helfen und Fye sogar ihr Leben gerettet hatte, brachte das Gefühl in ihr auf, das sie ihnen etwas schuldig war. Der alte Mann würde wohl kaum gehütete Familiengeheimnisse ausplaudern, oder? Die Priorität lag bei Green. Er musste ihnen mitteilen, was vorgefallen war. Kaithlyn würde ihm klar machen, dass es in ihrem Interesse lag, das ihre…Freunde – sie sträubte sich, das Wort zu benutzen – dieselben Informationen erhielten wie sie.

Wenn sie ganz ehrlich war, kam ein weiter Punkt hinzu. Sie hatte einwenig Angst den alten Mann alleine zu treffen. Zweifel. Misstrauen. Befremdung. Diese drei Aspekte füllten ihren Kopf, wie ein angeborener Instinkt. Relia hatte ihr immer eingetrichtert auf der Hut zu sein.

Fye genügten ein paar Minuten, um sich zu erholen – oder zusammen zu reißen - was Kaithlyn nur bewundern konnte.

„Lass uns gehen."

Kaithlyn übernahm die Führung und geleitete Fye zu dem Krankenzimmer. Melora saß mit trübseligem Gesicht auf der Kante eines Bettes. Kaine lehnte lässig am Fenster und verzog keine Miene. Als die Tür aufging, stand sie abrupt auf.

„Fye!", rief Melora und warf sich ihm um den Hals.

„Geht es dir gut?"

Er nickte nur.

Kaithlyn fasste kurz zusammen, was sie jetzt tun würden.

„Du denkst also, dass es in Ordnung geht?", fragte Melora skeptisch.

Kaithlyn zuckte mit den Achseln.

„Ich würde euch so oder so hinterher alles berichten." Dieser Kommentar entlockte sowohl Kaithlyn selbst als auch Melora ein mattes Lächeln.

Raschen Schrittes durchquerte sie den Raum und ging auf Kaine zu, der keine Anstalt machte sich ihnen anzuschließen.

„Kaine", sagte Kaithlyn auffordernd und als sein Blick sie taxierte, hielt sie ihm stand.

„Leibwächter sollten immer an der Seite ihrer Schutzbefohlenen sein", sagte Melora süffisant, als hätte Kaithlyn Kaine gegenüber einen Befehl ausgesprochen.

„Bitte", fügte Kaithlyn hinzu, um seinen Stolz zu wahren.

„Bitte begleite uns."

„Woher kennst du den Weg zu Mr Karacords Büro? Das ganze Anwesen ist ein verdammter Irrgarten", sagte Melora zu Fye.

„Er kennt ihn."

Fye wies auf den Raben.

„Crowden hat ein unglaublich gutes Gedächtnis."

Fye strich ihm über das pechschwarze Gefieder.

„Ich war schon ein Mal hier."

Ein Rabe als lebendige Karte, dachte Kaithlyn erheitert. Sie standen nun vor einer mächtigen Ebenholztür. Fye griff nach einem runden Metallknauf und klopfte. Mit leisem Quietschen öffnete sich langsam eine Hälfte der riesigen Tür. Fye nickte Kaithlyn aufmunternd zu.

Sie trat als Erste ein.

Kaithlyn blieb für einen kurzen Moment an der Türzage stehen und atmete tief durch. Sie war sehr nervös und aufgeregt. Der Raum, der sich vor ihr erstreckte, war hell erleuchtet. An der Decke hing eine kunstvoll gearbeitete Kristalllampe, die das Licht in glitzernden Regenbogenfunken im Zimmer verteilte. Die Luft war stickig und lau, so als würde hier selten gelüftet werden. Edle Brokattapete ging in Holzvertäfelungen über. An der linken Wand hingen Landkarten und ein Sammelsurium anderer Zettel, darunter ein paar Zeitungsausschnitte und alte Fotos, die Kaithlyn sofort ins Auge fielen. Ein sperriger Schubladenschrank mit Eisengriffen, die wie Klauen aussahen, bedeckte fast die gesamte linke Wand. Der Boden war mit einem alten, dunklen, staubigen Teppich bedeckt. Ein breiter Schreibtisch aus Kirschholz, auf dem sich Türme aus Akten und Tintenfässern stapelten, nahm die Mitte des Raumes ein. Davor standen mehrere goldene Stühle und dahinter ein einziger großer schwarzer, drehbarer Stuhl, der mit der hohen Rückenlehne zu ihnen gewandt war, sodass Kaithlyn, das Gesicht des Mannes darin nicht sofort zu sehen bekam. Sie warf einen kurzen Blick hinter sich, um sich zu vergewissern, dass die anderen ihr folgten.

„Hallo, Kaithlyn", brummte eine dunkle Stimme hinter dem hohen Stuhl. „Der junge Mr Crossdale und –"

Der Stuhl drehte sich langsam zu ihnen, während die Stimme weiter sprach.

„- zwei weitere Besucher. Damit habe ich nicht gerechnet."

Kaithlyn sah zum ersten Mal ihren Großvater.

Er war ein alter faltiger Mann, dessen graue Haare sehr kurz und dessen Bart sehr lang waren. Er hatte ein eckiges Gesicht, seine Haut war blass und seine Züge wurden von zwei hellen Augen dominiert, die aus schlüpfrigen Lidern hervor stachen. Er war schlank, fast ungesund dünn und der hohe Stuhl ließ seine Statur noch schmächtiger wirken. Diese gewöhnlichen Tatsachen wurden von seinen ausdruckstarken Blicken und Gesten wieder wettgemacht. Mr Karacord trug einen samtschwarzen Anzug, der sehr edel und protzig auf Kaithlyn wirkte. Er verkörperte den reichen alten Herrn, den sie sich vorgestellt hatte. Auf der linken Seite, in Brusthöhe seiner Aufmachung war das Familienwappen mit goldenem Garn eingestickt. Mr Karacord räusperte sich kurz.

„Bitte setzt euch."

Er ließ die Augen über seine Besucher wandern; ungehalten und bohrend lasteten seine Blicke am längsten auf Kaithlyn, was sie nicht anders erwartet hatte. Er zeigte jedoch keine Regung, bis sie sich (gezwungenermaßen, weil kein anderer Platz mehr frei war) direkt vor ihn setzte und seine Lippen sich zu einem Lächeln kräuselten. Kaithlyn war so aufgeregt, das sie nervös mit den Fingern auf ihrem Knie herumtippte. Sie wich Mr Karacord nicht aus, aber angenehm war der lange Blickkontakt auch nicht. Er sah ihr forschend und prüfend in die Augen, als würde das Grau darin etwas von seiner unbekannten Enkelin Preis geben, dann nickte er schließlich.

„Du siehst aus wie deine Mutter. Das helle Haar und diese ehrlichen Augen."

Er wartete kurz, bevor er weiter sprach.

„Kaithlyn Hayworth, ich freue mich, dich zu sehen."

Es klang feierlich, wie bei einer Ansprache. Seine Stimme war dunkel und rau. Eine dünne Hand wanderte über den Schreibtisch zu der Kaithlyns und drückte sie fest. Eine Geste der Höflichkeit, dachte sie, was ihr besser gefiel als eine aufdringliche Umarmung. Mr Karacord hatte Stil.

„Danke", sagte Kaithlyn und versuchte selbstsicher zu klingen.

„Ich dachte, du wolltest mit mir alleine reden, aber das du deinen Freunden vertraust ist wirklich sehr gut. Und wie ich sehe, geht es euch den Umständen entsprechen gut."

Er lehnte sich wieder zurück und faltete die Hände ineinander.

„Nun gut. Ich bedaure es zu tiefst, das Green nicht früher bemerkt wurde, aber bevor wir darüber sprechen, stelle ich mich erst einmal vor, den dies ist nur höflich, nicht?"

Mr Karacord sah in die Runde.

„Mein Name ist Lyon Karacord; Oberhaupt der Familie Karacord und Clanträger des Drachenclans. Ich heiße euch alle in meinem Anwesen willkommen."

Mr Karacord schenkte Fye einen anerkennenden Blick.

„Mr Crossdale, es freut mich Sie wieder zu treffen. Wie geht es Ihrem Vater?"

„Es geht ihm gut. Er ist Momentan sehr beschäftigt und deshalb außerhalb Krogans unterwegs. Er bat mich jedoch Ihnen seine Grüße auszurichten, da er wusste, das ich Ihnen begegnen würde."

Fyes Miene blieb höflich. Mr Karacord jedoch zögerte, bevor er antwortete, so als versuche er zwischen Fyes gut ausgewählten Worten eine versteckte Botschaft zu ermitteln. *Fyes Vater ist abwesend, weil Mr Karacord seine eignen Verpflichtungen hat schweifen lassen.* Kaithlyn runzelte die Stirn.

„Bitte lassen Sie ihn wissen, dass ich ihn gerne auf mein Anwesen einladen würde, sobald er wieder zu Gegend ist", erwiderte Mr Karacord freundlich.

„Das werde ich."

Der alte Herr wand sich an Kaine.

„Ich glaube auch Sie zu kennen, obwohl mir nur Ihr Name bekannt ist. Ihr Ruf eilt ihnen voraus, Mr Karrow."

Kaine als Mr zu bezeichnen entlockte Kaithlyn ein Lächeln.

„Mir ist zu Ohren gekommen, dass Sie bereits für die Worthington Familie einen Auftrag erledigt haben. Ein starker, junger Mann wie Sie ist als Begleitschutz nicht zu verachten. Viele andere namenhafte Familien haben sich positiv über Sie ausgesprochen. Schwertkämpfer sind nicht selten, doch diejenigen, die zu den Hoovern gehören zeichnen sich durch die alten Traditionen aus, nicht wahr?"

Kaine antwortete nicht. Kaithlyn saugte wissbegierig jedes Wort über ihn auf. Kaine gehörte also einer Elitetruppe an? Hoover. Das würde sie sich merken. Vielleicht würde sich eine Möglichkeit bieten Fye darüber auszufragen.

„Entschuldigen Sie, aber ich muss in diesem Zusammenhang eine Frage stellen, wenn Sie gestatten."

Mr Karacord wartete nicht auf Kaines Zustimmung.

„Führen Sie tatsächlich das Schwert von Algatar mit sich? Es ist eine bedeutende historische Waffe, von unermesslichem Wert und man munkelt, das einer der Großzauberer, die für das Königshaus tätig sind selbst, vor unzähligen Jahren einen Zauber darüber legte, um die Macht des Schwertes zu stärken."

Kaines Miene verfinsterte sich; sie wurde ablehnend und kalt. Der Blick ihres Großvaters wanderte über Kaines Körper; auf der Suche nach dem Schwert, das ihn so zu interessieren schien.

„Was lässt Sie glauben, dass jemand wie ich eine solche Waffe bei sich trägt?", fragte Kaine tonlos und fixierte Mr Karacord misstrauisch. Der alte Herr strich sich mit der rechten Hand über den buschigen Bart.

„Die Neugier, reine Vermutung. Ich wollte sie nicht in Bedrängnis bringen, Mr Karrow, zumal sie ihre Aufgabe bisweilen so tadellos verrichtet haben.

„Ich stehe im Dienste von Mrs Abadon", sagte Kaine. Obwohl seine Stimme ruhig klang, hörte Kaithlyn den fehlenden Respekt darin. Eine Sekunde lang, dachte sie, dass ihr Großvater Kaine fortschicken würde, aber er lächelte nur nachsichtig.

„Natürlich", murmelte er. Mr Karacords Augen wandten sich Melora zu.

„Wie lautet Ihr Name junge Lady?"

Er reichte ihr, im Gegensatz zu Fye und Kaine eine Hand.

„Ich bin Melora Blane."

Zu Kaithlyns Verwunderung war Melora nicht einmal eingeschnappt, weil er sie als einzige nicht kannte. Stattdessen blitzte ein Lächeln in ihrem Gesicht auf, das nicht zu deuten war.

„Die Familie Blane, in der Tat, eine kleine Familie, von äußert begabten Mercudizauberern. Wie ich hörte hat Jared Blane die Nachfolge eines der Inselwächter angetreten und ist außerdem der Leibwächter des jungen Prinzen Timothy. Eine verheißungsvolle Aufgabe."

„Er ist mein älterer Bruder", sagte Melora kurz angebunden. Mr Karacord sah Melora in die goldenen Augen.

„Ihr Bruder also."

Fye legte Melora in einer flüchtigen Geste eine Hand auf die Schulter. Mr Karacord entging, dass sie kurz davor gewesen war, aufzustehen und ihre Mundwinkel verräterisch gezuckt hatten. Was lag ihr auf der Zunge? Warum wurde Kaithlyn das Gefühl nicht los, das Mr Karacord trotz seiner Freundlichkeit in die Privatsphäre ihrer Freunde eindrang und sie auf irgendeine Weise beleidigte, ohne dass sie verstand, was vorging? Lag es an der Aufregung? Spielten ihre Sinne ihr Streiche und sie sah Probleme, wo Nichtigkeiten standen? Der Hauch einer unverständlichen Sorge berührte ihr Herz, als habe sie eine böse Vorahnung, die sich unbegründet ihrer Gedanken bemächtigte. *Es liegt daran, dass er ein Fremder ist. Seine Gesten, seine Worte sind mir nicht vertraut und deshalb suche ich nach Gründen ihn nicht zu mögen. Denn, wenn ich ihn mögen würde, wäre er nur eine weitere Person auf der Liste jener, die mich verraten oder verlassen können. Das ist so albern!* Auf Menschen zu vertrauen ohne etwas über sie zu wissen wäre im Normalfall töricht. Doch all das wurde plötzlich nebensächlich, als Mr Karacord seine volle Aufmerksamkeit Kaithlyn schenkte.

„Ich bin hocherfreut, dass wir uns nun endlich kennenlernen", sagte er einnehmend, sodass ihr ganz warm in der Brust wurde.

„Die Umstände sind keine wünschenswerten, aber das Leben ist nun einmal ein Sturm voller Höhen und Tiefen. Dass meine alten Augen dich noch erblicken würden…du ähnelst deiner Mutter wirklich sehr! Das helle Haar und diese grauen Augen; so aufmerksam und direkt, als könntest du jede Absicht durchschauen."

Er lächelte noch erwärmender. Kaithlyn vergaß bei seinen Erinnerungen fast, dass außen ihnen noch drei weitere Personen anwesend waren.

„Wenn Alyssa wütend war, war es so als könne sie mit ihrem sturen Eifer Wände durchdringen. Sie hat es immer geschafft, meinen Willen zu brechen. Sie war so eine wundervolle Person…"

Kaithlyn starrte Mr Karacord fest an, bis er den Blick hob.

„Das Gerede eines alten Mannes, entschuldigt, ich schweife vom Thema ab."

Er machte eine wegwerfende Geste mit der linken Hand. Kaithlyn zuckte zusammen, als wäre sie gerade aus dem Schlaf gefahren. Sie musste sich daran erinnern, weiter zu atmen.

„Ich bin gewillt dir all deine Fragen zu beantworten. Doch diesen Teil der Unterredung verschieben wir auf einen späteren Zeitpunkt. Deine Freunde haben sicher Verständnis dafür, unsere familiäre Privatsphäre zu respektieren. Die dringlichste Angelegenheit ist das Auftauchen von Anthony Green. Ein Momentan, unübersichtliches Durcheinander an zu klärenden Fragen und deren Wichtigkeit."

Kaithlyn nickte nervös.

„Was ist mit Green?"

Eigentlich wollte Kaithlyn als Erstes etwas Nettes oder Dankbares sagen, aber sie fand nicht die passenden Worte. Sie kannte diesen Mann einfach nicht. Wie sollte sie ihn denn überhaupt nennen? Großvater schien ihr unangemessen freundlich und zu vertraut. Was wusste sie schon über ihn?

„Ich möchte mein Bedauern bekunden, denn ich bedaure *zutiefst*, dass dieser Vorfall sich aufgrund mehrerer Fehler meinerseits ereignen konnte. Ich bin der Verantwortliche. Mein Anwesen verfügt über allgemeine und gültige Sicherheitszauber, zudem habe ich persönlich stets dafür gesorgt, dass es vor unerwünschten Eindringlingen geschützt wurde. Die Überwachung dessen kann niemand anderem zu Last gelegt werden."

Mr Karacord war geschickt. Er sprach davon, dass er die Verantwortung trüge, betonte jedoch mit keinem Wort den Fehler in seinem makellosen System, den er anscheinend nicht ausgemacht hatte. Kaithlyn hatte schon in der Schule Leute die nur um das eigentliche Thema herum redeten nicht gemocht. Er schuldete ihnen keine Rechenschaft, warum war er also so erpicht darauf zu erklären, das er die Schuld trüge?

„Wie…*bedauerlich*", sagte Melora und presste die Lippen aufeinander.

„Hat Mr Crossdale Ihnen einen Teil geschildert?", fragte er, ignorierte dabei Meloras Einwurf.

„Ich hatte kaum Zeit dazu", antwortete Fye rasch, um Meloras nächsten Worte zu unterbinden. Es brauchte keine zweite Berührung, um ihr zu verdeutlichen, das Fye es für besser befand, wenn sie von nun an schwieg. Melora seufzte energisch.

„Green ist entkommen. Als er erkannte, dass seine Unterlegenheit zu seiner Niederlage führen würde, hielt er es für sinnvoller sich zu verabschieden. Er ist mitten im Gefecht verschwunden."

Jetzt erst fiel Kaithlyn auf, das Mr Karacord nicht den Hauch einer Spur so aussah als hätte er einen Kampf hinter sich gehabt, eher als käme er von einer feinen Dinerparty. Sie lugte zu Fye der links von ihr saß. Obwohl seine Verletzungen verschwunden waren, wirkte er noch immer mitgenommen. Sie malte sich den Kampf der drei Magier aus. Fye mit seinem Feuer und Green mit dem Eis…und Mr Karacord?

„Mr Crossdale und ich waren sicherlich mächtige Gegner für ihn, ein kurzer Augenblick jedoch reichte aus, um sich unser Aufmerksamkeit zu entziehen."

„Es war seltsam", sagte Fye leise. Mr Karacords Blick traf seinen.

„Green hat versucht in das Anwesen vorzudringen, weil er etwas wollte, aber dann hat er aufgegeben; sein Rückzug kam so…unerwartet."

„Es sind viele Jahre vergangen. Ich denke, dass er aus seinem Fehlern gelernt hat. Er wollte sich mit seinem Selbstzerstörungsdrang sicher kein zweites Mal zu Grunde richten. Sein Anblick war erschütternd", sagte Mr Karacord leicht beunruhigt.

„Ja" stimmte Fye nachdenklich zu.

„Dennoch…"

Er wechselte einen flüchtigen Blick mit Kaine.

„Green ist ein besessener, erbitterter Kämpfer, aber er ist keineswegs dumm", fuhr Mr Karacord fort. Er faltete die dünnen Finger ineinander und lehnte sich in seinem Stuhl zurück. Fyes Miene war grüblerisch.

„Sie haben sicher recht. Niemand würde in einem Magieduell gegen Sie bestehen können."

„Schätze deine eigenen Fähigkeiten nicht falsch ein Junge. Du warst fantastisch!"

Fye lächelte milde.

„Es wird jedoch ein Nachspiel geben. Ich werde die anderen Familien des Drachenclans informieren müssen, das Königshaus. Lobra wird nicht erfreut sein. Er konnte mich noch nie ausstehen…"

Kaithlyns Großvater begann kaum verständliche Maßnahmen in seinen Bart zu nuscheln und wirkte für einige Minuten völlig geistesabwesend.

„Was werden Sie tun?", durchbrach Melora die Stille.

„Ich meine, *was* genau werden Sie tun?"

„Ich verstehe ihren Zorn, Miss Blane, aber dies ist eine interne Angelegenheit."

Sollte so viel heißen wie: das geht dich nichts an, Melora, dachte Kaithlyn. Fye warf Melora einen warnenden Blick zu. Sie schnaubte verächtlich, woraufhin Mr Karacord sie eingehend musterte; doch Melora hielt der Musterung stand und ihre Augen blitzen gefährlich. Der alte Mann beschloss wieder, über ihr Verhalten hinweg zu sehen.

„Ich kann mir nicht ausmalen, wie es den Greens ergehen wird, wenn Sie davon erfahren und das werden sie natürlich. Die Gewissheit, dass Anthony lebt, wird sicherlich genauso wissbegierig wie verstörend aufgenommen werden. Ich nehme an, du kennst die Geschichte über die Greens nicht, Kaithlyn?"

„Ich…"

Kaithlyn zögerte merklich.

„Ich habe davon gehört."

„Gut, dann kennst du also diese Tragödie. Auch, wenn sie kein ruhmreiches Ereignis ist, so gehört sie zur Geschichte des Drachenclans. Wir sollten uns die guten, wie auch die schlechten Meilensteine unserer Familie immer ins Gedächtnis rufen. Sie erinnern uns an all das, was sein kann und wird."

Familie. Kaithlyns Kehle wurde trocken.

„Um mir ein besseres Bild, der gesamt Situation machen zu können, würde ich gerne alle eure Aussagen hören. Ich empfinde es als wichtig, alle Einzelheiten zu kennen. Zum einen, um Greens Motive durchleuchten zu können und zum anderen, um neue Sicherheitsregeln aufstellen zu können. Jedes Detail könnte entscheidend sein."

Kaithlyns Haltung verkrampfte sich. Ihre Hände wurden feucht und sie fühlte wie Hitze in ihrem Inneren aufwallte. Sollte sie von ihrer *Vision* erzählen? Aus Ungewissheit zu lügen war eine Sache, aber…

Fye begann mit seiner Erzählung. Er habe in der Bibliothek gesessen, ein Buch gelesen und er erklärte, wie er die Schwingung der zerbrochenen Magie wahrnahm, als Green vermutlich den Schutzkreis des Anwesens durchbrach. Fye erklärte Kaithlyn, das man dafür ein gewisses Gespür entwickeln konnte, da jede Art von Zauber eine Energie abstrahlte und spürbar in der Luft der Umgebung umher flimmerte. Es sei Jahre lange Übung dafür nötig seine Sinne auf diese Art von Wahrnehmung zu schärfen, aber so sei er auf die Veränderung aufmerksam geworden.

„Jeder Magienutzer hinterlässt Spuren, vor allem bei Whyburnmagie", sagte Mr Karacord.

„Menschen, in deren Adern magisch erwecktes Blut fließt, können einander an dieser dünnen Aura ausmachen."

Kaithlyn verstand kein Wort der Erklärungen. Die Begriffe waren ihr fremd, doch sie hoffte, das zu einem späteren Zeitpunkt zur Sprache bringen zu können. Der jetzige Augenblick erschien ihr ungünstig. Sie allen waren erpicht darauf zu erfahren, was dem jeweils anderen widerfahren war. Ihre Fragen hätten Zeit gekostet.

„Als ich Kaithlyn, Melora und Kaine ausfindig gemacht hatte, war Green bereits zu ihnen gestoßen“, fasste Fye weiter zusammen. Melora sprach als Nächstes; sie riss so hastig das Wort an sich, das sie den Eindruck erweckte sie wolle es schnell hinter sich bringen, wie einen großen Schluck bitterer Medizin, die man trotz Widerwollen schlucken musste.

„Ich erinnere mich an kaum etwas“, gestand sie missmutig.

„Ich wusste nicht, das es Green war, der mich angegriffen hatte, Sir.“

Die Zerknirschtheit in ihrer Stimme trat deutlich hervor.

„Das weitere Geschehen blieb Ihnen also verborgen“, sagte der Alte und Melora sah ihn vorwurfsvoll an.

„Ja, so war es“, erwiderte sie trotzig. Melora erwähnte keines Falls, dass es Kaine war der sie gerettet hatte. Kaine brauchte seine Aussage blitzschnell hinter sich.

„Ich befand mich im Garten. Ich hörte einen Schrei, reagierte darauf indem ich der Richtung aus der dieser gekommen war folgte und fand mich im Heckenlabyrinth wieder. Ich traf auf die verletzte Melora, ging jedoch weiter, um nach Kaithlyn zu suchen. So stieß ich zu ihr und ihrem verwundetem Kianki. Green hatte sie im selben Moment eingeholt. Ich hatte eine kurzweilige Auseinandersetzung mit ihm, dann übernahm Fye.“

Mr Karacord rieb sich nachdenklich das Kinn.

„Ich verstehe.“

Dann richteten sich vier Augenpaare auf Kaithlyn. Sie wiederholte, was bereits Melora und Kaine wussten. Die flüchtigen Bilder in ihrem Kopf behielt sie weiterhin für sich. Sie brachte es nicht über sich unter den Blicken aller, das Erlebte in Worte zu fassen. Kaithlyn fühlte sich durch die bloße Erinnerung daran benommen. Die Sonnenstrahlen, die den Raum bisher in helles Licht gehüllt hatten, zogen sich langsam zurück. Vor dem Fenster zogen dickbäuchige Wolken vorbei und kündigten Regen an. Kaithlyn sehnte sich nach der frischen Luft des Gartens. Ihr Mund war inzwischen staubtrocken und ihre Zunge klebte an ihrem Gaumen, als wolle sie ihr Körper höchstpersönlich am weiter reden hindern. *Still, warum wird es immer so schrecklich still, wenn sich Gespräche den dunklen Seiten zuwenden?* Sie rutschte so weit es ging an ihre Stuhllehne zurück und hoffte, dass ihre Haltung dadurch selbstsicher und gefasst wirkte und nicht bedrückt und verängstigt. Sie konnte noch immer Harlows Blut riechen, noch immer den Frost schmecken und die Kälte auf ihrer Haut spüren.

„Was genau hat er gesagt, Kaithlyn?", fragte Mr Karacord einfühlsam. Kaithlyn rief sich die Worte von Green noch einmal in Erinnerung.

„Er wusste, wer ich bin; er kannte meinen Namen."

„Ich wusste nicht, dass diese Informationen schon so weit vorgedrungen ist", sagte Mr Karacord langsam, als müsse er einen komplizierten Sachverhalt nachvollziehen.

„Ich nahm an, dass dein Aufenthaltsort länger geheim bleiben würde."

Kaithlyn starrte ihren Großvater unmissverständlich an.

„Was bedeutet das?", fragte sie verunsichert.

„In erster Linie solltest du hier in Ruhe alles über den Drachenclan, deine Herkunft und Familie erfahren; das Leben, das Relia dir vorenthalten hat. Bevor du auf eine Schule außerhalb deiner Heimat gehst. Es wäre unsäglich, wenn jemand so wichtiges wie du keinerlei Informationen über die Vergangenheit und Gegenwart hat. Dein Platz war von deiner Geburt an, an meiner Seite, an der Seite der Hayworths und diese sind Teil einer unermesslich wichtigen Geschichte. Es stand von dem Moment an, als ich erfuhr, wo du dich aufhieltest, außer Frage, das Relia dir weiter verschweigt, wer du bist."

Kaithlyn hielt den Atem an. Mr Karacord sah sie bedächtig an.

„Du musst verstehen, Kaithlyn. Du stammst aus einer Familie, deren Name einen Rang in der Weltordnung hat. Eine Familie, die sich angemessen repräsentieren und Auftreten sollte. Es ist dein Erbe. Es wäre…unangenehm für dich nichts darüber zu wissen, so als würde man einen Soldaten blindlings, ohne Plan in den Krieg ziehen lassen."

Regeln. Das war das Erste woran sie dachte. Neue Regeln. Gesellschaftliche Etikette, Unterdrückung, Heuchelei…es war als könne sie das Bild genau vor sich sehen. Sie inmitten von wichtigen Persönlichkeiten und Magiern, Erwartungen, die Kaithlyn nicht erfüllen konnte. Panik kroch durch ihre Glieder. Ablehnung gegen den unbekannten *Plan*…war das nicht sogar noch schlimmer als das Leben auf Custocorward? Sie spürte erst, wie fest sich ihre Fingernägel in die Lehnen ihres Stuhls gegraben hatten, als Fyes Hand ihre berührte und sie aufschreckte.

„Kaithlyn", sagte er verstehend.

„Veränderung bedeutet nichts Schlechtes. Du wirst sehen."

„Mr Crossdale hat recht. Es muss beängstigend auf dich wirken, aber halte die klar vor Augen, dass niemand dich zu irgendetwas zwingen kann. Mein Wunsch ist es, das du zu deinen Wurzeln findest. Ich gebe dir lediglich die Möglichkeit dich weiter zu entwickeln, zu lernen. Relia konnte nicht ablehnen. Sie hat eingesehen, das dies der richtige Weg für dich ist."

Kaithlyn hatte das Gefühl er würde gleich eine Rede über Ehre und Stolz halten. Ihr die alten Werte nahe legen, was auch immer diese sein mochten. Der alte Mann neigte dazu abzuschweifen. *Hörte er sich selber gerne reden?*

„Der elementarste Grund für deinen Aufenthalt hier ist aber natürlich deine Sicherheit. Dank Relia bist du all die Jahre unsichtbar geblieben, sicher in Custocorward versteckt und behütet. Wenn sich nun die Nachricht unter den anderen Familien verbreitet, dass Kaithlyn Hayworth unerwartet aufgetaucht ist, dürfen wir uns sicher sein, dass diese Information auch sehr bald nach außen sackt und Aufmerksamkeit erregt. Deine Ankunft ist für alle bedeutend, weil nun endlich wieder alle Familien versammelt wären, denn du bist die Vertreterin der Hayworths. Ihr müsst wissen, dass alle sieben Familien eine gewisse Macht vertreten und unser Ansehen geschwächt wurde, als Aiden Hayworth verschwand. Es würde keine Zeit mehr bleiben, um dich auf das vorzubereiten, was auf dich zukommen wird."

Kaithlyns Herz raste. Sie konnte das alles kaum glauben. Sie vorzubereiten? Aufgaben, Pflichten? Macht? Ihr Großvater schien sie bereits als perfekte Wahl für die Hayworth Nachfolge zu sehen. Es klang furchtbar gewichtig.

„Mhh", machte Kaithlyn und versuchte die Informationen miteinander zu verknüpfen. Dann begriff sie. Mr Karacord wollte sie ausbilden und als Gegenleistung dafür hatte er Relia ihre Sicherheit versprochen. Deshalb hatte ihre Tante eingewilligt sie her zuschicken. Ihr Großvater sah in ihr die Hoffnung, das Erbe der Hayworths weiter zu führen; ihre Tante den besten Ort, um sie genau davor zu bewahren. Hatte Relia deshalb kein Sterbenswort über Mr Karacord gesagt? Wollte sie, dass Kaithlyn sich ihre eigenen Eindrücke schaffte?

„Green."

Sie warf das Wort in den Raum wie eine Bombe, die sofort alle Aufmerksamkeit auf sich lenkte. Sie war mit diesem Thema noch nicht fertig.

„Warum genau ist Green hinter mir her?"

Melora warf ihr beifällig ein zustimmendes Nicken zu. Mr Karacord hörte auf seinen Bart zu kraulen und legte die Hände in den Schoß.

„Das ist ein schwieriges Thema", antwortete Mr Karacord passiv.

„Mrs Koirbet sagte, dass die Dierraider mich benutzen würden, um meine Eltern zu finden. Was bringt es also, wenn ich tot bin?"

Mr Karacord schien keine Antwort darauf zu kennen, denn er schwieg eine Weile.

„Ihre Machenschaften sind schwer zu durchschauen, so wie die Motive aller Gesetzeswidriger. Du musst verstehen, dass es nicht nur *bestimmte* Absichten gibt. Green ist nur einer von vielen. Die Dierraider die deine Eltern verfolgten müssen in keinster Weise mit Green in Zusammenhang stehen. Die Geschehnisse sind noch zu undurchsichtig. Zunächst gilt es, Green Einhalt zu gebieten. Wir müssen uns, auch, wenn es schwer erscheint, in Geduld üben."

Kaithlyns ganzer Körper spannte sich an. Ihr Großvater lächelte wieder, doch dieses Mal war es eindeutig geheuchelt, um etwas zu überspielen. Unsicherheit? Unwissenheit? Oder wusste er mehr als er zugab?

„Mein nächster Schritt wird es sein alle Drachenclan Familien zu unterrichten. Es ist wichtig, dass sie es von mir erfahren und sich nicht durch Gerüchte zerstreuen."

Kaithlyn nickte gezwungen. Mr Karacord schien beharrlich nicht weiter darauf eingehen zu wollen und sie wollte keineswegs respektlos wie Melora wirken.

Fye, der wusste, dass es an der Zeit für ihn und die anderen war zu gehen, erhob sich als Erster. Seine Miene verriet keine Spur von Enttäuschung oder Argwohn. Er war gefasst wie immer, mit der Präsenz eines Alters und einer Intelligenz, die Kaithlyn nur bestaunen konnte. Er schien genau zu wissen, was in dem Kopf des alten Herrn vorging. Kaithlyn wünschte sich, sie hätte dieses rücksichtsvolle und nützliche Gespür für andere Menschen.

„Das ist also alles?", sagte Melora verdrossen. Auf ihrer Stirn bildete sich eine tiefe Furche. Kaine verdrehte hinter ihr seufzend die dunkelgrünen Augen.

„Meine Liebe, machen Sie sich keine Sorgen, *ich* werde so einiges tun."

Fye nahm ihre Hand und wies sie an, zu gehen.

„Entschuldigen Sie, Sir", sagte Melora gezwungen und es sah so aus, als hätte sie den alten Mann lieber beleidigt, als sich zu entschuldigen. Fyes Wirkung auf sie war unbestreitbar. Als würde er irgendwelche Pheromone verteilen, die sie benebelten und zähmten.

„Mr Karacord? Ich werde noch heute abreisen. Es erscheint mir unangebracht, ihre Gastfreundschaft all zu lange auszunutzen, da meine Familie kaum einen Katzensprung von hier entfernt wohnt. Ich habe sie wissen lassen, dass ich nach Krogan zurückkehre und sie erwarten meine Rückkehr. Ich nehme an, es ist Ihnen Recht, das ich meinen Vater informiere?“, sagte Fye mit unergründlicher Miene.

„Selbstverständlich“, nickte Mr Karacord. Kaithlyn sah Fye mit großen Augen an.

„Kaithlyn, wir werden uns sehr schnell wieder sehen.“

Er neigte sich vor und flüsterte nur für sie hörbar:

„Denk an das was ich dir gesagt habe.“

„Danke“, flüsterte sie zurück. Melora starrte Fye unablässig an.

„Komm Melora“, sagte Fye freundlich und schenkte Kaine *diesen* vielsagenden Blick. Die beiden folgten ihm, wie zwei trotzige Kinder, deren Mutter ihnen die Süßigkeiten verboten hatte. Ein seltsames Trio. Sie überlegte, ob auch sie Fye folge leisten würde, wenn er sie um etwas bat. Sicher war sie sich nicht, aber Fye war…magnetisch.

„Auf Wiedersehen.“

Mit einem lauten *Klack* schloss sich die Tür und Kaithlyn war nun alleine mit Mr Karacord. Sie war ziemlich verunsichert. Er hatte die anderen weggeschickt, weil sie bereits ein Thema angeschnitten zuhaben schienen, dass nur sie beide etwas anging, dachte Kaithlyn.

„Wir sollten uns nun anderen Dingen zuwenden. Ich möchte, dass du mir die Möglichkeit gibst, ein paar Dinge zu erklären. Ich habe dich schließlich nicht zu mir gebeten um nur über Green zu reden.“

Für einen Moment genoss er den Ausblick, den sein Fenster ihm bot, als suche er den Frieden und die Ruhe in der Natur. Seine faltigen Züge wurden weicher, gutmütiger, als vergesse er die Last die auf seinen Schultern lag nur allzu gerne und viel zu selten. Er sah so alt und müde aus. Ein Leben gezeichnet von Kummer, Leid und Sorge spiegelte sich in diesen hellen Augen wieder; eine vergrabene Traurigkeit längst vergangener Tage…

„Wo fangen wir an?“

Mr Karacord schloss kurz die Augen.

„Lass mich etwas weiter in die Vergangenheit zurückgehen...“

Er hielt kurz inne. Kaithlyn machte keine Anstalten etwas dazu zu sagen. Für ihn bedeutete dies wohl Zustimmung.

„Meine Frau starb vor sieben Jahren. Wir hatten zwei Töchter, Relia und Alyssa. Als Relia achtzehn wurde heiratete sie jemanden außerhalb des

Clans. Ein netter und intelligenter Mann. Er wurde sehr krank und starb früh. Ich wollte, dass Relia nach seinen Tod, zurück nach Hause kommt. Wegen diesem Thema, kam es zum Streit zwischen uns. Ich habe sie seit damals nicht mehr gesehen. Sie hält nicht sehr viel von mir. Es ist meine Schuld. Deine Mutter, Alyssa hingegen heiratete jemanden aus den Reihen des Clans."

Mr Karacord machte eine Pause. Kaithlyn versuchte die Aufregung zu verstecken, die anstelle des Misstrauens trat. Sie erfuhr endlich etwas über ihre Familie. Stumm hörte sie weiter die Worte ihres Großvaters.

„Aiden Hayworth. Seine Familie waren gute Freunde unserer Familie. Ihre Heirat brachte uns noch enger zusammen. Sie wurden von allen gemocht. Deine Eltern waren großzügige und freundliche Menschen. Die Verbindung dieser zwei Familien wurde von anderen Familien des Drachenclans hochgeschätzt. Die Hayworths wurden stehst für ihre außergewöhnlichen Kräfte bewundert. Deine Eltern haben auch hier gelebt. Es ist also auch deine Heimat."

„Sie haben hier gelebt?", fragte Kaithlyn und fühlte sich ihren Eltern so nahe wie noch nie.

„Wo? Hier im Anwesen?"

„Etwas abseits von hier. Da deine Mutter den Namen Hayworth angenommen hatte, zogen sie in die Nähe des Hayworth Anwesens."

„Sie haben auch ein Anwesen? Auf welcher Insel befinden wir uns hier?"

„Auf Krogan, eine der südlichen Inseln. Alle Familien des Clans wohnen hier in mehreren Dörfern verteilt. Tatsächlich glaube ich, dass außer Angehörigen und ein paar Freunden des Drachenclans niemand hier wohnt."

„Warum heißt der Clan *Drachenclan*?", sagte Kaithlyn bewusst, dass sie gar nichts über all die Familien des Clans wusste. Doch ihr Großvater fuhr freundlich fort.

„Der Name entstand durch eine Legende, aber darüber wirst du noch vieles erfahren. Hat Relia dir nie etwas darüber erzählt?"

„Nein, sie war immer sehr schweigsam, was meine Fragen anging", sagte Kaithlyn und ihr wurde unwohl dabei.

„Aber sie hatte sicherlich einen Grund dafür", fügte sie schnell hinzu.

„Sicher", sagte Kaithlyns Großvater. Es war nach wie vor ein merkwürdiges Gefühl hier mit diesem Mann zu sitzen, dessen Blut sie teilte und der dennoch ein Fremder war.

„Was geschah dann mit meinen Eltern?", drängte Kaithlyn, die es kaum erwarten konnte, mehr zu erfahren. Im Moment interessierte sie es weniger, warum sie ihren Großvater erst jetzt traf, denn jede Information über ihre Eltern erschien ihr unglaublich kostbar.

„Eines Nachts brach im Dorf Litha, indem deine Eltern lebten, ein Feuer aus. Ein schrecklicher Brand, der fast alles dort vernichtete. Es war ein Angriff der Dierraider. Sie schienen etwas dort zu suchen. Etwas was Sie im Hause deiner Eltern vermuteten, denn dies war der Ort, an dem sie umstellt wurden. Die Dierraider wurden im Kampf getötet oder gefangen genommen. Doch keiner von ihnen sprach, weder unter Folter noch unter Belegung eines Zaubers."

Kaithlyn zuckte bei diesen grausamen Gedanken zusammen.

„So erfuhr niemand jemals was sie dort wollten. Tatsache ist, dass deine Eltern schon lange vor dem Angriff zu wissen schienen, dass etwas auf sie zukam dem Sie nur schwer entrinnen konnten. Es gab uns allen ein Rätsel auf, das bis heute ungelöst blieb."

Sie dachte daran, dass bereits Mrs Koirbet ihr davon erzählt hatte.

„Wussten meine Eltern, dass sie angegriffen werden?"

„Nein, ich denke nicht. Aber auf solch ein Ereignis schienen sie nach allem was ich weiß doch recht gut vorbereitet gewesen zu sein. Vielleicht war ihr Verschwinden geplant. Ich weiß es nicht, ich kann nur spekulieren."

Kaithlyns Blick schweifte aus dem Fenster. Sie hatte gedacht ihr Großvater wüsste etwas mehr.

„Du hast nichts von ihnen gehört?", fragte Kaithlyn bitter.

„Ich habe nie aufgehört Alyssa und Aiden zu suchen. Ich glaube daran, dass sie beide leben und etwas Wichtiges tun, dass es einen Grund für ihr Verschwinden gibt. Alyssa wirkte bereits während ihrer Schwangerschaft sehr angespannt. Jedes Mal, wenn ich sie darauf ansprach, erschrak sie. Es schien fast so als hätte sie etwas geahnt."

In Kaithlyn regte sich ein erdrückendes Gefühl. Sie versuchte, es zu ignorieren.

„Kurz nach deiner Geburt, du warst gerade mal ein Jahr alt, kam der Angriff auf das Dorf. Deine Eltern verschwanden, mit dir, ohne eine Nachricht zu hinterlassen, ohne einen Hinweis auf euren Aufenthaltsort. Es war, als würde ich verlassen werden, als wäre dies eine endgültige Verabschiedung gewesen."

Kaithlyn warf Mr Karacord einen mitleidigen Blick zu. Das wusste sie nicht. Hatte sich ihr Großvater genauso einsam gefühlt wie sie? Verlassen? Ohne eine Antwort?

„Ich machte mir Sorgen; schreckliche Sorgen. Ich machte mich auf die Suche, war ständig auf Reisen und versuchte etwas Neues in Erfahrung zu bringen. Das wurde zu meinem Lebensinhalt; meiner eigenen Bürde. Doch es gab keine Nachricht von euch. Egal wie viele Bemühungen ich anstellte, welche meiner adligen Kontakte ich nutze und wie viel Geld ich für Informationen bezahlte, es war als hätte die Familie Hayworth nie existiert. Die vielen Reisen waren ermüdend, Kräfte zerrend. Die Enttäuschungen reihten sich aneinander. Irgendwann wurde mir klar, dass ich so nicht weiter leben kann. Versteh mich nicht falsch, ich habe nie aufgehört daran zu glauben, dass es euch gut geht, ich wollte euch finden, mehr als alles andere. Aber es gab andere Menschen, die meine Unterstützung brauchten. Der Drachenclan war ebenfalls Teil meines Lebens. Ich hatte mich egoistisch verhalten, selbstgerecht. Ich wusste, dass es Zeit war zurückzukehren. Ich durfte nicht zulassen, dass mein Elend den Drachenclan vereinnahmte."

Wieder machte er eine kleine Pause.

„Leider enttäuschte meine Rückkehr, denn ich war kaum mehr ein Schatten meiner selbst. Ich zog mich völlig zurück; lehnte den Kotakt zur Außenwelt ab."

Den Rest sprach Mr Karacord nicht aus, doch Dank Fyes Erklärungen konnte Kaithlyn sich den letzten Teil der Geschichte ausmalen. Sie hatte Verständnis für ihren Großvater. Mehr noch. Sie konnte seine Gefühle nachvollziehen. Sie vermisste ihre Eltern mit solch heftiger Sehnsucht, obwohl sie diese nicht hatte kennenlernen dürfen. Wie wäre es erst, wenn sie eine Bindung zu ihnen aufgebaut hätte?

„Die Hayworths waren nie eine besonders große Familie. Im Vergleich zu den anderen Familien hatten sie nur wenige Mitglieder. Nach deinem Vater bist du die letzte Geborene Hayworth der Gegenwart. Die einzige Erbin, die Anspruch auf die Familienwerte erheben könnte. Es war für alle ein Segen als du geboren wurdest. Ich erinnere mich noch gut an das Leuchten in den Augen deiner Mutter; ihr Glück war auch meines."

Mr Karacord lächelte beherzt.

„Wusstest du, dass meine Frau Katharina hieß? Deine Mutter mochte diesen Namen wirklich sehr. Sie hat dich nach ihr benannt, nun ja…fast."

„Das tut mir leid“, bekundete Kaithlyn ehrlich.

„Katharina hatte ein gutes Leben und ist friedlich von uns gegangen. Sie hätte dich sicher gerne kennengelernt. Wenn sie dich jetzt sehen könnte…“

Abwesend drehte er den goldenen Ring an seinem Ringfinger.

„Was geschah mit den anderen Hayworths. Leben sie noch immer hier?“, fragte sie hoffnungsvoll. Ihr Großvater sah ihr direkt ins Gesicht. Die kleinen Fältchen um seine Lider und Mund traten deutlich hervor als er andächtig weiter sprach.

„Lianda und Abel, die Eltern deines Vaters kamen bei einem Unfall eines Luftschiffes ums Leben. Es war tragisch. Eine traurige Zeit für uns alle. Es war wie ein Fluch, ganz so als hätten deine Eltern das Glück mit sich genommen.“

Kaithlyn wurde schwer ums Herz. Sie spürte den Verlust all dieser Menschen in der Luft schweben, als sei er greifbar, doch es waren nicht ihre Gefühle, sondern die ihres Großvaters, die den Namen, deren, denen sie nie begegnet war Leben einhauchte. Bilder verschwommener Gesichter, die wie Farben zerliefen blitzen in ihrem Gedächtnis auf, einige flüchtige Erinnerungen, geschaffen aus den Worten Lyon Karacords. Die Gedanken verflochten sich zu einem Band aus Melancholie und Einsamkeit, eine kalte Welle, die ihr einen Schauer über die Haut jagte und sich ihr die Nackenhaare aufstellen ließ. Sie begann eine Strähne ihres honigblonden Haares über die Fingerkuppen ihrer rechten Hand zu drehen - das tat sie immer, wenn sie nachdenklich wurde - und ihr Blick verlor sich in dem goldenen Schimmer, den die verblassenden Lichtstrahlen darauf hinterließen. Sie sah ihrer Mutter ähnlich? Und ihre Mutter ähnelte…

„Wer ist Harlow Hayworth?“, fragte sie abrupt. Mr Karacord sah sie überrascht an.

„Ich habe ein Porträt von ihr gesehen“, erklärte Kaithlyn.

„In der Villa von Mrs Koirbet. Sie sah aus wie…sie hatte Ähnlichkeit mit mir. Ich dachte zuerst sie hätte Ähnlichkeit mit meiner Mutter, aber – “

„Ihre Augen erinnern dich an deinen Vater?“, half ihr Großvater aus.

„Ich weiß, das muss seltsam klingen."

Kaithlyns Stimme zitterte leicht.

„Nein. Das tut es nicht. Ich hätte dir als Nächstes von Harlow erzählt. Sie war die jüngere Schwester deines Vaters.“

„Aber du sagtest, ich sei nach meinem Vater die Einzige, die…oh“, machte Kaithlyn und ein Keuchen entfuhr ihrer Kehle. Die restlichen Worte blieben ihr im Halse stecken.

„Sie ist…tot?“

Eine ganze Familie. Einfach so ausgelöscht. Wie ein Fluch…ein Fluch der auch auf mir liegt.

Mr Karacord sah ihr den Schrecken an. Er langte mit seinem Arm über den Schreibtisch hinweg, obwohl er sie nicht erreichen konnte. Er hielt inne und zog den Arm langsam wider zurück. Peinlich betroffen senkte Kaithlyn den Kopf. Es wurde so still, das sie einen Regentropfen hätte fallen hören können. Rose hatte immer gesagt, dass eine gute Konversation Lücken nicht mit Schweigen füllte, vor allem keines, das Kaithlyn zu Boden drückte als habe sie ein übermütiger Hund überwältigt. Wieder ein Name weniger in ihrem Stammbaum.

„Sie hatte einen Mann und einen Sohn.“

Hatte. Kaithlyn schmeckte Galle auf der Zunge, so übel war ihr inzwischen. Ihre Familiengeschichte entpuppte sich als Endlosschleife einer Trauerzeremonie. *Ja, hier bist du in Sicherheit, weil alle anderen, die dich in Versuchung führen könnten, das Anwesen zu verlassen bereits tot sind.* Wie hatte Relia dieses Wissen mit sich herumtragen können, ohne darüber zu sprechen? Kaithlyn konnte kaum Zorn auf sie empfinden. Das wäre eine nette kleine Unterhaltung geworden. *Ach, Kaithlyn, schönes Wetter heute, nicht? Übrigens, nur, falls du dich in deinen vierzehn Jahren einmal wundern solltest, warum uns niemand besucht, geschweigeden schreibt, alle die mir einmal etwas bedeutet haben sehen sich die Radieschen von unten an.* Wie makaber. Jetzt verstand sie, wie eine Lüge einen anderen Menschen jemals vor Schmerz bewahren konnte…

„Ich möchte es wissen.“

Mehr brauchte sie nicht zu sagen.

„Anthony Green war nicht der Einzige der eine Familie zerrissen hat. Jemand brach in das Anwesen der Hayworths ein, als der Brand damals das Dorf Litha in Schutt und Asche legte. In dieser Nacht entführte jemand Harlows Sohn und verwundete ihren Mann dabei tödlich. Sie versuchte vergebens, dem Entführer zu folgen. Als das Feuer übermächtig wurde, rannte sie zurück ins Gebäude, um ihren Mann dort heraus zu holen, doch die Flammen verschlangen sie beide. So haben es Augenzeugen berichtet.

Fye Crossdales Bruder war einer von ihnen. Seine Aussage klingt mir noch heute in den Ohren."

„Das ist schrecklich", keuchte Kaithlyn zutiefst betroffen.

„Dieser Angriff liegt lange zurück. Der Junge müsste jetzt in deinem Alter sein. "

Kaithlyn rieb unruhig ihre Hände aneinander. Fassungslos darüber, dass ihr Großvater immer mehr Details ausplauderte, ohne zu merken, wie sehr seine Worte ihr zusetzten; in ihren Ohren viel zu sachlich klangen. Heilte die Zeit wirklich alle Wunden?

„Ich wünschte ich..."

Kaithlyn wusste nicht, wie sie den Satz zu Ende bringen sollte.

„Wieso habe ich all das nie erfahren?", murmelte sie in sich hinein. *Relia.*

Mr Karacord lächelte nostalgisch.

„Relia war schon immer sehr klug gewesen. Sie wusste, wie sie dich vor diesen Dingen behüten konnte. Sie verdient meinen Respekt dafür. Auch, wenn sie einen Teil dazu beitrug, dass wir uns nie kennenlernten."

Kaithlyn biss sich auf die Unterlippe. Ihre Tante hatte ihr ganzes Leben bestimmt. Sie hätte so viele Menschen, Freunde ihrer Eltern und ihren Großvater viel früher kennenlernen können. Sie wäre in dem Dorf aufgewachsen, in dem ihre Eltern gelebt hatten. Und all die Menschen, die bereits tot waren, hätte sie auch diese gekannt? Wie wäre das Leben hier wohl verlaufen? Hatten ihre Eltern wirklich diese Absicht gehegt als sie Kaithlyn Relia überließen? Vielleicht hatten sie auch keine Absichten. Sie waren auf der Flucht. Und sie hatten sich von allen Menschen, die sie kannten für Relia entschieden. Zählte diese Tatsache denn nicht? Kaithlyn kämpfte mit den Zweifeln. Sie gab sich die größte Mühe rational zu denken, zu verstehen. *Verständnis.* Es gab so viel mehr...lodernder Zorn. Die Wut in ihrem Bauch kochte wie das Wasser in einem Teekessel. Ein Teil von ihr hasste Relia für ihre Absichten. Ein Teil der sich Sekunde um Sekunde an all ihren negativen Gefühlen nährte.

„Die Nachricht, die Fye Crossdale mir überbrachte, war ein wahrer Segen. Ich bin mir nicht schlüssig, ob du es weißt, aber ich habe die Insel Nameca seit geraumer Zeit im Auge behalten."

„Wie lange war es geplant, dass ich hier herkomme?", fragte Kaithlyn tonlos. Wenn sie an den ersten Augenblick zurückdachte, als Relia sie zur Abreise drängte, war es ihr eher wie eine spontane Aktion vorgekommen.

„Nicht mehr als ein paar Wochen, bis ich Musa Koirbet kontaktierte."

„Was für ein Zufall, das sie auch in Custocorward lebt", sagte Kaithlyn sarkastisch, den ihr gefiel die Vorstellung ausspioniert worden zu sein überhaupt nicht. Das Gespräch mit ihrem Großvater wurde mehr und mehr zur Qual.

„Mrs Koirbet hielt es nicht für ratsam, dich aus deinem Leben einfach so herauszureißen. Ich glaube es hätte nie einen geeigneten Zeitpunkt gegeben. Aber das Schicksal hatte seinen eigenen Plan, nicht wahr?"

„Ich glaube nicht an Schicksal", erwiderte Kaithlyn trocken. *Nicht, wenn man vierzehn Jahre lang eine Lüge gelebt hatte und sich schlagartig alles änderte.* Relia. Wie hatte sie eben noch Partei für diese Frau ergreifen können? War jemals etwas von dem was Relia Abadon ihr erzählt hatte wahr gewesen?

Ihr Großvater stand auf, umrundete seinen Schreibtisch, bis er neben ihr stand. Unbeirrt legte er ihr eine kräftige Hand auf die Schulter und vermittelte ihr das Gefühl von Geborgenheit, ohne auch nur ein Wort zu sprechen. Als sie ihm prüfend in die Augen blickte, spürte sie den Anflug von Vertrautheit.

„Noch einmal verliere ich dich nicht aus den Augen", sagte er zufrieden und seine anfängliche Gelassenheit verschwand; die autoritäre Ruhe hüllte ihn wieder ein, als habe er sich einen Mantel aus Zuversicht um die Schultern gelegt.

„Ich freue mich dich hier zu haben."

Kaithlyn nickte dankbar, dass er keinerlei Erwartungen an sie stellte.

„Ich möchte, das du das Karacord Anwesen als dein zu Hause siehst. Solange du hier bist, werde ich dafür sorgen, dass es dir an nichts fehlt. Ich werde dir natürlich alles über den Drachenclan erzählen, seine Entstehung, die Legende von Blaze Karacord…es gibt so viele wunderbare Dinge, die du lernen wirst! Du wirst sehen, schon bald ist dein Wissen so umfangreich wie es ein sollte. Du hast jetzt eine Familie. Alle Familien des Clans werden dich kennenlernen wollen und du wirst natürlich auch in unsere Künste eingeweiht", verkündete ihr Großvater feierlich.

„Künste?", fragte Kaithlyn.

„Unsere Zauber und Geheimnisse, die speziellen Fähigkeiten des Drachenclans, die von Generation zu Generation weiter gegeben werden, du wirst schon sehen."

„Du meinst Magie?", brachte Kaithlyn völlig überwältigt hervor.

„Momentan scheinen dir die Gesetzte der Magie als etwas Unnahbares, Privilegiertes vor Augen zu schweben. Es gibt mehr Magier, als du vielleicht annimmst", lächelte ihr Großvater.

„Es hat immer etwas mit natürlicher Begabung zu tun. Den meisten Menschen steht es zu sich an der Mercudimagie zu versuchen, da diese als Alltagsmagie eingesetzt wird. Sie verlangt ein Studium, das allen offen steht. Die Art von Magie, die dem Drachenclan und einigen anderen vorbehalten ist, nennt man Whyburnmagie – erschaffende Magie, die ihren Ursprung in den Elementen fand. Sie steht einem nur zu, wenn man in einer bestimmten Blutlinie geboren wurde oder von Whyburnmagiern entfernt abstammt. Es klingt komplizierter als es ist."

Mr Karacord rückte einen der Stühle zurecht und ließ sich neben ihr nieder.

„Aber –"

„Ich will nicht unhöflich erscheinen und dich unterbrechen, aber ich denke dieses Thema ist ein weitaus komplexeres, um es nach einem Gespräch wie diesem anzuschneiden. Wir werden es vertagen, in Ordnung?"

Kaithlyn entfuhr ein leises Wow. Glückselig ließ sie sich den Gedanken auf der Zunge zergehen. Ihr Großvater beobachtete sie erheitert.

„Du willst mir also sagen, das Relia niemals Magie anwandte?"

„Zumindest nicht in meiner Nähe", meinte Kaithlyn.

„Oh", seufzte Mr Karacord.

„Dann liegt ein weiter Weg vor uns."

Er zwinkerte ihr verheißungsvoll zu. Bevor sie das Gespräch fortsetzen konnten, klopfte es mehrmals energisch an der Tür. Kaithlyn hob den Kopf, als ihr Großvater *herein* rief. Mr Roberts platze mit hochroten Wangen ins Zimmer.

„Entschuldigen Sie, Mr Karacord, aber es dringend. Eliza Green ist unten, sie sagt, es wäre von großer Bedeutung, was sie ihnen mitzuteilen hat."

Mr Karacord nickte bedeutend. Er sah Kaithlyn an.

„Ich verstehe das schon", sagte Kaithlyn rasch. Sie lächelte gezwungen.

„Das ist sehr höflich von dir. Entschuldige bitte, aber ich werde mir wohl anhören müssen, was sie zu sagen hat."

Green. War Eliza Green eine Verwandte? Die wichtige Nachricht machte Kaithlyn neugierig, obwohl sie kaum damit rechnete, dass es eine gute sein würde.

„Wir setzen unser Gespräch sobald es möglich ist wieder fort", sagte Mr Karacord entschuldigend.

„Ja", antwortete Kaithlyn beflissen.

Nachdem sie das Zimmer verlassen hatte und um einige Ecken gegangen war, setzte sie sich auf den Boden und schloss die Augen. Sie versuchte zu verstehen, wie sie sich fühlte und das Gehörte hallte in ihrem Kopf wieder, wie ein nerviges Echo. Sie ließ, dass Gesagte Revue passieren. Ein Gedanke drang immer wieder an die Oberfläche und spülte alles andere davon. *Ich vermisste meine Eltern unheimlich.* Sie würde nicht aufhören daran zu glauben, dass sie lebten. Sobald sie alles über den Drachenclan erfahren hätte, würde sie ihre Sachen packen und sich auf die Suche nach ihnen machen. Außerhalb von Custocorward und der Reichweite ihrer Tante würde es doch einfacher sein, dachte Kaithlyn angestrengt. Sie musste erst in Ruhe über alles nachdenken. Nach einer Weile kam es ihr albern vor, mitten im Flur auf dem Boden zu sitzen und sie beschloss zurück in ihr Zimmer zu gehen, um nach Harlow zu schauen.

Kapitel 9

Unerwarteter Besuch

Kaithlyn aß alleine im großen Esszimmer zu Abend. Die Mahlzeit war genauso beeindruckend und köstlich wie das Frühstück, aber sie hatte keinen richtigen Appetit. Sie stocherte lustlos auf ihrem Teller herum und lies die Erbsen hin und her rollen, bis ihr die Lust daran verging. Bei ihrem Gang durch die prunkvollen Flure zählte sie Gemälde, um sich von dem Chaos in ihrem Kopf abzulenken. Es war unangenehm still. Kaithlyn hatte sich in kürzester Zeit daran gewöhnt, das Harlow ihr folgte und ununterbrochen plapperte. Bei Gemälde zweiunddreißig blieb sie stehen, als Melora ihr entgegen kam. Sie sah niedergeschlagen aus. Das Gesicht zu einer abwehrenden Maske verzogen und die Augen sprühend vor Frustration. Als sie Kaithlyn erblickte verschränkte sie die Arme vor der Brust. Kaithlyn wurde das Gefühl nicht los, das Melora ihr die Schuld an Fye Abreise gab, obwohl das natürlich Schwachsinn war. Melora selbst hatte ihr doch erzählt, dass die Crossdales ebenfalls auf Krogan lebten.

Kaithlyn sah sie ratlos an.

„Alles okay?", fragte sie.

„Klar", murrte Melora. Sie wollte sich nicht mit Melora streiten. Es wäre wohl besser sie alleine zu lassen. Kaithlyn spürte wie Melora kleine Zornesfunken versprühte; ihre Unzufriedenheit war ansteckend.

„Ich sehe mal nach Harlow", sagte Kaithlyn, doch Melora hörte Kaithlyn schon nicht mehr zu. Sie war bereits weiter gegangen.

Harlow schlief noch immer. Sie lag auf dem Bett genau da, wo Kaithlyn sie zurückgelassen hatte. Sie setzte sich lautlos neben sie und betrachtete ihr Kianki. Die Erleichterung darüber, das Harlow wieder in Ordnung kam, war eines der besten Gefühle dieses furchtbaren Tages. Es minderte die Schuld. Sie legte sich auf die Seite, den Blick weiter auf Harlow gerichtet und schlief, wie so oft in ihrem Leben, tausend unbeantworteten Fragen, Befürchtungen und Ängsten ein. In ihren Träumen suchten sie finstere Schatten und leise Stimmen heim, die versuchten, sie in die Enge zu treiben. Sie wachte mehrmals auf und versuchte ihren Herzschlag zu verlangsamen, indem sie konzentriert ein- und ausatmete. Das Letzte, woran sie dachte, als sie endlich in traumlosen Schlaf abdriftete war, dass Veränderungen nicht immer gute Dinge bewirkten.

Fünfunddreißig Stunden, sieben Minuten und zwölf Sekunden. Das war die Zeit, die seit ihrer Abreise von Custocorward vergangen war. Kaithlyn hatte das Gefühl, das in diesen Stunden mehr passiert war, als in ihrem ganzen bisherigen Leben. All ihre gewonnen Eindrücke waren so lebendig, das sie sich selbstständig in Kaithlyns Bewusstsein drängten sobald sie die Augen wieder aufgeschlagen hatte. Sie vermisste ihre beste Freundin Rose. Sie wollte all das Erlebte mit ihr teilen. Die Aussicht sie erst zu Beginn des Schuljahres wieder zu sehen stimmte Kaithlyn ziemlich traurig. Sie wollte Rose alles anvertrauen, mir ihr darüber reden und ihre aufmunternden Worte hören. Rose war der einzige Mensch der Kaithlyn wirklich verstand, der immer zu ihr gehalten hatte. Sie sah auf die diamantbesetzte Uhr auf dem Tisch gegenüber dem Bett. Gleich würde es neun Uhr schlagen. Kaithlyn stand auf und ging ins Badezimmer. Ihr Koffer lag da unverändert zu ihren Füßen; sämtliche Sachen waren über den Boden verstreut. Kaithlyn raffte sie zusammen und begann auszupacken und einzuräumen. Es erschien ihr als sinnvolle Ablenkung von ihren sorgenreichen Gedanken. Zumindest besser als ein Frühstück so ganz alleine. Melora und Kaine waren wie Geister, man wusste, dass sie da waren, bekam sie aber nicht zu Gesicht, zumindest nicht so lange sie es nicht wollten. Vielleicht war das Anwesen auch so groß, das sie sich darin verlaufen hatten? Toller Beschützer; tolle Botschafterin.

Das Letzte was in ihrem Koffer lag war ein Foto. Es zeigte ihre Tante. Kaithlyn legte es in eine Schublade nach ganz unten zwischen ihren Socken. Sie war noch immer enttäuscht und wütend. Nachdem sie angezogen war, beschloss sie eine Tour durch die vielen Zimmer und Flure zu machen, in der Hoffnung auf *irgendjemanden* zu stoßen. Es war verdammt gruselig, wenn es ununterbrochen so still blieb, es war unnatürlich. Als wäre das ganze Haus erstarrt, gefangen in einem Zauber, so wie in einem Märchen. Da sie Mr Roberts vor dem gestrigen Abendessen versichert hatte, sie würde sich von nun an selber zu Recht finden, hatte sie es abgelehnt, dass er wie am Tag zuvor zu früh an ihrer Türschwelle auftauchte. Allein. Allein. Allein. Gott sei Dank gab es auch noch Harlow. Sie war gerade aufgewacht, streckte sich verschlafen und leckte sich eine ihrer pelzigen Pfoten.

„Wie fühlst du dich?", fragte Kaithlyn besorgt. Nach einer gründlichen Musterung befand sie, das Harlow viel besser aussah.

„Mir geht's gut."

Harlow schmiegte sich an Kaithlyn Arm und ihre grünen Augen strahlten sie an, als hätte sie niemals erfahren müssen, was Schmerz war. Sie betrachtete die ausgewaschenen Stellen in Harlows Fell, an denen vorher so viel Blut geklebt hatte. Ihre Augen wanderten zu der feinen Narbe, die nur noch erahnen ließ, das Harlow einmal tödlich verwundet worden war.

„Ich heile schnell", wisperte Harlow.

„Es tut –"

Harlow schüttelte missbilligend den Kopf. Ihre Ohren richteten sich auf.

„Nein, kein Wort darüber, Kaithlyn. Ich weiß genau, *wie* leid es dir tut. Ich habe die ganze Zeit die Schwingungen deiner Gefühle gespürt, als würde ich elektrische Funken abkriegen."

„Was?"

Das Grün in Harlows Augen färbte sich heller.

„So läuft das nun einmal. Es ist nicht deine Schuld."

„Ich bin so froh, dass es dir gut geht", sagte Kaithlyn überwältigt.

„Ich –"

„Ich habe Hunger."

Harlow richtete sich zu voller Größe auf.

„Das Erste, an das du denkst ist Essen?"

Kaithlyn starrte sie ungläubig an.

„Das Einzige woran ich denke ist Essen", scherzte Harlow munter und streckte ihr die Zunge heraus. Sie war wieder ganz die Alte. Auf dem Weg ins Esszimmer hopste sie vergnügt neben Kaithlyn her. Zu Kaithlyns Überraschung saß ihr Großvater zusammen mit Mr Roberts am Tisch. Sie unterhielten sich, verstummten jedoch abrupt, als sie die beiden kommen sahen.

„Guten Morgen, Kaithlyn. Wer ist das denn an deiner Seite?", fragte Mr Karacord fröhlich.

„Das ist Harlow."

Harlow sah den alten Mann neugierig an.

„Setz dich doch. Wo sind denn deine Freunde?"

Unauffindbar, lag ihr auf der Zunge.

„Ich weiß es nicht genau", sagte sie, setzte sich und füllte sich eine Tasse mit grünem Tee. Der Überschuss an verlockendem Essen entging ihr auch heute nicht. Ob der Koch es als Beleidigung hinnehmen würde, wenn man nach simplem Brot fragen würde?

Nicht, das Kaithlyn sich nicht daran gewöhnen könnte. Relias Talente lagen eindeutig nicht in der Küche und Kaithlyn war wieder einmal von neuem fasziniert, welche leckeren Sachen fähige Köche zustande bringen konnten. Sie entschied sich für eine Schale Obstsalat.

„Entschuldige nochmals wegen gestern", sagte ihr Großvater.

„Kein Problem", nuschelte Kaithlyn den Mund voll mit Trauben. Sie verschluckte sich fast.

„Eliza Green, ist sie…ich meine, gehört sie zu *den* Greens?"

„Sie ist eine sehr gute Freundin von mir und ja sie gehört zur Familie Green. Anthony Green ist ihr Sohn. Sie hatte ein besonderes Anliegen an mich."

Kaithlyn fragte nicht weiter nach. Sie *hasste* Green für alles was er Harlow angetan hatte. *Eines Tages wird er es büßen*, dachte sie voller Abscheu.

„Ich habe heute Morgen mit Mrs Koirbet gesprochen. Sie sind gut in Senegade angekommen. Es wäre vielleicht eine gute Idee, wenn du mit Relia sprichst. Nur, um ihr Gewissen zu beruhigen."

„Wie?", fragte Kaithlyn interessiert. Es gab Boten, die von Absender zum Empfänger reisten, um Nachrichten zu übermitteln, die Möglichkeit Briefe zu verschicken oder einen Passager, dafür zu bezahlen, das er einen seiner Swiftadler losschickte – Vögel, die innerhalb von Stunden Hunderte Kilometer überbrücken konnten – die teuerste und schnellste Methode zu kommunizieren.

„Hast du schon einmal von einem Disceptor gehört?"

Mr Karacord las Kaithlyns verwirrte Miene.

„Dann wird es höchste Zeit!"

Der Disceptor stellte sich als eine kleine Maschine heraus, die in einem der Räume in der Nähe des Arbeitszimmers von Mr Karacord stand. Bis auf diese unbekannte Gerätschaft war das Zimmer leer. Es erinnerte Kaithlyn an eine sehr, sehr alte Schreibmaschine. Ein kleiner schwarz glänzender Kasten, mit abgenutzten Buchstaben, die golden auf den grauen Plättchen, auf die sie ein graviert waren schillerten. Als Kaithlyn den Disceptor näher beäugte, entdeckte sie ein kleines Tastenfeld mit den Runen ähnlichen Symbolen.

„Es funktioniert mit Mercudimagie", erklärte Mr Karacord.

„Die Runen stehen für die Wohnsitze die mit dem Disceptor verbunden sind. Es gibt jedoch auch Runen, die man mit sich herumtragen kann. Du berührst einfach die richtige Rune und beginnst zu schreiben. Deine Nachricht wird auf den Disceptor, den du auswählst, übertragen und du erhältst augenblicklich eine Antwort."

„Das heißt man kann die Runen auswechseln?", fragte Kaithlyn. Ihr Großvater nickte und deutete auf eine, die aussah, wie ein Kreis, der von einem Blitz gespalten wurde. Er betätigte die Taste und Mr Roberts schob rasch ein neues Blatt Papier in die obere Öffnung. Es erklang ein leises Rattern und die Rune, die ihr Großvater berührt hatte, leuchtete zweimal auf.

„Schreib etwas", forderte er sie auf. *Ich bin gut angekommen,* tippte Kaithlyn unbeholfen ein. *Unsere Reise verlief ebenfalls gut. Wie geht es dir, Kaithlyn?,* kam die Antwort. Die Maschine tippte die Buchstaben innerhalb von Sekunden in schwarzer Tinte unter ihre eignen. Sie drehte sich zu Mr Karacord um.

„Du hast es ihr nicht erzählt?", fragte sie, ungewiss, ob es sie erleichterte oder unter Druck setzte. Ihr Großvater schüttelte den Kopf.

„Du hast das Recht deiner Tante die Situation zu erklären."

Kaithlyn? Der Disceptor legte ein neues Wort nach.

„Wenn du den Zeitpunkt für günstig befindest", fügte Mr Karacord hinzu.

„Aber lass dir gesagt sein, es gibt keinen richtigen Zeitpunkt für die Wahrheit."

Er lächelte wohl wissend und scheuchte Mr Roberts aus dem Zimmer. Kaithlyn starrte zwiegespalten auf den Disceptor, bevor sie Relia antwortete.

Sie beendete den Schreibfluss nach weniger als fünf Minuten. Sie hatte Relia nichts von Green erzählt. Diese Angelegenheit würde sie dazu bewegen, sofort anzureisen und Kaithlyn an den nächsten Ort zu schleifen. Zudem konnte sie den Gedanken an Relias Nähe momentan nicht ertragen.

Die nächsten Tage verbrachte Kaithlyn zusammen mit Harlow damit, durch die weitläufigen Gänge und Flure zu gehen, denn sie hatten beschlossen, das Anwesen zu erkunden. Hinter jeder Tür erwartete sie etwas anderes. Ein Zimmer stand voll mit Säulen, auf denen kostbare Vasen, uralte antike Waffen, Schmuck oder andere interessante Dinge in kleinen

Vitrinen standen. Kaithlyn traute sich nicht hinein, sie hatte Angst, dass etwas kaputt gehen könnte. Es gab viele schön her gerichtete Zimmer und jedes einzelne war so sauber, das sie kein Staubkorn ausmachen konnte. Wirklich seltsam, wenn man bedachte, das sie bisher keinen einzigen Angestellten gesehen hatte, der seine Arbeit verrichtete. Im zweiten Stock zog eine hölzerne Doppeltür ihre Aufmerksamkeit auf sich. In den Rahmen waren kleine Schnitzereien von Elfen, Waldtieren und anderen wundersamen Wesen eingelassen und die Türknäufe waren metallene Rosen. Es war ein Raum voller Porträts. Kaithlyn fragte sich ob ihr Großvater ein besessener Kunstsammler war, da es einen extra Raum gab und die Flure ebenfalls voller Gemälde hingen, bis ihr aufging, dass es sich *ausschließlich* um Porträts handelte. Sie ging an den Wänden entlang und las die Inschriften darunter. Sie kannte keinen einzigen der Namen. Dann blieb Kaithlyn vor einem Porträt stehen. Sie erkannte die Frau darauf; Harlow Hayworth. Zu ihrer rechten Seite stand ein Mann mit kurzen blonden Haaren und zu ihrer linken Seite ein kleiner Junge im Hosenanzug. Darunter stand: *das Ehepaar Evan und Harlow Hayworth mit ihrem Sohn Adam.* Auch auf diesem Bild trug Harlow Hayworth den Ring mit dem Wappen der Familie Karacord. Kaithlyn dachte an ihren entführten Sohn. *Er müsste jetzt so in deinem Alter sein…*

…oder *tot*. Fünf Porträts weiter, hielt sie erneut inne.

Auf diesem Gemälde waren zwei junge Frauen. Die größere der beiden hatte dunkelblonde Haare, die ein herzförmiges, hartes Gesicht umringten; ihr Blick wirkte streng und verschlossen. Die andere junge Frau lächelte ihr aus denselben Zügen entgegen, doch ihre Miene war weicher und einladender; ihr Haar floss in goldenen Locken über ihre Schultern und ihren Rücken hinab; ihre Augen leuchteten so grün wie frisch erblühte Blätter. Die beiden trugen dasselbe schwarze Kleid, auf dem ein Wappen eingestickt war. Ein Schild mit einem großen *D*, das von Ranken geziert wurde. Kaithlyn musste nicht erst lesen, wer diese Schwestern waren. Relia Abadon und Alyssa Hayworth in ihren Schuluniformen. Kaithlyn sah direkt in die malerisch verewigten Gesichter ihrer Tante und ihrer Mutter.

„Mom war wunderschön und hatte diese freundlichen, gütigen Augen."

„Sie sieht aus wie du, Kaithlyn", sagte Harlow und Kaithlyn nickte. Ihre Verwandtschaft war unverkennbar, nicht nur äußerlich. Da war etwas in ihren Augen, das Kaithlyn an ihr eigenes Spiegelbild erinnerte. Was Relia anging…Alyssa hätte viel eher die Schwester von Harlow Hayworth sein können, dachte Kaithlyn. Sie war also schon in Kaithlyns Alter eine sture, kühle Persönlichkeit gewesen. Kaithlyn lächelte in sich hinein.

Beim Verlassen des Raumes schloss sie die Tür so sachte, als würde sie dort etwas Kostbares zurücklassen, obwohl sie jederzeit wieder kommen konnte. Kaithlyn glaubte, sich in dem Flur in dem sie jetzt weiter gingen auszukennen. Hier in der Nähe musste die Bibliothek liegen. Sie behielt recht. Bücherregale so weit das Auge reichte, die sich an Wänden entlang über Raumebenen schlängelten und verteilten. Die Lichter an den Leselampen an den unzähligen Schreibtischen waren erloschen, nur ein kleines Licht flackerte in einer der hinteren Ecken. Kaithlyn ging ein Stück durch den Raum, dort vorne war der Spiegel, durch den sie gekommen war. Heute erschien er ihr viel zu dunkel, um aus Glas gemacht zu sein. Sie entdeckte Kaine, dessen Körper aufgrund des einzigen Lichtquells lange Schatten warf und seine Bewegungen deutlich abzeichnete. Er war in ein Buch versunken.

„Hallo", sagte Kaithlyn und sah sich die Einbände der Bücher in dem Regal vor ihr an. Alle Bücher hier schienen sehr alt und kostbar. Manche Einbände waren vergoldet, auf anderen waren seltsame Muster oder Schriftzeichen, aber alle waren abgegriffen und verströmten einen muffigen Geruch nach nassem Papier.

„Das sind wahnsinnig viele", staunte Kaithlyn erneut und zog ein Buch in Griffhöhe heraus. Es war in abgewetztes Leder gebunden und der Titel lautete: *die 7 Chakren des Körpers*.

Kaithlyn schob es zurück und fuhr mit dem Finger weiter über die Einbände. Nach einiger Zeit zog sie ein anderes Buch heraus und las den Titel: *Mythen der Sonne und des Feuers*.

Kaithlyn blätterte die Seiten durch. Die Schrift in der das Buch geschrieben war, war so verschnörkelt, das Kaithlyn die Buchstaben kaum entziffern konnte. Sie überflog die Seiten bis ihr Blick an einem Datum hingen blieb. Interessiert begann sie zu lesen.

Der 21. Juni ist der Tag der Sommersonnenwende, das Fest der Sonne und des Feuers. Der längste Tag des Jahres ist erfüllt von der höchsten Kraft und Macht des Sonnengottes. Die uralte Magie des Feuers erreicht an diesem Tag ihren Höhepunkt - da nach der Wende der Sonne das Licht der Dunkelheit weicht und umgekehrt. Diese Magie steht immer im Zeichen der Künste des Drachenclans die von Generation zu Generation durch das Ryogan weiter gegeben wird. Der 21. Juni wird von vielen unterschiedlichen Völkern gefeiert, vor allem in Gedenken an Blaze Karacord, der als Symbol für Licht und Wärme gilt. Es ist der Tag der Wünsche und Hoffnungen. Man sagt Menschen, die an diesem Tag geboren wurden, außergewöhnliche Kräfte nach. Dies verdankt die Mythologie vor allem einem Urahnen, der Feuermagie. So wurde auch Blaze Karacord an einem 21. Juni geboren. Die –

Kaithlyn brach ab. Schon wieder dieser Name. Er stand also in Büchern und Kaithlyn hatte noch immer keine Ahnung von seiner Geschichte. Der 21. Juni war auch ihr Geburtstag. Außergewöhnliche Kräfte…Tag der Wünsche und Hoffnungen. *Nur ein dummer Zufall,* schloss Kaithlyn in Gedanken. Sie schob das Buch zurück. Auch Kaine war mit dem Lesen durch, denn er schob sein Buch ebenfalls in ein Bücherregal zurück. Kaithlyn fand, dass Bücher nicht zu Kaines Image passten. Er warf ihr beiläufig einen Blick zu.

„Bist du schon lange hier?", fragte Kaithlyn beim zweiten Versuch ein Gespräch mit Kaine anzufangen. Sie hatte ihn bisher kaum reden hören. Das einzige Mal, das er mehr als ein Wort gesagt hatte, war beim Gespräch über Anthony Green.

„Du bist eher der stille Typ, oder?"

„Ich halte die meisten Gespräche für nicht besonders sinnvoll."

„Warum?"

Kaine sah finster drein. Kaithlyn fragte sich, was diese dauerhaft schlechte Laune auslöste.

„Ich denke jeder hat etwas zu sagen", begann Kaithlyn.

„Wo bist du andauernd? Lieber alleine? Ist dir das alles zuwider?"

Kaine atmete schwer aus.

„Meistens ist es so", sagt er kurz. Kaithlyn wandte sich zum gehen.

„Wenn du möchtest, höre ich dir zu. Falls du irgendwann zu dem Entschluss kommst…na dann bis später", sagte sie und schenkte Kaine ein Lächeln. Harlow folgte ihr.

Als Kaithlyn sich mit dem Rücken zu ihm wandte hätte er am liebsten auch etwas gesagt, aber die Worte blieben ihm im Hals stecken. Es gab einiges zu erklären. Der Grund warum er sich dafür entschieden hatte, Kaithlyn zu begleiten. Die Zeit würde es ihm nicht gerade leichter machen, aber vielleicht hatte er Glück und Kaithlyn würde niemals erfahren müssen, was seine Beweggründe waren. Vielleicht würde er sie beschützen können, ohne ihr die Wahrheit zu sagen; seinen Schwur zu brechen. All die Jahre hatten ihn nicht vergessen lassen, wem er etwas schuldig war. Aber ihre verdammten Augen. Sie beschworen jedes Mal *sein* Bild herauf. Er sehnte sich danach, es einfach zu vergessen. Dieses Mädchen hatte jedoch eine Art an sich, die etwas in Kaine auslöste. Kaithlyns Lächeln täuschte über ihre Schwäche hinweg, dachte Kaine verbittert. Einem ungezügeltem Impuls folgend, trat er gegen einen Stuhl. Niemand würde von seinem Geheimnis erfahren, solange er nicht bereit war. Seine Vergangenheit würde ihn niemals einholen können.

An der Tür kam Kaithlyn Melora entgegen.

„Hey Kaithlyn, ich hab dich schon gesucht", sagte Melora; sie schien sich beruhigt zu haben.

„Hallo. Wo warst du heute Morgen?"

„Ich war die halbe Nacht wach und habe dann lange geschlafen. Ich muss..."

Sie seufzte.

„...was erledigen. Wir sehn uns gleich, okay?"

Kaithlyn sah ihr nach. Melora stellte sich neben Kaine und stah ihn angewidert an. Sie runzelte die Stirn und sagte sehr leise, gerade noch so, das Kaithlyn sie noch hören konnte:

„Ich hatte keine Gelegenheit -"

Melora brach ab und lugte zu Kaithlyn hinüber. Kaithlyn zuckte mit den Achseln und ging langsam um die Ecke. Sie meinte zu hören, wie Melora *„Danke für deine Hilfe"* sagte.

Es schien Melora ganz schön große Überwindung gekostet zu haben, sich bei Kaine zu bedanken, denn als sie Kaithlyn einholte sah sie aus wie sieben Tage Regenwetter.

„Also...", setzte Melora an.

„Jetzt wo Fye für geraume Zeit weg ist, ist es meine Aufgabe so etwas wie...deine Freundin zu sein", sagte sie zögernd.

„Wie geht es dir?"

Kaithlyn sah sie ausdruckslos an.

„Meinst du das ernst?", fragte sie.

„Nun ja, irgendwie schon. Ich bin es nicht gewohnt..."

Nett zu sein? dachte Kaithlyn. *Höflich? Respektvoll? Freundlich?*

„Jedenfalls will ich nicht, dass wir uns schlecht verstehen."

Immerhin ein Anfang.

„Gut", stimmte Kaithlyn zu.

Einige Tage vergingen, ohne das Kaithlyn großartig das Gefühl hatte etwas würde passieren. Ihr Großvater hatte keine Zeit für ein weiteres Gespräch gefunden, sie bekam ihn kaum noch zu Gesicht. Er schickte Mr Roberts mit entschuldigenden Botschaften und lächelte ihr flüchtig zu, wenn sie sich rein zufällig begegneten. Sie verbrachte die meiste Zeit mit Melora, wobei die beiden entweder die Bibliothek erkundeten oder träge Gespräche führten, die erzwungen und uninteressant waren. Kaithlyn erfuhr etwas über Meloras Bruder, Jared, den bereits ihr Großvater erwähnt hatte, aber Melora tat sich schwer auch nur ein gutes Wort über ihn zu verlieren. Sie wollte nicht über ihre Familie sprechen, über ihre Freunde schon gar nicht und erst recht nicht über Fye oder Kaine. Eigentlich war es Kaithlyn, die Geschichten aus ihrem Leben erzählte, aber Melora hörte nur mit halbem Ohr zu und ihr Blick hatte immer etwas Abwertendes. Das Wetter hatte angefangen wärmer zu werden und eine angenehm laue Brise wehte durch das offene Fenster herein, vor dem sie in gemütlichen Polstersesseln saßen. Melora hing mit dem Gesicht über einem Notizblock und kritzelte wahllos darauf herum. Sie hob den Kopf und sah zum ersten Mal an diesem Tag aufgeschlossen aus.

„Wie lange beherrscht du schon Eismagie?", fragte Kaithlyn. „Gehört diese Art von Magie auch zur Whyburnmagie?"

„Jede Form von *erschaffener* Magie gehört dazu", sagte Melora betont. „Eismagie somit auch. Es ist aber eine nicht sehr weit verbreitet Art, von Magie. Sie zählt auch nicht wirklich zu den Grundelementen. Es ist eher eine Verbindung mehrer Komponenten."

Kaithlyn saugte jedes Wort auf wie ein Schwamm.

„Und Magie im Allgemeinen?", fragte sie bemüht beiläufig zu klingen. Melora legte ihren Notizblock auf die Fensterbank und lehnte sich weiter nach vorne, sodass sie die Ellbogen auf ihren Knien abstützen konnte.

„Es geht hier um dich, oder?", fragte sie. „Weißt du, der Drachenclan hat die besten Magier. Die Allerbesten. Aber falls du miserable bist, keine Sorge, schon allein dein Name reicht aus, um dir den sozialen Status eines Adligen zu sichern. Die Eintrittskarte ins Reich der – "

„Melora!"

Melora kicherte. „Ich vergesse, dass du *gar nichts* weißt." Sie sah aus dem Fenster und grinste breit. „Das mit der Magie ist nicht so einfach." Nachdenklich strich sie sich eine Haarsträhne hinters Ohr, bevor sie Kaithlyn wieder ansah.

„Es spielt eine Rolle, in welche Familie du geboren wirst. Die magischen Kräfte entwickeln sich unterschiedlich. In den meisten Fällen, genügt ein Ereignis um sie hervor zu locken. Wenn die Eltern Magier waren, ist es selbstverständlich, dass ihre Kinder und Enkel auch welche werden. Sie bereiten sie dann darauf vor. Mit Unterricht über die Historik, Techniken und ihre Optionen, aber Magie einzusetzen, lernen sie erst später in einer ausgewählten Akademie. Diesen Titel verdienen sich nur Schulen, die Magieklassen anbieten."

Sie griff nach ihrem Wasserglas, das neben dem Sessel auf einem Beistelltisch stand und trank einen tiefen Schluck. Dann ließ sie sich wieder lässig in die Polster sinken. Die Farbe ihrer Augen glänzte wie prasselndes Feuer in der Mittagssonne.

„Stell dir einfach vor, dass du irgendwo Energie in deinem Körper trägst, die nur noch nicht aktiviert wurde. Ich kann einfach nicht begreifen, dass deine Tante dir nie etwas davon erzählt hat. Es ist so…" Ihr blieb der Mund offen stehen.

„Was ist?", fragte Kaithlyn alarmiert.

„Mit der Whyburnmagie ist es wie mit einer Pflanze. Wenn du sie nicht regelmäßig gießt verkommt sie. Ich dachte bloß, weil du –"

„Ich nie mein Potenzial genutzt habe, vielleicht keines mehr habe?" Kaithlyn hatte nicht beabsichtigt, so hysterisch zu klingen. „Ist es also die Schuld meiner Tante?", fragte sie gerade heraus. Melora nickte.

„Ja. Wenn du mich fragst, schon. Und wenn wir schon dabei sind, dein Großvater scheint auch nicht besonders interessiert daran zu sein dich auszubilden."

Es war wie eine Ohrfeige, nur viel schlimmer.

„Du hast recht", antwortete Kaithlyn. Melora runzelte die Stirn.

„Du scheinst gut damit klarzukommen, dich an solch einen Gedanken gewöhnen zu müssen."

„Es ist ja nicht so, als würde ich etwas vermissen können, was ich nicht habe, oder?", entgegnete Kaithlyn ruhig; innerlich sah es ganz anders aus. Stechende Wut ließ ihr die Brust enger werden. Harlow, die zwischen

Büchern auf dem Fenstersims saß legte den Kopf schräg. Melora räusperte sich und holte tief Luft.

„Du hast das Blut zweier Familien des Drachenclan in deinen Adern. Ich schätze mal, das macht dich fast immun gegen den Verlust deiner Magie", sagte sie so stockend, als müsse sie sich zu jedem Wort zwingen. Sie sah Kaithlyn dabei nicht an, sondern war ganz auf eine ihrer dunklen Haarspitzen fixiert. Hatte Melora gerade etwas *Nettes* gesagt?

Melora beugte sich nach links, atmete kräftig aus und sobald der zarte Hauch der verbrauchten Luft die Blütenblätter des Veilchensträußes neben der Wasserkaraffe zum Zittern brachte, geschah noch etwas anderes. Die violetten Blumen färbten sich schneeweiß, die Blume zerfiel und zurück blieb der Hauch feinen Eises.

„Es kann zerstörerisch sein", flüsterte Melora leise. „Es kann andere Menschen verletzten. Vielleicht solltest du froh sein…"

Sie riss sich von ihrem Platz los, murmelte etwas Entschuldigendes und rauschte davon, wobei sie einen Stapel Bücher umschmiss. Kaithlyn sah den kleinen Wassertropfen zu, wie sie von der Tischkante abperlten. Was hatte Melora damit gemeint?

„Kaithlyn?"

Harlow wies mit der Schnauze auf Meloras Kunstwerk. Kaithlyn griff nach dem Notizblock und starrte aufs Papier. Unter der Überschrift: *Wirtschaft - Handelslinien der östlichen Insel* hatte Melora immer wieder ein und dasselbe gezeichnet. Eine Feder; schwarz wie die eines Raben.

Der nächste Tag folgte dem gleichen langweiligen Ablauf wie jener zuvor. Kaithlyn durchkämmte noch mehr Räume, saß alleine bei den Mahlzeiten und tauchte irgendwann in der Bibliothek ab, um die Einsamkeit mit Hilfe von Freunden aus Tinte und Papier zu verdrängen. Sie war mehrmals in der Nähe des Arbeitszimmers ihres Großvaters herumgeschlichen, doch als sie seine Stimme durch die Tür poltern hörte, zog sie sich zurück, weil sie nicht das Recht hatte, seinen Gesprächen zu lauschen. Sie mied den Disceptor und versuchte Meloras Worte aus ihrem Kopf zu verbannen. Als sie sich gegen Mittag in der großen Eingangshalle herumtrieb und mit Harlow die Statur des Drachen bewunderte, hatte sie endlich das Glück ihren Großvater ohne Mr Roberts zu erwischen. Sie hörte, wie die Kutsche, aus der er soeben gestiegen war, davon fuhr.

„Kaithlyn!“, rief er und lächelte erfreut. „Ich komme gerade von einem Besuch bei Mrs Azedine.“ Sie erwiderte sein Lächeln, obwohl ihr der Name nichts sagte. „Ich weiß nicht, wo mir der Kopf steht, aber ich gewinne allmählich den Eindruck, dass ich dich ziemlich vernachlässige. Was hältst du von einem gemeinsamen Essen? Nur wir zwei?“

„Ist schon okay“, log sie. „Und ein Essen wäre toll.“

Mr Karacord verstand es, eine gute Unterhaltung zu führen. Seine Fragen waren beiläufig, aber interessiert, sodass Kaithlyn sich nicht gezwungen sah zu antworten und es genoss, ihren Großvater ganz für sich allein zu haben. Sie saßen auf einer Terrasse im Erdgeschoss und löffelten den Nachtisch: Eis und Harlow entdeckte eine neue Leibspeise.

„Mrs Azedines Familie ist also eine der Sieben?“

„So ist es. Ich habe mich in den letzten Tagen bemüht, jeden persönlich zu besuchen, um einige Dinge zu erklären. Es ist mir nicht leicht gefallen, in die vielen Augen zu blicken, die mir die Schuld zuweisen“, gestand ihr Großvater. „Entschuldige, jetzt fange ich schon wieder davon an.“

Er warf einen Blick über das Gelände. Das war das dritte Mal, das er in diese Richtung sah. Kaithlyn betrachtete aufmerksam, den Teil des Gartens auf den er sein Augenmerk legte. In einem Feld aus bunten Blumen ragte ein kleiner runder Turm, der kaum mehr als fünf Meter Höhe maß. Er besaß ein Kupelförmiges Dach und war über und über mit wilden Rosen bewachsen. Ein Mausoleum. Das Grab ihrer Großmutter. Katharina Karacord.

„Großvater –“

„Ich habe mir überlegt zum Anlass deines Geburtstags eine Feier zu geben. Es wäre die passende Gelegenheit dich allen Familien und Freunden des Drachenclans vorzustellen.“

Kaithlyn verschluckte sich fast. „Eine Feier?“, hustete sie.

„Es ist Gegebenheit zu einem solchen Anlass eine Feier auszurichten. Geburtstage sind kostbare Tage des Lebens. Dein besonderer Tag ist am 21. Juni“, sagte Mr Karacord überzeugt. Kaithlyn starrte ihn entgeistert an.

„Halt. Was? Moment mal, woher weißt du, wann ich Geburtstag habe?“, sprudelte sie verblüfft drauf los. Mr Karacord legte seinen Löffel aus der Hand. Er griff in eine Innentasche seines Schwarzen Jacketts, holte etwas, das nach einer Kordel aussah heraus und ließ es in Kaithlyns offene Hände fallen. Es war so leicht, das sie sein Gewicht kaum spürte. Ein geflochtenes Armband aus grüner und weißer Wolle.

„Das..."

Kaithlyn musste schwer schlucken. Ihr Name stand drauf gestickt.

„Das ist dein Geburtsnamensband. Es war ein Hobby deiner Mutter. Sie hat solche Bänder jedem geschenkt, der ein Baby erwartete."

„Ich werde nie vergessen, an welchem Tag du geboren wurdest."

Kaithlyns Finger begannen zu zittern. „Du hast es aufbewahrt?"

„Überrascht dich das? Also, ich dachte mir – Kaithlyn weinst du?"

„Nein, ich hab nur was im Auge."

Rasch wischte sie sich die Träne aus dem Augenwinkel und reichte ihrem Großvater das Band. Er verstaute es wieder in seiner Jacketttasche.

„Zurück zu deinem Geburtstag. Es ist dir doch recht? Wir laden natürlich auch all deine Freunde ein", begann Mr Karacord.

„Mh", machte Kaithlyn.

„Ich will sie alle kennenlernen und –"

Er war eindeutig zu euphorisch.

„Ich habe dort…keine Freunde, also es gibt da schon jemanden…meine beste Freundin Rose…aber…das macht zu viele Umstände", nuschelte sie verlegen, doch ihr Großvater plauderte munter weiter, ohne ihrer Unsicherheit Beachtung zu schenken.

„Es ist alte Tradition Geburtstage von großer Bedeutung im Tanzsaal zu feiern…ein feierliches Bankett…Einladungen verschicken…und…"

Während Mr Karacord in Gedanken schon bei der Planung der Feier war, hörte Kaithlyn schon nicht mehr richtig zu. Das konnte sie unmöglich annehmen! Ganz zu schweigen, dass sie nicht einmal annähernd genug Leute kannte, um eine Party zu schmeißen. Niemand würde kommen. Niemand. Es würde sie in den Augen ihres Großvaters in einem schlechten Licht erscheinen lassen, oder nicht? *Gott, wie ich Rose vermisse.*

„Aber das ist gar nicht nötig", durchbrach Kaithlyn Mr Karacords Wortschwall.

„Da muss ich dir widersprechen, Kaithlyn. Es ist von Bedeutung."

Ihr Großvater strahlte übers ganze Gesicht. Seine Begeisterung war fast ansteckend. Fast.

Eigentlich fand Kaithlyn es eine sehr nette Idee, für sie eine Feier zu planen und insgeheim freute sie sich unheimlich. Ihre bisherigen Geburtstage waren nicht besonders spannend gewesen. Ihre Tante hatte meist einen

Kuchen gebacken und Rose´ Familie eingeladen. Dann schwieg Tante Relia die Gäste an, bis Kaithlyn es satt hatte und an ihren Geburtstagen die Jahre darauf, mit Rose etwas unternahm (was auf Custocorward so viel bedeutete, wie einmal durchs Dorf spazieren, denn der Wald machte den größten Teil der Insel aus). Es war schlichtweg frustrierend und langweilig gewesen. Der Glanz einer Feier, mit Musik, leckerem Essen, Gesellschaft…war verlockend. Mr Karacord durchschaute sie augenblicklich.

„Ich möchte es tun", sagte er sanft. „Ich habe so viele verlorene Geburtstage aufzuholen."

Kaithlyn fand keine Erwiderung. „Wieso ist das von Bedeutung?", fragte sie geschlagen.

„Mit dem Abschluss des fünfzehnten Lebensjahres erhält man die Schriftrolle des Ryogan."

Mr Karacord sah sie an, als wäre das völlig klar gewesen. Kaithlyn verstand nur Bahnhof.

„Ähm, Gan was?"

„Lass dich überraschen", sagte ihr Großvater verschmitzt. „Nur so viel, es ist eine alte Tradition und es gab schon seit ewiger Zeit niemanden mehr, der die Schriftrolle bekam. Ich weiß noch wie aufgeregt deine Mutter war, wie sehr sich sie darauf freute. Es hat etwas mit der Whyburnmagie des Clans zu tun"

Kaithlyn hatte keine Ahnung warum eine Schriftrolle sie bereichern sollte, aber das ihre Mutter auch dieses Ding bekommen hatte stimmte sie positiver. Und wo sie schon bei der Magie waren…

„Großvater, ich habe eine Frage."

Und als hätte Mr Roberts gespürt, dass dies einer dieser ungünstigen Momente zum Unterbrechen war, störte er sie. Er tauchte wie aus dem Nichts an der Schwelle zur Terrasse auf, eine Schweißperle glitzerte auf seiner hohen Stirn. „Mr Karacord!", schnaufte er. „Wichtige Nachricht auf dem Disceptor."

Mr Karacords Augen wanderten zu Kaithlyns.

„Geh nur", sagte sie gelassen. Das war eine der Sachen, an die sie sich wohl gewönnen musste. Ihr Großvater war ein viel beschäftigter Mann.

„Wunderbar", sagte Mr Roberts und für eine Sekunde erweckte er den Eindruck, als wolle er Mr Karacord an der Hand nehmen und hinter sich her schleifen. Unruhig fuchtelte er mit den Fingern in der Luft herum.

„Danke, Kaithlyn“, lächelte Lyon Karacord. Einige Minuten starrte Kaithlyn den Türrahmen an, verwundert und aufgekratzt. Harlow gähnte laut und fläzte sich auf den Rücken, damit die Sonne ihr den Bauch wärmen konnte. Kaithlyn schaufelte sich den Rest ihres halb geschmolzenen Eises in den Mund und malte sich ihre erste richtige Geburtstagfeier aus.

Als Kaithlyn am frühen Samstag wahllos Töne auf dem Flügel im Musikzimmer, das sie bei ihrem Rundgang durchs Anwesen entdeckt hatte, vor sich her klimperte, wurde sie von Melora unterbrochen. Seit ihrem Gespräch in der Bibliothek hatte sie Kaithlyn gemieden.

„Das klingt als würde ein Tier sterben.“

„Freut mich auch dich zusehen“, sagte Kaithlyn trocken. „Wie hast du mich gefunden?“

„Ich bitte dich, deine *Musik* war nicht zu überhören.“

„Was willst du?“

„Ich bin im Flur mit diesem seltsamen Mr Roberts zusammengestoßen; der Kerl ist echt immer in Eile. Jedenfalls soll ich dir ausrichten, dass Besuch im Foyer auf dich wartet. *Jetzt*.“

„Besuch?“

Kaithlyns Finger rutschten von den Klaviertasten. Harlow flüchtete unter dem schrillen Ton aus dem Zimmer. Melora hielt demonstrativ die Tür weiter auf. „Jetzt, Kaithlyn.“

Sie gingen in die Eingangshalle und als sie die Treppe herunter kamen, sah Kaithlyn schon von weiten die vielen Koffer dort unten stehen. Laute Stimmen – vertraute Stimmen – erfüllten aufgeregt die Luft. Kaithlyn konnte es kaum glauben, als sie Rose erkannte. Die ganze Familie Aveda stand dicht beieinander, die Augen weit aufgerissen und verzaubert vom eindrucksvollen Glanz des Anwesens. Mr Aveda riss den Mund soweit auf, das er aussah wie ein Fisch, der nach Futter schnappte. Mrs Aveda, die versuchte ihren Mann zu beruhigen, bemerkte Kaithlyn als erste und strahlte ihr entgegen. Rose kreischte und fiel ihr augenblicklich um den Hals. Sie warf Kaithlyn fast um.

„Rose!“, sagte Kaithlyn überglücklich. „Wow…wie bist du hergekommen?“

„Kaithlyn! Wie geht es dir? Ich habe mir Sorgen gemacht und…ach, ich freue mich so dich zu sehen! Das Anwesen ist unglaublich, ich bin echt überwältigt und der Garten, einfach…unvergleichlich!", sprudelte es aus Rose heraus. Kaum hatte Kaithlyn sich sanft aus ihrer Umarmung gelöst, tat Mrs Aveda es ihrer Tochter bereits gleich.

„Kaithlyn Liebes, geht es dir gut?"

„Ja, alles in Ordnung, Mrs Aveda."

Kaithlyn schüttelte Mr Aveda die Hand.

„Hallo Kaithlyn."

„Guten Tag, Mr Aveda."

Kaithlyn war froh sie alle zu sehen. Überschwängliche Begeisterung trieb ihr ein breites Grinsen ins Gesicht. Sie hatte sich schon lange nicht mehr so glücklich gefühlt.

„Woher…?"

„Wir wurden eingeladen, gestern erst!", sagte Rose aufgeregt.

„Eingeladen?", wunderte sich Kaithlyn.

„Von deinem Großvater. Du musst mir unbedingt alles erzählen."

„Rose, Kaithlyn hat später noch Gelegenheit dazu, bedränge sie nicht so sehr", sagte Mrs Aveda, die nun besorgt klang. Sie musterte Kaithlyns Gesicht.

„Es ist ein lange Geschichte", sagte Kaithlyn. Melora räusperte sich unüberhörbar. Sie hatte eine genervte Miene aufgesetzt und stampfte ungeduldig mit einem Fuß auf den Boden.

„Mr und Mrs Aveda; Rose, das ist Melora, eine Freundin von mir."

Mrs Aveda lächelte und Mr Aveda sagte: „Oh ja, wir haben uns schon einmal gesehen."

Melora zeigte kein Anzeichen freudiger Wiederernennung, sondern zeigte lediglich ein aufgesetztes Lächeln, das nicht bis zu ihren Augen reichte. Mr Roberts – der Kaithlyn mit seiner Fähigkeit sich unbemerkt zu nähern unheimlich wurde – stand plötzlich neben ihr. Er hatte zwei Männer im Schlepptau, die ihrer Uniform nach Bedienstete des Hauses waren.

„Dieser Herren sorgen dafür, dass Ihre Koffer hochgebracht werden. Ich zeige Ihnen nun ihr Zimmer. Wenn Sie mir bitte folgen würden, Mr und Mrs Aveda", sagte Mr Roberts. Er hielt ein Klemmbrett in der Hand und harkte etwas ab. Ob er auch ohne das Ding überleben konnte? Sein Lebensinhalt schien darin zu bestehen irgendeiner Ordnung nachzugehen.

„Guten Tag, Miss Hayworth, Miss Blane", sagte er als er Kaithlyn und Melora bemerkte.

„Miss Aveda, Sie könnten, wenn Sie möchten ein Zimmer in der Nähe von Miss Hayworth beziehen. Da der junge Mr Crossdale -"

„Gerne", sagte Rose und musterte Melora. Mr Roberts kritzelte auf das Klemmbrett, als müsse er einen Lageplan über die Verteilung der Zimmer erstellen. Vermutlich besaß er so etwas tatsächlich. Und er hatte ihn auswendig gelernt, um blind durch die vielen Flure zu finden. Kaithlyn stellte sich vor, wie ihr Großvater Mr Roberts eingestellt hatte. Eine Abfrage der Räumlichkeiten wie bei einem Test. Sie kicherte leise.

„Es ist also in Ihrem Sinne? Gut."

Rose bückte sich zu Harlow herunter, die ungewöhnlich still war.

„Wie niedlich. Wer bist denn du?"

Rose streckte ihr die Hand entgegen.

„Du hast jetzt also eine Katze?"

„Das ist Harlow."

„Sie ist ein Kianki, oder?"

„Woher weißt du das?", fragte Kaithlyn beeindruckt.

„Hab mal darüber gelesen."

Wenn Kaithlyn es nicht wüsste, würde sie keinen Unterschied zwischen Harlow und einer normalen Katze sehen. Die Bedeutung eines Kiankis erschien ihr noch immer schleierhaft. Harlow streckte ihre Pfote nach Rose´ Hand aus.

„Ihr habt ziemlich viele Koffer, bleibt ihr lange?", fragte Kaithlyn hoffnungsvoll.

„Ich denke schon. Aber die Zwei sind von dir."

Rose wies auf zwei besonders dicke.

„Deine Tante hatte meinem Vater Bescheid gegeben, dass du wohl länger als geplant wegbleibst. Also habe ich kurzer Hand den Rest deiner Sachen eingepackt. Als ich hörte, dass wir eingeladen wurden ging alles so schnell. Nur für den Fall, das du vor Schulbeginn nicht mehr nach Hause kommst."

„Danke", sagte Kaithlyn, die noch immer so überrascht von der ganzen Situation war, das ihr die Worte fehlten. Mr Roberts forderte sie auf ihm zu folgen. Er ging mit Rose´ Eltern ein Stockwerk höher, während Kaithlyn Rose Fyes leeres Zimmer zeigte.

„Schönes Zimmer", bemerkte Rose und setzte sich aufs Bett. Harlow sprang auf ihren Schoss.

„Mein Vater hat mir kaum etwas erzählt. Ich habe mir echt Sorgen gemacht."

„Ich habe mir auch Sorgen gemacht", sagte Kaithlyn bedrückt.

„Wahrscheinlich mehr als ich und das nicht über allzu einfache Dinge nehme ich mal an", sagte Rose verständnisvoll.

„Mein Vater kam sehr spät nach Hause und ich war noch wach. Ich habe ihn danach gefragt, wo er gewesen sei und er sagte nur, er hatte einen Auftrag, der etwas mit dir zu tun hatte, aber er meinte, du solltest die Gelegenheit haben alles selber zu erklären."

Rose begann Harlows Fell zu streicheln.

„Schon zwei Tage später, ganz früh am Morgen haben wir einen Eilbrief bekommen. Mutter hat erst einmal einen Schreck bekommen. Sie dachte schon irgendwer sei gestorben."

Rose und Kaithlyn lachten.

„Mein Vater hat den Brief dann laut vorgelesen. Darin stand, dass ein gewisser Mr Karacord dein Großvater sei und uns als Freunde der Familie sehr gerne einladen würde, die restlichen Ferienwochen bei ihm zu verbringen. Außerdem stand da was von einer geplanten Feier zu deinem Geburtstag drin. Stimmt das?"

„Ja, ich denke schon. Er möchte eine Feier geben, er meint, das wäre so üblich."

„Mr Karacord, ist er das? Dein Großvater?", fragte Rose. Kaithlyn nickte.

„Ich habe diesen Namen schon ein Mal gehört oder gelesen, da bin ich sicher."

„Vielleicht in der Legende von Blaze Karacord?", sagte Kaithlyn gelangweilt.

Rose dachte angestrengt nach.

„Du kannst es doch gar nicht gelesen haben, oder? Diese Sprache kennst du nicht, Kaithlyn."

„Ich habe gehört, dass es solch ein Buch gibt, aber gelesen habe ich es nicht. Ich bin oft darauf gestoßen, es hat etwas mit der Familie meines Großvaters und mir zu tun", sagte Kaithlyn.

„Es ist schon so lange her, dass ich es gelesen hab. Eigentlich habe ich es nur wegen dem Zitat rausgesucht. Weißt du noch, ich habe es dir vorgelesen. Ist es so wichtig?"

„Ich bin mir nicht sicher, aber jemand den ich kenne, sagte mir, das es wohl eine Geschichte über die Familie Karacord enthält", sagte Kaithlyn entmutigt.

„Tja, auf Custocorward lebt man wie ein richtiger Hinterwäldler. Alles was außerhalb der Insel geschieht interessiert dort niemanden. Als ich im ersten Jahr an der Akademie war, bekam ich erstmal einen Schock. Im Ernst, es kommt einem vor, wie eine andere Welt."

Rose nickte bestimmt.

„Aber wie kam es, das du nie von einem Großvater erzählt hast?"

Diese Frage war der Auslöser für eine sehr lange und ausführliche Erzählung über alles, was seit ihrer Abreise geschehen war. Rose´ Reaktionen war deutlich an ihrem Gesichtsausdruck abzulesen. Neugier. Aufregung. Begeisterung. Euphorie. Argwohn. Sie wollte alle Details haben - Kaithlyn musste ihr versprechen ihr unbedingt die Bibliothek zu zeigen – doch als der Name Green das erste Mal fiel, wirkte Rose wie erstarrt. Kaithlyn kannte sie gut genug, um zu erkennen, wie erschrocken Rose war. Sie kaute auf ihrer Unterlippe; strich sich ständig das Haar hinter die Ohren und zog angespannt die Augenbrauen zusammen, sodass sich eine schmale Sorgenfalte auf ihrer Stirn bildete. Sprachlos starrte sie Kaithlyn an; in ihren Augen spiegelte sich so viel Mitgefühl und Verständnis, das Kaithlyn an sich halten musste, um nicht los zu heulen. Mit jedem Wort kehrten die Erinnerungen zurück.

Rose unterbrach sie kein einziges Mal. Sie hörte einfach nur zu. Kaithlyn ging zu dem Gespräch mit ihrem Großvater über, ihrer Familiengeschichte und die wenigen Dinge, die Melora ihr über Whyburnmagie gesagt hatte. Als sie endete war Rose völlig überwältigt. Sie sah aus, als habe man sie geohrfeigt; blass und betroffen.

„Sag etwas", murmelte Kaithlyn leise.

„Kaithlyn", begann Rose grimmig. „Das ist alles unglaublich. Ich verstehe nicht warum man dir das alles vorenthalten hat. Ich hatte ja keine Ahnung! Dein Großvater, Green, der Drachenclan, dein Erbe und deine Tante…*deine Tante*!", sagte Rose bitter. „Wie konnte sie nur? Wie konnte sie dir das antun?" Rose´ Vorwurf rüttelte Kaithlyn wieder wach.

„Sie…i-ich weiß es nicht."

„Sie ist eine Lügnerin", hauchte Rose fast so enttäuscht wie Kaithlyn es gewesen war. Es tat so gut mit Rose darüber zu sprechen, alles erzählen zu können und noch einmal Revue passieren zu lassen, obwohl Kaithlyn den Angriff von Green lieber vergessen wollte.

„Zuerst wollte ich sie nicht beschuldigen, wollte es verstehen. Wirklich. Ich war enttäuscht, habe es aber auch verstanden, einwenig jedenfalls. Mir solche Mühe gegeben. Ich dachte sie hätte es gut gemeint, aber jetzt erkenne ich, dass das nur eine dumme Lüge war. Weil sie zu stolz war, um Kontakt mit ihrem Vater aufzunehmen; zu stolz, um über ihren Schatten zu springen und mir die Wahrheit zu sagen", sagte Kaithlyn außer Atem.

„Sie ist eine Heuchlerin, weil sie von mir verlangte ehrlich zu sein, ihre Regeln zu befolgen. Ich habe alles getan, was sie zufrieden stimmte. Und nun kann ich nicht anders, als schlecht über sie zu reden…"

Wie oft hatte sie das Gefühl gehabt zu ersticken? Relia war ihre Familie. Relia war alles, was sie gehabt hatte und darum schmerzten ihre Lügen, wie der schlimmste Verrat.

„Alles hätte so anders kommen können, aber darüber will ich nicht nachdenken. Damit habe ich die letzten Tage verbracht und es macht mich ganz verrückt. Diese ständigen *was-wäre-wenn-Fragen* gehen mir einfach nicht mehr aus dem Kopf! Was wäre, wenn ich hier aufgewachsen wäre? Was wäre, wenn ich an der Seite meines Großvaters aufgewachsen wäre? Was wäre, wenn ich mehr über den Drachenclan wüsste? Es ändert absolut nichts."

Sie verweilten ein paar Minuten in Schweigen.

„Es gibt aber auch viele Sachen, deren du dir sicher sein kannst", bemühte sich Rose einige positive Aspekte zu benennen.

„Deine Eltern haben dich wirklich geliebt. Du kennst jetzt deinen Großvater. Du hast die Chance Magie zu erlernen und so wie es aussieht, bist du steinreich!"

Bei dem letzten Teil verkniff Rose sich ein Grinsen.

„Du könntest dir deinen Lebensunterhalt allein damit verdienen, Führungen in eurem Garten anzubieten!"

Rose knuffte sie in die Seite.

„Es scheint so als hätten wir unser Abenteuer gefunden", teilte Rose Kaithlyn lächelnd mit.

„Scheint ganz so", antwortete Kaithlyn befangen.

„Ich muss sie finden, Rose. Ich muss meine Eltern finden."

„Ich weiß", bemerkte Rose sanft.

Bei Rose´ Anblick löste sich der Knoten in Kaithlyns Brust. Es gab immer noch jemandem, dem sie vertrauen konnte. Jemand, der sie nie enttäuschen würde. Rose hatte es geschworen. Bei ihrem Blut, als sie beide neun Jahre alt gewesen waren.

„Ich glaube daran, dass du diese Situation bewältigst und alles, was kommt. Du wirst verstehen und lernen. Deine Eltern haben bestimmt auch gewusst, dass aus dir ein großartiger Mensch wird. Außerdem will ich sie auch eines Tages kennenlernen", sagte Rose. Ihre Stimme, freundlich und warm, vermittelte Kaithlyn das Gefühl eine Zufluchtstätte gefunden zu haben, die Sicherheit und Geborgenheit schenkte. „Ja, eines Tages…"

Doch bevor Kaithlyns Gedanken wieder abschweifen konnten, wechselte Rose das Thema.

„Diese Melora sah ziemlich finster aus. Erinnerst du dich noch an Patty?"

Patty Johnson war ein Mädchen aus Kaithlyns Dorf, das vor Überheblichkeit und Arroganz nur so strotze. Ihr Vater war ein Händler und ihre Familie war eine der wenigen, die Geld hatten. Sie hatte Kaithlyn immer zahlreiche Beleidigungen an den Kopf geworfen, bis Rose ihr einen Tritt verpasst und sie Kopf über in eine Matschpfütze gestürzt war. Das war der Beginn ihrer Freundschaft gewesen, als die beiden sieben Jahre alt waren.

„Wie könnte ich Patty vergessen?", fragte Kaithlyn vergnügt.

„Für Melora lässt sich bestimmt auch eine nette kleine Grube finden."

Vorher verwandelt sie dich in einen Eisblock, dachte Kaithlyn stumm.

„Nicht jedes Mädchen ist wie Patty."

„Aber genug", meinte Rose und widmete sich wieder Harlow. „So, dein Geburtstag nächste Woche –"

„Wird schrecklich?", ergänzte Kaithlyn, die dieses Thema sehr beschäftigte. „Ich habe noch einmal gründlich darüber nachgedacht."

„Kaithlyn Hayworth auf dem Präsentierteller?"

Kaithlyn nickte betrübt. Die Geburtstagsfeier würde ihr nicht nur Spaß bringen. Viele Menschen, die sich untereinander kannten und ihr Augenmerk auf sie richteten. Sie wusste nichts von den gesellschaftlichen Regeln, Anstandsetiketten, die sie in einem Raum voller bekannter Persönlichkeiten beachten musste. Würde ihr Großvater sie unvorbereitet ins Messer laufen lassen? Nein. Darüber hinaus würde es mit Rose an ihrer Seite einfacher werden. Mit einer besten Freundin war alles einfacher.

Eine halbe Stunde später saßen alle beisammen im Esszimmer. Der Tisch war überladen mit unzähligen Gerichten. Es duftete herrlich und die Atmosphäre war entspannt und angenehm. Mit Rose' Familie, die am Essen teilnahmen, kam Kaithlyn alles viel fröhlicher und lebhafter vor. Sie hatte es vermisst, an einem vollen Tisch zu essen. Mr Karacord hatte sich entschuldigen lassen. Melora glänzte durch Höflich – und Kaine durch Abwesenheit.

„Wo steckt dieser ominöse Kopfgeldjäger?", flüsterte Rose und schob sich ein Stück Bratkartoffel in den Mund.

„Er hat die Fähigkeit sich unsichtbar zu machen", erwiderte Kaithlyn scherzhaft.

„Wohl eher die Fähigkeit seinen Job zu vernachlässigen", mischte sich Melora ein.

„Vielleicht ist das so ein Kopfgeldjäger Ding?", fragte Rose.

„Kaine hat gar kein *Ding*."

Rose warf Kaithlyn einen wissenden Blick zu.

„Mr Karacord besitzt ein schönes Anwesen. Alles hier ist so überwältigend", sagte Mr Aveda. Er lud sich begeistert ein zweites Steak auf. Seine Frau beobachtete ihn eingehend.

„Schling nicht so, Liebling", tadelte sie ihn.

„Es ist nur Schade, das wir uns noch nicht persönlich bedanken konnten. Unser Zimmer ist wirklich schön. Wir haben uns sehr über die Einladung gefreut", fügte er zwischen zwei Bissen hinzu. Rose zog hinter seinem Rücken eine Grimasse.

„Sie lernen ihn spätestens beim Abendessen kennen", sagte Kaithlyn Not gedrungen. Sofern es ihren Großvater betraf, beschlichen Kaithlyn Bedenken. Zumal die Beziehung zu ihm gerade erst dabei war sich zu entwickeln. Kaithlyn beschloss, sich gegenwärtig keine Sorgen mehr zu machen. Sie wollte die nächsten Tage mit Rose genießen. Der Nachtisch war fast noch besser als der Hauptgang. Es gab Pudding, Kuchen, Waffeln und Eis. Kaithlyn hatte noch nie so viel auf einmal gegessen. Sie fühlte sich satt und glücklich.

Nach dem Essen zeigte Kaithlyn den Avedas das Anwesen. Die Bibliothek war das Highlight ihrer Führung. Kaithlyn wusste, dass die Avedas Bücher liebten. Rose´ Eltern waren Alchemisten und beschäftigten sich auch mit sehr alten Büchern, deren Sprache und Entschlüsselung. Rose kannte unzählige Schriften und Sprachen, von denen Kaithlyn keine Ahnung hatte. Sie erinnere sich an das nächtliche Gespräch mit Fye, kurz nach ihrer Anreise hier. Sie hatten über das Buch der Legende von Blaze Karacord gesprochen und Fye hatte gesagt, das Rose wohl großes Talent besäße, wenn sie die alte Schrift des Buches lesen konnte. Kaithlyn fragte sich, ob es unter all diesen Büchern auch dieses eine gab.

Die Avedas waren überwältigt von dem Anblick der vielen Bücher.

„Ich habe noch nie so eine große Anzahl von Büchern auf einem Haufen gesehen", sagte Rose begeistert. „Hier lässt sich bestimmt einiges finden."

Sie ging durch eine besonders lange Regalreihe. „Darf ich?", fragte sie ungehalten.

„Ich bitte darum, junge Dame."

Alle wandten sich um. Mr Karacord stand plötzlich hinter ihnen. Kaithlyn hatte ihn nicht kommen hören. Die anderen anscheinend auch nicht.

„Großvater", sagte Kaithlyn stockend. Sie war einfach nicht gewohnt, ihn so zu nennen.

„Guten Tag", sagte Mr Karacord und ging auf die Avedas zu. „Ich bin Lyon Karacord. Willkommen in meinem Anwesen. Verzeihen Sie bitte, dass ich ihrem Empfang nicht beiwohnen konnte. Ich denke Mr Roberts, mein Assistent hat Sie gebührend begrüßt?"

Kaithlyn fand, dass er ziemlich gehoben sprach.

„Sehr erfreut, Mr Karacord", sagte Mr Aveda und schüttelte ihm die Hand.

„Mein Name ist David Aveda und das ist meine Frau Lillian."

Mr Karacord reichte auch ihr die Hand.

„Das ist meine Tochter Rose."

Rose grinste unsicher.

„Hallo."

„Und meine Liebe, um deine Frage zu beantworten, es wäre mir eine Freude, wenn dir eines meiner Bücher gefällt", sagte Kaithlyns Großvater gütig zu Rose gewandt.

„Wirklich? Ich darf?"

Mr Karacord nickte und Rose' Finger glitten begierig über die Einbände der Bücher.

„Der Name Aveda kommt mir bekannt vor", murmelte Mr Karacord in seinen Bart.

„Sind Sie Alchemist?"

„In der Tat", lachte Mr Aveda.

„Ich habe einige bedeutende Bücher übersetzt", fügte er stolz hinzu.

„Oh, dann habe ich ein paar besondere Bücher, die Sie interessieren könnten. Haben Sie Interesse?"

Mr Karacord lächelte Kaithlyn an und verschwand mit Mr und Mrs Aveda hinter der nächsten Bücherreihe. Kaithlyn hörte noch ein paar Fetzen ihres Gespräches, dann verschluckten die Mauern aus Büchern ihre Stimmen.

„Kaithlyn, komm", rief Rose und ihre Stimme klang dumpfer als vorhin. Kaithlyn ging die Bücherreihe entlang in der Rose eben noch gestanden hatte. Am Ende führte eine kurze Treppe weiter hinauf. Rose stapelte einige Bücher auf einem Schreibtisch.

„Ich fass es nicht. Dieses hier -"

Sie zeigte Kaithlyn ein nachtblaues Buch, auf dem ein Halbmond und eine Art Blatt war.

„- davon gibt es bestimmt nur zehn Exemplare auf der ganzen Welt. Und dieses -"

Rose zog ein Buch mit komplett schwarzem Umschlag heraus.

„- die Sprache, in der es geschrieben ist, ist so unglaublich alt…ich dachte es gäbe keine Bücher mehr, die darin geschrieben sind. Es muss tausende von Talern wert sein."

Sie fuhr durch die Seiten und ihr Gesicht strahlte.

„Also…diese *eine* Buch, glaubst du, dass es auch hier ist?", fragte Kaithlyn. Rose drehte sich zu ihr um.

„Ich würde es gerne lesen oder es zumindest versuchen. Ich meine… es ist wie ein Hinweis, oder?"

„So riesig wie diese Bibliothek ist, gibt es hier bestimmt eins. Aber mir ist aufgefallen, dass die Bücher hier nicht geordnet sind, so wie es sonst in Bibliotheken ist, z.B. nach Alphabet. Alle Bücher haben einfach irgendwo ihren Platz gefunden, die Suche wird also schwierig", sagte Rose sachlich.

„Sollen wir es suchen?"

Kaithlyn war froh, das Rose nicht vorschlug ihren Großvater danach zu fragen. Insgeheim wollte sie ihn beeindrucken, indem sie sich bemühte selber etwas heraus zu finden. Die beiden begannen ganz vorne in den Reihen die direkt am Eingang standen. Rose hatte Recht; die Bücher hier hatten einfach keine Ordnung. Kaithlyn fand Bücher über Tiere neben denen von Rezepten. Sie arbeiteten sich viele Stunden - so kam es ihr jedenfalls vor - durch sämtliche Regalreihen auf der unteren Raumebene. Rose legte dabei hier und da einige Bücher, die sie lesen wollte beiseite.

Auch als Mr und Mrs Aveda bereits zum Abendessen gingen und auch Kaithlyns und Rose' Mägen knurrten, suchten sie unnachgiebig weiter.

Auf Rose' Seite hatten sich mittlerweile fast zwanzig Bücher angehäuft, die sie unbedingt lesen wollte. Harlow wurde langsam müde. Die letzte halbe Stunde hatte sie damit angefangen herumzujammern; als sie es satt wurde, rollte sie sich auf einem Tisch zusammen. Rose ließ sich mit einem lauten Seufzer auf einen Stuhl fallen. Minuten später hatte auch Kaithlyn aufgegeben zu suchen. Das Buch hatten Sie nicht gefunden. Durch die vielen Fenster des Raumes dämmerte es schon.

„Ich glaube wir sollten für heute aufhören", sagte Kaithlyn. „Geh ruhig Rose. Ich komm gleich nach."

„Ist das in Ordnung?"

„Ja. Ich sehe mich noch ein bisschen um. Nimmst du Harlow mit?"

Rose lud sich so viele Bücher auf, wie sie tragen konnte. Harlow gähnte wieder.

„Harlow gehst du mit Rose?"

Harlow miaute bejahend und folgte Rose, die langsam die Treppe herunter ging, um nicht unter dem Gewicht der Bücher zu stolpern.

„Mach nicht zu lange", rief Rose ihr zu, bevor sie aus Kaithlyns Sichtweite verschwand. Kaithlyn stieg eine Treppe höher und lugte über das hölzerne Geländer. Es musste fast zehn Meter in die Tiefe gehen. Hier oben waren, wie zu erwarten, noch mehr Bücher. Bücher über Bücher, soweit das Auge reichte, doch ihre Suche blieb weiterhin erfolglos.

Kaithlyn warf sich seufzend auf ein samtrotes Sofa nahe der Treppe und schaltete eine kleine Stehlampe in ihrer Reichweite ein. Unermesslich lange starrte sie an die hohe Decke. Sie hätte auf der Stelle einschlafen können. Ihre Gedanken schweiften wieder zu der Endlosschleife ihrer Sorgen. Warum geschah das ausgerechnet ihr? Egal wie Kaithlyn die Dinge auch drehte und wendete, ihre Meinung hatte sich gefestigt. Es war die unbestreitbare Schuld ihrer Tante. Ihre Lider wurden immer müder. Sie setze sich auf und warf ihr goldblondes Haar zurück in den Nacken. Träge richtete sie sich auf und begab sich

in Richtung Ausgang. Ihre Augen gewöhnten sich schnell an die Dämmerung und vorsichtig tastete sie sich Stück für Stück voran. Die Bücherregale erinnerten sie auf beunruhigende Weise an die Hecken des Labyrinths. Plötzlich wurde Kaithlyn abgelenkt. Der Spiegel, durch den sie gereist waren, leuchtete im Zwielicht auf wie ein Blitz. Kaithlyn blieb abrupt stehen. Die Stille, die sich über ihre Ohren gelegt hatte, wurde von einem leisen Seufzen durchbrochen. Sie lugte um die Ecke und erspähte eine Gestalt im Schein einer der kleinen Leselampen. Das Rascheln von Buchseiten erfüllte die Luft. Mr Karacord hatte seine Nase in ein Buch gesteckt. Er sah auf, nahm sich die Lesebrille ab und griff nach einer dampfenden Tasse, als er Kaithlyn entdeckte.

„Kaithlyn?"

Sie trat hinter dem Regal hervor. Ihr Großvater gab ein seltsames Bild ab. Er trug einen langen Morgenmantel aus dunklem Stoff, dessen Muster aus lauter bunten Punkten bestand. Seine Haare und sein Bart waren wirr, als sei er gerade aufgestanden.

„Ich wusste nicht, dass du noch immer hier bist."

„Zu viele Bücher, zu wenig Zeit", sagte sie achselzuckend.

„Das ist wunderbar, oder? Ich komme fast jeden Abend hierher und lese noch ein wenig. Es entspannt mich vor dem zu Bett gehen. Ich mochte schon immer Geschichten. Sie vertreiben die Sorgen, wenn der Alltag einmal zu turbulent wird."

„Oh", machte Kaithlyn unschlüssig.

„Setzt dich doch zu mir, oder wolltest du gerade schlafen gehen?"

„Eigentlich nicht", antwortete sie und setzte sich ihm gegenüber.

„Meistens ziehe ich einfach ein Buch heraus. Es sind so viele, das nicht einmal ich als Besitzer alle kenne. Die meisten waren Geschenke. Als deine Großmutter noch lebte, war es unsere kleines Ritual, zusammen eines der Bücher zu lesen. Sie hatte eine wunderbare Vorlesestimme", sagte Mr Karacord und drehte das Buch in seinen Händen mit der Vorderseite zu Kaithlyn. *Die Märchen von Elizabeth McCarden.* Ein Märchenbuch?

„Heute bin ich nostalgisch. Nach unserem Gespräch habe ich viel nachgedacht. Dieses Buch war das Lieblingsbuch deiner Tante, als sie noch sehr jung war. Ich erinnere mich gerne an unsere Abende im Kaminzimmer."

Kaithlyn lächelte milde.

„Hat Relia dir viel vorgelesen?"

„Es war das Einzige, was sie gern getan hat."

Kaithlyn starrte wie gebannt auf den Titel.

„Sie mochte Geschichten. Deine Mutter hingegen fand es immer schrecklich langweilig. Sie konnte nie lange still halten. Sie war ein richtiger Wirbelwind. Manchmal haben sie und Katharina sich furchtbar gestritten, weil sie lieber nach draußen gehen und sich ein Abenteuer suchen wollte, anstatt mit ihren Eltern beisammenzusitzen."

„Haben Mom und Tante Relia sich gut verstanden?"

„Sie waren ein Herz und eine Seele, aber wie das so bei Geschwistern ist, hatten auch sie ihren Zwist miteinander. Hast du das Buch nachdem du suchtest gefunden?"

„Nein."

Mr Karacord legte die Hände in den Schoß. „Ich besitze es nicht."

„Woher weißt du…?"

„Neugier ist des jungen Menschen Sünde", zitierte er. „Vielmehr eine Wohltat für den Geist, wenn man mich fragt. Ich habe bereits jemanden nach dem Buch schicken lassen. Es gibt noch einige Exemplare, jedoch keines auf dieser Insel. Möchtest du, dass ich dir die Legende von Blaze Karacord erzähle? Ich habe sie so oft wiedergegeben, dass es mir eine Freude wäre, sie auch dir zu erzählen."

„Was für eine Art Geschichte ist es?", fragte Kaithlyn und zog die Knie an, um das Kinn darauf zu legen. „Was hat sie zur Legende gemacht?"

„Die Einzigartigkeit ist es die Legenden schafft. Durch viele Familien des Drachenclans wurde das gesprochene Wort zu festgehaltener Schrift; über viele Jahrhunderte hinweg. Diese Legende erzählt von dem ersten Menschen der Whyburnmagie einsetzte. Die Magie war früher mehr eine natürliche Energie, die den stärksten Wesen im Tierreich vorbehalten war – den Drachen. Drachen leben auch heute noch, aber es gibt nur noch eine Handvoll; eine vom Aussterben bedrohte Art so zusagen."

Kaithlyn dachte an die Statue in der Eingangshalle.

„Blaze Karacord lebte auf dieser Insel, Krogan war seine Heimat. Früher waren die Nächte lang und die Winter härter, als wir es uns heute vorstellen können. Die Wirtschaft, die Politik, die Magie – Selbstverständlichkeiten, existierten zu seiner Zeit nicht. Blaze und einige andere gingen in die Wälder, um zu jagen, obwohl dies streng verboten war. Bei einem seiner Ausflüge stieß er auf einen Drachen. Genauer gesagt, ein Drachenneugeborenes. Es gibt einen Berg, hinter den Tälern, inmitten des Greyhavengebirges. Viele Reisende berichteten über gesichtete Drachen in der Nähe der Berge. Dorthin brachte Blaze das Drachenjunge. Er hat es eigenhändig dort hinaufgetragen und somit sein Leben bewahrt. Als es wieder mit seiner Familie vereint war, schenkten ihm die Drachen zu Dank das Ryogan."

„Das Ryogan? Die Schriftrolle?"

„Das Ryogan welches Blaze erhielt war mehr als das. Es war ein Funke Drachenmagie."

„Die Magie des Feuers?"

„Richtig. So nahm die Magie ihren Anfang. Blaze hatte die Gabe seine neue Kraft mit anderen zu teilen und er weihte seine engsten Freunde in seine neuen Fähigkeiten ein, gab ihnen ein Stück der Magie. Sie gründeten den Drachenzirkel. Über viele Generationen hinweg getragen veränderte sich die Drachenmagie zu dem, was sie heute ist: die Whyburnmagie, erschaffende Magie mit elementarem Nutzen. Die Mercudimagie entwickelte sich erst viel später. In entfernten Blutlinien des Clans, sodass de Zugehörigkeit oder Verwandtschaft zu einer der Clanfamilien nur sehr vage war, begannen die Menschen, ihre verbleibenden Ressourcen für die Mercudimagie zu nutzen. Sie entdeckten Wege, die natürliche Energie, die uns allen inne wohnt für diese Art der Magie zu nutzen. So gibt es heute zwei Formen der Urzeitmagie – keine der beiden ist jemals so stark, wie die konzentrierte Macht von Blaze Karacord, aber er ist der Urahne, welcher uns die Vielzahl der Möglichkeiten erst zugänglich machte."

„Die Legende von Blaze Karacord", wiederholte Kaithlyn fasziniert.

„Sie soll uns daran erinnern, wem wir unsere Magie verdanken. Dass sie einen *guten* Ursprung hatte, das Ergebnis einer Recht schaffenden Tat war. Merke dir das."

„Das werde ich. Großvater, kann ich dich etwas fragen?"

Kaithlyn nahm ihren Mut zusammen und gab Meloras Befürchtung wieder. Mr Karacord schlug abrupt die Hände über dem Kopf zusammen.

„Du liebe Güte, Kaithlyn! Habe ich dir solche Sorgen bereitet? Ich hätte viel früher mit dir darüber reden müssen. Ich habe nicht daran gedacht, dass nach deiner Ankunft ein solcher Trubel herrschen würde."

„Ich wollte nicht –"

„Miss Blane hat natürlich recht, mir ihrer letzten Aussage meine ich. Es ist undenkbar, dass deine magischen Reserven verkommen könnten. Selbst, wenn du diese fünfzig Jahre nicht einsetzten würdest, sie würden *nie* erlischen, *nie* an Stärke verlieren."

Erleichtert atmete Kaithlyn auf.

„Was deinen Unterricht betriff, habe ich mir schon einige Gedanken gemacht", fuhr ihr Großvater flink fort. „Aber ich würde meine Vorschläge gerne erst sammeln. Es gestaltet sich gewissermaßen schwierig, einen Lehrplan für dich zu erstellen."

Kaithlyn nickte verständnisvoll. Undankbarkeit war das Letzte was sie zeigen wollte.

„Wie hat dir der Tag gefallen?", fragte Mr Karacord. „Ich muss zugeben, dass die Gesellschaft der Familie Aveda einen großen Spaß darstellt. Sie sind eine außergewöhnliche Familie. Ich verstehe, warum du eine Freundschaft mit ihnen pflegst. Mr Aveda, dieser lustige Kerl…ich sollte wohl besser aufpassen, dass er mir nicht die Bibliothek ausräumt. Es war eine Freude, sein Gesicht beim Anblick der seltenen Bücher im Ostflügel der Bibliothek zu sehen. Er war entzückt!"

„Danke, dass du sie eingeladen hast", sagte Kaithlyn, die sich bei dem Anblick ihres Großvaters in diesem Nachthemd allmählich ein Grinsen verkneifen musste.

„Bei all den Ereignissen der letzten Tage sollte man den Spaß nicht vergessen und da ist man bei David Aveda an der richtigen Adresse", sagte Mr Karacord und trank einen Schluck aus seiner Tasse. Kaithlyn roch Pfefferminztee.

„Oh, wie unhöflich von mir. Darf ich dir auch etwas zu trinken anbieten?"

Kaithlyn schüttelte den Kopf. „Wie hast du von den Avedas erfahren?"

„Du hast es mal erwähnt", begann ihr Großvater. „Ich dachte es würde dich freuen, dass du unter all den Fremden ein paar bekannte Gesichter siehst."

„Ja, das stimmt", sagte sie gedehnt.

„Wo wir schon bei den Fragen sind, darf ich dich auch etwas fragen?"

„Ja", sagte Kaithlyn und hoffte es würde eine Frage sein, die sie beantworten könnte.

„Dieses Amulett", er wies auf Kaithlyns Hals. „Woher hast du es?"

Kaithlyn schluckte nervös. „Ich weiß es nicht genau. Ich habe es, soweit ich denken kann. Irgendwie war es von Anfang an da. Tante Relia meinte es wäre von meinen Eltern."

Kaithlyns Großvater sah sie klar und nüchtern an.

„Verstehe."

„Ich glaube es hat meiner Mutter gehört", sagte Kaithlyn, die diese Behauptung nicht erklären könnte. Sie strich über das verworrene kalte Metall.

„Darf ich es vielleicht einmal sehen?", fragte Mr Karacord.

Kaithlyn zögerte sehr lange. Dieses Amulett war ihr lieb und teuer, sie legte es nie ab. Es war doch eine Erinnerung, etwas Vorhandenes, etwas, dass nicht einfach verschwinden konnte. Kaithlyn wusste einfach, das es einen Grund dafür geben musste, dass sie es besaß. Schweren Herzens reichte sie es ihrem Großvater. Er nahm es entgegen und besah es von allen Seiten. Dann fuhr es mit den Fingern über die Gravierungen und Muster. Er nickte anerkennend und murmelte: „Ein echtes Unikat." Dann gab er es Kaithlyn zurück. „Möchtest du wissen, was es damit auf sich hat?", fragte er nach gut einer Minute. Kaithlyn besah sich das Amulett ebenfalls ein zweites Mal. „Oder weißt du schon etwas darüber?"

Wieder schüttelte sie den Kopf. „Es ist aus Damantiosilber. Damantio ist das teuerste Material, was es im ganzen Himmelreich gibt, da es nur in sehr geringen Mengen vorhanden ist. Die Sachen, die daraus hergestellt wurden, sind daher sehr wertvoll. Aber Damantio heißt nicht nur das Silber, sondern auch der einzige Mensch, der es verarbeiten kann. Es ist nach ihm benannt."

„Nur ein Mensch?"

„Sein Name ist Cortescount Damantio. Er ist der einzige Schmied, der es verarbeiten kann. Zudem hat er das Silber entdeckt; ein weiterer Grund dafür, dass es seinen Namen trägt. Niemand kennt Cortescount genauen Aufenthaltsort, aber Gerüchten zufolge, soll er im Palast auf Senegade wohnen. Von diesen Amuletten gibt es insgesamt neun Stück"

Kaithlyn verzog enttäuscht das Gesicht.

„Neun? Dieses hier ist kein Einzelstück?", fragte sie tonlos.

„Oh doch. Cortescount fertigt nur Einzelstücke an", lächelte Mr Karacord.

„Dafür ist er überall bekannt. Der Ruf außergewöhnliche Einzelstücke anzufertigen hat ihn berühmt gemacht. Er bekam nach der Entdeckung von Damantio mehr als nur genug Aufträge und dürfte ein großes Vermögen besitzen. Damantio ist nicht nur äußerst selten, sondern wurde in den Höhlen von Nischus entdeckt. Die Materialen, die dort unter der Erde verborgen liegen, sind mit der Ouelle Eras verbunden."

Kaithlyn kannte das Gerücht der Quelle von Eras. Ein mächtiger Magier soll dort angeblich ertrunken sein und seitdem habe die Gegend rund um Eras etwas seiner Magie erhalten.

„Cortescount hat einen Weg gefunden, magische Fluchbrecherbanne in das Damantio einzuweben und es somit fast unzerstörbar zu machen."

„Diese Musterung ist also –“

„Fluchbrecherrunen. Sie stehen für Schutz, Wahrung von Geheimnissen und Sicherheit. Sie werden geläufig als Zauber für Gebäude benutz, eine Art von Schutzzauber – nicht zu vergleichen mit richtiger Magie – aber effektiv. Mithilfe von Mercudimagie etwas Derartiges auf ein Material zu übertragen ist schier unmöglich. Mercudizauber haben immer eine begrenzte Wirkung, sie sind nicht von Dauer.“

„Aber er hat es geschafft? Wie?“

„Das ist sein Geheimnis. Es gab auch schon vor ihm Menschen, die versuchten aus der Quelle von Eras Profit zu schlagen, aber niemandem gelang es so gut wie ihm.“

„Wenn mein Amulett ein Einzelstück ist, warum gibt es noch acht andere?“, fragte Kaithlyn neugierig. Nachdem sie den Wert des Schmuckstücks kannte, fühlte es sich viel schwerer an.

„Ich möchte dir etwas zeigen, dann ist es leichter zu verstehen.“

Ihr Großvater führte Kaithlyn in einen Bereich der Bibliothek, den sie noch nicht kannte.

Im hinteren Teil tat sich ein steinerner Rundbogen zwischen der Wand aus Regalen auf. Er führte durch einen kurzen Tunnel, an dessen Ende sich ein kreisrunder Raum erstreckte. Kaithlyn kam sich vor, wie im Inneren eines hohlen Turmes, weil die Decke kaum zu erkennen war. An den Wänden hingen riesige Karten, die Städte einzelner Inseln, Luftwege und Handelsrouten zeigten. Ihr Großvater wies auf die größte Karte, jene, die das gesamte Himmelsreich darstellte.

„Fällt dir etwas auf?“

Kaithlyn ließ ihren Blick über die übergroße Karte schweifen. Sie wusste nicht, worauf sie achten sollte und staunte, über die vielen Namen und Dörfer, von denen sie nicht einmal geahnt hatte. Sie waren Gebieten der verschiedenen Himmelsrichtungen untergeordnet.

„Es sind neun Hauptinseln“, sagte sie zaghaft. „Nein, zehn.“

Kaithlyn hatte eine kleine Insel am Rand der Karte fast übersehen. In einer Art altem Banner stand der Inselname *Moon*. Kaithlyn wunderte sich, warum diese Insel soweit am Rande der Karte lag. Sie hatte immer gedacht Nameca läge abseits aller zentralen Punkte, aber *Moon* blieb neben all den anderen Orten fast unbemerkt. Dennoch war sie eindeutig eine Hauptinsel, sie war durch einen sechszackigen, roten Stern gekennzeichnet.

„Das ist richtig. Es gibt zehn Inseln“, sagte ihr Großvater. „Cortescount fertigte *neun* Amulette für *neun* Inselwächter. Jede Insel hat einen Wächter, einen Abgesandten des Königshauses. Diese Inselwächter regeln alle Angelegenheiten der Inseln und deren Dörfern. Sie schaffen Gesetze und tragen große Verantwortung. Sie sind die Stützpfeiler unseres Systems. Die ihm unterstellten werden Letorian genannt.“

„Aber auf dieser Karte sind zehn Inseln verzeichnet, warum gibt es dann nur neun Amulette?“, warf Kaithlyn ein, die nicht verstand, was das mit ihrem Amulett zu tun hatte. Sie war kein Inselwächter.

„Da hast du vollkommen recht. Lass es mich erklären. Die Amulette können Geheimnisse bewahren und wurden somit immer an die nächste Generation der Wächter, als Art Schlüssel der Macht weitergegeben. Die Insel Moon hat keinen solchen Abgesandten des Königshauses, keinen Wächter und somit kein zehntes Amulett. Moon hat nicht den Status einer Himmelsinsel und ist auf den meisten Karten nicht verzeichnet.“

„Viele Insel sind nicht auf Karten verzeichnet“, erwiderte Kaithlyn.

„Sie liegen in Gebieten, wo die Himmelströme unüberwindbar für Schiffe sind oder Aufgrund der Lage und Vegetation kein Leben existiert. Moon kann nicht zu den *Streefsinsel* gehören, wenn sie doch als Hauptinsel gekennzeichnet ist. Und wieso hat sie keinen Wächter?

„Du liegst vollkommen richtig, Kaithlyn. Moon ist eine Hauptinsel aufgrund des Zweckes den sie erfüllt. Diese Insel ist ein verbotenes Gebiet, das ohne Zugangsberechtigung nicht betreten werden darf“, sagte Mr Karacord ernst.

„Warum ist es verboten, sie zu betreten?“

„Vor einigen Jahren wurde dort die Zusammenkunft einiger Dierraider zerschlagen. Moon ist aufgrund ihrer misslichen Lage keine bevölkerte Insel, das haben die Dierraider zu ihrem Vorteil genutzt. Sie haben sich dort eingenistet, bis sie aufflogen. Es gab eine heftige Schlacht, bei der viele umkamen. Die Dierraider wurden zerschlagen, aber seitdem haftet der Insel ein schlechter Ruf an. Sie wurde zum Sperrgebiet. Wer sich auch nur in die Nähe der Insel begibt, bekennt sich seiner Ablehnung gegen die Gesetzt des Königshauses, es grenzt an Hochverrat.“

Kaithlyn schwieg. „Das ist…“

„Es macht uns betroffen“, beendete Mr Karacord ihren Satz. In seiner Stimme lag unverkennbar viel Bitterkeit. „Aber wir waren gerade bei den Damantioamuletten, nicht?“

Kaithlyn nickte. „Dieses Amulett hier verbirgt also auch ein Geheimnis?" Sie klopfte mit dem Zeigefinger auf die silbrige Oberfläche. „Vielleicht ist da etwas drin?"

„So einfach wird es wohl nicht sein", sagte ihr Großvater. Kaithlyn suchte nach einem Scharnier oder einer Öffnung, aber da war nichts. Sie hatte sich das Amulett so oft angesehen, ihr wäre längst aufgefallen, wenn es sich öffnen ließe.

„Ich weiß nicht genau, woher ich es habe", stellte Kaithlyn fest. „Es könnte also sein, das sich das Geheimnis mir nicht offenbart, weil ich nicht in der Generation der Inselwächter geboren wurde?"

Mr Karacord fuhr sich nachdenklich durch den Bart.

„Es ist, ob bestimmt oder nicht, in deinen Besitz gelangt. Achte sehr gut darauf."

Mr Karacords Augen glitzerten verschwörerisch.

„Großvater, woher weißt du das alles?"

„Ich meine, sehr viel erlebt zu haben. Auf einer meiner Reisen habe ich Cortescount einmal persönlich getroffen. Seitdem hat er ein paar Dinge für unsere Familie angefertigt. Da wäre z.B. ein Ring mit unseren Wappen, der aber leider nicht mehr in meinem Besitz ist."

Kaithlyn dachte an den Ring von Harlow Hayworth.

„Nach einem Vertrauensbeweis wurden wir, ich würde schon fast sagen Freunde."

„Also weißt du, wer die anderen acht Amulette besitzt?", fragte Kaithlyn.

„Cortescount ist bereits im Ruhestand. Zuletzt feierte er seinen hundertsten Geburtstag, er wird nicht mehr lange leben. Er schuf die Damantioamulette, als er noch sehr jung war, es war sein erster großer Auftrag. Ich glaube nicht, dass sie nur im Besitz der Inselwächter geblieben sind. Inselwächter haben meist ein kurzes Leben. Sie sind vielen Gefahren ausgesetzt. Wer weiß, welche Wege diese Amulette über Generationen gegangen sind? Aber deines ist ein Einzelstück, wie jedes von ihnen, etwas Wertvolles und Besonderes."

Kaithlyn wurde unruhig. „Ich kenne vielleicht jemanden der eins besitzt", rutschte es ihr heraus.

„Wenn dieser jemand nicht um die Bedeutung seines Besitzes weiß, kannst du es ihm nun erzählen", sagte Mr Karacord freundlich. Kaithlyn wurde das Gefühl nicht los, das ihr Großvater wusste, das Kaine gemeint war. Er schien alles zu wissen. Unheimlich.

„Ich kenne ganz bestimmt jemanden der ein Damantioamulett besitz. Vielleicht erfährst du von ihr etwas mehr."

„Sagst du mir wer?", fragte Kaithlyn bemüht höflich zu klingen.

„Ein Mädchen aus der Green Familie."

Kaithlyn dachte nach. „Eliza Green?"

„Sie würde sich sicher freuen als junges Mädchen bezeichnet zu werden, aber nein, sie ist es nicht. Es ist ihre Tochter, Ashley. Ich habe sie übrigens auch eingeladen. Sie werden zu deiner Geburtstagsfeier kommen."

Ihr Großvater zwinkerte verschmitzt.

„Danke", sagte Kaithlyn und verkniff sich ein Gähnen.

„Ich sehe, dass du müde bist. Ich denke es wird Zeit schlafen zu gehen", murmelte Mr Karacord und schob Kaithlyn sanft durch den Tunnel zurück.

„Gute Nacht, Großvater."

„Gute Nacht."

Müde schleifte Kaithlyn sich den langen Weg zurück in ihr Bett. Überall war es still und unheimlich dunkel. Kaithlyn stieß sich den Fuß an etwas Harten, das vor ihrem Bett stand. Sie tastete nach dem Licht und sah die zwei Koffer, die Rose ihr mitgebracht hatte. Harlow war bestimmt bei ihr geblieben. Kaithlyn öffnete beide und besah den Inhalt. Rose musste sämtliche Sachen aus ihrem Zimmer, die nicht niet und nagelfest gewesen waren eingepackt haben. Kaithlyn wusste nicht einmal, dass sie so viele Dinge besaß. In einem der Koffer lag auch ihr Wandkalender. Sie nahm ihn heraus und sah den 21. Juni mehrmals rot umkreist. Drei Tage. In drei Tagen war ihr Geburtstag.

Kapitel 10

Was nach Fyes Abreise geschah

Der Himmel in dieser Nacht war schwarz und trübe. In der Nähe eines kleinen Anwesens spiegelte sich der Mond auf der glatten Oberfläche eines Sees. Ringsherum wuchs dichter Wald und verschluckte jegliche Geräusche. Ein sehr junges Mädchen schritt langsam ans Ufer. Gelangweilt betrachtete sie ihr Spiegelbild. Ihr pechschwarzes Haar reichte ihr fast bis zur Hüfte und ihre Haut war weiß. Sie sah schon fast ungesund aus. Ihre Augen waren milchig und schienen leer. Sie war blind. Sie sah aufs Wasser, obwohl ihr Spiegelbild für sie selber nicht sichtbar war. Dann sah sie auf, so als hätte sie etwas aufgeschreckt und trat ein Stück zurück. Ihr langes schwarzes Kleid verdeckte ihre nackten Füße, durch die sie die leichte Vibration des Bodens spürte. Sie grub ihre Zehen in die kalte Erde.

In der Luft über ihr explodierte mächtiges heißes Feuer. Sie spürte die Hitze auf ihrem Gesicht, roch Rauch und Asche. Es beruhigte sie, dass sie sich wenigstens auf diese Sinne verlassen konnte. Diese Art von Magie war ihr vertraut, sie musste sich nicht fürchten. Ihre Füße ertasteten eine ebene Fläche Gras. Entspannt ließ sie sich nieder und streckte eine Hand vom Körper. Ihre Lippen formten einen stummen Laut. Ein winziger Rabe, mit aufgebauschtem, nachtblauem Gefieder setzte sich auf ihre Hand; seine roten Augen betrachteten das Mädchen freundlich. Die frostige Nachtluft wehte den Geruch des Feuers davon und alles was übrig blieb war ein fahler Geschmack auf der Zunge. Ihr Kianki Minor krächzte leise. Sie wusste, dass er das Feuer nicht besonders mochte. Sie hingegen liebte es. Sie liebte es, weil es ihren großen Bruder umgab, wie ein warmer Schein, den sie auf der Haut spüren konnte. Er fiel wenige Meter neben ihr auf die Knie und keuchte angestrengt. Sie wusste, dass seine glutroten Augen innerhalb einer Sekunde erlischen würden, bald ein kaltes blau annahmen. Ihre Mutter hatte ihr diese Farbe genau beschrieben. Eine Farbe, die so kalt und rein aussah, wie sich ein Edelstein anfühlte. Sein Atem wurde langsamer; sein Herz schlug wieder regelmäßig. Es war als könne sie es hören.

„Es reicht", flüsterte Crowden gebieterisch, doch nur der Junge konnte ihn hören. Fye rieb sich den Schweiß von der Stirn. Sein Rabe stieß einen Warnschrei aus.

„Eure Schwester sieht zu. Und euere Eltern haben sicherlich nicht an zusätzliche Trainingszeit gedacht, als Sie euch mit Mara alleine losziehen ließen."

„Er war zu stark", antwortete Fye mit seiner Gedankenstimme. „Ich konnte nicht – "

„Ihr habt genug getan, Fye."

Fye wusste das Crowden recht hatte. Sollte er weiter machen, würde man seiner Kleidung ansehen, dass er nicht nur einen einfachen Spaziergang hinter sich gebracht hatte. Mara als Ausrede zu nutzen…er war sich einen Moment lang selbst zuwider. Zorn schwoll in seiner Brust an und drängte ihn einen neuen Zauber in die Luft zu schleudern. Er merkte erst, dass seine Schwester an seiner Seite stand, als ihre weichen Finger sanft seinen Arm berührten. Sie sah ihn an, hob die Hände und umfasste sein Gesicht. Sie lächelte milde. Fye beruhigte sich. Minor saß nun auf ihrer linken Schulter so wie es Crowden immer bei ihm tat.

„Entschuldige, Mara", sagte Fye kraftlos. „Das war egoistisch von mir"

Mara schüttelte den Kopf. Fye lächelte, das tat er viel zu selten. Er beäugte seine kleine Schwester besorgt. Mara Crossdale sprach kaum ein Wort. Sie hätte es gekonnt, wenn sie es wollte, doch sie tat es nicht. Fye wünschte sich, sie öfter zu hören. Eigentlich waren sie nur hier raus gekommen, damit seine kranke Schwester einwenig frische Luft bekam.

„Es ist spät. Wir sollten gehen."

Er nahm Mara an der Hand und sie gingen ein Stück durch den Wald. Hinter dem kleinen Wäldchen lag das Anwesen der Familie Crossdale. Um einiges kleiner und glanzloser als das Anwesen von Mr Karacord, wirkte es düster und altertümlich. Eine Ansammlung aus kahlen Steinen, großen Fenstern und Schindeldächern. Es war seit Generationen im Besitz seiner Familie und seit all den Jahrhunderten hatte man nie etwas daran verändert. Der Garten zeugte von einer unbestreitbaren Liebe zu Rosen. Sie wuchsen überall. Sein Vater hatte sie eigens für seine Mutter anpflanzen lassen und seitdem sorgte er, dass sie das einzige Gewächs auf den vielen Quadratmetern blieben. Fye musste bei dem Anblick jedes Mal den Kopf schütteln.

Die Flure durch die Fye und Mara gingen waren leer und das Kerzenlicht schenkte mäßiges Licht. Eine alte hölzerne Treppe führte hinauf zum Esszimmer. Der Raum war groß und ein schwarzes Feuer flackerte im

Kamin. An den Wänden hingen dunkle Teppiche und Vorhänge und der Raum wurde nur von Kerzen beleuchtet. Am Tisch saß eine Scharr von Menschen beisammen.

„Guten Abend", sagte Fye höflich. Er und Mara nahmen Platz. Die Diener hatten bereits den Tisch eingedeckt, Speisen und Getränke aufgetragen. Sie waren zu spät.

„Wo wart ihr so lange?", fuhr ihn eine strenge Stimme an. Ein Mann um einiges älter als Fye, ihm äußerlich jedoch sehr ähnlich warf ihm einen taxierenden Blick zu. Seine Miene war kantig und hart; der akkurat geschnitten Bart ließ ihn noch grimmiger wirken. Er hatte sich das schwarze Haar ordentlich zur Seite gekämmt, als bestünde ein feierlicher Anlass; seine dunklen Augen ruhten auf seinem Sohn.

„Wir waren spazieren. Der Arzt hat gesagt viel frische Luft würde Mara gut tun."

„Verstehe", sagte Mr Crossdale

„Es ist sehr freundlich von dir dich um sie so zu sorgen." Die Stimme seiner Mutter war warm und melodisch. Sie war von atemberaubender Schönheit. Ihre Züge waren klassisch geschnitten, mit hohen Wangenknochen und vollen Lippen; ihr Haar glänzend wie pechschwarze Seide, ihre mandelförmigen Augen von einem tiefen Bernsteinton. Ihr Teint wirkte um einiges gesünder, als der ihrer Tochter. Mrs Crossdale strömte perfekte Anmut aus. Ihr Blick ruhte liebevoll auf ihren Kindern. „Minor hat es bestimmt auch gefallen", sagte sie und lächelte gütig. Mr Crossdales strenge Miene schmolz unter ihren Worten.

„Nun gut, Fye. Heute haben wir eine Einladung bekommen. Lyon Karacord lädt zum Fest seiner Enkelin ein. Aber das wusstest du sicher schon", sagte er und Fye nickte. Mr Crossdale ließ den Blick zu seinen zwei anderen Söhnen schweifen, als müsse er sich vergewissern, dass sie ihm genug Aufmerksamkeit schenkten. „Wir werden später darüber reden", sagte Fyes Vater bestimmend. „Nun Liam, ich höre von Meister Razzu, dass du große Fortschritte machst. Wie läuft dein Unterricht?"

Er wandte sich nun seinem jüngsten Sohn zu. Liam Crossdale war zehn Jahre alt, hatte kurzes schwarzes Haar und dieselben blauen Augen wie bereits sein Vater und sein Bruder.

„Sehr gut, Vater", sagte er hastig, während er aß. Seine Mutter musterte ihn argwöhnisch, während er sich weiter Kartoffeln in den Mund schob. „Dieser alte…ähm, weise Lehrer ist zwar streng, aber sein Unterricht gefällt mir. Er versteht es Dinge zu lehren. Letzte Stunde haben wir mit den Heilzaubern begonnen."

„Meister Razzu ist schon seit seinen Lebzeiten Hauslehrer unserer Familie, natürlich ist er besonders gut indem, was er tut. Mr Karacord bat mich Razzu zu überreden die kleine Hayworth zu unterrichten."

Liam verschluckte sich fast.

„Was? Aber ist sie nicht viel älter als ich? Wie lächerlich."

„Liam", begann seine Mutter. „Du musst verstehen, das dieses Mädchen niemanden hatte der es unterrichten konnte. Versetz dich in ihre Lage. Es muss schrecklich sein. Das arme Kind. Ich finde das es eine nette Gelegenheit ist ihr unsere Unterstützung zu zusichern, Liebling."

Liam lachte spöttisch.

„Nun, wenn Razzu ihr einen Teil seiner Zeit schenkt, werde ich einen Teil meiner für spezielle Unterrichtsstunden erübrigen müssen."

Mr Crossdales Worten ließen Liam strahlen.

„Wirklich? Wenn das so ist, werde ich mich persönlich darum kümmern, dass dieses Mädchen den Unterricht schafft!"

Die einzige Person, die an diesem Tisch außer Mara bisher nichts gesagte hatte, lachte nun laut auf. Mr Crossdale warf einen hasserfüllten Blick seinem ältesten Sohn zu. Seine Gesichtszüge waren weicher und eingefallen. Sein schwarzes Haar war länger und zerzauster als das von Fye und obwohl auch seine Augen blau waren, hatten sie nicht dasselbe Strahlen wie der Blick seines wohlerzogenen Sohnes. Im Gegenteil, seine Augen strahlte eine Leere aus, die schon fast einem wahnsinnigen Blick glich. Er wirkte ausgemerzt und heruntergekommen, so wie jemand der von einem schrecklichen Ereignis gezeichnet war. Kale Crossdale unterschied sich in einer fast erbärmlichen Weise von seiner Familie.

„Kale", sagte Mr Crossdale eindringlich. „Ich frage mich, wo du dich in letzter Zeit rum treibst. Mann hört böse Zungen über dich sprechen."

„Liebling, lass uns das später klären", sagte Mrs Crossdale behutsam.

Das Feuer im Kamin erlosch langsam.

„Es wir wohl Zeit zum Schlafen für dich Mara. Liam du begleitest uns auch. Dein Vater und deine Brüder möchten noch etwas in Ruhe besprechen."

Es war kein Befehl, dennoch folgten Liam und Mara ihrer Mutter ohne Widerwillen. Die Stimme von Amilia Crossdale besaß eine besondere Wirkung auf ihre Jüngsten.

„Gute Nacht“, sagte sie und küsste ihren Mann auf die Wange. Sein Blick wich nicht von Kale. Mara nahm kurz Fyes Hand und schmiegte sich an ihn. Sie lächelte noch ausdrucksvoller, als ihre Mutter es konnte.

„Gute Nacht, Mara.“

Fye fühlte sich beim Anblick von Mara schrecklich hilflos. Er wurde ihre Blindheit jederzeit auf sich nehmen, obwohl er wusste, dass sie damit bestens zurecht kam. Sie war eine starke Persönlichkeit; vielleicht mehr noch als er. Als die Tür ins Schloss fiel wurde es still.

„Du hast eine besondere Beziehung zu ihr“, sagte Fyes Vater. „Ich glaube ihr Vertrauen in dich ist grenzenlos.“ Ein seltenes Lächeln zog sich über sein Gesicht.

„Elendes Geschwafel“, drang es von Kale bitter und zornig. „Was willst du? Du hast etwas zu sagen, oder Vater?“

Kale betonte das letzte Wort besonders spöttisch.

„Ich wollte deine Mutter und Geschwister nicht unnötig beunruhigen, denn ich sehe ein paar Dinge klar und unausweichlich auf uns zu kommen.“

„Da diese *Dinge*, wie du es nennst mich betreffen, frage ich mich, was er dann noch hier tut.“ Kales Blick wanderte zu Fye. „Glaubst du, dass du seine Unterstützung benötigst?“, zischte Kale verachtend.

„Du bist mein Sohn, glaubst du ich bemerkte nicht, was du treibst? Und glaubst du nicht, das Fye, dessen Intelligenz deine bei weiten überragt, dein falsches Spiel nicht auch bemerkt? Ohne, das ich etwas erzählen muss?“

Mr Crossdale war verärgert. Kales Mundwinkel zuckten.

„Ich weiß nicht, wo von du redest“, log er.

„Du wendest dich von uns ab. Seit längeren widmest du dich Dingen, von denen ich hoffe es nicht jene sind, die mir in den Sinn kommen. Du verpönst das Ansehen unserer Familie. Ich fange an mich mein Vertrauen in dich in Frage zustellen. Du enttäuschst mich immer wieder. Du als Botschafter der Familie erfüllst deine Aufgaben unzuverlässig und verkehrst mit Leuten, deren Namen ich in diesem Haus nicht aussprechen werde.“

„*Angst*, Vater?“

Kale ließ seinen bohrenden Blick von Fye ab.

„Angst?“, sagte Mr Crossdale verbittert. „Ja. Angst um meinen Sohn, um dein Leben. Du weißt nicht, was du tust!“, schrie er heiser. „Entscheide dich bald Kale oder du wirst nicht mehr in meine Gunst zurückkehren können."

Kale schnaubte wütend. „Du hast dich nie dafür interessiert, ob ich in deiner Gunst stehe. Ich war immer nur zweitrangig. Das ist auch der Grund warum Fye hier sitzt. Er, dein Liebling. Höchstleistungen in Training und Schule, ein angesehenes Bürschen bist du, nicht Fye? Aber Vater sieht nicht, das auch ich besonderes Talent besitze, die man würdigen kann!"

„Das sind alles Lügen, die du dir selbst einredest", sagte Mr Crossdale erbarmungslos. Fye wagte es nicht, sich in das Gespräch einzumischen. Wenn sein Vater und Bruder stritten, war es besser keine Partei zu ergreifen. Sein Vater hätte es als Verletzung seiner Autorität und Kale als Verspottung seiner Person angesehen. Fye blieb stiller Teilhaber.

„Ich treffe eine Entscheidung, ganz sicher!", sagte Kale und stand auf.

„Wir sind noch nicht fertig."

Auch Mr Crossdale erhob sich.

„KALE!"

„Oh doch das sind wir."

Kale ging und die Tür schlug laut und heftig hinter ihm zu. Eine respektlose Geste, wie Mr Crossdale fand. Respektlos. Eines der weniger schändlichen Adjektive, mit denen er das Verhalten seines Sohnes in letzter Zeit beschreiben würde. Der Hass auf Kale war wohlmöglich imstande die Tür, durch die er verschwunden war zu sprengen. Auch wenn er es nicht zugeben würde, in seinem Blick lag nicht der Hauch einer Spur des Wunsches, dass sein Sohn sich für die Familie entscheiden sollte. Sein Herz war in dieser Hinsicht schon lange erstarkt. Das Kaminfeuer erlosch in der Sekunde in der Kale gegangen war. Fye wusste, was das bedeuten würde. Sein Vater setzte sich wieder und trank einen Schluck Wein.

„Ich möchte alles wissen, insbesondere der Angriff von Green interessiert mich und natürlich das Hayworth Mädchen."

Kaithlyn. Fye erinnerte sich gerne an ihr Gesicht; so voller Erwartung und Hoffnung. Sie brachte Melora durcheinander und Kaine dazu, ein Gewissen zu entwickeln. Das mochte er.

Dann begann er, zu reden.

Kale stieg die Stufen zu den Kellerräumen hinab. Hier unten war sein Reich, ein Platz, wo er ungestört sein konnte. Er mochte die kalte, düstere

Atmosphäre, die die kargen Steinmauern spendeten, die Stille, die sich über seine Ohren legte als läge er in einem Grab. Selten kam seine Familie herunter, sie ließen ihm seine Einsamkeit. Sie *mieden* ihn. Das Lächeln seiner Mutter grenzte an Heuchelei, die Worte seines Vaters waren dummes Geschwätz, seine Brüder waren ihm ein Dorn im Auge und für seine Schwester interessierte er sich weniger als für den Schmutz, der aus allen Ritzen seines Zimmers kroch. Es glich einer Zelle, kalt, dreckig, spartanisch und unbewohnt. Er machte sich nichts aus Besitztümern, zumal er die meiste Zeit an einem anderen Ort als diesem verbrachte. Alle erdenklichen Dinge, die Kale in seiner Wut mutwillig zerstört hatte, lagen herum, als habe ein Sturm gewütet, weil die Dienstboten es nicht wagten, diesen Teil des Anwesens zu betreten. Zerstörung, selbst kleiner Dinge, brachte eine Genugtuung, die ihn für einige Augenblicke zufrieden stimmte. An diesem Tag hätte er ein ganzes Dorf niederreißen müssen, um seinen Zorn zu zügeln. *Sein elender Vater!*

Er fuhr sich durchs Haar und dachte nach. Er brauchte nicht lange, um eine Entscheidung zu treffen. In der Wandnische zu seiner Linken, war ein Spiegel eingelassen. Eine Minute betrachtete er sein Spiegelbild, dann legte er eine Handfläche auf das Glas und wusste, dass er passieren konnte. Er hatte dafür gesorgt, einige der Regeln auf diese Art zu reisen umgehen zu können. Kale warf sich einen Reiseumhang über und löschte das Licht. Seine Abwesenheit würde – wie immer – unbemerkt bleiben. So lange er die Mauern des Anwesens nicht verließ wiegte sich sein dummer Vater in Sicherheit. Als habe er den Horizont eines Kindes. Es gab so viele Möglichkeiten; so viele Tricks besondere Dinge zu seinem Vorteil auszulegen.

Es war als würde Kale in eine unterirdische Welt eintauchen. Auf der anderen Seite des Spiegels wanderte er durch einen widerlichen Tunnel, der an einen Abwasserkanal erinnerte. Es war kalt und dunkel. Von der Decke tropfte Wasser herab. Über allen Ecken spannten sich dicke, verworrene Spinnennetze und Staub wabberte durch die Luft. Kales Schritte waren hastig und schnell, er hatte es eilig. Sein Atem bildete kleine Wölkchen und sein Blick war nicht mehr leer oder irre, er sah entschlossen nach vorne und beschleunigte. Er bog nach rechts, dann nach links. Das Tunnelsystem nahm kein Ende. Nach einer weiteren Biegung war eine Treppe in Sicht. Er stieg die morschen, hölzernen Stufen hinauf und riss die Tür am Ende der letzten Stufe aggressiv auf. Kale betrat einen staubigen, feuchten

Raum. Er stand am Treppenabsatz und sah sich um. Zielstrebig schritt er auf die nächste Tür zu. Der Boden des Raumes dahinter war uneben und erdig, die Regale an den grauen Wänden staubig und leer. Es sah kaum anders als in den Tunneln aus. Die Stimmen der Personen, die bis gerade eben noch geredet hatten, erstarben, als er einnehmend den Raum betrat. Kales kalter Blick fiel auf einen Mann, der gekrümmt am Boden lag und versuchte sich aufzurichten. Das Gesicht des Mannes war voller Narben und Brandlöcher und seine hässlichen Augen starrten Kale an. Neben ihm, Abstand wahrend, stand eine junge Frau. Sie streifte ihr silberblondes Haar über die Schultern zurück; ihre dunkelgrünen Augen starrten, genau wie die des Mannes nun Kale Crossdale an. Der Mann stöhnte laut auf, als er erneut versuchte sich zu bewegen. Kale bückte sich zu ihm herab. Die klaffende, blutige Wunde unterhalb der rechten Schulter fiel ihm direkt ins Auge. Sein Freund sah ihn mit schmerzverzerrtem Gesicht an, während aus der Wunde mehr und mehr Blut floss; die Erde rot tränkte. Kale reichte ihm die Hand. Die anhaltende Stille wurde nur von dem Schmerzensschrei des Mannes unterbrochen, als Kales ihn auf die Beine zwang.

„Du Narr, was hast du dir dabei gedacht? Kommst einfach aus deinem Versteck. Weißt du eigentlich, wie lange es gedauert hat, etwas Passendes zu finden?", zischte Kale wütend.

„Meine Zeit ist verdammt kostbar!"

Er musterte den Mann.

„Was ist mit seiner Wunde? Konntest du sie nicht heilen?", fuhr er das Mädchen an.

„Ich habe es versucht. Ich glaube er wurde von einem Fluch getroffen", sagte sie zittrig.

„Dann steh nicht weiter so rum, sondern hol uns was zu trinken."

Widerwillig nahm das Mädchen Kales Befehl an und verschwand durch eine zweite Tür. Kale hievte den Mann unter leichter Anstrengung auf ein schäbiges Bett in einer Ecke. Stöhnend sackte er in sich zusammen.

„Hast du geglaubt, dass du gegen ihn ankommst? Gegen Lyon Karacord, Green?

Green sah verbissen zu Kale auf.

„Ich –"

„Shh!"

Kale half Green sein blutgetränktes Hemd loszuwerden und begutachtete seine Wunde genauer. Es hatte mehrere kleine Schnittwunden, Prellungen und einige Verbrennungen, nichts Bedeutendes, aber die Wunde die seine rechte Seite durchzog war angeschwollen und bereits entzündet. „Drachenfeuer“, murmelte Kale. „Sieht ganz so aus als hätte der alte Mann nicht verlernt, was den Clan ausmacht.“

Kales spreizte die Finger und legte sie vorsichtig an die Wundränder. Aus seinen Fingerkuppen stoben kleine schwarze Flammen und drangen in Greens schneeweiße Haut ein. Green zuckte zusammen, als sich die Funken in die Wunde bohrten. Die Blutung stoppte augenblicklich. Als Kale seine Finger zurückzog begann die Wunde sich zu schließen, als würde ein unsichtbarer Faden eine Naht ziehen. Greens Miene entspannte sich.

„Ich wollte das Mädchen töten. Sie war da, wie du gesagt hast. Ich wollte etwas tun, nicht nur herum sitzen und abwarten“, sagte Green schwer atmend.

„Natürlich ist sie dort, im Anwesen der Karacords. Ich habe den Brief, der diese Information enthält schließlich gestohlen. Hast du meine Worte vergessen? Dass dieses Mädchen warten muss? Dass es Dringenderes gibt? Du und deine ewigen Alleingänge.“

Kale sah auf Greens verheilte Wunde und entfernte sich vom Bett. Im Schein des Lichts glänzte der Schweiß auf Greens muskulösen Körper und hob die Narben vergangener Schlachten deutlich hervor. Irgendwann würde er nicht nur mit einer Narbe davon kommen.

„Magst du den Schmerz? Kannst du nicht mehr ohne?“, spottete Kale geringschätzig. „Nicht jede Narbe an deinem Körper zeigt, was für ein Draufgänger du bist.“

Greens Mundwinkel verzogen sich selbstgefällig. „Ein Draufgänger? Nette Wortwahl.“

„Der Plan. Du solltest *immer* an den Plan denken. Zeit zu töten kommt noch früh genug“, sagte Kale. Green lehnte sich gegen die Kante des Bettes.

„Pah! Der Plan. Versteckst du dich deshalb zu Hause? Weil die Zeit noch nicht gekommen ist? Weil du die Sicherheit *des Plans* brauchst?“, erwiderte er abfällig. Kale überbrückte die Entfernung, die er zwischen sie gebracht hatte, in nur einem Atemzug. Seine linke Hand schnellte Green an die Kehle und er drückte ohne zu zögern zu. Green würgte, versuchte sich gegen Kale zu stemmen, doch gegen ihn war er machtlos. Es war weniger seine körperliche Unterlegenheit, sondern vielmehr die magische Aura, die

Green hinderte sich zur Wehr zu setzen. Sie drang ihm bis in jede Pore und ließ ihn erschaudern.

„Ich verstecke mich nicht. Es ist taktisch sinnvoll. Bald ist die Feier des Mädchens; ich bin eingeladen. Es ist eine gute Gelegenheit viel zu erfahren. Ich verabscheue es zutiefst, bei diesen verblendeten Menschen zu leben. Mein ach so stolzer Vater kommt mir allmählich auf die Schliche. Erst gestern habe ich vier von ihm ausgesandte Späher getötet, die mich auf seinen Befehl hin verfolgten und beobachteten. Er wird ihre Abwesenheit bemerken und wenn es so weit ist werde ich gehen. Zu keinem anderen Zeitpunkt."

Green lief blau an. Röchelnd wand er sich unter Kales Griff.

„Entschuldige. Entschuldige", würgte er hervor. Kale ließ von ihm ab.

„Du bist mein Vertrauter. Mein Freund. Wage es nicht noch einmal mir so etwas zu sagen."

Kales zornige Stimme füllte den Raum. Das Mädchen kam zurück. Sie trug ein kleines Tablett mit zwei Gläsern und einer Flasche Schnaps. Sie knallte es auf den Tisch und sah die beiden Männer angewidert an. Sie schenkte Kale ein Glas ein. Er leerte es in einem Zug.

„Warum muss ausgerechnet ich mich um ihn kümmern?", fragte sie an Kale gewandt. Seine Augen sahen sie begierig an. Er griff nach ihrem Arm und sein Blick glänzte.

„Entschuldige, Azaria."

Azaria Lippen wurden schmaler. Sie sah ihn überheblich an.

„Er ist ein Schmarotzer", beleidigte sie Green. „Ein elender Schmarotzer und er ist mir zuwider." Green funkelte sie finster an.

„Du weißt, dass er sich versteckt halten muss", sagte Kale und fuhr Azaria durchs Haar.

„Warum bist du gekommen, Kale?", hauchte Azaria ihm ins Ohr.

„Wenn nicht, um ihn zu bestrafen? Er hat es nicht verdient, hier zu sein. Unser Plan bedeutet ihm nichts. Er verspottet dich, indem er so handelt. Lässt du dir das gefallen?"

„Ich bin mächtiger als du es je sein wirst, Azaria. Ich beherrsche Magie, die dunkelsten Künste, von denen du nicht ahnst, dass sie existieren. Ich bin dir überlegen und das fürchtest du, deshalb sträubst du dich gegen mich", sagte Greens dunkle Stimme.

„Du bist zu jung, um zu wissen das -"

„Ich fürchte dich nicht!", unterbrach sie ihn.

„Deine Taten strotzen vor Selbstgefälligkeit. Du bist dir nicht bewusst, dass du nicht unfehlbar bist. Ohne mich wärst du elendig verblutet. Ohne mich wärst du gestorben, noch ehe du dein Versteck erreicht hättest. Wer ist dir nach dem Kampf zur Hilfe gekommen? Ich. Wer hat dir somit die Flucht ermöglicht? Ich."

Azarias Augen blieben kalt. Green wusste, dass sie recht hatte. Ihre Worte verletzten seinen Stolz, doch er ließ sich nichts anmerken. Kale zwirbelt Azarias Haar durch seine Finger und sog ihren Duft ein, während er ihrer Stimme lauschte.

„Also, warum bist du gekommen, Kale?", fuhr sie etwas ruhiger fort.

„Mein Bruder ist heute nach Hause zurückgekehrt. Fye wird alle Einzelheiten auspacken, da wollte ich sichergehen, dass Green noch am Leben ist. Zu sterben, ohne deine Aufgabe zu erfüllen, wäre fatal."

Green erwiderte Kales harten Blick. Er würde nicht demütig den Kopf senken.

„Ich dachte mir schon, dass du es bis hier zurückgeschafft hast. Der Grund, warum ich hier bin ist, dass ich erfahren möchte, wie es zu dieser Dummheit kam. Bestraft bist du schon. Allein dadurch, dass du gegen *ihn* verloren hast."

Green wusste das Kale nicht Mr Karacord meinte.

„Besiegt von Fye. Eine Schande. Wie gut für dich, das dir früh genug wieder eingefallen ist, dass es mein Anliegen ist, ihn eines Tages zu töten", sagte Kale und warf Green einen bösartigen Blick zu.

„Wie schon gesagt, ich wollte etwas tun, nicht nur hier herum sitzen", sagte Green. In Kales Ohren klang es wie eine dumme Ausrede. Dennoch blieb er außergewöhnlich ruhig.

„Das ist keine ausreichende Antwort. Es war schwer den Brief zu stehlen. Tage und Nächte habe ich damit verbracht das Anwesen der alten Koirbet zu überwachen. Den Bannkreis zu durchdringen schien zu Beginn unmöglich, die Alte hat Verbindungen zum Königshaus und der Diebstahl musste so lange wie möglich unbemerkt bleiben. Dies gelang mir auch. Ich zog euch ins Vertrauen. Dich Green, den ich seit des Attentats auf deine Familie versteckte und Azaria, deren Gesellschaft ich schon seit der Akademie genoss. Ich sagte euch, dass dieses Hayworth Mädchen bald nach Krogan gebracht werde und wir sie zu einem bestimmten Zeitpunkt brauchen würden. Und du widersprichst mir? Green? Was wäre geschehen, wenn du sie *getötet* hättest?", sagte Kale und wurde lauter.

„DER PLAN! DU HÄTTEST ALLES ZU NICHTE GEMACHT!“, schrie er nun.

„Du hättest alles zu Nichte gemacht, all meine Mühen.“

Green begann zu zittern. Er fürchtete Kales Zorn, dabei war Anthony Green um vieles älter als er.

„Du enttäuscht mich…ach, was rede ich da? Ich spreche schon wie Vater, lächerlich.“

Kale schnaubte spöttisch.

„Es bleibt nicht mehr viel Zeit für die letzten Vorbereitungen. Wenn ich herausgefunden habe, was ich wissen muss, tauche ich unter. Wartet auf mein Zeichen und folgt dem Plan. Das ist das Wichtigste.“ Die anderen beiden schwiegen. „Falls ich aufgehalten oder getötet werde, übernimmt Grim meinen Posten.“ Kale zog etwas aus seiner Tasche. Es war ein silbriges Amulett voller Gravuren. „Azaria, nimm es.“

Azaria nahm es Kale ab. „Ein Damantioamulett, woher hast du das?“, sagte sie überwältigt.

„Es gehörte Blake Arett. Ich habe es nicht geschafft, ihn zu töten. Aber als Inselwächter wird er wohl verschweigen, dass es ihm gestohlen wurde; er ist zu stolz um seinen Ruf zu gefährden. Ich werde ihn früh genug wieder aufspüren. Unser zweites Treffen wird für ihn nicht ganz so angenehm werden. Wie auch immer. Ich vertraue es dir an.“

Kale wartete Azarias Reaktion ab. Sie starrte das Amulett an. „Danke“, sagte sie und küsste ihn auf die Wange. In Kale machte sich Genugtuung breit. Er packte grob ihren Arm und funkelte sie herrisch an. „Verliere es nicht.“

Green sah Azaria neidisch an. „Warum es ihr anvertrauen? Gib es mir!“, sagte er hektisch und boshaft.

„Du musst dir meinen Respekt erst wieder verdienen. Sei dankbar, habe ich dich nicht eben geheilt und von deinen Schmerzen befreit?“

Green bereute seine Worte sobald er Kales Antwort bekam. Er verbeugte sich vor Kale, auch wenn es hieß, sich ebenfalls vor Azaria zu verneigen.

„Verzeihung“, sagte Green leise.

„Ich verabscheue dich, Green!“, sagte Azaria voller Hass in der Stimme.

„Wir brauchen ihn noch“, ermahnt Kale sie. Azaria riss sich von Kale los.

„Er ist selber Schuld. Erst sprengt er sich selber in die Luft und kommt nur knapp davon und nun sein nächster dummer Fehler. Alle wissen nun, dass er lebt, er ist keine Hilfe mehr für uns“, sagte Azaria wütend. Green sprang auf und wollte sie packen, doch Kale schob sich noch rechtzeitig zwischen die Beiden. Er gebot Green zu schweigen, der gerade den Mund öffnen wollte. „Hört auf damit! Ich brauche euch beide!", schrie Kale. „Übermorgen brechen wir auf nach Norden. Ich muss mich auf euch verlassen können." Kale wandte sich an Azaria: „Bleib wachsam." Dann an Green. „Keine Alleingänge mehr, sonst bringe ich dich um."

Azaria lächelte gehässig.

„Alles hängt von euch ab. Übermorgen um Mitternacht beginnt die erste Phase des Plans. Ihr wisst, was zu tun ist. Ich versiegle den Zeitsprung, der mit dieser Ruine verbunden ist, sobald ich zurückgehe. Das heißt, falls etwas schief geht, kann ich euch nicht helfen."

Ohne ein weiteres Wort ging Kale. Zurück durch die Tunnel, zurück zum Anwesen der Crossdales. Er versiegelte den Durchgang und schlug voller Wucht gegen den Spiegel, der laut zerbrach. Kale starrte die restlichen Splitter an. Er grinste.

„Sieben Jahre Pech", murmelte er. Ein Schwall warmen Blutes strömte aus seiner verletzen Hand. Er spürte den Schmerz nicht. Langsam tropfte Blut auf den Boden und aus Kales Mund drang ein irres Lachen. Es gab da so viele Dinge, die sein Vater nicht wusste. Er hatte sich entschieden. *Ja, er hatte sich entschieden.*

Green schenkte sich das dritte Glas Schnaps ein und rieb sich den Dreck aus den Augen. Er warf sich aufs Bett zurück und starrte an die Decke. Azaria war noch immer anwesend. Sie sah aus, als hätte sie noch einiges zu sagen, jetzt, wo Kale fort war, doch sie entscheid sich, ihn schweigend zu verlassen. „Warum er dir vertraut ist mir ein Rätsel. Aber sein Blick sagte alles…so ist das wohl."

Azaria blieb abrupt stehen. „Behalt dein schwachsinniges Geschwafel für dich, du Bastard, sonst schneide ich dir die Zunge heraus!", sagte sie herablassend und zornig.

„Wenn Kale nicht der Meinung wäre, du wärst noch von Nutzen, hätte ich dich längst getötet. Denn du verdienst einen besonders grausamen Tod!"

Sie ging und die Tür schlug laut hinter ihr zu. Green starrte ihr erbittert nach. Er hasste sie genauso, wie sie ihn hasste. Das Kale etwas für sie übrig hatte machte ihn wütend. Dieses dumme Mädchen hatte doch keine Ahnung. Green beruhigte sich langsam. Er dachte nur noch daran, seinen dummen Fehler wieder gut zu machen. Seine Zeit würde kommen, sein Kampf würde legendär. Er würde derjenige sein der Kaithlyn Hayworth töten würde.

Kapitel 11

Kaithlyns Geburtstag

In dieser Nacht hatte Kaithlyn einen seltsamen Traum. Sie ging einen langen Flur entlang. Es war dunkel und es gab nur diesen einen Weg. Da war eine alte Stimme, die sie rief. Sie kannte sie nicht. Kaithlyn ging weiter gerade aus, bis sie auf eine Tür traf. Sie drehte den Knauf und schritt über die Schwelle. Kaithlyn hörte nichts außer ihren eigenen Atemzügen. Unerwartet schossen Flammen die Wände empor. Heißes, glutrotes Feuer schlug sich unter die kahle Decke des Raumes. Kaithlyn schrie vor Entsetzen. Die unbekannte Stimme rief weiter ihren Namen. Sie spürte die Hitze auf ihrem Gesicht brennen; bemerkte panisch, wie das Feuer sie weiter einschloss. Die Tür war verschwunden. Doch bevor etwas geschehen konnte, bevor die Flammen sie verbrennen konnten, wachte sie auf.

Sie schreckte hoch und schlug sich schützend die Hände vor die Augen. Sie konnte die Hitze noch immer auf ihrer Haut spüren, die trockene Luft noch immer schmecken. *Es war nur ein Traum,* dachte Kaithlyn. *Nur ein Traum? Genauso wie es nur ein paar Bilder in ihrem Kopf gewesen waren?* Sie schaltete das Licht ein und setzte sich auf die Bettkante. Die Uhr zeigte kurz vor Mitternacht. Kaithlyn sah sich nach Harlow um, dann fiel ihr ein, dass sie bei Rose geblieben war. Harlow schien Rose′ Bett in den letzten Tagen zu bevorzugen. Oder vielmehr die Aufmerksamkeit die Rose ihr schenkte; Harlow war ihr verfallen.

Kaithlyn ging ins Bad und trank einen Schluck Wasser aus dem Hahn. Als sie zurückkam sah sie durch das Fenster den strahlend hellen Mond. Es war Vollmond. Sie rieb sich die Augen und sah erneut auf die Uhr. *Happy Birthday, Kaithlyn,* dachte sie.

Als sie sich anzog, dachte sie über ihren Traum nach. *Ob er etwas zu bedeuten hatte?* Dieses Mal würde sie auf besondere Zeichen achten. Genauso wie es die Bilder in ihrem Kopf gewesen waren. *Dieses Mal würde nicht passieren,* beruhigte sie sich. Während sie sich das Haar kämmte, betrachtete sie ihr Spiegelbild. Das Damantioamulett zeichnete sich deutlich unter ihrem dunklen Pullover ab. In Mrs Koirbets Haus war die Gelegenheit verstrichen mit Kaine zu reden. Er hatte sie abgeblockt. Mit ihrem neu errungenen Wissen schlichen sich die alten Fragen wieder ein. Wie war Kaine in den Besitz des Schmuckstückes gekommen? Diebstahl? Sie schämte sich dafür, dass ihr dieser Gedanke vor allen anderen durch den Kopf schoss. Sie hatte den Eindruck gewonnen, das Kaine sich nicht aus Besitztümern machte – sein Schwert ausgenommen. *Er legte es* nie *ab. Ob er befürchtete, dass Melora ihn im Schlaf erstechen würde? Mh. So abwegig war diese Theorie nicht.* War er ein Inselwächter? *Nein. Inselwächter blieben auf ihren Inseln.* Sie würde ihn fragen müssen. Sie war es ihm schuldig, ihn aufzuklären. Sie an seiner Stelle hätte es so gewollt.

Als sie an Rose´ Tür klopfte, bekam sie keine Antwort. Anscheinend war sie schon zum Frühstück gegangen. Meloras Zimmertür stand offen – keine Melora - und sie traute sich nicht an Kaines zu klopfen. Auf dem Weg zum Esszimmer wurde sie mit jedem Schritt langsamer. Geburtstage. Für die meisten war es der schönste Tag des Jahres. Für Kaithlyn wie ein Stich ins Herz. An diesem Tag vermisste sie ihre Eltern. Heute sogar Relia.

Noch ehe sie das weitläufige Esszimmer betreten hatte riefen Stimmen im Chor:

„Herzlichen Glückwunsch zum Geburtstag, Kaithlyn!"

Der Raum war unglaublich schön geschmückt. Überall hingen frische Blumenketten an den Wänden entlang und verströmten einen angenehm süßen Duft. Ein großes Banner aus mehreren bunten Tüchern hing über der Tür; darauf stand: *Happy Birthday*. Der Tisch war noch voller und überladener gedeckt als sonst. Alle Anwesenden strahlten ihr entgegen, fast alle zumindest. Rose´ Familie gratulierte ihr zuerst. Sogar Melora wünschte ihr *alles Gute* und gab ihr ein winziges Päckchen mit einer blauen Schleife.

„Ich wusste nicht, dass du Geburtstag hast. Also…bitte", sagte Melora holprig. Ihre Miene war undeutbar. Damit war ihre *Freundschaft* wohl besiegelt. Wie…nett.

„Danke, ich freue mich", sagte Kaithlyn, die ein Geschenk von Melora nicht erwartet hatte. Außer den Avedas, Melora und einen mürrischen Kaine, war Mr Roberts samt Klemmbrett anwesend.

„Herzlichen Glückwunsch, von mir persönlich und natürlich dem Hauspersonal", sagte er und reichte Kaithlyn feierlich die Hand, doch er schielte bereits wieder auf seine Notizen.

„Danke", sagte Kaithlyn und schüttelte ihm die Hand.

„Sie müssen wissen, Mr Karacord ist noch mit Vorbereitungen für das Fest beschäftigt. Verzeihen Sie ihm bitte. Er hat darauf bestanden, die letzten Details selber in die Hand zu nehmen, dabei wäre es mir ein Vergnügen gewesen, den Rest zu erledigen."

Kaithlyn nickte. *Was machte es schon, wenn ihr Großvater nicht da war?*

„Hier, Kaithlyn", sagte Rose. Sie reichte ihr ein in Leder gebundenes Päckchen.

„Alles Gute zum Geburtstag."

Sie bedankte sich bei Rose, da umarmte sie auch schon Mrs Aveda herzlich.

„Kaithlyn, das ist für dich, von David und mir."

Mr Aveda nickte aufgeregt.

„Dankeschön Mr und Mrs Aveda."

Kaithlyn legte die Päckchen auf einen leeren Stuhl.

„Wo ist Harlow, Rose? War sie nicht bei dir?", fragte Kaithlyn.

Bevor Rose antworten konnte, tapste Harlow leichtfüßig ins Zimmer. In ihrem Maul hatte sie eine besonders schöne Lilie. Harlow verneigte sich vor ihr.

„Für dich, Kaithlyn"

„Danke, Harlow."

„Gefällt sie dir?"

„Sie ist wunderschön", lächelte Kaithlyn.

„Ich habe lange gesucht, um die Schönste zu finden", murrte Harlow fröhlich. Kaithlyn hob sie hoch und drückte sie an sich. „Du erdrückst mich!", beschwerte Harlow sich.

Während die anderen zu frühstücken begannen, öffnete Kaithlyn ihre Geschenke. Sie begann mit dem von Melora. Darin war ein Armband aus nachtblauen kristallartigen Steinen.

„Es ist aus Mondsteinen. Es ist nichts Besonderes, aber ich habe mal gehört Mondsteine sollen vor größerem Unheil beschützen. Wer weiß…", bemerkte Melora beiläufig.

„Es ist echt schön", sagte Kaithlyn und zog es über ihr rechtes Handgelenk. Melora sah zufrieden aus. Dann öffnete sie das Päckchen von Rose´ Eltern. Es war ein Buch.

„Es ist eine Lektüre über die Deity Akademie. Darin ist ein Kursverzeichnis, eine Art Grundriss, eine Karte der Insel Senegade und Empfehlungen zu Fächern, die du wählen kannst“, sagte Mr Aveda.

„Das ist bestimmt recht nützlich“, sagte Kaithlyn mit flauem Magen. Nach den Ferien folgte die Schule. Sie hatte noch keinen Brief von der Akademie bekommen. Sie wollte ihre Befürchtung nicht vor den anderen aussprechen. Sie öffnete Rose′ Geschenk als Letztes. Es war ein kleiner silberner Kompass. In der Mitte der Vorderseite saß eine einzelne weiße Perle; im Inneren standen vier Zeiger still.

„Es ist ein besonderer Kompass“, sagte Rose, die offenbar auch etwas zu ihrem Geschenk sagen wollte. Melora spähte neugierig über den Tisch.

„Er zeigt *immer* die richtige Richtung.“

„Tun Kompasse das nicht immer?“, fragte Kaithlyn gedehnt. Rose musste lachen.

„Siehst du hier? An diesem Zeiger ist ein Glimstein.“

Rose wies auf den längsten der Zeiger.

„Er zeigt in alle Richtungen, in denen sich eine Spur Magie befindet. Ist da nicht eine Gebrauchsanleitung bei gewesen?“

Kaithlyn sah in die kleine eben abgelegte Schachtel. Darin lag ein brauner, Hand beschriebener Zettel.

„Ja, du hast recht“, sagte Kaithlyn und begann die Handschrift zu entziffern.

Auf dem Zettel stand die Überschrift: *Damantio Glimsteinkompass*. Darunter stand geschrieben: Glimstein besitzt die Eigenschaften Wünsche zu erfüllen. Die alten Magier benutzten sie früher für Weissagungen und Ortungszauber, so wird auch dieser Kompass immer die richtige Richtung zeigen, solange man klaren Mutes ist, denn eine Richtung kann nur vom Reisenden selber als richtig bezeichnet werden.

„Vom Reisenden selber?“, murmelte Kaithlyn.

„Lies weiter“, forderte Rose sie auf.

Zeiger eins: der Glimstein, zeigt Spuren der Magie
Zeiger zwei: Sternenstaub, orientiert sich am Kometensystem
Zeiger drei: Errebenknochen, misst die Winde der Lüfte
Zeiger vier: Kobold Gold, orientiert sich an den Himmelsrichtungen

An den Enden der Zeiger war immer etwas eingelassen; die vier Artefakte, mit denen man sich am Boden und in den Lüften orientieren konnte. Kaithlyn klappte ihn zu.

„Ein Damantio Kompass?“, sagte sie erstaunt.

„Rose, das ist ein zu teures Geschenk. Das kann ich nicht annehmen“, protestierte Kaithlyn. Rose warf ihr einen müden Blick zu.

„Natürlich nimmst du ihn an. Es ist ein Geschenk. Aber, wenn es dich beruhigt, ich habe ihn einer alten Frau abgekauft, sie wusste anscheinend nichts von seinem Wert und als ich es ihr erzählte, meinte sie nur, sie würde so etwas Kostbares bestimmt nur verlieren. Also ein Schnäppchen, okay?“

Kaithlyn drehte den Kompass; auf der Rückseite waren winzige Initialen eingearbeitet. Die Buchstaben *C.D.* - Cortescount Damantio. Es war ein Original. *Warum diese Frau ihn wohl unter Wert verkauft hatte?* Kaithlyn reichte den Kompass Melora. Neidisch beäugte sie das glänzende Silber. Kaines Blick löste sich keine Sekunde von ihr. *Er weiß es.* Kaithlyn starrte ihn an. *Er weiß wer Damantio war und was er gefertigt hat.*

„Dass es so etwas noch gibt“, murmelte Melora.

„Wir haben über dieses Material im *Mythologieunterricht* gesprochen.“

„Ich glaube ich habe ihn von einem Händlermarkt auf Senegade, in der Nähe der Akademie“, sagte Rose und musterte Melora, die Kaithlyn den Kompass zurückgab.

„Aber kannst du den überhaupt segeln?“, fragte Melora, die nicht ganz falsch lag. Der Kompass war zur Navigation da. Segeln war die übliche Methode zu reisen.

„An der Akademie gibt es einen Segelkurs“, meinte Rose und pellte ein Ei.

„Pass gut drauf auf“, fügte Melora hinzu. Kaithlyn begann sich allmählich unwohl zu fühlen, nun da sie Dinge von solchem Wert besaß. Sie warf einen weiteren Blick zu Kaine. Seine Miene hatte sich entspannt. Es sah so aus, als würde er mit offenen Augen vor sich hindösen. Er war ein seltsamer Typ. *Wirklich seltsam.*

Hungrig schmierte Kaithlyn sich ein Brötchen. Sie wollte sich beeilen, denn die anderen waren bereits fertig mit essen. Rose´ Eltern verabschiedeten sich bereits nach einer halben Stunde, als Mr Roberts wieder im Türrahmen auftauchte und ziemlich geheimnisvoll tat, als er sie aufforderte, ihm zu folgen. Bei der Gelegenheit verschwanden auch Melora und Kaine.

Kaithlyn und Rose tauschten einen verwirrten Blick.

„Das sollte besser eine tolle Geburtstagsüberraschung werden, wenn sie dich schon alle alleine lassen", murrte Rose und blätterte durch das Buch, das ihre Eltern Kaithlyn geschenkt hatten. Kaithlyn widmete sich achselzuckend wieder ihrem Frühstück.

Eine halbe Stunde später drängte es sie nach draußen. Obwohl fast im ganzen Anwesen die Fenster geöffnet waren, wurde es drinnen immer wärmer. Es war noch immer früher Vormittag, doch der kommende Sommer machte sich deutlich bemerkbar. Kaithlyn und Rose saßen inmitten eines Blumenmeeres auf einer eisernen Bank im Garten. Kaithlyn konnte es nicht lassen und warf immer wieder unruhige Blicke hinüber zum Labyrinth. Obwohl es in weiter Ferne zu liegen schien, überlief sie beim Anblick jedes Mal ein kalter Schauer. Die damit verbundenen Erinnerungen würde sie so schnell nicht vergessen. Harlow gähnte laut. Kaithlyns Meinung nach hatte Harlow zwei Hobbys, das Erste war zu essen und das Zweite zu schlafen. Wer hatte noch einmal gesagt Kiankis könnten magische Kräfte entwickeln? Als ob Rose über dasselbe nachgedacht hätte, begann sie Kaithlyn über das Thema auszufragen.

„Wie ist es so?"

„Was denn?"

Die Sonne stand für diese Uhrzeit ungewöhnlich hoch und wärmte Kaithlyn das Gesicht.

„Mit Harlow zu sprechen. Ich meine ihr benutzt doch die meiste Zeit diese Gedankenstimme, oder?"

Rose sah Harlow interessiert an.

„Eigentlich ist es genauso wie mit dir zu reden", sagte Kaithlyn, die sich nie darüber Gedanken gemacht hatte, wie die Kommunikation, zwischen ihr und Harlow eigentlich genau funktionierte. Gedankenübertragung? Magie? Ein Seelenband?

„Es ist ein Rätsel", meinte Rose.

„In den meisten Büchern steht immer, dass die Verbindung zwischen einem Kianki und seinem *Hound* etwas Besonderes ist, wissenschaftlich und *magystisch* kaum zu erklären. Es gibt nichts Vergleichbares."

„Einem was und magy wer?", fragte Kaithlyn.

„Du bist Harlows Hound, ihr menschlicher Meister. Und *Magysthologie* ist die Lehre der zweischneidigen Magie, sie beschäftigt sich sowohl mit Mercudi – als auch Whyburnmagie."

„Und du weißt das weil...?"

„Ich habe viele Freunde auf der Deity, die in den Magieklassen sind. Da kommt man ins Gespräch."

Kaithlyn winkte Harlow zu ihnen. Bis eben hatte sie noch einem Schmetterling nachgejagt.

„Harlow kannst du meine Gedanken hören?", fragte Kaithlyn, der dieser Gedanke wiederum nicht besonders gefiel. Dass jemand ihre Gedanken lesen oder hören konnte, empfand sie als nervig und sie fand das Harlow nicht alles wissen sollte. Harlow sah Kaithlyn verwirrt an.

„Ich höre deinen Herzschlag. Es ist wie ein unsichtbares Band, das uns verbindet. Was einen Meister mit seinem Kianki verbindet. Ich würde dich überall auf der Welt finden können. Ich spüre deine Anwesenheit", sagte Harlow. Eine ziemlich weitdeutbare Antwort. Kaithlyn legte sich eine Handfläche auf die Stelle ihres Herzens. Eine so tiefe Verbindung...

„Das ein Name so viel ausmachen kann", sagte Kaithlyn.

„Ich musste dir doch bloß einen Namen geben."

Rose sah von Kaithlyn zu Harlow und zurück.

„Wie alt bist du denn eigentlich?"

Kaithlyn musterte Harlow von Kopf bis zu den Tatzen. Harlow antwortete langsam, so als müsste sie sich zunächst Klarheit über ihre Antworten verschaffen.

„Ich altere sehr langsam."

„Dreimal so langsam wie Menschen", schoss es aus Rose´ Mund wie aus einer geladenen Pistole. Harlow nickte zustimmend. Das würde mit Kaithlyns Einschätzung übereinstimmen. Sie schätzte Harlow sehr jung ein. Ihre kindliche, muntere Art war einer der Gründe dafür.

„Was ist mit deiner Familie?", fragte Kaithlyn weiter.

„Ich erinnere mich nicht."

„Wir sind deine Familie. Rose und ich", sagte Kaithlyn rasch und lächelte freundlich. Sie dachte daran, dass sie wenigstens wusste, wer ihre Eltern waren. Sie hatte noch eine Tante und einen Großvater und sie hatte Rose. Kaithlyn schämte sich dafür, dass sie in letzter Zeit so schlecht über ihre Tante gedacht hatte. Kaithlyn war nicht allein gewesen. Kaithlyn hatte nicht alleine gewartet, darauf, dass jemand kam; ihr einen Namen gab...

Sie begann, über das herrliche Wetter zu reden. Sie wollte sich und Harlow ablenken. Es funktionierte eine Weile, bis Kaithlyn zum fünften Mal über die ach so schönen Blumen sprach, als sich die eine Frage die Kaithlyn seit dem Frühstück beschäftigte wieder in ihre Gedanken einschlich.

„Ähm, Rose?“, begann Kaithlyn, doch Rose sprang ruckartig auf. Über ihnen machte sich ein Schatten breit. Kaithlyn erschrak, dann erkannte sie, dass etwas über ihnen hinweg flog. Es war ein riesiges Tier. Kaithlyn hielt den Atem an. Es sah aus wie ein Drache mit einen viel zu kurzem Schwanz. Sein massiger Körper wurde von seinen ledrigen Schwingen leichtfüßig durch die Luft getragen. Es beschrieb einen riesigen Kreis und landete so plump, dass die Kieselsteine des Weges davon sprangen wie kleine weiße Mäuse auf der Flucht. Kaithlyn glaubte den Boden unter ihren Füßen vibrieren zu spüren und schwankte eine Sekunde hin und her; völlig aus dem Gleichgewicht gebracht vom Anblick dieses riesen Viehs. Ihr klappte der Unterkiefer herunter und ihre Augen weiteten sich. Das geflügelte Wesen hatte wirklich die Statur eines Drachen: breiter, kräftiger Körper, eckiger Kopf, ein spitz zu laufendes Maul, kleine Hörner zwischen den winzigen Ohren, doch anstatt Schuppen hatte es kurzes, borstiges Fell, das sich glatt an seinen Körper schmiegte wie eine zweite Haut. Es grub die kräftigen Klauen in den Boden als wolle es Wurzeln schlagen.

„Rose, siehst du das auch?“, quiekte Kaithlyn. „Sitzt…sitzt da jemand drauf?“

Auf dem Rücken trug es einen Sattel, an dessen beiden Seiten prall gefüllte Säcke und Ledertaschen hingen. Im Sattel saß ein Mann. Er trug eine minzgrüne Uniform, mit passender Mütze und einen Schal, der sein halbes Gesicht bedeckte. Er zog seine Fliegerbrille von der Nase und sprang aus dem Sattel, was bis zum Boden aufgrund der Größe des Tieres gut sechs Meter waren. Dieses Ding war einfach riesig! Noch nie hatte Kaithlyn so ein Tier gesehen. Sie wusste nicht was siegen würde: Neugier oder Angst? Rose wollte näher treten, doch Kaithlyn hielt sie vorsichtshalber zurück.

„Du lieber Himmel“, entfuhr es Rose.

Mr Roberts eilte die Treppe zum Garten herunter und winkte dem Mann zu.

„Hier!“, rief er, als er sich näherte.

„Guten Tag, Rongs!“, sagte Mr Roberts fröhlich. „Was haben Sie den heute für uns?“

Ein Postbote. Kaithlyn klappte den Mund wieder zu. *Ein Postbote?*

„Tag, Mr Roberts. Heut gibt`s nich so viel, wie sonst“, sagte er, als er Mr Roberts, ein schmales Bündel Briefe reichte. Er kratzte sich nachdenklich hinter dem rechten Ohr.

„Da wäre noch dieses Päckchen. Für'n Mädchen. Kaithlyn Hayworth, is' das richtig?“

Mr Roberts nickte.

„Seit wann wohnt denn hier n'Mädel?“

„Besondere Umstände“, erwiderte Mr Roberts knapp und sah die Briefe durch. In seiner Hast hatte er Kaithlyn, Rose und Harlow wohl übersehen. Das Tier krächzte laut.

„Hallo!“, sagte Rose, um auf sich aufmerksam zu machen. „Kaithlyn Hayworth? Das ist sie.“

Die beiden Männer drehten sich um.

„Hätte euch fast übersehn, wa?“

Der Postbote kam auf sie zu. Rose zog Kaithlyn mit sich.

„Da bitte.“ Rongs reichte ihr das Päckchen.

„Danke“, murmelte Kaithlyn missmutig. *Besondere Umstände.*

„Was ist denn das für ein Tier, Sir?“, fragte Rose den Postboten.

„Meinst`e ihn?“

Er deutete auf das riesige Tier.

„Ja. Ich habe so etwas noch nie gesehen.“

„Das ist ein Hope. Sehr seltene Drachenart, sehr selten. Schnelles Tier, hat ne gute Orientierung, was die Winde angeht. Noch nie gesehen sagst`e?“

„Bei uns wird die Post per Boten überbracht. Sie kommen mit den Handelsschiffen“, sagte Rose.

„Zu Fuß? Ich glaub`s nich. Von wo kommst'e denn? Weit weg, wa? Auf solch großen Inseln werden Briefe und Päckchen per Luftweg überbracht, schnell und effizient. Natürlich, wenn`s besonders schnell gehen soll, gibt es noch die Himmelsadler, aber zu Fuß? Nein, danke.“

Der Postbote lachte genüsslich.

„Interessant“, gab Rose von sich.

„Ich habe noch nie von so einem Tier gehört oder gelesen.“

„Die Hopes werden nicht für jede beliebige Strecke benutzt. Meistens für große Mengen Post, die sich angesammelt hat und auf derselben Insel verteilt wird. Ich bringe den Leuten auf Krogan seit zehn Jahren die Post“, verkündete Rongs.

„Gute Bezahlung, öffentlicher Dienst, nicht so wie die Alder. Die Akademien nutzen ebenfalls diese Dienste. Da machen die Leute immer große Augen, wenn sie den Drachen sehen."

Er lachte ein heiseres Lachen. Rongs klopfte dem Hope gegen eines seiner Vorderbeine, woraufhin sich das Tier niederließ und Rongs sich schwungvoll an einem der Gurte hinaufzog, bis er wieder fest im Sattel saß. Rose und Kaithlyn staunten nicht schlecht.

„Hoch mit dir!", rief er dem Hope zu. Der Hope nahm Anlauf und mit einem Satz war er wieder in der Luft. Seine breiten Schwingen brachten ihn und den Postboten mit schnellen Bewegungen Eilens außer Sichtweite. Wind kam auf. Die beiden Mädchen sahen ihnen beeindruckt nach.

„Wow", sagte Rose. Mr Roberts war inzwischen zurück zum Anwesen gerauscht.

„Von wem ist das Päckchen?", fragte sie.

„Mh. Da steht kein Absender drauf. Sieh mal nur hier vorne..."

Kaithlyn las laut; auf dem Päckchen stand in blass wirkender Schrift:

Kaithlyn Hayworth
Südliche Himmelsinsel Krogan
Anwesen der Karacords
Dorf Litha

„Ich glaube ich kenne die Handschrift", bemerkte Kaithlyn.

„Es gibt ja nicht besonders viele, die wissen, dass du hier bist, oder?", sagte Rose und lachte. Harlow beobachtete die beiden aufmerksam.

„Vielleicht öffnest du es mal?"

Kaithlyn nickte. Wer hatte ihr das geschickt? Ein weiteres Päckchen und ein Brief befanden sich im Inneren. Rose sah sie wissend an. „Harlow komm wir laufen ein Stück. Wer schneller ist?", rief sie. „LOS!" Harlow preschte begeistert voraus. Rose wusste, das Kaithlyn den Brief zuerst alleine lesen wollte. Sie kannte Kaithlyn einfach zu gut. Sie setzte sich zurück auf die Bank und entfaltete das Blatt. Es war die Handschrift ihrer Tante.

Aufgeregt, begann sie zu lesen.

Liebe Kaithlyn,

ich hoffe es geht dir gut und du bist wohl auf. Ich hoffe zudem, dass dein Großvater dich angemessen behandelt. Meine Reise an Mrs Koirbets Seite verlief in den letzten Tagen nicht besonders spannend. Zurzeit befinde ich mich auf der südlichen Insel Diadem. Wir wohnen bei einer Freundin von Musa. Ich habe viele Boten, Berater und Letorian kennengelernt, aber es scheint so, das sie alle etwas zu verbergen haben. Es herrschte eine angespannte Lage auf der Insel. In den nächsten Tagen findet ein Rat der Inselwächter statt. Es ist ungewöhnlich, denn ein solcher Rat findet nur in Notzeiten statt. Ich befürchte, dass etwas Aufsehenerregendes geschehen ist. Ich kenne den Grund nicht, aber sobald ich etwas in Erfahrung bringe, werde ich dir wieder schreiben. Ich wünsche dir alles Gute zum Geburtstag. Anbei liegt meine Adresse für den Fall, dass du mir schreiben möchtest. Ich mache mir Sorgen, also pass bitte auf dich auf und tue nichts Unüberlegtes.

Liebe Grüße, Relia

Auf einem kleineren Zettel, den Kaithlyn aus dem Umschlag holte stand eine Adresse.

Relia Abadon
Südliche Himmelsinsel Diadem
Fam. Rotten
Dorf Ael

Kaithlyn fand diesen Brief äußerst seltsam. Ihre Tante war also in der Nähe, auch auf einer der südlichen Inseln? Hatte sie wirklich versucht etwas zu schreiben, was Informationen vermittelte? Normalerweise sagte sie nur das Nötigste, wollte kaum etwas preisgeben. Jetzt schrieb sie über eine beunruhigende Lage auf Diadem? Hatte das etwas mit Green oder seinen Plänen zu tun? Oder den Dierraidern? Waren sie ermutigt durch Greens erneutes Erscheinen? Oder hatten sie diese Information noch gar nicht? Ihr Großvater hatte auch etwas von einem Rat erzählt? Sprachen sie hier von derselben Sache?

Kaithlyn war zunächst froh, dass es ihrer Tante gut ging, aber sie hatte ihre Wut über all die Lügen nicht vergessen. *Sollte sie zurückschreiben?*

Ärgerlich faltete sie den Brief zusammen und wickelte das kleine Päckchen auf. Es war ein bronzener Rahmen mit einem Foto darin. Kaithlyn stockte der Atem. Eine Frau mit langem, gewellten, blonden Haar war darauf zu sehen. In ihren Armen hielt sie ein Baby, eingewickelt in ein Tuch. Sie lächelte. Neben ihr streckte ein Mann mit grauen Augen und kurzem braunen Haar behutsam seine Hand zu der des Babys aus. Sie hatte noch nie ein Foto ihrer kleinen Familie zusammen gesehen. Zu Hause standen vereinzelt Fotos von ihrer Mutter herum, als sie noch jünger war, zusammen mit Relia oder welche von Kaithlyn als Kleinkind. Ein Foto ihres Vaters gab es nicht. Ihre Eltern sahen so freundlich und glücklich aus. Es musste nach Kaithlyns Geburt aufgenommen worden sein. *Woher hatte ihre Tante es?* Ihre Hände zitterten am Rahmen, während sie das Foto überwältigt betrachtete. Sie starrte wie festgefroren in die Gesichter ihrer Eltern.

Rose kam keuchend den Weg zurück. „Harlow ist einfach zu schnell. *Puh!*" Sie stütze ihre Hände auf den Knien ab. „Alles okay, Kaithlyn? Du bist so blass."

„Rose..."

Kaithlyn konnte es einfach nicht fassen. Aus Gesprächen mit Mr und Mrs Aveda oder ihrer Tante hatte sie schon eine ungefähre Vorstellung bekommen, was ihren Vater betraf aber dieses Foto vor Augen übertraf sie alle zusammen.

„Sieh nur."

Sie reichte Rose das Bild.

„Von wem hast du das Päckchen? War das Bild darin?"

„Es ist von meiner Tante."

„Deine Mutter…du siehst ihr so ähnlich."

Überrascht gab Rose es Kaithlyn zurück.

„Wie kommt sie dazu es dir jetzt zu schicken?", fragte Rose leicht verärgert. „Glaubst du, sie hat es jetzt erst gefunden oder so?"

„Ich weiß es nicht. Aber ich denke sie hätte es mir gegeben, wenn sie es früher gehabt hätte." Kaithlyn schluckte. „Oder?"

„Du hast recht. Deine Tante hat Fehler gemacht, aber im Grunde ist sie sehr fürsorglich und sie hätte dir gegönnt, dass du es besitzt."

Kaithlyn war sich ziemlich unsicher, was dies betraf.

„Was schreibt sie?", wollte Rose wissen.

„Du kannst den Brief ruhig lesen", sagte Kaithlyn. Noch immer erschöpft atmend setzte Rose sich auf die Bank und las. Harlow planschte in einer winzigen Pfütze, die ein Rasensprenger hinterlassen haben musste. Kaithlyn wartete ungeduldig bis Rose zu Ende gelesen hatte.

„Nicht sonderlich aufschlussreich, oder?", begann Kaithlyn. Rose überlegte kurz.

„Wie man es nimmt. Auf der Insel Diadem befindet sich der Palast der Königsfamilie. Es ist eine reiche, prunkvolle Insel. Es scheint etwas vorgefallen zu sein, was von den Boten und Letorian vertuscht wird. Außerdem hat deine Tante recht, der letzte Rat wurde vor rund fünfzehn Jahren einberufen."

„Wirklich?"

„Ich weiß aus Geschichtsbüchern, dass der Rat wohl als Gericht fungierte oder so. Denk darüber nach, wie gefährlich so etwas ist, weil alle Wächter ihre Insel verlassen müssen. Die Inseln sind Verteidigungs- und überwachungsmäßig geschwächt", sagte Rose. Daran hatte Kaithlyn nicht gedacht. Wie klug Rose doch war.

„Die Letorian, die unter Befehl der Wächter stehen, sind auch noch da. Für den Fall das ein Wächter seine Insel verlässt regeln Sie doch seine Angelegenheiten", sagte Kaithlyn.

„Ja, aber wir reden hier von *neun* verlassenen Inseln. Das ist wie ein toter Winkel. Es wird leicht übersehen und es könnte zum Verhängnis werden", sagte Rose angestrengt.

„Du redest wie ein Verschwörer, Rose."

Doch Kaithlyn wusste, das Rose recht haben könnte.

„Wenn selbst wir darauf kommen, werden es wohl auch der König und seine Berater eingeplant haben. Machen wir uns vorerst keine Sorgen darüber. Davon hab ich nämlich genug", sagte Kaithlyn und stand auf.

„Lass uns rein gehen, mal sehen was die anderen so treiben."

„Mh. Okay."

„Komm Harlow", rief Kaithlyn. Als sie zurück ins Anwesen durch die Eingangshalle gingen, fiel Kaithlyn auf, dass viel mehr Bedienstete umher wuselten als sonst. Eigentlich hatte sie seit ihrer Ankunft nicht so viele Menschen gesehen. Einige trugen Vasen umher, andere schoben Servierwagen. Kaithlyn erkannte ein Mädchen unter ihnen. Sie hatte kurze blonde Haare und ihre Ohren sahen aus wie kleine Flügel, die zwischen ihren Haaren hervorstanden.

„Was ist denn hier los?", sagte Rose und sah einem Mann nach, der sich abmühte, eine besonders große, blaue Steinvase zu tragen.

„Hannah", rief Kaithlyn dem Mädchen zu. Hannah schob eine Geschirrkarre aus einem Zimmer und zog die Tür hinter sich zu. „Hallo, Hannah", sagte Kaithlyn, als sie und Rose, gefolgt von Harlow näher traten.

„Oh, Miss, Sie erinnern sich an meinen Namen?", sagte Hannah erschrocken.

„Das sind Rose und Harlow."

Kaithlyn zeigte erst auf Rose, dann auf Harlow. Hannah nickte beiden zu und sah Harlow verwundert an. Schüchtern senkte sie den Blick.

„Kannst du uns sagen, was hier los ist?"

„Vorbereitungen für das Bankett, Miss Hayworth."

Jetzt ist es schon ein Bankett?

„Okay", sagte Kaithlyn. „Kommst du auch aufs Fest?"

„Oh, nein, Miss", sagte Hannah verwirrt.

„Ich lade dich ein."

„Das kann ich nicht annehmen", sagte Hannah und sah sich verunsichert um. „Ich muss jetzt weiter arbeiten." Kaithlyn rief ihr noch hinterher, doch Hannah rauschte blitzschnell davon als wolle sie mit dem Geschirrkarren ein Wettrennen gewinnen.

„Sie war kaum älter als wir", sagte Rose. „Woher kennst du ihren Namen?"

„Hab sie halt kennengelernt. Komm lass uns mal schauen, wo die alle hin wollen."

„Kaithlyn, lass das mal lieber sein, es soll doch eine Überraschung werden."

Sie ließ nicht locker.

„Vielleicht fragen wir mal Mr Roberts?"

„Er wird schweigen wie ein Grab. Aber ich mache dir einen Vorschlag. Ich spioniere ein klein wenig herum und finde heraus, wo meine Eltern sind. Wir treffen uns später in deinem Zimmer, okay?", schlug Rose vor.

„Sollen wir nicht zusammen gehen?", fragte Kaithlyn hartnäckig.

„Geh", befahl Rose und lachte verheißungsvoll.

Es war niemand im Wohnraum. Kaithlyn fragte sich wo Melora und Kaine abgeblieben waren. Sie stellte das Bild ihre Familie gut sichtbar neben das Bett und legte das Päckchen samt Brief auf einen leeren Stuhl. Noch immer standen zwei Koffer unausgeräumt vor ihrer Kommode.

Vielleicht sollte ich sie ausräumen, um die Zeit totzuschlagen? Das tat sie dann auch. Harlow spielte mit einem Paar Socken, das prompt unters Bett rollte.

„Hey, hol es wieder."

Harlow verschwand unter dem Bett. Sie kam Sekunden später mit einem paar grauen Wollsocken und ein paar Staubfusseln im Fell wieder hervor. „Da ist noch etwas", sagte Harlow, kroch zurück unters Bett und schob etwas vor sich heraus. Es war ein mit Stoff überzogenes Kästchen. Auf dem Stoff ringelten sich Linien; die Scharniere glänzten silbern. Kaithlyn sah es einen Moment lang an, dann fiel es ihr wieder ein. Sie hatte es bei ihrer Abreise von Mrs Koirbet bekommen. Sie hatte gesagt, sie hätte es im Auftrag ihrer Eltern für Kaithlyn aufbewahrt. Kaithlyn wollte es nicht öffnen, weil sie sich von Informationen überflutet fühlte; hatte beschlossen später hineinzusehen. Mehr Neuigkeiten hatte sie damals nicht verkraftet. Nun war sie neugierig. Ihr Herz pochte laut.

Kaithlyn hob es aufs Bett. Sie versuchte es zu öffnen, doch es war verschlossen. Sie sah sich das Schloss des Kästchens genauer an. So etwas hatte sie noch nie gesehen. Es war ein äußerst merkwürdiges Schloss; es hatte noch nicht einmal eine Öffnung, in die ein Schlüssel gepasst hätte. Dort wo der Deckel hätte aufgehen müssen, war eine ovale, verschnörkelte Einfurchung. *Anscheinend fehlt dort ein Stück, etwas womit man es öffnen könnte,* dachte Kaithlyn. Sie hatte jedoch nichts der Gleichen. Mrs Koirbet hatte ihr auch nichts gegeben. Sie war enttäuscht, dass sie es nicht öffnen konnte. Kaithlyn versuchte es mit leichter Gewalt, doch es war zu fest verschlossen. Dann murmelte sie sinnlose Wörter vor sich hin, ganz so als hoffe sie, das Kästchen mit einem Spruch oder Geheimwort öffnen zu können. Es gehörte doch ihr also müsste sie in der Lage sein, es zu öffnen. Sie starrte es hoffnungslos an.

„Es geht nicht auf", sagte sie zu Harlow, die sich aufs Bett gesetzt und ihr zugesehen hatte.

„Dann halt nicht", seufzte Kaithlyn. Sie schob das Kästchen genervt zurück unters Bett. Dort war es bisher sicher gewesen. Sehnsüchtig sah sie wieder auf den bronzenen Rahmen, das Foto, welches ihre Tante geschickt hatte.

„Wer ist das?", fragte Harlow, die Kaithlyns Blick folgte.

„Meine Eltern." Sie zeigte auf das Baby in Alyssa Hayworths Armen. „Das bin ich."

Harlow sprang auf Kaithlyns Schoss um das Foto besser betrachten zu können.

„Vielleicht sollten wir mal Rose suchen gehen? Sie hatte nun genug Zeit, zu tun, was immer sie tun wollte“, murmelte Kaithlyn als sie auf die Uhr sah. Es war kurz vor ein Uhr. Kaithlyn war heute Morgen einfach zu früh aufgestanden. Der Vormittag zog sich endlos dahin.

Nachdem sie und Harlow eine Weile umhergewandert waren und sie Rose nicht fanden, gingen sie ins Esszimmer, um nachzusehen, ob das Mittagessen bereits aufgetragen war. Es war rätselhaft. Egal wann sie kam, das Essen stand bereits auf dem Tisch. Der Tisch war gedeckt und es duftete köstlich. Heute gab es Gemüsesuppe und verschiedene Brotsorten. Sie löffelte sich die heiße Brühe in den Mund, während Harlow bereits alles verschlungen hatte, was ihr vorgesetzt worden war und sich nun auf dem Boden kugelte, weil ihr schlecht war. Kaithlyn spürte deutlich, das Harlow bereute, ein kleiner Vielfraß zu sein.

„Miss Hayworth?“

„Ja?“

Sie blicke zu Mr Roberts auf.

„Mr Karacord möchte Sie gerne sehen.“

Kapitel 12

Die Feier

Kaithlyn wollte gerade an die Tür des Büros klopfen, als sich die mächtige Ebenholztür, wie von selbst öffnete. „Hier drüben, Kaithlyn." Ihr Großvater saß an seinem Schreibtisch über einen Haufen Papiere gebeugt. Nachdem er seine Unterschrift darunter gesetzt hatte, legte er die Papiere auf einen Stapel. Es sah aus als säße er zwischen zwei weißen Türmen. Er sah auf und legte seine Feder zur Seite. Mr Karacord stand auf und reichte Kaithlyn förmlich eine Hand. „Herzlichen Glückwunsch." Sie lächelte. „Ich möchte dir etwas zeigen, deshalb ließ ich dich rufen." Harlow streifte um ihre Beine, als sei sie unsicher, ob sie Überraschungen mochte oder nicht. Kaithlyn beruhigte sie durch ihr Gedankenband. Ihr Großvater führte sie durch eine kleine schwarze Tür in der rechten Ecke des Raumes, die Kaithlyn nie aufgefallen war. In diesem Zimmer stand ein riesiger Spiegel. Es erinnerte sie an das Zimmer in Mrs Koirbets Haus, durch dessen Spiegel sie zum Karacord Anwesen gekommen waren; das Gegenstück dazu stand in der Bibliothek.

„Folge mir. Wir machen einen kleinen Ausflug."

„Jetzt?"

Mr Karacord sah dann auf seine goldene Armbanduhr.

„Noch eine Minute; unser Durchgang ist noch nicht frei."

Kaithlyn wunderte sich.

„Heißt das, man kann nicht immer durch die Spiegel gehen?", fragte sie interessiert.

„Meistens benutzen wir besondere Spiegel, um die Inselzonen oder Zeitzonen zu durchqueren. Da dies sehr viele tun, werden diese Zeitsprünge von Letorian überwacht und man muss sie vorher, nennen wir es mal, anmelden."

„Also jetzt im Moment wird diese Verbindung von jemandem benutzt?"

Mr Karacord nickte.

„Und wenn es einen Notfall gäbe und man ganz schnell reisen müsste?"

„Besonders mächtige Zauber erlauben es einem ebenfalls zum gewünschten Ort zu reisen, aber es kostet viel Kraft. Es gibt außerdem besondere Spiegel: die Mirror Blue. Durch das blaue Glas kann man nur einmal reisen und es zerspringt. Durch einen Mirror Blue mit Zeitstein geht es auch öfters; man gibt dort einfach das gewünschte Ziel ein. Es funktioniert wie ein Portal, aber diese Ausführung ist sehr selten. Dann bleiben auch noch normale Wege. Windsegeln ist da sehr beliebt."

Kaithlyn betrachtete den Spiegel. Es war eine merkwürdige Art zu reisen. Sie dachte daran, dass es auch sehr praktisch war, weil man sogar ganze Inseln überspringen konnte und es sehr schnell ging.

„Wohin gehen wir denn?"

„Eine Überraschung. Komm, es ist so weit", sagte Mr Karacord. Kaithlyn nahm Harlow auf den Arm und ging nach ihrem Großvater durch den Spiegel. Schon in der nächsten Sekunde hatten sie nicht nur den Raum, sondern auch den Ort gewechselt, wie Kaithlyn wusste.

„Hier entlang, Kaithlyn."

Mr Karacord ging bereits eine Treppe hinunter. Es sah ganz so aus als seien sie auf einem Dachboden gelandet. Holzdielen knarrten unter ihren Füßen und die Luft war sehr staubig. Überall stand Gerümpel herum. Kaithlyn folgte ihrem Großvater die alte Treppe hinunter. Sie standen nun inmitten eines kleinen Ladens. Der Boden war mit Parkett ausgelegt; die Decke mit sehr detaillierten Malereien überzogen. In mit Samttüchern ausgelegten Regalen lag funkelnder Schmuck, auf Stangen reihten sich Kleider jeglicher Farbe und Schnittes und in hohen Regalwänden waren unglaublich viele Schuhe. Hinter einem Glastresen kam eine Frau auf sie zu. Sie hatte kurze gelockte Haare und trug mehrere Schichten Kleider übereinander, was sie ziemlich dick aussehen ließ. Ihre Brille hatte eine merkwürdig gebogene Form und um ihren Hals baumelte ein Wirrwarr aus Maßbändern und Perlenketten. Sie begrüßte Mr Karacord erfreut. Anschließend musterte sie Kaithlyn.

„Kaithlyn, das ist Evelyn. Sie ist eine gute Freundin von mir und außerdem eine hervorragende Schneiderin und Designerin", stellte Mr Karacord die Frau vor.

„Hallo", sagte Kaithlyn zaghaft.

„Das ist meine Enkelin, Kaithlyn Hayworth."

Ihr Großvater klang sehr stolz, als er das sagte. Evelyn sah Kaithlyn begeistert an.

„Wie schön dich kennenzulernen", sagte sie strahlend. Ihre Freundlichkeit wirkte fast aufgesetzt.

„Evelyns Laden ist berühmt für wunderbare Stoffe und ihr Talent als Schneiderin hat ihr schon Aufträge für das Königshaus eingebracht", schwärmte Mr Karacord. Kaithlyn stand einfach nur da und lächelte verwirrt.

„Aber Lyon", begann Evelyn. „Du bringst mich in Verlegenheit."

Sie wurde rot und lächelte vergnügt. „Da du heute Geburtstag hast, mein Kind, möchte ich dir etwas schenken. Dein Großvater hat mir erzählt, dass du heute Abend eine Feier gibst und dafür etwas Besonderes brauchst."

Kaithlyn sah Evelyn überrascht an.

„Was?"

„Ohhh, wie entzückend! Du bist schüchtern. Keine Sorge, ich finde etwas, dass perfekt zu dir passt. Ja, etwas durch und durch Perfektes!"

Evelyn sah Kaithlyn so an, als verspüre sie das Bedürfnis ihr in die Wangen zu kneifen, wie einem kleinen Kind. Vorsichtshalber wich sie einen Schritt zurück. Evelyn wirbelte auf dem Absatz herum, ging von Kleiderstange zu Kleiderstange und häufte sich einige Kleider über die Schulter. Kaithlyn sah Hilfe suchend zu ihrem Großvater.

„Sie ist ein wenig aufgedreht, aber ein sehr freundlicher Mensch", flüsterte Mr Karacord.

„Evelyn wollte dir unbedingt ein Kleid schenken. Als ich sie zur Feier einlud, meinte sie dich *unbedingt* einkleiden zu müssen."

Kaithlyn wusste nicht, was sie dazu sagen sollte. Ihr Großvater hatte sie hierher gebracht, damit sie ein Kleid bekam? Sie hatte vieles erwartet, aber das? Evelyn kam zurück gerauscht.

„Liebes, vielleicht suchst du dir erst selber eines aus, was dir gefällt. Dann sehen wir weiter."

Evelyn grinste ihr entgegen. Kaithlyn stand bewegungslos da und sagte weiterhin nichts.

„Ich dachte mir, du würdest dich darüber freuen", bemerkte Mr Karacord, als er Kaithlyns versteinertes Gesicht betrachtete.

„Lieben nicht alle jungen Mädchen schöne Kleider?", fragte Evelyn, in einem Tonfall, der keine Antwort forderte. Sie begann fröhlich zu summen. Die beiden sahen Kaithlyn in froher Erwartung an. Kaithlyns Mundwinkel fühlten sich an, als sei ihr Lächeln festgefroren.

„Kann ich das wirklich annehmen?", sagte sie leise.

„Ich bestehe darauf", rief Evelyns Stimme schrill. „Komm ruhig her. Hier rüber!"

Ihr Großvater nickte. Kaithlyn ging zu Evelyn hinüber, die Kleider auf einer Stange hin und her schob. Ihr Summen schwoll zu einem munteren Singsang an. Harlow klebte an Kaithlyns linkem Knöchel wie eine zweite Socke. Sie passte sich jeder ihrer Bewegungen an.

„Du siehst deiner Mutter so ähnlich. Weißt du, als sie in deinem Alter war, habe ich auch ihr eines meiner Kleider geschenkt. Ich freue mich sehr, dass du diese Tradition weiterführst."

„Sie kannten meine Mutter?"

„Nur in jungen Jahren. Sie war ein sehr hübsches Mädchen, so wie du."

Evelyn lachte wieder. „Wie wär's damit? Dieses nachtblaue würde zu deinen Augen passen", sagte Evelyn aufgeregt und zeigte Kaithlyn eines der Kleider. Sie streichelte liebevoll über den glänzenden Stoff.

„Evelyn, lassen wir Kaithlyn sich erst einmal umsehen. Wie wäre es mit einem Kaffee?"

Mr Karacord legte Evelyn beruhigend seine Hand auf die Schulter.

„Aber selbstverständlich. Ich bin heute nur so fröhlich und aufgeregt. Hach, es ist wunderbar. Kaffee, natürlich."

Sie rauschte hinter den Tresen durch eine Tür in ein Hinterzimmer.

„Sieh dich in Ruhe um, Kaithlyn. Zudem möchte dir gerne etwas zum Geburtstag schenken, also such dir noch etwas außer dem Kleid aus", sagte Mr Karacord.

„Aber Großvater, ich -"

„Keine Widerrede. Ich möchte es so." Er lächelte. „Ich habe schließlich vierzehn Jahre keine Gelegenheit dazu gehabt."

„Danke", murmelte sie verlegen. Es war ein Unterschied, ob sie ein Geschenk von Freunden erhielt oder von…einem Fremden. Sicher. Mr Karacord *war* ihr Großvater. Sie hatte angefangen ihn so zu nennen, aber er war eben auch ein unbeschriebenes Blatt in ihren Augen. Ein Blatt, das sie nur langsam mit Worten füllen konnte.

„Ich sehe mal nach Evelyn."

Er ließ Kaithlyn und Harlow alleine.

„Harlow, hast du das gehört?"

Kaithlyn bückte sich zu Harlow herunter.

„Es ist doch schön, dass dein Großvater dir etwas schenken möchte. Und diese verrückte Frau auch, nicht?" Harlow sah sich um. „Alles funkelt so schön."

„Ehrlich gesagt habe ich auch noch gar nicht darüber nachgedacht, was ich anziehe. Ich glaube, dass es eine sehr festliche Feier wird. Ich habe gar nichts Passendes. Ich meine alles ist so riesig und prachtvoll und ich…ich bin es einfach nicht gewohnt."

„Dass jemand nett zu dir ist?", murrte Harlow. Kaithlyn seufzte. Harlow war in dem großen Anwesen von Mrs Koirbet aufgewachsen, oder? Sie konnte sich vorstellen, dass all das normal war. Der Reichtum, Diener, die einem alles nachtrugen. Vielleicht war Harlow es so gewohnt? Kaithlyn war nicht arm. Bei ihrer Tante ging es ihr immer gut. Das Leben auf Custocorward war einfach *anders* gewesen. Sie sollte das Geschenk einfach annehmen.

Kaithlyn sah sich den Laden genauer an. Jedes Kleidungsstück hier schien etwas Besonderes zu sein. Die Kleider waren atemberaubend und die Farben wunderbar außergewöhnlich. Die meisten Kleider waren jedoch zu ausgefallen für ihren Geschmack: hohe Krägen, Rüschenärmel, Ballonröcke…sie würde lächerlich darin aussehen. Kaithlyn wusste nicht wie lange es dauerte, bis sie etwas fand was ihr gefiel, doch irgendwann hielt sie ein Kleid in der Hand, das ihr zusagte. Es war aus schwarzer Spitze und sah sehr elegant aus. Inzwischen war Evelyn wieder bei ihr, sie schien es nicht allzu lange ausgehalten zu haben zu warten. Sie war von Kaithlyns Wahl absolut begeistert. Nachdem Kaithlyn es anprobiert hatte, verbot sie ihr in einen Spiegel zu sehen, weil sie meinte es sähe fantastisch aus und Kaithlyn solle sich erst darin betrachten, wenn alles *perfekt* aufeinander abgestimmt sei. *Wie entzückend.*

„Sehr elegant, ich habe noch passende Schuhe dazu und Handschuhe. Warte ich hole sie mal…vielleicht auch noch eine Handtasche? Mh…"

Schon war sie wieder weg. *Mit ihrer hektischen Art erinnert mich Evelyn stark an Mr Roberts,* dachte Kaithlyn amüsiert. Evelyn kam mit drei Kartons wieder.

„Ich packe alles ein", sagte sie und nahm Kaithlyn das Kleid ab. Da ihr Großvater gesagt hatte, er wolle ihr etwas schenken, schlenderte Kaithlyn zu den Schmuckregalen. Hier lagen Ketten, Ringe und Uhren auf Samt gebetet. Kaithlyn hatte sich nie etwas aus Schmuck gemacht. Ihr fiel dennoch etwas ins Auge. Es war ein kleiner Handspiegel aus Silber, in dessen Fassung etwas eingraviert war. Kaithlyn wollte einen Blick auf ihr Spiegelbild werfen und erschrak so plötzlich, das sie eine Kleiderstange umstieß. Sie starrte ein zweites Mal in den Spiegel. Sie hatte ein Gesicht darin gesehen! Sie hatte es nicht genau erkennen können, aber da war eindeutig ein Gesicht gewesen. War jemand *in* dem Spiegel?

„Evelyn, was ist das für ein Spiegel?", fragte Kaithlyn. Evelyn verschnürte gerade die Päckchen.

„Was Liebes? Hast du etwas gefunden?"

„Der Spiegel hier. Ich glaube…ich habe etwas darin gesehen", sagte Kaithlyn langsam.

Evelyn sah sie entgeistert an. „Was?"

„In diesem Spiegel war jemand drin."

„Jemand drin?", wiederholte Evelyn stockend.

„Was ist das für ein Spiegel", drängte Kaithlyn.

„Ein ganz normaler Spiegel. Du musst dich geirrt haben, Schatz."

Kaithlyn hatte sich nicht geirrt.

„Vielleicht war es ein Zeitsprung?", fragte Kaithlyn weiter.

„Nein, durch einen so kleinen Spiegel geht das wohl kaum. So weit ich mich erinnere ist der Spiegel noch nicht lange hier."

Sie schien angestrengt nachzudenken.

„Kann ich ihn mitnehmen? Großvater wollte mir etwas schenken."

Kaithlyn wusste nicht warum, aber sie wollte den Spiegel unbedingt haben.

„Ja", sagte Evelyn kurz. Sie schien ein wenig beunruhigt.

„Danke für den Kaffee", sagte Mr Karacord, der gerade hinter dem Tresen herauskam. „Hast du etwas gefunden, Kaithlyn?"

„Ja, vielen Dank, Großvater. Das Kleid ist wirklich sehr schön."

„Wie sieht es mit einem Geschenk aus?"

„Evelyn packt es gerade ein."

„Sehr schön."

Er ging zu Evelyn und half ihr die Päckchen auf den Glastresen zu legen. Kaithlyn konnte nicht genau sehen wie viel ihr Großvater bezahlte. Es war ihr Recht, ansonsten hätte sie ein schlechtes Gewissen bekommen. Sie verabschiedeten sich von Evelyn und gingen zurück durch den Spiegel auf dem Dachboden. Harlow zögerte erst, weil Kaithlyn sie diesmal nicht auf den Arm nahm, traute sich dann aber doch. Ein von Mr Karacord gerufener Bediensteter half Kaithlyn die Päckchen auf ihr Zimmer zu tragen. Ihr Großvater meinte sie solle sich in Ruhe fertig machen, er würde später jemanden schicken der sie abhole. Als sie zurückkamen, war es schon fast fünf Uhr.

„Harlow, willst du mit Baden?“
„Ins Wasser?“
Kaithlyn musterte Harlow. Ihr Fell sah sehr strubbelig und wild aus und an einer Stelle, sah es fast so aus, als wäre dort noch immer Blut. Harlow sah Kaithlyn missmutig an.
„Du kommst mit!“, sagte Kaithlyn bestimmt und wenig später saßen beide in der Wanne. Harlow schien es sogar zu gefallen, denn sie pustete immer wieder gegen den Schaum.
„Gibt es auf der Feier auch Essen?“, murrte Harlow. Kaithlyn lachte.
„Ich werde wohl damit beschäftigt sein, mich anglotzen zu lassen“, sagte Kaithlyn. Sie seufzte schwer. „Ich hoffe nur, dass die anderen wieder auftauchen. Seit heute morgen habe ich niemanden mehr gesehen. Rose hat sich auch in Luft aufgelöst.“
„Bestimmt“, sagte Harlow und tauchte kurz unter. Nachdem Kaithlyn Harlow trocken gerubbelt und gekämmt hatte fiel Kaithlyn auf, das Harlow nicht mehr ihr Band trug. Es war bei Greens Angriff völlig zerfetzt worden. Kaithlyn wühlte durch ihre Schubladen und fand schließlich ein blaues Haarband. „Harlow ich möchte dir das schenken.“
„Aber du hast heute Geburtstag.“
„Dein anderes ist kaputt und ich will, dass du das nimmst.“
Sie band das Glöckchen und den Schlüssel daran, bevor sie es Harlow umlegte.
„Wofür ist denn dieser Schlüssel?“, wollte Kaithlyn wissen. Doch Harlow wusste es nicht. Kaithlyn zog das schwarze Kleid an. Es passte perfekt. Es hatte einen wunderbaren Faltenwurf an den Knien, wo es endete und Kaithlyn fühlte sich darin wohl. Die anderen Sachen, die Evelyn ihr eingepackt hatte waren schwarze Schuhe aus Lack und schwarze Samthandschuhe passend zum Kleid. Sie begutachtete sich ein letztes Mal im Spiegel. Zufrieden mit ihrem Erscheinungsbild stahl sich ein Lächeln auf ihre Lippen. *Wenn Relia mich so sehen könnte! Ich fühle mich wie eine Prinzessin.* Sie hatte noch nie etwas so Schönes besessen. Harlow saß staunend auf Kaithlyns Bett, während Kaithlyn sich im Kreis drehte und vor ihrem Kianki knickste.
„Mademoiselle Kaithlyn.“
Harlow senkte den Kopf. Kaithlyns Lächeln wurde immer breiter.
„Kaithlyn?“

Es klopfte an der Tür. Es war kein Bediensteter, wie Kaithlyn vermutet hatte, sondern Rose und ihre Eltern. Rose trug ein violettes Trägerkleid. In ihre Haare hatte sie eine Blume gesteckt. Mr Aveda trug einen grünen Anzug, an dem sich die Knöpfe spannten und Mrs Aveda trug eine lange rote Robe mit passender Stola. Sie alle sahen sehr schick aus.

„Rose, wo wart ihr?", fragte Kaithlyn sofort.

„Tut mir leid Kaithlyn, aber du durftest noch nichts sehen. Wir haben geholfen. Die Dekorationen, das Essen…ich konnte mich von den Anblicken gar nicht mehr losreißen. Wow. Dein Kleid ist sehr schön", sagte Rose strahlend.

Sie folgten den vertrauten Fluren und stiegen einige Treppen hinab, bis die Avedas Kaithlyn in einen weiteren Teil des Anwesens führten, den sie noch nicht kannte. Sie mussten im ersten Stock sein. Durch die Fenster sah Kaithlyn das es um das gesamte Haus und nicht nur vorne heraus diesen herrlichen Garten gab. Durch eine Halle, in der ein Weg aus rotem Teppich lag, betraten sie einen Saal. Es war dasselbe überwältigende Gefühl, das Kaithlyn verspürte, als sie den Garten zum ersten Mal sah. Sie begann zu staunen.

Der Boden war aus weißem Marmor und riesige Fenster ließen das warme Abendlicht herein. Zu beiden Seiten des Saals standen lange Tafeln, gedeckt mit edlem Porzellan. An der Decke hingen Kristall besetze Kronleuchter. In einer Ecke auf einem kleinen Podest saßen mehrere Musiker und begannen Harfe und Geige zu stimmen. Türen führten nach draußen auf steinerne Balkone, die mit Blumen und Tüchern geschmückt waren und einige Diener zündeten die ersten Kerzen der Kerzenleuchter auf den Tafeln an.

„Das ist fantastisch, nicht war?", sagte Rose begeistert.

„Wie viele Leute werden denn kommen?", fragte Kaithlyn entsetzt. Ihre Verblüffung hatte in leichte Panik umgeschlagen. Sie starrte auf die endlos langen Tafeln. Hunderte von freien Stühlen warteten auf die Gäste, die jeden Moment kommen würden. Wie viele Leute hatte ihr Großvater eingeladen? Kaithlyn würde niemanden kennen. Was sie jemals in ihrem Leben mit so vielen Menschen zusammen gewesen? Nein. Nicht einmal in ihrer alten Schule.

„Kaithlyn."

Mr Karacord gab ein paar Dienern letzte Anweisungen, dann kam er auf sie zu. Er trug einen Anzug, einen langen Umhang und einen merkwürdigen Hut.

„Wie findest du es?", fragte er. Rose stieß ihr den Ellbogen in die Seite. Kaithlyn zuckte zusammen. Sie räusperte sich. „Ähm…super?"

Sie hatte es nicht wie eine Frage klingen lassen wollen, doch Mr Karacord war abgelenkt. Er prüfte mit den Augen, ob die edlen Tischgedecke ordnungsgemäß aufgetragen waren. Als er den Blick auf seine Enkelin richtete. hatte diese bereits ein zaghaftes Lächeln aufgesetzt. Er legte großväterlich einen Arm um sie und drängte sie ihn zu begleiten. Am Ende der längsten Tafel blieb er stehen.

„Mr und Mrs Aveda?"

Er wies auf zwei Namensschilder.

„Das sind ihre Plätze. Rose und Kaithlyn ihr sitzt hier."

Kaithlyns Stuhl war größer und hatte eine gold besetzte Lehne im Gegensatz zu anderen Stühlen. Sie bemerkte anhand der Schilder, dass sie neben Rose und ihrem Großvater sitzen würde. Melora und Kaine saßen ebenfalls in ihrer Nähe.

„Diese Tafel ist für die Mitglieder des Drachenclans und sehr enge Freunde, die anderen Gäste sitzen auf der Gegenüberliegenden", erklärte Mr Karacord bereitwillig.

„Das ist Tradition. Sie dürfen schon Platz nehmen, wenn sie möchten."

Rose zwickte Kaithlyn abermals in die Seite, um ihre Aufmerksamkeit zu erhaschen.

„Ich wusste gar nicht, dass du so viele Leute kennst."

„Kenne ich auch nicht", sagte Kaithlyn nervös. Sie hatte Rose´ Witz nicht verstanden.

„Nicht doch!", rief Mr Karacord aus, löste sich von Kaithlyn und stürmte quer über die Tanzfläche, auf Mr Roberts zu, der gerade eine Vase ein Stück verrückte.

„Er ist Detail besessen", lachte Rose erheitert. Sie harkte sich bei Kaithlyn unter. Sie schlenderten entlang der Tafel und lasen die Namen auf den Schildern.

„So, der Drachenclan…", murmelte Rose.

„Ha! Arquette heißt der Schulsprecher", entfuhr es ihr lautstark. Kaithlyn starrte auf das Namensschild. Außer dem Nachnamen von Fye sagte ihr keiner der Namen etwas. Er schien eine große Familie zu haben, denn für die Familie Crossdale waren siebzehn Plätze reserviert. Für eine Familie namens Azedine nur fünf. Kaithlyn erinnerte sich daran, dass ihr Großvater gesagt hatte, dass es sieben Familien gab, die zum Clan gehörten. Als Kaithlyn den Namen Green las blieb sie abrupt stehen. Wie gebannt starrte sie auf die verschiedenen Namensschilder der Familie. Green. Wie konnte sie diesen Menschen ins Gesicht blicken, ohne an *ihn* denken zu müssen? Wie schaffte es ihr Großvater? Rose merkte, wie sich ihr Körper versteifte und ließ ihren Arm los. Sie öffnete den Mund, um Kaithlyn etwas zu sagen, als die glanzvolle Stille des Festsaals von vielen Schritten auf dem Marmor unterbrochen wurde. Die beiden Mädchen hoben die Köpfe und schauten in Richtung der breiten Doppeltür, die weit offen stand, um Gäste willkommen zu heißen. Eine große Scharr Menschen mit schwarzen Kleidern und Haaren war eingetreten. Kaithlyn erkannte Fye unter ihnen. Sie winkte ihm zu. Er hielt ein Mädchen an der Hand. Kaithlyn erkannte sofort das sie blind war. Ihre glasigen Augen fixierten Kaithlyn auf solch durchdringende Weise, das Kaithlyn sich regelrecht nackt fühlte.

„Hallo Kaithlyn", sagte Fye als Kaithlyn ihn begrüßte. „Herzlichen Glückwunsch zum Geburtstag. Das hier ist meine Schwester Mara."

Kaithlyn streckte ihr eine Hand hin. „Hallo." Harlow die um Kaithlyns Beine streifte sah nun begierig zu dem kleinen Raben auf der Schulter des Mädchens. Mara kicherte leise.

„Sie spricht nicht sehr viel", erklärte Fye. Sorge blitzte in seinen Zügen auf. Maras kleine, dünne Finger schlossen sich um Kaithlyns Hand und drückten sie fest. Sie waren eiskalt. Kaithlyn erwiderte die Berührung.

„Ich freue mich Sie kennenzulernen, Miss Hayworth. Ich bin Nitchel Crossdale."

Fyes Vater trat vor, um Kaithlyn die Hand zu schütteln. „Das ist Amilia, meine Frau."

Kaithlyn wurde jedem Mitglied aus Fyes Familie persönlich vorgestellt. Bereits nach der sechsten Person hatte sie es aufgegeben, sich ihre Namen zu merken. Sie schüttelte unzählige Hände und nahm die Glückwünsche mit einem dankbaren Lächeln entgegen. Rose sagte derweil kein Wort, blieb aber an Kaithlyns Seite. Der letzte der den Saal betrat, war Fyes älterer Bruder Kale. Er war anderes als der Rest seiner Familie. Die Crossdales – jeder einzelne von ihnen – wirkten stark, schön und anmutig, aber er wirkte durch seine lockere Körperhaltung, erschöpft und müde. Sein Blick war kalt und leer. Wie ein dichter Nebel aus Hass und boshafter

Versuchung strömte Finsternis aus seinen Augen, als wären sie erbarmungslose Boten des Verderbens und ein Augenaufschlag würde ausreichen um Schmerz zu verbreiten. Abneigung gegen alles, was ihn umgab. Kaithlyn hatte Angst vor ihm. Er verströmte eine Aura, die noch erschreckender war, als es die von Green jemals sein könnte. Kale reichte Kaithlyn nicht die Hand. Er starrte sie nur durchdringend an. Es war als wäre die Zeit für einen Moment eingefroren. Kaithlyn lief es eiskalt den Rücken herunter. Er folgte den Crossdales, die ein panisch aufgetauchter Mr Roberts nun zu ihren Plätzen geleitete. Kaithlyn starrte an die Stelle an der Kale eben noch gestanden hatte. Sie fühlte sich wie in Trance bis Rose sie am Arm packte.

„Hey, alles okay?"

„Ja", sagte Kaithlyn und besann sich wieder. „Alles okay."

Die Musiker begannen, ein Lied zu spielen.

„Wenn die Gäste sich dir vorstellen möchten, was sie gewiss aus Höflichkeit tun, werden sie dich aufsuchen. Es ist zu Beginn etwas lästig, aber später wird es dir sicher gefallen. Du kannst dein kleines Empfangskomitee also auflösen" sagte Mr Karacord Minuten später, als er zu ihnen zurückkehrte. Seine Miene hatte sich entspannt. Anscheinend war die Vase wieder an ihrem richtigen Platz.

„Wieso kommen so viele?", fragte Kaithlyn, die schon bei der bloßen Vorstellung, den ganzen Abend lang Hände zu schütteln müde wurde. Sie beobachtete die schnatternden Crossdales, die sich miteinander unterhielten. Ein älterer Herr hatte Mr Aveda in ein Gespräch vertieft. Mrs Aveda beugte sich zu Fyes Mutter hinüber. Die beiden lachten.

„Ich kenne viele Menschen. Freunde, Bekannte und natürlich sind alle Familien des Clans eingeladen. Zu einem Fest gehört doch gute Gesellschaft."

Mr Karacord griff sich ein Glas Champagner von einem Tablett, das gerade zu einer Tafel getragen wurde und nahm einen genüsslichen Schluck.

„Ich hatte mich nach Freunden von dir erkundigte, aber außer den Avedas, hat sich niemand gefunden. Nun amüsiere dich schön. Ich werde die Crossdales begrüßen gehen. Nitchel hat bereits nach mir verlangt."

Niemand außer den Avedas. Kaithlyn runzelte die Stirn. Auf Custocorward hatte sie niemanden kennengelernt, der mit ihrem mysteriösen und Regel bestimmten Leben klarkam. Doch Rose und sie hatten sich auf Anhieb verstanden und so war es auch heute noch, das konnte niemand ändern, nicht einmal Relia Abadon und ihre Regeln.

In den nächsten Stunden füllte sich der Festsaal. Kaithlyn war unentwegt damit beschäftigt, Hände zu schütteln und ihre Mundwinkel schmerzten von dem Lächeln, das sie ununterbrochen parat hielt – aus Höflichkeit und Anstand. Die erste Familie des Drachenclans traf erst am frühen Abend ein. Die Azedines. Zu Kaithlyns Erleichterung stellten sie sich als nette Gesellschaft heraus, die keinerlei unerwartete Fragen oder Erwartungen an sie hatte, sondern sie einfach kennenlernen wollte. Mr Azedine hatte ein weiches Gesicht mit neugierigen Augen. Seine langen grauen Haare hatte er zu einem Zopf geflochten. Mrs Azedine neigte ebenfalls zu grauem Haar, machte aber einen jungen, frischen Eindruck und sah Kaithlyn gutmütig an. Sie hatten zwei Kinder. Einen Jungen der ungefähr in Liam Crossdales Alter war und eine Tochter in Rose′ und Kaithlyns Alter. Kaithlyn war froh zu sehen, dass die Leute des Clans normale und freundliche Menschen sein konnten. Nach den Azedines folgte ein hochgewachsener dunkelhaariger Mann, der ihr einen vernichtenden Blick zuwarf und ohne ein Wort auf dem Absatz kehrt machte, als habe Kaithlyn ihn beleidigt. Die Menschen schienen Schlange zu stehen, um sie zu sehen. Sie war umringt von fremden Gesichtern in denen sich von Interesse, über Freundlichkeit, bis hin zu Spott und Ablehnung alles abzeichnete. Sie fühlte sich wie in einem Karussell. Mehrere Fahrten waren lustig und amüsant, zu viele Umdrehungen verursachten Schwindel. Sie wollte sich in eine stille Ecke setzen und etwas essen, am liebsten einfach verschwinden. Rose und Harlow flankierten ihre Seiten wie zwei unnachgiebige Wächter. Sie wusste es zu schätzen. Kaithlyn lernte noch viele Dichter, Forscher, Alchemisten und Händler kennen. Alle sehr unterschiedlichen Alters und Charakters. Und alle waren sie darauf erpicht ihr von ihrer Arbeit zu erzählen oder ihre Aufmerksamkeit durch haarsträubende Geschichten zu gewinnen. Vermutlich erhofften sie sich ein lobendes Statement von ihr, das ihren Ruf stärkte, aber Kaithlyns blieb bei der alt bewährten Methode: stummes Lächeln. Ein kugelrunder Mann mit Glatze und seine Frau kamen näher. Sie sagte in spitzen Ton:

„Oh, Miss Hayworth, dass ich Sie einmal kennenlerne, welch wunderbares Ereignis. Sie sehen Ihrer Mutter so ähnlich."

Rose verkniff sich ein Lachen und Kaithlyn bedankte sich für die Blumen, die sie ihr mitgebracht hatten. Immer wieder sah Kaithlyn zu den Plätzen der Crossdales, um einen Blick auf Kale zu erhaschen, ganz so als erwartete sie, dass er jeden Moment etwas Schreckliches tun würde. Sie konnte ihn jetzt schon nicht ausstehen.

„Wen starrst du an?", wollte Rose wissen.

„Fyes Großvater, er versucht zum dritten Mal sich den Kuchen in die Nase zu schieben", bemerkte Kaithlyn gelassen und entlockte Rose ein Lachen. Harlow streckte sich zu ihren Füßen in voller Länge aus. *Hunger!* Blökte Harlow in ihrem Kopf wie ein kleines Schaf.

Kaithlyn seufzte kaum merklich, als sie schon von weitem Evelyn auf sich zu kommen sah.

„Kaithlyn, oh Liebes, du siehst bezaubernd aus. Wer ist denn deine kleine Freundin?"

Rose war zwar nicht klein, aber Evelyn war eine der wenigen, die sich auch ihr vorstellten. Die meisten Gäste sahen Rose nicht einmal an.

„Rose Aveda. Nett Sie kennen zu lernen."

Evelyn überflutete Rose mit einem Wortschwall. Kaithlyn sah sie entschuldigend an. Ihr Blick schweifte über die vielen Menschen, die sichtlich ihren Spaß an diesem Abend zu haben schienen. Inzwischen hatten sich unzählige Paare auf die Tanzfläche begeben. Überall waren die Menschen in angeregte Gespräche vertieft oder genossen das köstliche Essen. Die Gesellschaft, die hellen Lichter, die raunenden Stimmen und der Duft verschiedener Parfums der sich miteinander mischte macht Kaithlyn ganz benommen. Das bedeutete es also eine halbe Karacord zu sein. Es war...hypnotisierend.

Sie erblickte Melora, die sich mit einem jungen Mann unterhielt, der Kaithlyn den Rücken zugewandt hatte. Alles was sie sah, war sein honigblondes Haar, das er immer wieder mit den Fingern durcheinander brachte. Meloras Miene verriet ihr, dass sie alles andere als glücklich war. Kaithlyn konnte nicht hören, was Melora zu ihm sagte, aber es brachte ihn dazu, mit raschen Schritten den Saal zu räumen.

„Nicht wahr, Kaithlyn?"

Evelyn sah sie erwartungsvoll an.

„Ja, Kaithlyn. Du magst dein Kleid wirklich sehr. *Nicht wahr*?", half Rose ihr aus. Kaithlyn nickte stumm. Evelyn war zufrieden gestimmt und tauchte in der Menge unter.

„Vergrault sie deine Gäste?“, fragte Rose, die Melora ebenfalls ins Auge gefasst hat. Als habe Melora sie über die Entfernung von vier tanzenden Paaren hören können, erschien sie urplötzlich an der Seite der Freundinnen.

„Ich vergraule niemanden. Ich entledige mich nur…sagen wir, du kannst froh darüber sein, das Hoatwink, die Feier verlassen hat bevor er…du willst keine Details wissen.“

„Du kanntest ihn also?“, fragte Kaithlyn. Sie kam nicht umhin zu bemerken, wie hübsch Melora aussah. Sie hatte ihr Haar locker zusammengesteckt und trug ein rotes Bustierkleid, das sich eng an ihren schlanken Körper schmiegte. Jetzt verschränkte sie die Arme vor der Brust und presste die Lippen zusammen. Es minderte ihren strahlenden Ausdruck um einiges, doch sie schien es nicht zu stören, das ihre Abweisung präsent war, wie eine vierte Person. „Er gehört zum Drachenclan. Ich habe ihn durch Fye kennengelernt. Er ist ein anzüglicher, widerlicher Mistkerl ohne Benehmen.“

„Und der Rest seiner Familie?“, fragte Rose.

„Da gibt es keinen Rest. Die Hoatwinks haben nur einen Erben, einen Sohn.“

„Gibt es irgendjemanden auf dieser Welt den du nicht mit deinen Blicken erdolchen willst?“, sagte Rose und schüttelte missbilligend den Kopf.

„So etwas aus dem Munde des Schülerrates“, spottete Melora. „Es gibt da tatsächlich jemanden.“ Sie lächelte überheblich, schob Rose und Kaithlyn grob zur Seite und stolzierte auf Fye zu, der sich gerade mit einer Runde älteren Damen unterhielt. Die beiden Mädchen steckten die Köpfe zusammen. „So eine Hexe“, murmelte Rose. „Warum genau ist sie mitgereist?“

„Wegen Mrs Koirbet, du weiß doch – “

„Spionin“, nuschelte Rose melodramatisch. Kaithlyns Magen fing an zu knurren. Rose meinte sie sollte sich eine Pause vom Leute kennenlernen nehmen, also gingen sie zum Buffet.

Kaithlyn tat sich Kartoffelpüree, Gemüse und ein Stück Fleisch auf und füllte dann einen weiteren Teller für Harlow. Harlows Augen glänzten bei all den Köstlichkeiten freudig erregt.

Sie kehrten nicht an die große Tafel zurück, sondern suchten sich einen ruhigen Tisch am Rande der Veranstaltung. „Tolle Party“, sagte Rose sarkastisch. Kaithlyn warf ihr einen vielsagenden Blick zu.

„Ich bin froh, dass du hier bist", sagte sie und tätschelte Harlows Rücken. „Sollte ich ein schlechtes Gewissen haben, weil ich mich verstecke?"

„Nein", antwortete Rose kurz angebunden. „Dein Großvater sagte, dass die Leute, die dich sehen wollen auch zu dir kommen werden. Wer suchet der findet."

Rose klopfte ihr aufmunternd auf die Schulter.

„Soll ich dir Nachtisch mitbringen?", fragte Rose nach einer Weile.

„Nein."

Kaithlyn schob ihren Teller von sich weg.

„Ich nehme Harlow mit, okay?"

„Mh."

„Vielleicht gibt es ja Schokokuchen? Den magst du doch…"

Kaithlyn nickte. Sie fühlte sich fehl am Platz. All diese Menschen schienen aus einer ganz anderen Welt zu kommen. Kaithlyn war sich nicht sicher, ob sie dazugehören wollte. Sie beschloss nach draußen zu gehen, um frische Luft zu schnappen. Sie suchte sich einen freien Balkon; genoss die Abwesenheit von neugierigen Blicken. Es dämmerte bereits. Die warme Abendluft streifte ihr Gesicht. Es roch nach Lilien und Rosen. Kaithlyn mochte diesen Duft. Er half zu entspannen; lockte sie in den Garten, der Stille und Einsamkeit verhieß. Über eine schmale Wendeltreppe an der linken Seite des Balkons gelangte sie hinab. Es fühlte sich gut an, sich von den vielen Geräuschen und Menschen zu entfernen. Mit jedem Schritt verspürte sie Erleichterung. Dieser Teil des Gartens wirkte akkurat gepflegt. Das Gras, durch das sie Schritt war gerade gestutzt, die Hecken hatten einen ordentlichen Schnitt, formten Tiere und Menschen. Die grünen Zweige verliehen diesen Statuen aus Blättern und Geäst etwas Lebendiges. Es war als würde sie durch ein Museum schreiten, das die Kunst die Natur zu formen vollendet hatte. Der Weg unter ihren Füßen bestand aus ebenmäßigen, dunklen Steinplatten, in die kleine funkelnde Steine eingelassen waren. Sie erinnerten Kaithlyn an die schönen Mosaike in ihrem Badezimmer. Sie erblickte die hohen Mauern des Labyrinthes und fröstelte leicht. Egal wie friedvoll dieser paradiesische Garten auch war, egal mit welchen Glanz er Kaithlyn auch verzaubern mochte, sie würde inmitten all des Grüns und der Stille immer an Green erinnert werden. *Immer*. Ihr Weg endete am Ufer eines von Schilf umschlossenen Teiches. Er war klein und so vollkommen rund, dass er künstlich angelegt worden sein musste. Eine braune Ente schwamm ein paar Runden und flatterte, von Kaithlyns geräuschvollen Schritten aufgeschreckt davon. Sie blieb ein paar geschlagene Minuten einfach stehen, ließ den Blick über den Horizont streifen und betrachtete die untergehende Sonne, die beschloss, die abendliche Wärme mit sich zu nehmen. Kaithlyn rieb sich die nackten Arme. Sie seufzte resigniert. Die Kälte würde es sein, die sie zurücktrieb.

Als habe sie ein Auge im Nacken bemerkte sie die Anwesenheit einer kleinern, dunklen Gestalt, direkt hinter ihr. Normalerweise hätte ihre innere Stimme sie gewarnt, aber es war als konnte sie die Absichten desjenigen durchschauen.

„Mara?"

Wie hatte sich Fyes Schwester unbemerkt an sie heran schleichen können? Im schwindenden Licht der untergehenden Sonne tanzten dunkle Schatten über ihr zierliches Gesicht und schenkten ihrer Haut ein wenig Farbe. Ihre milchigen Augen starrten Kaithlyn an. Der kleine Rabe auf ihrer Schulter krächzte leise, als würde er ihr zuflüstern. Vielleicht tat er das auch? Kaithlyn rührte sich nicht. „Mara?", wiederholte sie. Als sie näher trat, hörte Kaithlyn das Gras zwischen ihren Füßen rascheln. Einen halben Meter entfernt hatte das kleine Mädchen Socken und Schuhe abgestreift. Maras Miene war unergründlich. Ebenso wie Fye war sie dazu in der Lage sämtliche Gefühle aus ihren Zügen zu verbannen. Sie wirkte schrecklich ernst. Ihre hellen, leblosen Augen fixierten Kaithlyn weiter. Sie waren wie zwei leuchtende Rubine, die aus einer Kiste mit Perlen herausstechen.

„Drinnen war es mir einfach zu voll und zu laut. Hier draußen ist es schöner", begann Kaithlyn. Mara nickte kaum merklich. Sie grub ihre Zehen tiefer ins Gras.

„Ist dir nicht kalt, so ganz ohne Schu –"

Der Rabe schrie laut auf und Kaithlyn verstummte. Er stieß sich von Maras Schulter ab. Sie ging weiter und blieb an Kaithlyns Seite stehen. Langsam schlang sie ihre um Kaithlyns Hand und zog sie näher an das Ufer heran. Der Geruch von feuchten Pflanzen lag in der Luft. Mara ließ sich auf die Knie fallen. Sie beugte ihren Oberkörper nach vorne und für eine Sekunde dachte Kaithlyn sie wolle ihren Kopf unter Wasser stecken. Der Teich war nicht sehr tief; man konnte den Grund sehen, weil das Wasser eine so klare Färbung hatte. Mara streifte das Schilf zur Seite und starrte mit festem Blick auf die Oberfläche.

„Alles okay?"

Kaithlyn sah sie ratlos an. Sie setzte sich neben sie ins warme, trockene Gras und betrachtete ebenfalls ihr Spiegelbild. Im dämmrigen Licht des Wassers sah es merkwürdig verzerrt aus.

„Kaithlyn, kannst du es sehen?"

Die plötzliche Frage verwirrte Kaithlyn. Mara wies auf die Wasseroberfläche. Kaithlyn fokussierte sich wieder auf das Wasser. Plötzlich wurde ihr schwindelig. Ihr Blick verschwamm, als habe sie einen Schlag auf den Kopf abbekommen. Während sie in den Teich starrte, wurde das Wasser klarer, färbte sich heller. Es sah aus als würden sich dort Bilder formen. Kaithlyn blickte nicht mehr in ihr eigenes Spiegelbild. Sie sah in das Gesicht von Green. In das hässliche, vernarbte Gesicht von Anthony Green. Sie schreckte zurück und schnellte instinktiv herum, in der Befürchtung er würde hinter ihr stehen.

„Was? Was…war das?", fragte sie zitternd. Mechanisch wandte Mara ihr das Gesicht zu. Sie nahm Kaithlyns Hand und fuhr mit ihren zarten Fingern über ihre Handinnenfläche.

„Du bist anders"

Den Schreck noch in den Gliedern, völlig durcheinander riss Kaithlyn den Mund auf, um etwas zu erwidern, die Worte blieben ihr jedoch in der Kehle stecken.

„Du siehst mich nicht voll Mitleid an."

Ihre Stimme klang angenehm und klar.

„Ich fühle, dass du tief in deinem Herzen viele Sorgen hast, aber du bist mutig."

„Was war das eben? Eine Sinnestäuschung?"

„*Flymere*. Das Feuerorakel."

„Feuer?"

Kaithlyn war von *Wasser* umgeben.

„Es nennt sich die Technik von Flyte. Das ist eine besondere Fähigkeit genauso wie die Drachenaugen. Sie ermöglicht es, jemanden direkt ins Herz zu blicken."

„Green ist in meinem Herzen?", fragte Kaithlyn. Jetzt fröstelte sie nicht mehr vor Kälte.

„Es ist euch bestimmt, einander wieder zu begegnen."

Maras Hand suchte Kaithlyns, doch Kaithlyn entzog sich dem Griff.

„Wieso hast du das getan?"

„Es ist nichts, was ich *willkürlich* tue. Keine gelenkte Magie. Es passiert einfach."

Kaithlyns biss sich auf die Unterlippe.

„Bist du deshalb hier, um mir sein Gesicht zu zeigen?"

„Die Einzige, die von dieser Magie weiß ist meine Mutter. Ich halte meine Worte zurück, um niemanden in Angst und Schrecken zu versetzten, aber Mutter sagte mir, dass ich es dir zeigen soll. Manchmal ist es wichtig."

Kaithlyn legte ihre Hand auf Maras.

„Danke. Aber mir war bewusst, dass ich ihn wieder sehen werde."

Wieder sehen muss, dachte Kaithlyn. *Er wollte mich töten.*

Stille kehrte ein; einige Grillen begannen zu zirpen. Kaithlyns Gedanken genauso aufgebracht wie die wellige Oberfläche des Wassers.

„Kann jeder die Magie von Flyte erlernen?", fragte Kaithlyn.

„Nein. Es hat etwas mit der Sehergabe zu tun."

Mara legte die Stirn in leichte Falten.

„Man sieht das wahre Ich", fügte sie langsam hinzu. Kaithlyns Brust zog sich zusammen. Sie empfand…Mitleid? Mara schien so erwachsen für ihr Alter zu sein. Sie musste Dinge gesehen und gehört haben, von denen Kaithlyn nicht einmal ahnte. War eine solche Kindheit vorbestimmt, wenn man Teil des Drachenclans war?

„Das macht mich neugierig", sagte Kaithlyn. „Wie kann man das wahre Ich eines Menschen sehen, wenn er es selber nicht kennt?"

„Das ist schon schwieriger. Der Klang einer Stimme verrät viel, aber um so etwas zu erkennen, muss ich mich schon stark konzentrieren."

Mara ließ einen Finger ins Wasser sinken und löste eine kleine Welle aus, die sich nun über das ganze Wasser verteilte.

„Ein kleiner Auslöser setzt große Impulse. Es ist wichtig, bei jedem Vorhaben daran zu denken. Das hat mich Mutter gelehrt."

Mara sah sie bestimmt und durchdringend an. Obwohl sie blind war hatten ihre Augen enorme Ausdruckskraft. Wie Fye. Vermutlich waren ihre auch eisblau gewesen. Mara lächelte geheimnisvoll. Ihr Rabe setzte sich an den Rand des Teichs und knabberte an ihren Fingern. „Minor", flüsterte Mara. Sie wand den Kopf in Richtung des Balkons. „Sie suchen mich schon. Fye und Liam." Kaithlyn sah zurück zur Treppe und tatsächlich näherten sich zwei Personen. Maras Brüder. Sie hatte recht gehabt.

„Mara, was machst du hier?", keuchte Liam. „Wir haben dich schon überall gesucht!"

Er hielt sich die stechende Seite.

„Du sollst doch nicht einfach weglaufen", fuhr Liam fort und reichte ihr eine Hand zum Aufstehen. Fye sah Mara besorgt an. Das Kaithlyn bei ihr gewesen war, schien niemanden zu beruhigen.

„Es war meine Idee", log Kaithlyn. „Entschuldigt. Drinnen war so schlechte Luft. Es war so laut, da sind wir spazieren gegangen."

Liam riss Mara mit sich zurück zum Anwesen. Sie lächelte müde. Fye sah Kaithlyn wortlos an.

„Was habt ihr gemacht?", fragte er und klang aufgeregt, ganz anders als Kaithlyn ihn kannte. Sie erhob sich. „Wir haben…geredet."

„Geredet?", wiederholte er und seine Augen weiteten sich.

„Sie hat mit dir *gesprochen*?"

„Ja, aber -"

„*Gesprochen*?"

„Ja…warum?", fragte Kaithlyn besorgt.

„Und es ist nichts…passiert?"

Kaithlyn sah ihn verdutzt an.

„Weißt du, sie spricht sonst nie mit jemand. Und wenn dann passieren manchmal…merkwürdige Sachen."

Er klopfte ihr auf die Schulter.

„Wie hast du das nur geschafft?"

Mara warf einen Blick zurück zu Kaithlyn. Kaithlyn nickte, so dass nur Mara es verstand.

„Wer weiß", sagte sie und zuckte mit den Achseln. Kaithlyn und Fye gingen zurück zum Anwesen und holten Liam ein, der Mara an der Hand hinter sich her zog. Mara schwieg, aber Kaithlyn meinte zu bemerken wie sie Liam einen störrischen Blick zu warf. Liam sah verärgert zu Kaithlyn, ganz so als wäre es ihre Schuld, dass seine kleine Schwester rebelliert hatte.

„Liam, du kannst sie wieder los lassen", sagte Fye und bedeutete seinem Bruder Mara endlich in Ruhe zu lassen. Widerwillig ließ Liam Maras Hand los. Kaithlyn suchte mit den Augen den Saal nach Rose und Harlow ab. Rose war auf der Tanzfläche. Ihr Tanzpartner war ein Junge, der zwei Köpfe größer war als sie. Sein langes, braunes Haar fiel ihm immer wieder in die Augen. Sie winkte Kaithlyn flüchtig zu, als sie sie entdeckte. Harlow saß am Rand der Tanzfläche nahe der Bühne, wo die Musik gespielt wurde. Auch sie hatte Gesellschaft; ein großer schwarzer Hund hatte neben dem Kianki Platz genommen.

„Mach, was du willst."

Liam rempelte Kaithlyn absichtlich an, als er an ihr vorbei ging. Es sah ganz so aus, als habe sie sich einen Feind gemacht. Sie seufzte leise.

„Es ist immer so", sagte Fye, der ihr noch immer nicht von der Seite gewichen war.

„Es muss schön sein Geschwister zu haben", bemerkte Kaithlyn sehnsüchtig. Sie hätte gerne einen kleinen Bruder oder eine Schwester gehabt. Selbst eine beste Freundin konnte Geschwister nicht ersetzten.

„Die Vorstellung ist schöner als die Realität", meinte Fye scherzhaft. Mara verschränkte die Arme vor der Brust. „So war das nicht gemeint", sagte Fye beschwichtigend. „Und was ist überhaupt mit deinen Schuhen passiert?" Sie zuckte mit den Achseln.

„Sie liegen im Garten", sagte Kaithlyn. Wieso hatte sie nicht früher daran gedacht? Mara würde sich erkälten, wenn sie weiter barfuss herumlief. „Wird sie nicht", äußerte Fye sich, wie zur Antwort auf Kaithlyns Gedanken. „Das macht sie öfters. Sie lässt Magie in ihre Füße fließen und benutz sie wie eine zweite Hautschicht. Es wärmt sie. In Mercudimagie war sie schon immer besser als all ihre Brüder."

Mara lächelte.

„Das ist…praktisch", sagte Kaithlyn fasziniert.

„Vielleicht hilft Mutter dir deine Schuhe zu finden", fügte Fye hinzu und bedachte Mara mit einem bittenden Blick. Als könne sie seine Absichten spüren, nickte sie und bahnte sich einen Weg auf die große Tafel zu, an der ihre Eltern saßen.

„Unverbesserlich", murmelte Fye gedämpft. „Möchtest du auch tanzen, Kaithlyn?"

Sie sah ihn an und bekam schlagartig Herzklopfen. Es hatte sie noch nie jemand um einen Tanz gebeten. Sie war sich nicht sicher, ob sie tanzen konnte.

„Äh…", sie zögerte. Er streckte ihr auffordernd die Hand entgegen. „Gerne."

Kaithlyn war nervös, als sie und Fye die Tanzfläche betraten. Doch ihre Nervosität verflog bald darauf, denn Fye war ein ausgezeichneter Tänzer, der sich darauf verstand sie zu führen. Die Musiker stimmten eine langsame, klangvolle Melodie an, die es Kaithlyn leicht machte sich Fyes eleganten Schritten anzupassen. Seine Berührungen gaben ihr Sicherheit, dennoch hatte sie die ganze Zeit über Angst ihm auf die Füße zu treten. Dieses furchtbar peinliche Missgeschick blieb ihr zum Glück erspart.

„Das Fest scheint allen zu gefallen", sagte Fye. „Das habe ich heute Abend mehrfach zu hören bekommen."

„Alles der Verdienst meines Großvaters", erwiderte Kaithlyn. „Ich kann mir nicht einmal all die vielen Namen merken."

„Niemand lernt hunderte von Namen an einem Abend. Das ist nicht notwendig. Manche von den Geladenen wirst du vermutlich kein zweites Mal sehen. Wir mussten da alle durch. Scheint so als hätten sich alle Eltern verschrieben ihren Kindern ein großes Fest zu geben, um damit zu prahlen, dass sie bald das Ryogan erhalten. Die ewige Tradition. Du darfst dich nicht unter Druck setzten, Kaithlyn."

Sie schmunzelte.

„Ach ja? So einfach ist das also."

Fyes Lächeln reichte bis zu seinen Augen und ließ sie strahlen. Kaithlyns Mund wurde trocken und sie hatte das Gefühl ihn Minuten lang angestarrt zu haben, bis er weiter sprach.

„Meine Familie möchte dir übrigens ein Geschenk machen."

„Wirklich?", quiekte sie aufgeregt.

„Ob es wirklich ein Geschenk im eigentlichen Sinne ist, ist fraglich. Es gibt da einen hervorragenden Lehrer; er ist schon seit seinen Lebzeiten der Hauslehrer meiner Familie. Mein Vater möchte, dass er dich unterrichtet. Er hat mit deinem Großvater darüber gesprochen. Die beiden waren sich einig, dass er der beste Mann für den Job ist, er rasche Fortschritte erzielen kann, um dir schnellst möglich alles Notwendige einzutrichtern."

„Eintrichtern?", fragte Kaithlyn verdutzt.

„Ja. Das ist genau das richtige Wort. Er ist unerbittlich."

„Das klingt…toll."

Kaithlyn sah in verlegen an.

„Glaub mir Kaithlyn, er ist fantastisch, aber eben anders als gewöhnliche Lehrer."

„Ist das nun gut oder schlecht?"

„Da bin ich mir nicht sicher. Ich wollte dir keine Angst machen, aber er ist eben –"

„Unerbittlich", vollendete sie den Satz. Fye lachte. „Er ist gut in dem was er tut."

„Das ist alles, was zählt, oder? Ich nehme das Angebot gerne an", antwortete sie. Sie merkte, dass ihre Unsicherheit sie völlig aus dem Takt gebracht hatte. Bemüht den Rhythmus wieder zu finden, trat sie Fye auf den Fuß.

„Entschuldige. Ich - "

Kaithlyn blieb abrupt stehen.

„Alles okay?", fragte er und folgte Kaithlyns Blick. Sie schüttelte den Kopf.

„Ich hatte nur so ein…Gefühl. Entschuldige."

„Keine Sorge, ich – "

„ – wollte gerade den Partner wechseln?"

Melora schob sich zwischen Fye und Kaithlyn, sodass er ihre Hand loslassen musste.

„Ich tanze doch immer gerne mit dir", flötete sie und legte ihm eine Hand auf die Schulter.

„Bis später, Kaithlyn."

Sie grinste Kaithlyn boshaft an.

„Danke für den Tanz", sagte Kaithlyn. Fye sah sie entschuldigend an.

„War mir ein Vergnügen."

Sie lächelte und verließ die Tanzfläche. Sie stieß mit Rose zusammen, die ihren Tanz ebenfalls beendet hatte. Ihre Wangen glühten regelrecht.

„Ich hab dich eben nicht mehr gefunden", sagte sie.

„Schon gut. Bei wem hast du Harlow gelassen?"

Sie sahen beide zu dem schwarzen Hund.

„Der war vorhin noch nicht da."

Rose sah zu dem Jungen zurück, der anscheinend auf sie wartete.

„Geh ruhig zurück", sagte Kaithlyn und grinste.

„Echt?"

Rose strahlte.

„Kann ich dich wirklich allein lassen?"

„Geh schon!"

Kaithlyn schlenderte zu Harlow.

„Stellst du mir deinen Freund vor?"

Harlow sah sie freudig an. Neben ihr saß ein großer schwarzer Hund; zumindest sah das Tier nach einem Hund aus. Es hatte lange Ohren, an deren Enden Fell wuchs und seine braunen Augen schienen keine Pupillen zu haben. Kaithlyn fand den Hund unheimlich. Seine leeren Augen waren wie tiefe Seen, die sie hinab ziehen wollten. War er ein Kianki?

„Er ist nicht so wie ich", sagte Harlow.

„Was meinst du? Ist er kein Kianki?"

„Ich weiß es nicht."

Ein Räuspern unterbrach ihre Unterhaltung.

„Guten Abend, Miss Hayworth."

Kaithlyns Körper durchlief ein eiskalter Schauer. Diese Stimme war so dunkel und rau, dass sie ihr bis ins Mark drang. Sie erinnerte sie an Green. An seinen tödlichen Unterton. Kalt und schneidend wie Eis. Erschrocken wie sie war kam ihr keine Erwiderung über die Lippen. Sie starrte in das Gesicht des Mannes, dem die Stimme gehörte. Er hatte eine lange, dunkle Lockenmähne, die ihm geschmeidig über die Schultern floss. Seine Züge waren hart, kantig und auf seiner breiten Nase trohnte eine kleine Brille. Die smaragdgrünen Augen dahinter starrten zurück.

„Darf ich mich vorstellen? Mein Name ist Merren Grim. Ich bin Lehrer an der Deity Akademie. Es freut mich sehr, Ihre Bekanntschaft zu machen."

Sie zwang sich, seine Hand zu schütteln.

„Ich habe höchstpersönlich die Ehre, Ihnen einen Brief der Akademie zu überreichen."

Kaithlyn sagte nichts; sie starrte Mr Grim weiter abweisend an. „Ich bin für heute Abend Ihr Bote", sagte er, zog einen Umschlag aus dem Nichts hervor und überreichte ihn Kaithlyn. Es war ein dicker brauner Umschlag. Der herablassende Blick Mr Grims dämpfte ihre Freude.

„Danke", sagte Kaithlyn säuerlich.

„Wie ich sehe, haben Sie Arrow schon kennengelernt? Er ist mein Kianki."

Der Hund bellte laut auf. Kaithlyn musterte Mr Grims Erscheinung. Sie fragte sich ob es den Kiankis egal war welchen Menschen sie sich aussuchten. Dann fiel Kaithlyn etwas Funkelndes an seinem Hals auf. Er trug ein Amulett. „Damantio", formten Kaithlyns Lippen entsetzt.

„Wie meinen?", fragte Mr Grim.

„Nichts", sagte sie rasch.

„Ich freue mich schon, Sie in einem meiner Kurse zu sehen. Alle Schüler der unteren Klassen haben Geschichte. Es ist einer der Grundkurse, die ich unterrichte."

Er hatte schon wieder dieses widerliche Lächeln im Gesicht kleben. Kaithlyn drückte den Umschlag fest an ihre Brust. Sie versuchte heraus zu finden, was ihr Mr Grim so schrecklich unsympathisch erscheinen ließ. Es war mehr als seine Stimme, sein Lächeln…

„Oh! Ich habe da hinten jemanden gesehen, den ich kenne. Entschuldigen Sie mich. Harlow komm." Kaithlyn wirbelte auf dem Absatz herum und flüchtete. Manchmal war Flucht die beste Verteidigung. Sie hätte seinen lastenden Blick nicht länger ertragen. Hastig suchte sie jemanden den sie kannte. Sie beschleunigte ihre Schritte und verdrehte sich schmerzhaft den Nacken, weil sie beim gehen versuchte Mr Grim im Augenwinkel zu behalten. Und es kam, wie es kommen musste, weil sie ihre Augen nicht nach vorne gerichtet hatte: stieß sie heftig mit jemandem zusammen; wäre fast hingefallen, wenn der andere sie nicht festgehalten hätte. Ihr Umschlag klatsche auf den Boden.

„Entschuldigung, ich hab nicht aufgepasst", sagte sie rasch.

„Dann pass besser auf!", blaffte sie jemand an. Sie war mit einem Jungen zusammengestoßen. Er sah sie finster an. Ungläubig musterte sie sein Gesicht. Die hohen Wangenknochen, das haselnussbraune Haar, die funkelnden Augen, hell wie Bernstein.

„Kennen wir uns?", fragte sie. Er hob den Brief auf und hielt ihn ihr entgegen.

„Ich denke nicht", raunte er unfreundlich.

„Danke, ich wollt nicht -"

Sie ließ den Brief erschrocken fallen.

„DU?", sagte sie ungläubig und starrte den Jungen mit weit aufgerissenen Augen an. Kaithlyn kannte ihn. Er war der Junge aus dem Wald. Rose und sie waren ihm bei ihrem Spaziergang begegnet. Er hatte auf einen Zettel geschrieben: *Ich wünsche ihm den Tod*. Er wollte, dass dieser Wunsch wahr wird, er wollte jemanden umbringen.

„Was machst du hier?", fragte sie finster.

„Das geht dich nichts an."

„Das hier ist meine Feier, also geht es mich etwas an. Wer bist du überhaupt?"

Der junge starrte sie überrascht an. „Du bist Kaithlyn Hayworth?" Er lachte.

„Was gibt`s denn da zu lachen?"

Er wollte an ihr vorbei, doch Kaithlyn packte seinen Arm. „Hey?!"

Er zuckte so heftig zusammen, als habe Kaithlyn ihm einen Stromschlag verpasst. Kaithlyn wich zurück und starrte ihre feuchten Fingerspitzen an. War das Blut, das durch den Stoff seines dunklen Mantels gesickert war? *Blut.*

„Bist du verletzt?", schoss es augenblicklich aus ihrem Mund. „Hat dich jemand…*angegriffen*?" Als sich ihre Blicke trafen blieb er wie angewurzelt stehen. „Brauchst du Hilfe?" Er schüttelte den Kopf. Völlig unerwartet legte er eine flache Hand an Kaithlyns Wange. Sie schauderte unter der kalten Berührung. „Was –"

„Du erinnerst mich an jemanden", flüsterte er tonlos. Abrupt trat er zurück, als wäre er gerade erst zur Besinnung gekommen; erwacht wie aus einem tiefen Traum. Als wäre die Zeit zwischen ihnen stehen geblieben sahen sie einander nur wortlos an.

„Wie ist dein Name?", fragte sie leise.

„Reid."

Sie brach den Blickkontakt ab, um nach Fye Ausschau zu halten. Fye und Mr Crossdale, führten ein Gespräch mit Mr Grim. Der seltsame Lehrer schien bedrohlich nah. Sein Kianki spähte in Kaithlyns Richtung, als würde es Witterung aufnehmen.

„Du brauchst Hilfe, einen Heiler oder jemanden der -"

Doch als Kaithlyn sich wieder an Reid wenden wollte war dieser verschwunden. Sie konnte ihn zwischen all den farbenfrohen Kleidern und den lauten Stimmen nicht mehr ausmachen.

Besorgt musterte sie die Blutflecke an ihren Fingerspitzen. Wer war er und was machte er hier? Warum war er verletzt? Wenn er es auf das Fest geschafft hatte, musste er irgendwie hereingelassen worden sein. Seit Greens Angriff hatte ihr Großvater die Schutzzauber wieder aufgebaut, oder? *Du wirst ihn nicht mehr finden.*

Kaithlyn und Harlow gingen eine Runde durch den Raum, um sich von Mr Grims Blicken zu befreien. Er saß ihr im Nacken, das spürte sie. Sie setzte sich ans Ende einer leeren Tafel und nun schlug ihr Herz heftig beim Anblick des Briefes. Kaithlyn konnte es kaum erwarten, ihn zu öffnen.

Kapitel 13

Weiße Frauen

Im Brief waren mehrere Blätter. Auf dem Ersten war in der linken oberen Ecke das Schulwappen, ein von Ranken umschlossenes *D*, darunter stand: Akademie Senegade. Kaithlyn begann zu lesen.

Sehr geehrte Miss Hayworth,

Wir freuen uns Ihnen einen Schulplatz an der D.A.S. anbieten zu können und begrüßen Sie daher herzlich in der Unterstufenklasse. Alle Schüler/innen haben sich am 21. August um 10.30 Uhr im Eingangsbereich des Nordflügels einzufinden. An diesem Tag erhalten Sie die Zimmerzuteilung, Stundenpläne, Bücher und ihre Schuluniform. Weiterhin gedenken wir Sie in die Astonishklasse aufzunehmen. Bis dahin bitten wir um eine schriftliche Mitteilung, wenn Sie den Schulplatz nicht in Anspruch nehmen möchten.

Freundliche Grüße

Maurios Spanner und Dorothea Fem
(Schulleiter und Schulleiterin der Deity Akademie Senegade)

Anlagen

Kursverzeichnisse

Kaithlyn fiel ein Stein vom Herzen. Sie war aufgenommen. Doch was war die Astonishklasse? Hauptsache sie hatte endlich den Brief. Sie würde dort studieren und lernen können. Jetzt konnte nichts mehr schief gehen, oder? Sie sah sich nach irgendjemanden um, den sie kannte, um die frohe Nachricht sofort verbreiten zu können, doch aus der Menge blickten ihr nur fremde Gesichter entgegen. Kaithlyn ging zum unzähligsten Mal durch die Reihen und suchte die anderen. Sie hatte das unheimliche Gefühl das Mr Grim sich wieder an ihre Fersen geheftet hatte. Als würde er sie verfolgen. Zu ihrer Verblüffung entdeckte sie Kaine in einer dunklen Ecke herum lungern. Er trug seine volle Kampfmontur und schien nicht einmal in Erwägung gezogen zu haben, sich der Feier angemessen zu kleiden. In ihrem Kopf beschwor sie das Bild eines Kaines im Anzug herauf. Sie verkniff sich ein Kichern.

„Hey", sagte Kaithlyn. Er sagte nichts. Sie warf einen vorsichtigen Blick über ihre rechte Schulter und tatsächlich stand Mr Grim ein paar Meter hinter ihr und tat so als würde er seine Brille putzen.

„Kaine", flüsterte Kaithlyn.

„Siehst du den Mann da vorne? Der, der seine Brille putzt. Ich glaube er verfolgt mich."

Kaine warf beiläufig einen Blick auf Mr Grim.

„Bist du sicher?", sagte er schließlich.

Mr Grim sprach nun mit einem Mädchen, das silberblondes Haar hatte und genauso herablassend umher blickte wie er selbst.

„Das ist Merren Grim", sagte Kaine leise. „Er ist Lehrer an der Deity Akademie."

„Ich meine es ernst. Es ist unangenehm in seiner Nähe zu sein", sagte Kaithlyn. *Warum erzähle ich das ausgerechnet Kaine? Vielleicht, weil er ein Schwert hat?*

„Liegt es daran, dass er ein Vampir ist?", murmelte Kaine.

„Ein Vampir?"

Kaine nickte genervt.

„Sollte ich Angst vor ihm haben?", fragte Kaithlyn trotzig.

„Ich durfte bereits seine Bekanntschaft machen und ich für meinen Teil halte ihn für listig und hinterhältig", antwortete Kaine. „Aber warum erzähle ich dir das überhaupt?"

Ratlos sah er Kaithlyn an.

„Weil wir Freunde sind?", sagte sie hoffnungsvoll. Kaine lachte. Mr Grim spähte zu ihnen herüber. Kaithlyn kniff beleidigt die Augen zusammen. *Lachte er sie aus?*

„Du legst zu viel Wert auf Worte wie *Freunde*", sagte Kaine süffisant, was so gar nicht zu seinem sonstigen Tonfall passte.

„Vielleicht legst du einfach zu wenig Wert darauf."

Kaithlyn sah ihn verständnislos an.

„Was weißt du schon", erwiderte er trocken.

„Und was weißt du schon?", entgegnete Kaithlyn. Sie schüttelte den Kopf.

„Dann steh doch weiter in deiner Ecke herum."

Schnurr stracks steuerte sie Mr Grim an. Harlow hechtete ihr hinter her.

„Guten Abend, Mr Grim", sagte Kaithlyn respektvoll.

„Oh, Miss Hayworth. Wie schön, das Sie meine Gesellschaft zu schätzen scheinen."

„Nun ja", sagte Kaithlyn im gehobenen Ton. „Ihr Name ist mir nicht entfallen."

Mr Grim war überrascht. „Außerdem hatte ich das Gefühl, das Sie mir etwas mitteilen wollen oder war es eine Täuschung meiner Sinne, das Sie stets in meinem Blickwinkel zu sein schienen?" Sie heuchelte ein Lächeln. Mr Grim lachte laut auf.

„Darf ich Ihnen Miss Tokugawa vorstellen?"

Das Mädchen mit den silberblonden Haaren das neben Mr Grim stand sah sie interessiert an.

„Azaria Tokugawa", sagte sie und ihre kalten grünen Augen ruhten auf Kaithlyn.

„Sie ist eine Schülerin von mir. Eine meiner Besten. Das könnten Sie auch sein, Miss Hayworth", begann Mr Grim.

„Was wollen Sie von mir?", sagte Kaithlyn durchdringend. Ihre Stimme hatte jeden Respekt darin verloren. Der schwarze Hund an Grims Seite fletschte die Zähne. Harlow fauchte ihn an. Die beiden Kiankis sahen aus, als begäben sie sich in Kampfstellung.

„Meine Absichten sind vollkommen offenkundig", sagte er. Kaithlyn schnaubte verachtend.

„Ich bin ein Lehrer und Sie eine angehende Schülerin. Ich biete Ihnen lediglich Hilfe an. Sie werden feststellen, dass die Akademie für bestimmte Menschen, bestimmte Überraschungen bereithält. Sie dürfen also jederzeit auf mein Angebot zurückkommen."

„Wie überaus freundlich", sagte Kaithlyn durch zusammengebissene Zähne.

„Es war mir wichtig ihnen meine Freundlichkeit zu vermitteln", sagte Mr Grim wichtigtuerisch. „Guten Abend noch, Miss Hayworth."

Er verließ den Saal. Azaria folgte ihm auf den Fersen.

Kaine kam aus seiner beobachtenden Position hervor und trat ihr in den Weg.

„Was hast du ihm gesagt?", wollte er wissen. Diesmal war es Kaithlyn die lachte.

„Lass mich in Ruhe. Ich rede nicht mit Fremden."

Sie ließ Kaine stehen. Wut durchfuhr sie. Warum dachten alle Erwachsenen immer, sie müssten ihre Überlegenheit in Rätseln darbringen? Ihr Zorn auf Merren Grim ebbte so schnell wie er gekommen war wieder ab. Er besaß ein Damantioamulett. Sie hätte ihm einige Fragen stellen sollen. „Kaithlyn, was ist los mit dir?", fragte Rose besorgt. Sie hatte nicht gemerkt, dass Rose neben ihr stand und sie eingehend musterte. Ehe Kaithlyn antworten konnte wurde es totenstill. Es war so als würde jeder Anwesende im Raum für diesen einen Moment den Atem anhalten. Erstaunt tauschten die beiden einen Blick. Sie drängten sich nach vorne, umsehen zu können, wer dort einen so eindrucksvollen Auftritt hinlegte. Eine Frau von einnehmender Schönheit hatte den Saal betreten. Ihre langen dunkelblonden Haare reichten ihr fast bis zu den Knöcheln. Ihre Augen funkelten silbergrau wie kostbare Diamanten. Ihre Haut war porzellanweiß und ebenmäßig schön. Sie lächelte milde und mit jedem Augenaufschlag zog sie mehr und mehr Gäste in ihren Bann. Lange Menschenketten hatten sich wie zwei Mauern zu ihren beiden Seiten gereiht und alle starrten sie an. Ein leises Flüstern ging um. Die Frau trug eine lange silberne Robe und einen Umhang, der wie bei einer Braut langsam über den Boden schleifte. Auf ihrer Schulter saß ein Vogel. Ein Mondvogel mit flammenden Schweif, nachtblauen Gefieder und einem Halbmond auf der Stirn. Er zwitscherte eine angenehme Melodie. Die Frau glitt elegant und mysteriös entlang der Menschenreihen. Ihre Augen sahen Fye und sie schenkte ihm einen glühenden Blick. Kaithlyn wurde ganz warm ums Herz. Die Ausstrahlung der Frau hatte eine Faszination an sich, die Kaithlyn nicht verstand und trotzdem fühlte. Mr Karacord fasste sich als Erster und machte einen Schritt auf sie zu.

„Guten Abend."

„Ich konnte nicht früher kommen, Verzeihung", sagte sie und ihre Stimme klang genauso schön, wie man es sich bei ihrem Anblick vorgestellt hatte. Der Raum füllte sich nun wieder mit Stimmen. Einige Menschen scharrten sich um die Frau und begrüßten sie herzlich. Es dauerte einige Sekunden, bis die Freundinnen den Blick von der Schönheit ab wanden und sich wieder ihrem begonnenen Gespräch widmeten.

„Erinnerst du dich noch an den letzten Tag auf Custocorward? Da war dieser Junge am Wunschschrein", sagte Rose angespannt. Kaithlyn nickte. „Er ist hier!"

„Ich weiß, ich habe ihn auch gesehen", antwortete Kaithlyn und begann von ihrer Begegnung mit Reid zu erzählen. Dann erzählte sie Rose von Mr Grim und dem Brief.

„Warum passiert das Spannende immer dann, wenn ich nicht da bin?", fragte Rose sarkastisch. Kaithlyn war nicht nach Scherzen zu mute. Sie führte Rose und Harlow zu einem der Balkone. Bei frischer Luft und Abgeschiedenheit ließ es sich besser nachdenken.

„Ich kenne Mr Grim. Ich bin in seinem Geschichtskurs. Als Lehrer ist er ziemlich gut, aber die meisten Schüler haben eher Angst vor ihm. Es geht nämlich das Gerücht um, er habe eine Schülerin angefallen. Du musst wissen er ist ein Vampir, auch wenn man es ihm vielleicht nicht gleich ansieht. Mr Grim war eine Zeit lang auf Reisen oder so und alle dachten, die Behörden hatten ihn ins Gefängnis gesteckt", sagte Rose mit gedämpfter Stimme.

„Stimmt es?", fragte Kaithlyn unsicher.

„Ich denke eher nicht, wäre er sonst noch Lehrer?"

Kaithlyn dachte nach. „In seiner Nähe habe ich ein ungutes Gefühl."

„Das geht sicher vielen so, aber ist ja nur dein Lehrer, oder?", sagte Rose.

Kaithlyn nickte. „Rose da ist noch etwas. Was bedeutet: *Weiterhin gedenken wir Sie in die Astonishklasse aufzunehmen*. Was ist die Astonishklasse?"

„Zeig mal."

Rose las den Brief und ihre Augen blieben an eben jener Zeile hängen in der von der Astonishklasse die Rede war. Sie lächelte.

„In die Astonishklasse stecken sie Schüler und Schülerinnen, die Magie wirken können. Ich weiß nicht besonders viel darüber, aber du solltest dich darüber freuen. Diese Magieklasse ist einer der Gründe warum die meisten Schüler die Deity Akademie überhaupt besuchen. Das ist die Elite der Akademie."

„Es ist eine super Chance", sagte Rose aufbauend, aber Kaithlyn schüttelte den Kopf.

„Dir ist schon klar, dass ich *nicht* zaubern kann?"

„Du hast es im Blut. Und sie *gedenken* lediglich, dich in diese Klasse zu stecken."

„Nur keinen Druck machen", murmelte Kaithlyn. Sie dachte an ihre Unterhaltung mit Fye.

Es gibt da einen hervorragenden Lehrer; er ist schon seit seinen Lebzeiten der Hauslehrer meiner Familie. Mein Vater möchte, dass er dich unterrichtet. Er hat mit deinem Großvater darüber gesprochen. Die beiden waren sich einig, dass er der beste Mann für den Job ist, er rasche Fortschritte erzielen kann, um dir schnellst möglich alles Notwendige einzutrichtern. Kaithlyn fühlte sich plötzlich benommen. *Eintrichtern. Er ist unerbittlich.* Wunderbar. Sie müsste sich also innerhalb kürzester Zeit zu etwas zwingen, von dem sie nicht einmal wusste, ob es in ihr steckte. Sie wurde das Gefühl nicht los, das ihr Großvater etwas damit zu tun hatte. Vielleicht wussten die Akademie Leute, dass sie seine Enkelin war und erwarteten etwas Unvorstellbares. In ihrem Kopf hörte sie schon Stimmen sprechen die sagten:

„Kaithlyn Hayworth? Oh ja, die Enkelin von Mr Karacord."

„Genau die, aber im Gegensatz zu den stolzen und starken Mitgliedern des Drachenclans kann sie gar nichts. Wer hat veranlasst, sie hier aufzunehmen? Vergeudete Zeit!"

Die Stimmen lachten widerwärtig und gemein. Kaithlyn fühlte sich richtig mies.

Ich will mehr sein als nur seine Enkelin!

Harlow war auf das Balkongeländer gesprungen und streckte sich. Kaithlyn sah in die Ferne und dachte an ihr zu Hause. Ihr *richtiges* zu Hause. Sie war sich nicht mehr sicher, ob sie lieber dort geblieben wäre. Sehnsüchtig sah sie in die dunkle Nacht hinaus.

„Hallo", sagte eine angenehme Stimme hinter ihnen. Es war die wunderschöne Frau mit den diamantsilbernen Augen und dem Mondvogel.

„Äh...hallo", stotterte Kaithlyn erschrocken.

„Du bist Kaithlyn Hayworth", sagte sie. „Das wir uns treffen war nur eine Frage der Zeit. Mein Name ist Ashley Green. Dies ist mein Mondvogel Riel."

Kaithlyn starrte die Frau an, so als hätte sie noch nie eine gesehen. Entgeistert stellte sie fest, dass Ashley Green ein Damantioamulett um den Hals trug. Es war schon das Zweite, das sie heute Abend sah. Und hatte sie *Green* gesagt?

„Das sind Rose und Harlow", sagte Kaithlyn rasch.

„Ich möchte nicht unhöflich sein Rose, aber darf ich mit Kaithlyn alleine sprechen?"

Noch bevor Rose antworten konnte sagte Kaithlyn:

„Ich habe vor Rose keine Geheimnisse."

Rose lächelte freudig, sie schien sich eher zu fragen, woher Ashley Green wusste, dass sie nicht das Kianki war.

„Ist schon gut", sagte sie.

„Ich kann auch gehen."

„Ich erzählte ihr später jedes Wort", sagte Kaithlyn zu Ashley.

„Wenn es so ist..."

Ashley Green warf Rose einen fragenden Blick zu. Ashley trat näher ans Geländer. Sie sah aus der Nähe noch schöner aus. Fast ehrfürchtig erwiderte Kaithlyn ihren bestimmten, klaren Blick. „Es ist so, dass ich nicht nur der Bote der Green Familie an diesem Abend bin, sondern auch ein Gast. Deshalb hoffe ich, dass es nicht unhöflich erscheint, wenn ich dich gerne etwas fragen würde. Du hast gegen meinen Bruder Anthony Green gekämpft, nicht wahr?"

Gekämpft? Es klang, als hätte sie etwas gegen Green ausrichten können.

„Ich möchte mich im Namen unserer ganzen Familie für sein schreckliches Verhalten entschuldigen und dich gleichzeitig bitten mir zu erzählen, was geschehen ist", sagte Ashley. Kaithlyn fühlte sich bei den wachgerufenen Erinnerungen wie in Trance versetzt.

„Ich habe nicht viel zu erzählen", begann Kaithlyn entmutigt. Ashley lächelte sie traurig an.

Ihr Gesicht verriet, das sie alles dafür gegeben hätte zu erfahren, was mit ihrem Bruder geschehen war, auch wenn es nur eine kurze Geschichte war. Also begann Kaithlyn zu erzählen. Harlow zuckte kurz zusammen, als Kaithlyn Greens Namen aussprach. Sie konnte es gut verstehen. Harlow hatte den größten Schaden davon getragen. Diese Erinnerung war keine schöne. Rose schwieg. Ashley Greens Miene blieb weiterhin fest, unbeeinträchtigt.

„Darf ich Sie auch etwas fragen?", fragte Kaithlyn anschließend.

„Ja."

„Wissen Sie, was er plant? Kennen Sie eine Antwort darauf?"

Ashley Green schwieg eine Weile. Ihre Augen glänzten, ganz so als würde sie jeden Moment anfangen in Tränen auszubrechen. „Ich weiß es nicht", sagte sie, aber Kaithlyn spürte, dass sie log. „Wer glaubt schon daran, dass die Sonnenstrahlen die Welt jemals völlig erleuchten?", sagte Ashley melancholisch. Ihre Wörter klangen wie der Anfang eines traurigen Liedes. „Finsternis herrscht in jedem von uns. Manche Menschen können damit umgehen, andere verfallen dem Drang nachzugeben und zu erfahren, wie eine andere Seite aussieht. Mein Bruder gehört zu jenen, die von ihrem Weg abgekommen sind."

Ashley sah sehr nachdenklich aus.

„Miss Green?", setzte Kaithlyn an. „Ist –"

„Ich bin nicht deshalb hier", fuhr Ashley abrupt fort. „Ich bin gekommen, um dir etwas zu sagen, Kaithlyn. Hast du schon einmal von einer Fähigkeit namens *Digent* gehört?"

„Digent? Nein", erwiderte Kaithlyn. Als sie kurz zu Rose sah, schüttelte diese den Kopf.

„Vielleicht ist dir der Name Drachenaugen ein Begriff?"

Kaithlyn nickte. Augen rot wie Glut, wenn die Magie ihren Höhepunkt erreichte. Wie es bei Fye der Fall gewesen war, als er gegen Green gekämpft hatte. „Ich weiß nicht viel darüber."

„Nicht jeder der in einer der Blutlinien des Drachenclans geboren wird hat das magische Potenzial dazu den Status seiner Magie bis über die Grenze zu treiben, an dem sich die Drachenaugen zeigen. Es hat viel mit Beherrschung, Begabung und auch ein wenig mit Glück zu tun. Manche verbringen Jahre damit ihre Drachenaugen nutzen zu können, andere ihr ganzes Leben. Es gibt verschiedene Formen der Drachenaugen. Ich besitze die Abwandlung Digent der magischen Augen. Ich bin ein Wahrheitsseher."

Kaithlyn sah sie beunruhigt an, weil Ashleys Gesichtsausdruck ihr verriet, dass dies nichts Angenehmes war. „Ich weiß es vermag merkwürdig aussehen, wenn ich mich – als Fremde –einmische, aber meine Augen haben mich etwas sehen lassen, das dich betrifft."

Ashley machte eine Pause. Es sah so aus als würde es sie viel Überwindung kosten, Kaithlyn dies zu erzählen. Ihre Stimme klang zwar angenehm und ruhig, aber ihr Gesichtsausdruck wirkte gequält. Doch Ashley Green fühlte sich gezwungen weiter zu sprechen. Für Kaithlyn mussten ihre Worte wie eine nette Geschichte klingen, aber Ashley empfand diese Situation als äußerst gefährlich. Wenn sie nun jemand belauschte? Ashley war nicht entgangen, dass unter den Gästen auch Menschen weilten, denen sie nicht traute. Mit ihrer Information musste sie bedacht umgehen, aber wenn das Mädchen nicht verstand und es ungehalten weiter erzählte? Woher kamen diese Zweifel? Ashley besann sich schnell.

„Erzählen Sie weiter, bitte", drängte Kaithlyn.

„Als Wahrheitsseher zu agieren, bedeutet nicht alle Absichten durchblicken zu können, sondern verborgene Absichten erkennen zu können, wenn diese nicht allzu tief unter der Oberfläche vergraben liegen. Ich kann also unter bestimmten Gegebenheiten einen Blick in die Köpfe der Menschen werfen. Die meiste Zeit ist mein Digent inaktiv, aber in letzter Zeit…ich war an vielen verschiedenen Orten, als ich meine Pflichten als Inselwächterin erfüllte und überall habe ich *diese* Absichten gespürt, als wären dort hunderte Personen mit den gleichen Gedanken."

„Welche Absichten?", fragte Kaithlyn.

„Gedanken, die um ein Mädchen mit goldenem Haar kreisen; um ein Damantioamulett, das *Encence* genannt wird. Encence hat die Macht alle neun zu vereinen."

„Soll das heißen Sie haben diese Dinge gehört, wissen aber nicht von wem die Gedanken stammen?", fragte Rose ungläubig. Ashley betrachtete eingehend Kaithlyns Haar. Kaithlyns Herz hämmerte gegen ihre Rippen. „Sie denken, damit bin ich gemeint?"

„Deine Ankunft hier, Kaithlyn, hat sich herum gesprochen wie ein Lauffeuer. Zuvor habe ich die vielen Stimmen nicht wahrgenommen. Du besitzt ein Damantioamulett."

Ashley hob eine Hand und berührte mit einem ihrer langen Finger das Amulett, das auf ihrer Brust ruhte. Kaithlyn tat ihr die Bewegung gleich. Auch auf ihrer Brust ruhte das silberne Schmuckstück. „Das erste Damantioamulett?", flüsterte sie zu niemand bestimmten.

„Das Auftauchen meines Bruders, diese Warnungen…es ist etwas im Gange. Ich möchte, dass du sehr vorsichtig bist, Kaithlyn. Niemand kann sagen, was all das zu bedeuten hat. Noch nicht." Kaithlyn dachte unweigerlich an das, was eben im Garten passiert war. Was hatte Mara gesagt? Ein Impuls führt zu großer Veränderung. Kaithlyn hatte Greens Gesicht im Wasser gesehen.

„Zeichen zu deuten ist auch eine Art von Gabe", sagte Ashley bedacht. Kaithlyn schwieg.

„Ich weiß nicht mehr als andere, ich nehme die Dinge nur verstärkter wahr und sehe Verborgenes", sagte Ashley behutsam. Sie sah nun direkt in Ashley Greens silberne Augen.

„Für alles gibt es einen Grund. Glaubst du, dass es Zufälle waren, die zu all diesen Begegnungen geführt haben? Deine Eltern grundlos verschwanden?"

Sie hatte Kaithlyns wunden Punkt getroffen. „Das nennt man Schicksal, Kaithlyn, unausweichliches Schicksal. Ich bin nur ein Bauer im Spiel, er zieht bis zu dem Punkt, an dem er geschlagen wird und das ist meistens sehr früh. Nur der König kann den Gegner besiegen." Ashley fuhr ihrem Mondvogel Riel durchs Gefieder.

„Schicksal?", echote Kaithlyn. „Das ist lächerlich."

Ashleys Augen weiteten sich betroffen. „Lächerlich?"

„Ich glaube nicht an Schicksal. Dass bestimmte Absichten hinter Ereignissen stecken, Gründe, wie Sie es nennen, ist nur eine weitere logische Schlussfolgerung. Es gibt etwas, das nennt man Selbstbestimmung, Entscheidungsfreiheit. Jeder hat die Möglichkeit nach eigenem Ermessen zu handeln. So hat ihr Bruder entschieden. So haben es meine Eltern getan." Kaithlyn bildete sich ein, dass Miss Greens Haut bleicher geworden war. Rose und Harlow hatten sich immer wieder Blicke zu geworfen und hielten es für besser zu schweigen, aber nun sagte Rose vorsichtig: „Was ist mit Ihnen, Miss Green? Sie haben auch ein Damantioamulett." Die beiden Mädchen starrten die Frau an.

„Es stimmt ich besitze auch ein Amulett. Ich bin die Wächterin dieser Insel, eine der wenigen Inselwächter, denen über Generationen das Amulett weiter gereicht wurde und so manche Zeichen können in die Irre führen, aber…ich wollte Sie warnen, Miss Hayworth. Das habe ich hiermit getan. Das ist alles." Sie klang fast gekränkt. Kaithlyn und Rose wechselten einen misstrauischen Blick. Kaithlyn senkte die Stimme. „Entschuldigen Sie. Ich glaube daran, dass jeder sein Schicksal selber bestimmen kann und deshalb werde ich eine für mich richtige Entscheidung treffen, egal was passiert und egal zu wessen Nachteil das geschieht, ich stehe auf meiner eigenen Seite und entscheide selber", sagte Kaithlyn bestimmt. „Genießen Sie das Fest, Miss Green."

„Ich wollte nur -", doch Ashley begann, heftig zu husten. Sie begann sich zu krümmen und presste sich eine Hand vor den Mund. Ihr Körper wurde von heftigem Zittern durchgeschüttelt. Als der Hustenanfall vorüber war, standen ihr dünne Schweißperlen auf der Stirn. Ashley ließ sich zu Boden sinken. Ihre Haare und Robe flossen über den dunklen Marmor als säße sie in einer silbernen Pfütze. Kaithlyn und Rose waren sofort an ihrer Seite.

„Was ist mit Ihnen?", fragte Rose erschrocken.

Als Ashley die Hand zurückzog, sah Kaithlyn den glänzenden scharlachroten Faden, der ihre Lippen benetzte. Rose hatte augenblicklich ein Stofftaschentuch zur Hand und reichte es Ashley. Miss Green wischte sich das Blut von den Lippen und schloss für einen Moment die Augen. Ihre Haut wirkte plötzlich leichenblass, kalt und glänzend vor Schweiß.

„Das sind Spuren meiner Krankheit", sagte Miss Green.

„Sie sind krank?", krächzte Rose. Es klang als würde ihr die Stimme versagen.

„Es tut mir leid, dass Sie mich in einem solchen Zustand sehen, aber -

„Wir sollten reingehen, damit Sie sich ausruhen können", sagte Rose rasch. Ashley Green wandte sich an Kaithlyn; ihre zittrigen Finger bohrten sich in ihren Arm.

„Ich hole jemanden. Fye! Er kann Ihnen helfen. Harlow, Rose bleibt hier, ich werde mich beeilen", sagte Kaithlyn. Die beiden nickten. Kaithlyn löste Ashleys Griff und schoss mitten in die Menschenmenge der Gäste. Der Raum war nahe zu überfüllt. Wo war Fye? Sie rempelte einige Gäste an, schob sich unbeirrt weiter, ignorierte die finsteren Blicke und empörten Rufe, die ihr folgten. „Liam! Wo ist Fye?", rief sie Fyes jüngeren Bruder, der gerade ihren Weg streifte, zu.

„Keine Ahnung", blaffte er zurück und ging einfach weiter. Jetzt da Kaithlyn so unsicher durch den Saal irrte, kroch Panik in ihr hoch. Sie musste Ashley Green doch irgendwie helfen. Dann fiel ihr Blick auf Mr Crossdale und ihren Großvater. *Beide zusammen, was für ein Glück!* Sie platzte mitten in ihr Gespräch hinein.

„Ashley Green - auf dem Balkon - da hinten!", keuchte Kaithlyn schwer atmend. Beide Männer sahen sie verdutzt an. „Mr Crossdale, können Sie heilen? Ich brauche Ihre Hilfe!"

„Wenn Sie Hilfe benötigen, natürlich, ich kann – "

„Es geht um Miss Green, sie ist zusammengebrochen, hinten auf einem Balkon."

Mr Crossdale und Mr Karacord folgten ihr ohne weiteres Zögern. Auf halben Weg kam Harlow ihnen entgegen. *Sie ist verschwunden!*, schoss es durch das Gedankenband, noch ehe sie Kaithlyn und die beiden Männer erreicht hatte. *Verschwunden?* Zielstrebig steuerte Kaithlyn den Balkon an. Rose lag in sich zusammen gesunken am Boden. Von Ashley Green fehlte jede Spur. Einzig und allein ein kleiner Blutstropfen am Geländer verriet, das sie sich hier abgestützt hatte.

„Sie ist verschwunden! Eben war sie noch da! Rose!", schrie Kaithlyn. Sie fiel neben ihrer besten Freundin auf die Knie und drehte Rose' Kopf vorsichtig zur Seite. „Harlow was ist passiert?" Rose kam langsam zu sich.

„Uh…mein Kopf. Was ist passiert? Wo…?"

Rose sah in die Gesichter der Anwesenden.

„Sie hat irgendwas gemacht…"

„Gedächtniszauber", murmelte Mr Karacord. „Schon gut Kaithlyn, wir glauben dir. Wir werden sie suchen. Bleib du bei deiner Freundin. Gedächtniszauber machen nur kurz benommen, keine Sorge."

„Das ist seltsam. Warum sollte sie so plötzlich verschwinden? Bis gerade eben konnte sie kaum noch stehen und spuckte Blut!", sagte Kaithlyn, half Rose auf die Beine und legte einen Arm um Rose.

„Es geht schon wieder", sagte sie leise. Mr Karacord hatte ein paar Bedienstete gerufen und alle strömten in verschieden Richtungen um Ashley Green zu suchen.

„Ich glaube nicht, dass sie noch im Anwesen ist", flüsterte Mr Karacord Fyes Vater zu. Die beiden steckten die Köpfe zusammen, tauschten weitere Worte aus und gingen mit raschen Schritten in verschiedene Richtungen davon.

„Großvater!", rief Kaithlyn, doch Mr Karacord hörte sie nicht mehr. *Er lässt mich einfach allein?* Mit einer benommenen Rose in ihren Armen? Rose richtete sich langsam auf und massierte sich mit den Fingerspitzen die Schläfen.

„Rose…"

„Ist schon gut, Kaithlyn. Es geht mir wieder besser. Ich fühle mich leicht…eingenebelt, aber ansonsten geht es mir gut. Keine Kopfschmerzen oder so."

Kaithlyn half Rose, auf die Beine zu kommen.

„Sicher?"

„Sicher. Hast du nichts mitbekommen?", fragte Rose Harlow. Harlow schüttelte den Kopf. Rose und Kaithlyn sahen sich einen Moment lang an, beide schienen dasselbe zu denken. Die beiden gingen schnellen Schrittes durch den Saal, hinaus in den Flur, um einige Ecken, bis die Geräusche des Festsaals fast völlig verstummt waren.

„Hast du den ernsten Gesichtsausdruck meines Großvaters gesehen?", fragte Kaithlyn.

„Ja. Wir müssen sie suchen, oder?", entgegnete Rose.

„Jemand muss uns belauscht haben", sagte Kaithlyn.

„Vielleicht ist sie doch noch hier, irgendwo, bei so vielen Menschen ist das für sie kaum möglich einfach so zu verschwinden. Du hast doch auch gesehen, welchen Aufruhr es bei ihrer Ankunft gab", meinte Rose.

„Sie konnte unmöglich *alleine* verschwinden", betonte Kaithlyn.

„Ashley Green sah nicht so aus, als würde sie in ihrem Zustand weit kommen."

„Du meinst, sie wurde…entführt?"

Rose sah sich angstvoll um.

„Ich kenne meinen Großvater nicht sehr gut, aber ich habe diesen Ausdruck in seinem Gesicht gesehen. So sieht jemand aus, wenn er weiß, dass etwas furchtbar schief läuft. Ashley Green ist die Inselwächterin von Krogan, Rose. Die Inselwächterin. Was passiert, wenn eine so wichtige Person auf dem Fest eines Mr Karacord verschwindet, der zurzeit in Bedrängnis ist, wegen all der Entscheidungen, die er für sich und gegen den Drachenclan getroffen hat?"

„Wie kann eine Frau von solch einer Feier einfach so verschwinden?", murmelte Rose unsicher vor sich hin. Sie holte tief Luft und seufzte.

„Was tun wir jetzt?"

Kaithlyn ließ sich gegen die Wand sinken und dachte angestrengt nach. *Ja, was sollen wir tun? Warum ist Großvater so abrupt verschwunden? Das ergibt keinen Sinn.*

„Wir werden…"setzte Kaithlyn an. *Was nur?*

„Wir werden mit Fye, Melora und Kaine reden."

Es war die einzige Idee, die ihr spontan in den Sinn kam.

„Die Drei haben mich nicht umsonst begleitet. Meine Tante vertraut ihnen."

Kaithlyn hatte Rose gerade den Rücken zu gewand, als sie leise Stimmen vernahm. Sie griff nach Rose´ Arm und hielt sie zurück.

„Verstecken", nuschelte sie. Harlow machte sie auf eine Wandnische, mit einem dicken, klobigen Vorhang aufmerksam. Dahinter befand sich ein leeres Regal und es roch nach Mottenkugeln. Kaithlyn lauschte angestrengt.

„Hier ist es auch nicht!", zischte eine helle Stimme verärgert. Eine Frau, ein Mädchen?

„Das hat nichts zu bedeuten. Ob wir es nun bekommen oder nicht, ändert nichts an dem Plan", kam die Antwort. Kaithlyn hätte diese Stimme überall wieder erkannt: Mr Grim.

„Niemand ahnt etwas. Es ist alles in Ordnung."

Das Mädchen schnaubte verachtend.

„Ich sollte eigentlich nicht hier sein! Kale hat mir eine andere Aufgabe zugetragen, wenn Green es alleine vermasselt, tragen Sie die Schuld!", sagte sie. Kaithlyn warf Rose einen fragenden Blick zu. Harlow hielt den Atem an.

„Haben Sie die Personen gesehen, die wir suchen?“, fragte das Mädchen grob.

„Natürlich, aber es sind nur drei weitere außer mir.“

„Wo ist Kale?“

Mr Grim seufzte.

„Beruhigen Sie sich, Azaria. Kale hat mir persönlich aufgetragen, Sie zu beschützen. Ihnen geschieht nichts. Er ist sehr angetan von Ihnen…wie Sie das wohl geschafft haben?“, sagte Mr Grim anmaßend.

„Das meine ich nicht!“, fauchte sie. „Als hätte ich seinen Schutz nötig!“

„Ein bisschen mehr Respekt, Azaria. Für Kale und mich, denn ich bin schließlich ihr Lehrer.“

„Die Akademie ist unwichtig und tut nichts zur Sache, außerdem haben Sie bereits eine neue faszinierende Schülerin im Auge, nicht wahr? Hier geht es doch nicht nur um die eine Sache. Das weiß ich. Ich bin nicht dumm.“

Mr Grim lachte kurz auf.

„Was soll ich Ihnen sagen? Sie werden den Zusammenhang nicht begreifen können.“

Azaria Tokugawa war das Mädchen, das bei Mr Grim gestanden hatte und genauso herblassend schauen konnte wie Merren Grim selbst, dachte Kaithlyn. *Die beiden planten etwas? Was hatte Fyes Bruder Kale damit zu tun?* Und…Green. Hatte sie sich verhört? Nein. Azaria sprach weiter, erwähnte wieder Greens Namen. Dass sie Anthony Green meinte, ließ keinen Zweifel mehr zu.

„Sie haben sich verändert. Von so jemanden kann ich nichts mehr lernen.“

„Am Ende scheinen Schüler sich immer gegen ihre Lehrer zu erheben“, sagte Merren Grim unbeeindruckt. Kaithlyn wagte es und spähte vorsichtig am schützenden Vorhang vorbei. Mr Grim zog gerade eine winzige Taschenuhr aus seiner Brusttasche.

„Wie dem auch sei. Es wird Zeit. Gleich wird Kale das Zeichen geben, Sie wissen, was Sie zu tu haben, Azaria.“

Azaria nickte schweigend. Die Beiden gingen an dem Vorhang, hinter dem Kaithlyn, Rose und Harlow angespannt ausharrten, vorbei, in Richtung Saal. Ihre Schritte entfernten sich langsam. Als sie verhallten, fiel die Anspannung von den Dreien ab.

„Kaithlyn!“, stöhnte Rose. „Was bedeutet das?“

Kaithlyn schob den Vorhang beiseite.

„Green ist der jenige, der Harlow und uns andere angegriffen hat, im Labyrinth. Er ist ein Dierraider. Das bedeutet, dass Mr Grim, dieses Mädchen und Fyes Bruder auch dazu gehören. Sie haben etwas vor“, sagte Kaithlyn. „Ein Zeichen geben? Ein Zeichen wofür?“, dachte sie laut nach.

„Wir müssen jemanden warnen“, sagte Rose blass. „Drei Personen sagte er, vielleicht wollen sie drei Leute um bringen.“

Kaithlyn dachte nach. Hatte die verschwundene Ashley Green etwas damit zu tun? War sie vielleicht das erste Opfer? Kaithlyn, Rose und Harlow rannten den Flur entlang, zurück in dieselbe Richtung, in die auch Grim und Azaria gegangen waren. Kaithlyn fragte sich, was wohl passieren würde, wenn sie auf sie treffen würden, doch die Zwei, waren verschwunden. Der Flur kam Kaithlyn unendlich lang vor, es war ein unangenehmes, verwirrendes Gefühl, das in ihr hochstieg. Fast schon Angst. Den kurzen Weg zurück zermarterte sie sich den Kopf darüber, was als Nächstes geschehen würde. Schon im nächsten Moment bekam sie die Antwort darauf. Kaithlyn und Rose waren gerade über die Schwelle des Saals getreten, als es geschah. Eine Explosion, heftig und unerwartet, sprengte das halbe Dach und einen Teil der Stockwerke darüber einfach weg. Riesige Trümmer fielen herab, Schreie und pures Entsetzen gellten durch die Luft. Ein Feuerschwall aus Glut und Rauch zerbarst über ihren Köpfen. Der Druck der Explosion schlug Kaithlyn, Rose und Harlow entgegen und warf sie gegen die nächste Wand. In der Luft flimmerte zersplittertes Glas umher. Kaithlyn war hart mit dem Kopf aufgeschlagen und fühlte sich benommen. Sie zwang sich die Augen zu öffnen und schrie laut auf. Vor ihr lag ein Mann, dessen Gesicht fast gänzlich entstellt war. Er zuckte ein letztes Mal, während Flammen ihm die Haut zerfraßen, dann war er tot. Überall irrten die Gäste umher, schreiend und weinend. Es herrschte vollkommene Verwüstung. Der Rauch machte die Luft stickig und schwer. Kaithlyn sah sich nach den anderen um. Rose hatte eine Platzwunde am Kopf, das Blut tropfte ihr die Schläfe hinab. Harlow war unverletzt geblieben. Kaithlyn half Rose auf. Rose klammerte sich an sie. Kaithlyns Augen weiteten sich in blanker Bestürzung, als sie den Blick durch den Saal schweifen ließ. Rauch nahm ihr den Atem. Von dem Glanz der fröhlichen Feier war nichts mehr übrig. Viele waren verletzt, stürmten, drängelten zu einem der Ausgänge, die durch die vielen Trümmer vollkommen unüberwindbar waren. Es sah aus, als wäre ein Tunnel eingestürzt, als habe massiger Schutt unzählige Menschen erschlagen. Wasser tropfte aus kaputten Rohren herab, elektrische Kabel sausten durch die Luft wie sich windende Schlangen, das Mobiliar des Stockwerkes, dessen Boden nicht mehr war, prasselte zusammen mit schweren Eisenstangen und Steinblöcken herunter, ein einziger Schwall tödlichen Regens. Kaithlyns Kopf schmerzte vom Aufprall, ihre Augen tränten, ihre Lunge brannte, in ihren Ohren dröhnte ein Gemisch aus panischen und verängstigten Stimmen. Was war geschehen?

Kaithlyn war wie betäubt. Einzig der Schmerz, den Rose′ Finger in ihrem Arm verursachten, weil sie sich immer fester an sie krallte, ließ Kaithlyn nicht auf der Stelle zusammenbrechen. Das hier war real. Sie musste einen kühlen Kopf bewahren.

Harlow warf sich mit voller Wucht gegen Kaithlyn die Rose bei ihrem Sturz mitriss. Zusammen schlitterten sie einige Meter über den Boden und kamen zum Stillstand. Kaithlyn drehte den Kopf, um zu fragen, was in ihr Kianki gefahren sei, als ein Stück Beton, so groß wie ein Pferd, die Stelle zertrümmerte, an der die beiden Mädchen so eben noch gestanden hatten. Harlow sah sie mit grimmiger Entschlossenheit in den grünen Augen an. Kaithlyns Lippen formten einen stummen Dank. Nachdem Kaithlyn sich zum zweiten Mal aufgerappelt hatte sah sie die vermeidliche Ursache der Explosion. Die meisten Fenster waren völlig zerstört, klaffende Löcher aus Glassplittern gaben die Sicht auf den Nachthimmel frei. Kaithlyn traute ihren Augen kaum. Etwas flog in der Luft. Es sah aus wie ein weißer Schwarm riesiger Vögel. Nein, keine Vögel…am Himmel schwebten hunderte von weißen Frauen. Jede von ihnen hatte bleiche Haut, Meter langes, struppiges schneeweißes Haar und glutrote funkelnde Augen. Sie strahlten durch die Dunkelheit wie die gebündelten Lichtstrahlen hunderter Leuchttürme. Sie schrien. Ihre Schreie waren schrill, spitz und ohrenbetäubend. Sie schwebten mühelos in der Luft, getragen wie von unsichtbaren Fäden. Wie Falken, die ihre Beute gesichtet hatten, stürzten sich die weißen Frauen einzeln oder zu mehren hinunter ins Getümmel und griffen wahllos die Menschen dort unten an. Nur eine von ihnen hob sich unter all den weißen Frauen ab. Ihre Anführerin hatte flammendes rotes Haar und Schmetterlings ähnliche bunte Flügel. Sie flog höher in der Luft und gab Befehle.

„BANSHEES!“, schrie Rose.

„Das sind Todesfeen!"

Kaithlyn und Rose starrten entsetzt und wie gebannt zum Himmel. Ein heftiger Kampf war entbrannt. Mitglieder der Drachenclan Familien schleuderten Feuer oder andere Zauber auf die Banshees und lieferten sich hitzige Gefechte mit ihnen. Die Luft war erfüllt von Blitzen, kleinen Explosionen und einem bunten Farbengewirr.

Kaine war nur wenige Meter von ihnen entfernt und stach einer der Todesfeen gnadenlos durchs Herz. Mit einem qualvollen Schrei starb die Banshee. Ihr Blut ergoss sich über den marmornen Boden und färbe Kaines Klinge purpurrot.

„Kaine! Hinter dir!", schrie Kaithlyn. Kaine war von mehreren Banshees umkreist. Durch ihren Schrei war Kaine für einen Moment unaufmerksam und eine der Todesfeen schnitt ihm mit ihren spitzen langen Krallen tief in den Rücken. Er zuckte kurz zusammen, dann durchschnitt er mit einer schnellen Bewegung seines Schwertes die Kehle der weißen Frau. Rose schlug sich die Hände vors Gesicht und keuchte vor Entsetzen. Doch Kaine kämpfte weiter. Den anderen Banshees erging es wie ihrer Vorgängerin. Kaine tötete eine nach der anderen. Er war überall mit Blut befleckt. Keuchend sank er auf die Knie, versuchte mit den Augen auszumachen, wo sein Schwert am nötigsten gebraucht wurde und erblickte dabei Kaithlyn. Für einen Moment hing ein unausgesprochener Fluch zwischen ihnen in der Luft. *Du hast mich abgelenkt!* Er brauchte es nicht auszusprechen. Noch ehe er Kaithlyn erreichte drängte eine weitere Banshee sich zwischen sie. Rose´ nächster Schrei ließ Kaithlyn herumfahren. Acht, nein neun oder zehn von den weißen Frauen starrten sie mit ihren boshaften glutroten Augen an.

„Sie gehören mir!", zischte eine Banshee mit rundem Gesicht. Die anderen lachten. Kaithlyn lief es eiskalt den Rücken herunter. Die rundgesichtige hob ihre Hände zum Angriff. Die spitzen Krallen ihrer langen, knochigen Finger blitzen gefährlich.

„LAUF!", schrie Kaithlyn panisch und zog Rose hinter sich her, doch eine Banshee schnitt ihnen den Weg ab. Weitere scharrten sich um sie und schufen eine unüberwindbare Mauer aus Körpern. Sie saßen in der Falle.

„Hier wird nicht gespielt, meine Kleinen!", lachte sie schrill, während sie vor ihnen in der Luft hing. Ihre glutroten Augen drangen Kaithlyn bis ins Mark. Kaithlyns Puls beschleunigte sich, sie spürte das Pochen ihres eigenen Blutes bis in die Fingerspitzen. Wie konnte sich alles so schnell verändert haben? Eben noch war alles in bester Ordnung gewesen. Rose klammerte sich wieder an ihren Arm. Sie zitterte so stark, das es sich anfühlte als würde Kaithlyns Haut vibrieren. *Es gibt nichts, was wir tun können.* Sie würde die Augen schließen. Sie würden diesen widerwärtigen Kreaturen nicht ins Gesicht blicken, wenn sie sie töteten. Die Banshee, die ihr am nächsten war, leckte sich genüsslich über die blutleeren Lippen. Sie begann zu gurren wie eine Taube. Verständigten sie sich so untereinander?

Kaithlyns Finger schlossen sich fester um Rose´ und sie rückte so nah an ihre beste Freundin heran, das Rose´ Atem ihren Hals streifte. In stummer Einigkeit wussten sie beide, was als Nächstes geschehen würde. Harlow stand abseits der beiden. Ihre Blicke flogen wild umher, als versuche sie eine Schwachstelle in der Barriere der Banshees auszumachen. Die Banshees warfen die Köpfe zurück, ihr weißes Haar flatterte nach hinten, wie einen Umhang den sie trugen, sie hoben die Klauenhände zum Schlag aus, bewegten die Körper in eine senkrechte Position und schnellten ungestüm auf ihre Opfer zu. Plötzlich warf sich Melora zwischen die beiden Fronten. Sie schlitterte über den Boden, rutschte unter den ausgezehrten, dürren Körpern der Banshees hinweg, die sich so aufs Schweben konzentriert hatten, das ihnen alles unter ihren Füßen entging und schuf mit einer einzigen schnellen Handbewegung eine Kuppel aus dickem Eis. Es war als würde sich die Luft verdichten. Erst wurde sie immer kühler, dann nahm sie die Farbe von Schnee an, kleine Flocken entstanden, vermehrten sich, verschmolzen miteinander und im nächsten Atemzug, glättete sich der weiße Flaum und wurde zu einer dichten, harten und glatten Masse aus glänzendem Eis. Kaithlyn, Rose, Harlow und Melora saßen in einer hohlen Kugel aus Eiskristallen. Schlagartig war es so kalt, das Kaithlyn kaum atmen konnte. Melora sah stark mitgenommen aus. Ihr Kleid war völlig zerfetzt, sie hatte es notdürftig über den Knien zusammen geknotet, ihre Lippe blutete, auf ihrem rechten Ellbogen klaffte eine tiefe Schnittwunde.

„Melora!“, schrien Kaithlyn und Rose wie aus einem Mund. Melora gönnte sich nur eine kurze Verschnaufpause. Sie holte mehrfach tief Luft und sprang wieder auf die Beine.

„Die Kuppel hält nicht mehr lange, ich habe zu viel meiner Magie aufgebraucht. Bleibt hinter mir“ keuchte sie angestrengt. Kaithlyn hörte das Scharren der Banshees. Sie schlugen ihre Krallen ins Eis und versuchten die Kuppel zu zerstören. Melora hatte recht. Über ihr hatte das Eis bereits Sprünge bekommen. Rose begann zu schluchzen.

„Danke", sagte Kaithlyn. Melora nickte knapp.

„Weißt du, was so plötzlich passiert ist?"

Kaithlyn rieb sich die frierenden Arme.

„Das ist ein Hinterhalt. Jemand muss uns verraten und den Angreifern den Weg durch den Bannkreis ermöglicht haben. Fyes Bruder Kale ist ein Dierraider. Es wundert mich nicht, denn es *musste* jemand sein, der Mr Karacord nahe stand, dem Drachenclan nahe stand, sonst sähe der alte Mann ganz schön schwach aus. Oh, Moment! Seine Schutzzauber *sind* gleich zwei Mal innerhalb einer Woche gebrochen worden", brachte Melora schwer atmend hervor. Mit grimmiger Miene fixierte sie Kaithlyn, als sei es höchstpersönlich ihr Verschulden, das ihr Großvater versagt hatte.

„Kein Zufall", murmelte Melora und wurde ganz bleich im Gesicht, als sie die Wunde an ihrem Ellbogen in Augenschein nahm. Sie biss sich auf die Unterlippe. Kaithlyn fuhr zusammen, als etwas Kaltes ihren Nacken hinab glitt. Meloras Eiskuppel begann, krachend nachzugeben. Feine Eissplitter segelten hinab. Melora richtete den Blick nach oben.

„Okay", nuschelte sie, anscheinend um sich selber zu beruhigen. „Warum besuche ich überhaupt eine verdammte Schule, wenn man einen nicht auf so etwas vorbereitet?"

Mitleidig sah sie zu Rose. *Immerhin kann sie Magie wirken*, dachte Kaithlyn bitter. Es folgte ein schriller Triumphschrei und die Eiskuppel zerbarst. Unzählige kleine Eisstücke flimmerten durch die Luft, als ihr Schutzwall brach.

„*Kanreiuhyo*!", schrie Melora laut und vollführte einige aufeinanderfolgende Handbewegungen. Noch ehe die Splitter der Eiskuppel den Boden berührten stoben sie in alle Richtungen und trafen einige der umher fliegenden Banshees, die verletzt zu Boden fielen. Einige blieben regungslos, andere wanden sich zuckend, besiegten den Schmerz und kehrten sekundenschnell an ihre Positionen zurück. Doch Melora hatte es geschafft, ihren Kreis zu verkleinern. Lücken. Es hatten sich Lücken aufgetan. Sie hatten wieder eine Chance.

„So viele", murmelte Melora erschöpft.

Zehn Meter von ihnen entfernt schlug sich der zehnjährige Liam Crossdale mit gleich drei von den Todesfeen herum. Immer wieder schoss er kleine Feuerkugeln auf sie ab und verfehlte die Banshees dabei nur um Millimeter. Sie lachten ihn vergnügt aus.

„Der Junge ist nicht schlecht", lachte eine mit besonders schriller Stimme und stieß ihm eine ihrer langen Krallen in die linke Schulter. Liam schrie auf und fiel rücklings zu Boden. Der nächste Stich würde sein Herz treffen. Kaithlyns nächste Reaktion ging in einem Nebel aus Adrenalin unter, später erinnerte sie sich nicht einmal daran, wie sie es geschafft hatte aus dem Kreis zu entkommen. Auf halben Weg zu Liam hob sie mechanisch eine verbogene Eisenstange vom Boden, kletterte über den Schutt und erreichte ihn keine Sekunde zu spät. Mit aller Kraft schlug sie so fest sie konnte gegen den Kopf der Banshee, die gerade zum Todesstoß ausgeholt hatte und dafür gelandet war. Mit einem dumpfen Schlag fiel die Frau zu Boden. Die anderen zwei schrien wütend auf. Kaithlyn verbot sich nachzudenken, zu zögern oder der Übelkeit nachzugeben, die sie erfasste, weil ihre Tat so grausam gewesen war; purer Überlebensinstinkt. Wie in Trance riss sie Liam hoch, zog ihn mit aller Kraft zurück zu den anderen. Melora verwandelte zwei Todesfeen in Eisblöcke. Sie zerschnellten auf dem Marmor in tausend Bruchstücke. Die zwei Banshees die es auf Liam abgesehen hatten schlossen zu der Gruppe auf, die Melora in Schach hielt. Sie waren wieder eingeschlossen. Melora war am ende ihrer Kräfte. Sie fiel auf die Knie und versuchte unter größter Anstrengung wieder aufzustehen, doch ihr Körper gehorchte ihr nicht mehr. Kaithlyns Herz explodierte fast und das Blut rauschte so schnell durch ihren Körper, das ihre Ohren ganz taub wurden. Sie fühlte sich hilflos und ausgeliefert.

Liam sank neben Rose. Harlow rauschte an Kaithlyns Seite. Mit einem geschmeidigen Sprung landete sie auf Kaithlyns Schulter. Kaithlyn taumelte, überrascht durch das zusätzliche Gewicht. Verwirrt sand sie Harlow eine Botschaft durch ihr Band. *Was soll das?*

„Kaithlyn, wir müssen helfen", flüsterte sie aufgeregt.

„Wie?", fragte Kaithlyn rasch.

„Ich weiß es", sagte Harlow ernst. Ein Gefühl, wie ein warmes Prickeln, durchströmte Harlows Geist und floss direkt in Kaithlyns hinein. Es machte sie benommen, doch durch den Nebel aus Aufregung und Erregung, drang noch etwas anderes: Gewissheit. Dieses Gefühl verlieh ihr eine Stärke, von der sie geglaubt hatte sie niemals wieder zu empfinden. Ob das die Magie eines Kiankis war? Harlows besondere Fähigkeit?

„Du musst mir helfen."

„Was soll ich tun?", fragte Kaithlyn. Ihr war jedes Mittel recht, um den anderen zu helfen. Kianki und Meister sahen sich eindringlich an. Leichtigkeit fegte durch Kaithlyns Gedanken und beseitigte jeden Zweifel. Sie wusste, was zu tun war, weil Harlow sie leitete. Das Band. Es war mehr als nur ein Gedankenband. Kaithlyns Muskeln entspannten sich. Ihr Herz schlug einen regelmäßigen Takt, im Einklang mit Harlows. Sie konnte das kleine Flattern des Herzen, des Kiankis tatsächlich wahrnehmen! Irgendwo in ihrem Hinterkopf hörte sie das dumpfe Pochen von Harlows Pulsschlag. *Konzentration.* Stimmen verstummten, das Lachen der Banshees erstarb, Kampfgeräusche erloschen. Einzig und allein der Klang ihrer beider Herzen war noch zu vernehmen. Ein Chor aus Einverständnis und Ruhe. *Konzentration.* Kaithlyn schloss die Augen. Sie spürte, wie Harlow die Beine durchstreckte, ihre Pfoten sich sanft gegen ihre Haut drückten, als wäre sie bereit zum Absprung. *Jetzt!* Kaithlyn schlug die Lieder auf. Hilf, Harlow. HILF HARLOW. Der Gedanke brannte in ihrem Geist. Plötzlich fühlte es sich so an, als ob ihr etwas aus dem Körper gesogen wurde. All die Stärke und Kraft, die ihr Geist und Körper durch Harlows Zuversicht gewonnen hatte, wandelte sich in einen Strom aus Energie, der ihren Körper verließ. Die Hitze quoll aus ihr hervor, wie Wasser das verdunstete, nur, dass es sich nicht in Nebel auflöste, sondern in Harlow überging. Harlow absorbierte jeden Funken den Kaithlyn ihr spendete. Sie spürte es. Und es war fast unerträglich. Das Band zwischen ihnen war zum zerreißen gespannt. Harlow sprang blitzschnell wie ein Pfeil in die Luft. Sie formte ihren Körper, noch während sie sprang, zu einer Kugel und im selben Moment entflammte ihr Fell. Harlow schoss wie ein flammender Feuerball zweimal im Kreis herum und traf dabei jede der Banshees, die sofort in lodernde Flammen aufgingen. Sie stürzten zu Boden, wälzten sich hin und her um ihre entflammten Körper zu löschen. Doch das Feuer brannte unerbittlich und verschlang ihre Gliedmaßen.

„FEUERTEUFEL! FEUERTEUFEL!", schrien sie im Chor, verendeten eine nach der anderen. Zurück blieben nur Häufchen aus Asche.

Wie eine rotierende Scheibe, die innehielt fiel Harlow zu Boden. Zeitgleich brach Kaithlyn zusammen. Ihre Arme und Beine fühlten sich wie Gummi an, vor Kopfschmerz blinken kleine grelle Lichter vor ihren Augen. Sie wollte schreien, vor Entsetzten, vor Schock, vor Erleichterung, brachte aber keinen einzigen Laut hervor.

„Ein Kombic", sagte Liam euphorisch. „Dad meinte, du könntest nicht zaubern!"

„Ja", raunte Melora. „Ein Wunder, das uns das Leben rettet. Wir sind aber immer noch mitten im Gefecht." Melora rollte Kaithlyn auf den Rücken und nahm ihr Gesicht zwischen beide Hände. „Kaithlyn? Kaithlyn!"

Kaithlyn sah Melora in dreifacher Ausgabe, ein wackelndes Bild, das über ihr Gesichtsfeld tanzte. Sie konnte sich nicht rühren, wie eine Puppe der man die Fäden durchtrennt hatte.

Melora begann ihr unsanft mit der Handfläche gegen die Wange zu schlagen.

„Reiß dich zusammen."

Rose neigte sich zu Harlow und hob sie behutsam auf.

„Kombics reißen ein tiefes Loch in deine Magiereserven", sagte Liam gefasst. „Sie braucht einen Heilzauber, aber ich – "

„Ja, ja, du kannst keinen", nuschelte Melora. Sie riss Kaithlyn an beiden Armen hoch und hievte sie sich halb über die Schulter. Liam wollte protestieren, doch er schwieg.

„Es geht schon", lallte Kaithlyn. Sie war so benommen, dass sie kaum sprechen konnte.

„Du hast sie alle umgehauen", flüsterte Melora anerkennend. *Ich habe getötet*, war alles was Kaithlyn dazu einfiel. *Getötet.* Sie blinzelte gegen die kommende Ohnmacht an, biss die Zähne zusammen und versuchte wieder ein Gespür für ihre Beine zu bekommen. Melora zog Kaithlyn hinter einen Trümmerhaufen, der so riesig war, dass sie alle dahinter Schutz suchen konnten. Sie setzte Kaithlyn ab und ließ den Blick umherschweifen. „Wie fühlst du dich?"

Rose Stimme war ganz nah an ihrem Ohr. Liam legte ihr eine Hand auf den Oberarm.

„Ich war nie besonders gut in den Whyburnzaubern fürs Heilen", sagte er leise. Kaithlyns Blick begann sich zu klären, sie bekam wieder ein Gefühl in den Fingern und Armen. Mühsam richtete sie sich auf und strich sich das Haar aus dem Gesicht. „Danke."

Liam lächelte schwach. Dann wurde sein Blick glasig, als er an ihr vorbei spähte. „Mara!"

Augenblicklich war Kaithlyn vergessen. Aus den Augenwinkeln sah sie Kaine und Mara. Er setzte Mara, die er auf dem Rücken getragen hatte, ab. Kaine unterzog Kaithlyn einer Musterung, seine Miene verfinsterte sich, dann schien er Meloras Zustand einzuschätzen und in seinen Augen spiegelte sich echte Besorgnis. Liam fiel Mara um den Hals.

„Dir geht es gut!", sagte er erleichtert. „Bist du verletzt?"

Mara schüttelte den Kopf. Kaithlyn vernahm ein Flüstern zwischen Melora und Kaine.

„Fye wird versuchen die Königin zu töten", sagte Kaine. Melora riss die Augen weit auf.

„Nein!", schrie sie. „Nein! Das geht nicht! Nein!"

Kaithlyn fühlte sich zu schwach, um aufzustehen.

„Was machen wir?", flüsterte Melora weiter. Kaine sah sie eindringlich an.

„Nach draußen gehen. Dort sind die Gäste, die nicht kämpfen können. Sie werden von Mitgliedern des Drachenclans beschützt. Wir bringen sie in Sicherheit, dann suchen wir Fye."

Kaithlyn sah ermüdet zu Harlow. Ihr Schwindel verflog langsam.

„Wird es besser?", fragte Rose unsicher. Kaithlyn nickte stumm. „Wie hast du das nur geschafft? Das war Wahnsinn, Kaithlyn", sagte sie leise.

„Was ist mit Fye?", krächzte Kaithlyn kraftlos. Sie drehte den Kopf, um Kaine und Melora direkt anzusehen, doch keiner der Zwei schenkte ihr Beachtung. Sie sah, wie sich Meloras Augen mit Tränen füllten. Sie war ein Bild des Elends. Schmutzig, verletzt und völlig ausgelaugt. Bei ihren nächsten Worten brach ihre Stimme weg, schweigend starrte sie Kaine an. Seine Miene wirkte gefasster denn je. „Was will Fye tun?", fragte Kaithlyn lauter. Sie spürte, wie sie langsam die Kontrolle über ihren Körper zurückgewann, die Benommenheit sich verflüchtigte. Kaine überging ihre Frage.

„Wir werden uns einen Weg nach draußen bahnen", sagte er entschlossen. „Ich bilde die Vorhut und Melora wird die Nachhut bilden, ihr bleibt in unserer Mitte und werdet tun, was wir euch sagen."

Melora wischte sich die Tränen aus den Augenwinkeln und presste die Lippen so fest aufeinander, dass sie ganz weiß wurden. „Ausnahmsweise stimme ich mit Kaine überein. Los." Keiner widersprach. Alle waren erschöpft. Dicht aneinander gedrängt traten sie aus dem Schutz der Trümmer hervor. Sie schafften es einige Meter zu überbrücken, ohne dabei auf ein Hindernis zu stoßen. Kaithlyn konnte inzwischen wieder alleine gehen. Auch Harlow war wieder bei klarem Verstand, die Augen wachsam, dicht an Kaithlyns Seite.

Das war unglaublich. Harlow gab ihr keine Antwort.

Der Saal erschien unendlich groß, wie ein weites Meer aus Zerstörung und Angst. Die Banshees hatten nicht nachgelassen, obwohl sie inzwischen deutlich in der Unterzahl zu sein schienen. Ihre Schreie erfüllten noch immer die Luft. Kaithlyn zwang sich den Blick nach vorne zu richten, die Details auszublenden…reglose Körper, Blutlachen, Namen, die in schierer Verzweiflung ausgerufen wurden. Sie fasste Mara fester bei der Hand, ließ Liam nicht aus den Augen. *Wir werden es schaffen. Wir werden es schaffen. Wir* -

„Mom! Dad!", schrie Rose. Ihre Eltern standen hinter einem rüstig wirkenden Mann mit langem, gewellt braunen Haar. Der Mann schien sie und ein paar andere Leute zu beschützen. Mit den Händen gab er Anweisungen, scheuchte die kleine Gruppe immer weiter, auf eines der zersplitterten Fenster zu. Die kühle Nachtluft wehte zu ihnen herüber, scharf und eisig. Rose und ihre Eltern fielen sich in die Arme. Liam steuerte auf einen Mann zu, den er offenbar kannte. Kaithlyn ließ Maras Hand los, damit sie Liam folgen konnte.

„Geh mit ihnen", raunte Kaine ihr im Befehlston zu. Sie blieb unschlüssig stehen. Die Dämmerung, die Abendluft, der blaue Nachthimmel, Freiheit, Sicherheit – all das lag in der einen Richtung, Angst, Verzweiflung, Kämpfe, Gefahr – in der anderen. „Nein."

Noch immer tobten Kämpfe. Kaithlyn erschauderte. „Ich…ich helfe"

„Ach ja? Und was willst du tun?", sagte Kaine barsch.

„Sie kann zaubern", sagte Melora. Kaines Miene entgleiste für einen Moment. Kaithlyn und Melora tauschten einen schnellen Blick. Sie verstand. Melora verstand, warum Kaithlyn nicht einfach gehen konnte, all das zurück lassen konnte. Kaithlyn hatte das schreckliche Gefühl, das alles ihre Schuld war. Ihre Feier, ihre Verantwortung.

„Seit wann das denn?"

„Das ist völlig egal, aber glaubst du nicht, dass zu viel Zeit vergeht, ehe wir sie losgeworden sind?", erwiderte Melora und klang fast wieder nach ihrem normalen grimmigen selbst. Kaine sagte nichts. Er schien zu wissen, das Kaithlyn eine Belastung sein würde, schließlich war es sein Auftrag, sie zu beschützen. Er rang mit sich.

„Ich werde diesen Auftrag so etwas von vermiesen", murmelte er und gab dem Beschützer der kleinen Gruppe ein Zeichen, das er, Melora und Kaithlyn weiter ziehen würden.

Kapitel 14

Der, der den Fluch auf sich nimmt

Die Welt war in einer Zeitlupe gefangen. So kam es Kaithlyn vor. Die Sekunden wurden zu Minuten, endlos, unnatürlich langsam verstreichend. Sie bereute ihre Entscheidung keinen Augenblick, aber ihre Sorge um Rose und viele, die sie kannte, zerfraß ihre Gedanken, ebenso wie Reue es tun würde. Der Schwindel, die Steifheit - jegliche Anzeichen die ihre Kombic mit Harlow hinterlassen hatte waren abgeklungen, aber ihr rasendes Herz machte keine Pause. Sie war sich sicher, dass es jederzeit aus ihrer Brust springen würde oder es vorher einfach stehen blieb. Ob es Melora und Kaine genauso ging? Wenn ja, dann ließen sie es sich nicht anmerken. Vielleicht reichte Kaithlyns Aufmerksamkeit auch einfach nicht mehr aus, um die Details zu erfassen. Die Veränderungen in Kaines Körperhaltung oder das Glitzern in Meloras Augen. Kaithlyn erinnerte sich daran, zu atmen. Bei all den Bildern, die sie aufnehmen musste, den Geräuschen, die ihren Gehörsinn beanspruchten, fiel es ihr schwer sich auf eine so simple Sache wie Atmen zu konzentrieren. Sie nahm einen tiefen Atemzug durch den Mund und hoffte der Sauerstoff würde ihr helfen sich gegen die verbleibenden Gegner zu wappnen. Am Leben zu bleiben war auch eine Art des Kämpfens. Eine Möglichkeit den Plan zu unterstützen. Fyes? Kaines? Meloras? Was hatten die drei vor? Was hatte *Fye* vor?

Etwas, das so offensichtlich Meloras Hilfe beanspruchte, das Kaine sie weiter antrieb durchzuhalten. Meloras Gesicht glänzte, ihre Wangen waren gerötet, ihre Haut mit Schweißperlen benetzt, wie bei jemandem der sehr hohes Fieber hatte. Das Haar klebte ihr an Hals und Nacken, als wäre es Wasser getränkt. Die Schnittwunde an ihrem Oberarm leuchtete wie ein scharlachroter Mund. Ihre Atemzüge waren so schwer und rasselnd, als schnüre ihr etwas die Kehle zu. *Ich habe all meine Magie verbraucht.* Und all die Energie dazu, dachte Kaithlyn. Egal, wie sehr Meloras Stolz sie auch anspornte, lange würde sie nicht mehr durchhalten können. Sollte sie etwas sagen? Kaine warf gelegentlich einen Blick auf Melora, aber er konnte doch unmöglich innerhalb dieser einen Millisekunde sehen, was Kaithlyn sah. Alles, was für ihn zählte, war, dass Melora noch immer stehen konnte.

Er ist besorgt. Du erkennst es nur nicht, aber er ist besorgt. Ich sehe es.

Kaithlyn wand den Blick nicht von Melora ab.

Woran?, fragte sie Harlow.

Seine Hände. Seine Schultern.

Kaithlyn starrte auf Kaines Rücken. Ihr Blick wanderte an seinen Armen hinunter.

Er zittert! Kaines Finger zitterten so stark, dass ihm sein Schwert ständig zu entgleiten drohte. Kaithlyn hatte ihn zuvor kämpfen gesehen. Sein Schwert war sein verlängerter Arm, es war ein Teil von ihm, etwas, mit dem er sich verbunden fühlte. Diese Waffe verlieh ihm Schnelligkeit, Geschick und Stärke. Meisterhaft beherrschte er diesen Kampfstil, so wie Melora ihre Magie. Es war seine Sicherheit, etwas worauf er sich verlassen konnte. Sie hatte die Zuversicht in seinen Augen gesehen, sobald seine Finger sich um dessen Griff geschlossen hatten. Diese Verbundenheit zu einem Talent, das er besaß, ließ Kaine unerschüttlich und clever wirken. Was musste in seinem Kopf vorgehen, das er all diese Gefühle verlor? Das er seine Waffe in Frage stellte? *Sorge schafft Angst. Angst kann nur entstehen, wenn man etwas zu verlieren hat. Wenn man etwas zu verlieren hat, ist man…schutzlos.* Zum ersten Mal hatte sie das Gefühl Kaine verstehen zu können.

Eine tiefdunkle Wolke aus Rauchschwaden tat sich vor ihnen auf, wie ein Abgrund. Der graue Schleier verbarg ihnen die Sicht auf die Optionen die ihnen blieben, um weiter ins Herz des Festsaales vorzudringen. Kaithlyn stellte sich vor wie einfach diese Aufgabe sein würde wäre dies ein gewöhnlicher Tag geblieben. Eine gewöhnliche Nacht. Kaum hundert Schritte, vorbei an festlich gekleideten Gästen, geleitet von Musik und Freude in der Luft. Diese Entfernung schien zu diesem Zeitpunkt unüberbrückbar. Es war als ruderte sie in einem kleinen Boot entgegen einer der Himmelsströme, ruderte und ruderte und kam kein Stück dagegen an.

Die Drei wurden von keiner Banshee angegriffen, aber die klobigen, sperrigen Trümmerstücke des Gemäuers, die Stahlverkleidung, die Kabel, die Flammen, die alles verzerrten, was in ihrer Reichweite war und vor allem die Zauber, die unachtsam, kreuz und quer durch den Raum flogen und neuen Schaden anrichteten, wenn sie ihr eigentliches Ziel verfehlten, nahmen ihre Aufmerksamkeit voll in Anspruch.

„Ducken!", brüllte Kaine, als ein greller Blitz wenige Meter neben ihnen einschlug und einen kleinen Krater hinterließ. Der Mann, der ihn abgefeuert hatte, sah nicht einmal in ihre Richtung. Er war vollauf damit beschäftigt eine Banshee zu erledigen. Kaithlyn ging aus der Hocke. Kaine und Melora waren ihr bereits einige Schritte voraus. Sie hatte das Gefühl mit jedem weiteren Schritt den sie tat völlig die Orientierung zu verlieren. Sie öffnete den Mund, um Kaine zu sagen, das sie es für ratsam hielt, einen anderen Weg einzuschlagen, doch bevor ihr auch nur ein Wort über die Lippen kam, stieß jemand von hinten gegen sie und brachte sie völlig aus der Fassung. Sie schnellte herum und sah erleichtert in das Gesicht eines Mädchens. Kaithlyn glaubte sogar, sich an sie zu erinnern.

„Vorsicht!", schrie sie. Kaithlyn keuchte schmerzhaft auf, als sie den Ellbogen des Mädchens zwischen den Rippen spürte und sie Kaithlyn mit ihrem Körpergewicht zu Boden warf. Erneut donnerte über ihr ein Lichtblitz hinweg, er war so grell, dass sie sich einen Augenblick lang vollkommen blind fühlte. Das Mädchen rollte sich von Kaithlyns Brustkorb.

„T-tut mir leid!", stammelte sie erschrocken.

„Danke", sagte Kaithlyn und atmete widerlichen Staub ein.

„Du bist Kaithlyn Hayworth", erwiderte sie.

„Und dein Name war Azedine, du gehörst zu einer Familie des Drachenclans."

„Adriana Azedine, aber dafür haben wir jetzt keine Zeit. Ich habe meine Eltern verloren und muss sie finden, wir können nicht stillstehen bleiben, sonst sind wir ein leichtes Ziel."

Kaithlyn nickte zustimmend. Erschrocken bemerkte sie, dass sie Kaine und Melora verloren hatte. Kaithlyn und Adriana sahen sich um, beide Mädchen versuchten, möglichst ruhig zu bleiben. Harlow versuchte Kaines Spur zu wittern.

„Wir müssen da lang!", miaute sie.

„Hier lang, Adriana", sagte Kaithlyn. Adriana sah Harlow an.

„Ein Kianki?"

„Ich suche meinen Großvater und meine Freunde", sagte Kaithlyn. Zwei weitere Explosionen, kleiner und weniger Schaden anrichtend, als die Erste und heftigste, folgten rasch aufeinander, als würde ein übermächtiger Riese vor Wut mit einem seiner großen Füße aufstampfen. Kaithlyns Körper wurde kräftig durchgeschüttelt. Eine Welle durchlief sie von den Zehenspitzen bis zu den Ohren und ließ sie das Gleichgewicht verlieren. Adriana fasste sie am Arm. „Wir gehen zusammen."

Über dem Rauch, hoch am Himmel, wo die Nacht noch klar und frei von Kampf und Feuer war, flog indes ein pechschwarzer Rabe aufmerksam umher. Seine schwarzen Knopfaugen versuchten, sich einen Überblick zu verschaffen. Nachdem er das Geschehene rasch erfasst hatte, senkte er die Flughöhe und kehrte zu seinem Besitzer zurück. Fye war mitten in einem Kampf verwickelt. Er hatte aufgehört zu zählen wie viele der Banshees ihn als Ziel gewählt hatten; wie viele er hatte niederstrecken müssen. Kannten diese Geschöpfe den keine Angst? Machte ihnen der Verlust ihrer Artgenossen nichts aus? Die weißen Frauen waren wie ferngesteuerte Maschinen: willenlos, effektiv und schienen nie zu ermüden. Vielleicht gaben sie sich dem Irrsinn hin, dass sie die Oberhand gewinnen würden, wenn erst einmal alle Magie ihrer Gegner verbraucht war? Fye malte sich aus, wie es ihm ergehen würde, sollten seine Kräfte bald erlischen. Er war gut in den Heilzaubern der Whyburnmagie – sein größter Vorteil und er kannte einige Zauber die seine Magie stärkten, doch dafür würde er später, den Preis zahlen müssen. Wenn ein Magiebenutzer solche Zauber nutzte, um seiner Magie einen Aufschub zu gewähren, zerrte das an der natürlichen Energie. Er wollte gar nicht daran denken, welchen dauerhaften Schaden er davon tragen könnte, müsste er diese Grenze wirklich überschreiten. Sein nächster Drachenfeuerzauber versenkte ihm die Handfläche. Das war kein gutes Zeichen. *Wenn deine eigene Magie sich gegen dich wendet, bist du zu weit gegangen. Vergesse das niemals.* Eine der Lektionen seines Vaters.

Er spürte, das Crowden im Anflug war.

Hast du sie gefunden?

Crowden hielt sich flügelschlagend dicht vor seinem Gesicht in der Luft.

Ja. Im hinteren Teil. Sie sind auf dem Weg.

Fye warf einen Blick zur Seite. Sein Vater duellierte sich gerade mit seinem Bruder. Kale. Bei diesem Anblick spürte er nichts außer Zorn, tiefster Verachtung. Fye hatte Kale nur für einen kurzen Moment aus den Augen verloren, doch dieser Moment hatte alles verändert. Dieser eine Moment hatte Kale ausgereicht, um sie alle zu verraten. *Wie konnte sein eigener Bruder sich den Dierraidern anschließen? Wie konnte Fye es nicht bemerkt haben?* Dabei waren die Zeichen für diesen Wandel doch schon so lange Zeit deutlicher geworden. Aber Fye wusste, was er dagegen tun konnte, er wusste, was zu tun war, um seinen Fehler wieder gut zu machen.

Mr Crossdale wich gerade einem Zauber und mitgerissenem Gestein aus. Kale lachte boshaft und es erfüllte ihn mit Freude, seinen Vater so in die Enge getrieben zu sehen.

„Da hast du meine Antwort, Vater!", schrie er und starrte seinen Vater mit einem irren Blick an, bei dem das weiß seiner Augen hervor quoll. Sein nächster Zauber riss Mr Crossdale die linke Schulter auf. Er stöhnte laut, hielt sich aber noch auf den Beinen.

„Du elender Verräter du widerst mich an!", brüllte Mr Crossdale mit Hass und schmerzerfüllten Gesicht.

„Du wolltest doch eine Entscheidung von mir! Heute endet alles mit deinem Tod!", schrie Kale zurück und stützte sich mit rasender Geschwindigkeit auf seinem Vater. Die beiden Männer wälzten sich über den Boden. Von Angesicht zu Angesicht, ohne Magie. Kale schlug seinem Vater hart ins Gesicht, dann griff er nach einem umherliegenden Stück Metal und bohrte es Mr Crossdale tief in die blutige Schulter. Er schrie auf vor Schmerz, denn er spürte wie jegliche Knochen seines Armes mitbrachen. Für einen kurzen Moment wollte Fye eingreifen, getrieben von Wut und Angst, doch er zwang sich seinen Blick abzuwenden und folgte seinem Raben. Er musste etwas tun, all seine Kräfte sparen, um all den Kämpfen ein Ende zu bereiten und das wusste auch sein Vater.

„Führe mich", sagte Fye. Crowden erhob sich wieder in die Luft.

„Du kannst nicht zaubern, oder?", fragte Adriana Azedine.

„Nein", sagte Kaithlyn gedrungen. Harlow wollte protestieren. Immerhin hatten sie einen Kombinationszauber geschafft, doch weder sie noch Kaithlyn wusste, woher das Wissen in diesem entscheidenden Moment gekommen war, also schwieg Harlow beleidigt.

„Da hinten! Da hinten ist mein Bruder!", hauchte Adriana überglücklich.

„Ich muss schnell zu ihm!"

Kaithlyn hielt sie zurück.

„Du darfst jetzt nicht unüberlegt reagieren, okay?"

Doch im selben Moment stürzte sich eine Banshee auf den Jungen der Adriana so ähnlich sah. Schlagartig rannte Adriana los. Kaithlyn und Harlow konnten kaum Schritt halten. Adriana zog einen kleinen Fächer aus ihrer Tasche, klappte ihn noch während des Laufens auf und wirbelte die weiße Frau mit einem mächtigen Windstoss davon.

„Whyburnmagie", murmelte Harlow. Die Banshee prallte gegen eine andere, welche in der Luft flog; beide blieben reglos am Boden liegen.

„Luce!", rief Adriana und schüttelte ihren kleinen Bruder, der reglos zwischen dem Schutt lag. Tränen rannen über ihre Wangen. Noch fünf…drei…einen Meter, dann wäre Kaithlyn bei ihnen gewesen, doch plötzlich schlang sich etwas Eiskaltes fest um ihren linken Knöchel. Mit einem Ruck wurde ihr das Bein mitten im Laufen weggerissen und sie schlug vorwärts hart mit dem Gesicht auf. Alles war so rasch gegangen, dass sie sich nicht einmal mit den Armen hatte abfangen können. Ehe sie sich versah, wurde sie kopfüber nach oben gezogen. Das Blut schoss ihr in den Kopf und für einen Moment war sie so überwältigt, dass sich alles vor ihren Augen zu drehen begann. Der Griff um ihren Knöchel wurde durch scharfen Schmerz ersetzt, als sich Finger spitz wie Glasscherben in ihre Haut bohrten. Kaithlyn keuchte auf. Sie schaffte es ihren Körper anzuspannen und den Kopf so zu heben, dass sie sehen konnte, wer oder besser gesagt was, sie in die Luft gerissen hatte und gerade dabei war ihr das Bein abzureißen. Zumindest fühlte es sich so an. Das Wesen hatte, wie die Banshees den Körper einer Frau, bleich wie die Haut einer Wasserleiche und ebenso kalt. Anstatt von glutroten Augen hatte sie nur zwei kohlrabenschwarze Löcher, eine Nase platt wie die Nüstern einer Schlange und Haar, das…in Flammen stand! Kaithlyn spürte keine Hitze, nicht einen Funken Wärme, der auf sie überging, aber die Haare des Wesens waren lebendige, züngelnde Flammen, die orangerot und glühendweiß flackerten. Sie umschmiegten das Gesicht der Frau als würden sie ihre Züge liebkosen, sanft und dann wieder ungestümer. Und sie hatte Flügel – dünn, ledrig, ein Gewirr aus ineinander gesponnenen Fäden, wie bei einem Spinnennetz. Mit jedem Aufschlag ihrer Schwingen fachte sie ihr Feuerhaar an. Sekündlich schlug es höher, wie ein Brand der imstande war einen Baum aufzufressen.

Der Schmerz war vergessen. Kaithlyn starrte sie einfach nur an. *Was ist das?*

Dann wollte sie sich losstrampelten, sich zu Wehr setzte, befreien – bis sie erfasste, dass sie sich mindestens fünfzehn Meter über dem Boden befand. Ein Sturz aus solcher Höhe hinunter auf die Trümmer war tödlich. Ihr Leben hing vom Willen des Monsters ab!

Die Frau lachte genüsslich.

„Ich bin Ryla, die bezaubernde Königin der Lüfte!", kreischte sie.

Wie schön, das sich solche Monster immer selber vorstellten.

„Ich bin hier, weil ich etwas will, was nur du mir geben kannst!"

Sie lachte wieder.

„Kaithlyn Hayworth."

Hatte sie ihren Namen etwa auf der Stirn stehen? Woher wussten diese Kreaturen immer, wer sie war? Woher hatte Green es gewusst? Wie war es möglich, dass jeder ihr Gesicht kannte, wo sie gerade einmal einige Wochen auf Krogan verbracht hatte?

„Was immer es auch ist, Sie werden es nicht bekommen!", brüllte Kaithlyn zurück. Es klang mutiger als sie eigentlich war. Es fühlte sich an als würde ihr Schädel explodieren. Sie sehnte sich danach, wieder auf ihren Beinen stehen zu können. Die Frau Namens Ryla, die sich selbst als Königin der Lüfte bezeichnete, stieß einen spitzen verachtenden Schrei aus, der Kaithlyn in den Ohren dröhnte; hundertmal schlimmer als die der Banshees

„Mädchen! Du dummes Mädchen!"

Kaithlyn lief ein eiskalter Schauer den Rücken runter. Mit einem heftigen Tritt versuchte Kaithlyn sich erneut zu befreien. Wenn sie schon sterben müsste, dann nicht durch die Hand einer so abscheulichen Frau. Kaithlyn trat voller Angst ein weiteres Mal zu. Ryla fauchte wütend. „Wenn du es so willst!" Mit einem Mal ließ sie Kaithlyn los und sie stürzte in die Tiefe. Kaithlyn konnte nicht schreien, so entsetzt war sie. Sie hielt den Atem an und kniff die Augen zusammen. Sie spürte den scharfen Wind, der ihren Körper streifte. Musste sie jetzt streben? Doch das Geräusch mit den sie zu Boden ging war dumpf und fast lautlos. Es tat auch gar nicht weh. Etwas war geschehen.

Sie spürte die körperliche Nähe einer Person. Sie spürte, wie jemand sie festhielt. Zwei Hände. Eine umklammerte ihren rechten Arm, eine andere lag auf ihrem Bauch. Sie spürte schnellen Atem, der warm an ihr Ohr drang. Sie spürte ein Herzschlag, schnell und unregelmäßig in ihrem Rücken. Jemand hatte sie nur wenige Meter vor dem Aufprall aufgefangen. Jemand hatte seinen eigenen Körper als Auffangnetz für Kaithlyn benutz! Bei dieser Erkenntnis stockte ihr der Atem. Sie rollte sich von dem anderen Körper herunter und

blickte in das Gesicht von Reid. Reid. *REID?* Sein Atem ging rasselnd, seine Arme lagen schlaff neben seinen Körper, seine Mundwinkel waren vor Schmerz verzogen. Kaithlyns Augen wanderten an seinem Körper herab. Reid stammelte Unverständliches vor sich hin.

„Du…du bist…“, sagte Kaithlyn. Ihre Stimme zitternd bei seinem Anblick. Ein Rinnsal aus Blut lief aus Reids Mund. Er hatte sie gerettet. *Ausgerechnet er!* Eine gewaltige Glasscherbe hatte sich in seine rechte Seite, oberhalb der Hüfte gebohrt. Blut quoll aus der Wunde und hatte bereits den Boden benetzt. Kaithlyns Finger näherten sich dem Stück Glas, doch sie hielt inne. Er würde verbluten, wenn sie das Ding herauszog. Blut. Überall. Bilder von Harlow blitzen vor ihren Augen auf und Tränen kamen unaufhaltsam zum Vorschein. „Reid.“

Das war alles, was sie sagte. Bloß seinen Namen.

„Du hast dir meine Namen gemerkt?“

Ihre Tränen regneten auf Reid herab.

„…das hat bisher niemand…“

Klonk. Ryla war hinter ihr gelandet. Kaithlyn drehte sich blitzschnell um, griff dabei unwillkürlich nach einer der Glasscherbe, zu ihren Füßen. Das zersplitterte Ende schnitt ihr in die Hand, aber Kaithlyn spürte nichts außer dem heftigen Pochen ihres Herzens.

„Verschwinde!“, schrie sie entzürnt. Sie wusste, dass sie gegen diese Frau machtlos war. Ryla kam näher. Ihre Schritte wirkten unbeholfen, so als sei sie es nicht gewohnt ihre Beine zu benutzen, wo sie doch Flügel besaß. Kaithlyn wollte instinktiv zurückweichen, doch das bedeutete Reid freigeben zu müssen. Ihr Körper war alles was zwischen ihm und dem Wesen stand – also rührte sie sich nicht. Ryla griff nach dem Handgelenk, in dessen Hand sie die Scherbe hielt. Sie wollte Kaithlyn zwingen, ihre Waffe loszulassen. Kaithlyn biss die Zähne zusammen. Der Druck, den sie ausübte wurde stärker, als sie Kaithlyns Widerstand vernahm. Es war als höre Kaithlyn ihre eignen Knochen brechen. Die Glasscherbe fiel zu Boden, sie ließ einen Mark erschütternden Schrei los.

„Durch Schmerzen spürt man, das man noch am Leben ist“, flüsterte Ryla, griff nach Kaithlyns Kehle. Ihre spitzen Finger schnürten Kaithlyn die Luft ab. Schwarze Punkte tanzten vor ihren Augen. Die andere Hand der Frau glitt Kaithlyns Hals entlang, schlang sich um das Damantioamulett, das sie auch heute nicht abgelegt hatte. „Das erste Damantio…“, zischte Ryla erregt. Gierig zog und zerrte sie daran, bis die Kette brach, sie es in der eignen Hand hielt. Kaithlyn konnte sich nicht wehren. Hilflose Tränen und Staub brannten in ihren Augen.

„Um es wahrhaftig zu besitzen, muss ich dich töten", wisperte Ryla, beugte sich näher an Kaithlyns Ohr. „Oder gibst du es mir freiwillig?" Sie schnalzte mit der Zunge, leckte dann über Kaithlyns rechte Wange. „Ich schmecke die Angst an dir."

Kaithlyn roch ihren widerlichen Atem.

„Wie bist du wohl in den Besitz des Amulettes gekommen?"

Kaithlyn spuckte Ryla ins Gesicht. Ryla wollte gerade zum Schlag ausholen, doch dann begann sie plötzlich zu fauchen, ließ von Kaithlyn ab. Das Amulett entglitt ihrer Hand und noch ehe sie recht wusste, was geschah, befand es sich wieder in Kaithlyns Besitz. Kaithlyn presste ihre gesunde Hand darum, so als sei es ihr kostbarster Schatz. Das kalte Silber durchtränkte ihre Hand. Sie atmete so viel Luft ein, wie ihre Lungen in wenigen Atemzügen aufnehmen konnten. Was war geschehen? War ihr erneut jemand zu Hilfe geeilt?

Harlow!

Sie war von hinten auf die Königin gesprungen, grub nun ihre Krallen in Rylas Augen. Die Frau schrie und schlug wahllos um sich. Ihre Fäuste mit den spitzen Krallen hämmerten auf Harlow ein, doch diese ließ nicht locker.

„Harlow!", schrie Kaithlyn verzweifelt. „Bitte hör auf! Sie wird dich töten! *Harlow!*"

Harlow kniff die Augen zusammen und biss sich fest. „HARLOW!!!"

Doch Harlow machte weiter, bis die Frau es schaffte sie schließlich wegzuschleudern. Kaithlyn fing sie auf, wackelig auf den Beinen, denn der Schmerz ihres zertrümmerten Handgelenkes ließ sie nicht mehr klar denken. Harlow schüttelte sich und fauchte die Frau hasserfüllt an.

„Harlow, bleib bei mir, bitte! Ich will dich nicht noch einmal verlieren!", flehte Kaithlyn. Harlows Fell sträubte sich und es sah kurz so aus als würde es sich nachtblau färben.

Kaithlyn musste sich getäuscht haben.

Reid stöhnte laut auf. Der Schmerz, der seinen Körper durchströmte, bis zur kleinsten Fingerspitze hin, lähmte ihn und betäubte seinen Geist. Er hatte seine letzte Kraft verbraucht, um das Mädchen zu retten. Der Boden unter ihm war eisig kalt. Warum war es plötzlich so kalt? Sein Atem wurde schwächer. Aus dem Augenwinkel sah er Kaithlyn und ihr Kianki. Bei jedem Versuch sich zuregen, war das Einzige was geschah, das Zucken seiner Finger. Sein Kopf fühlte sich so schwer an. Was sollte er jetzt nur tun? Noch nie in seinem ganzen Leben hatte Reid sich in einem Kampf so ausgeliefert gefühlt.

„Harlow, können wir noch einmal zaubern?", flüsterte Kaithlyn so leise sie konnte, bemüht ihre Lippen kaum zu bewegen. Ryla starrte beide mit herablassenden und freudig erregten Zügen an. Sie strahlte pure Mordlust aus. Reid griff zittrig nach Kaithlyns Knöcheln. Seine Finger berührten sie kaum, doch sie merkte es trotzdem.

„N – nicht töten…", hauchte er kaum vernehmlich.

„Du darfst nicht…"

„Was?", sagte Kaithlyn, sah ihn überwältigt an. „Sprich nicht mehr weiter, du musst deine Kräfte sparen." Kaithlyn bückte sich, griff nach Reids Hand und drückte sie fest.

„Diese Frau ist…"

Kaithlyn sah in Reids angestrengtes Gesicht.

„Was willst du sagen?"

„KAITHLYN!"

Eine Stimme schrie warnend ihren Namen. Die Frau erhob sich rasch in die Luft und ihre dünnen Flügel erzeugten einen mächtigen Wind, der schon fast wieder angenehm auf Kaithlyns schmerzendem Gesicht war. Sie sah Kaine auf sich zu laufen und wie er erbarmungslos die halb ohnmächtige Melora mit sich riss. Kaine stellte sich wie ein schützendes Schild zwischen Kaithlyn, Reid, Harlow und die Königin der Lüfte. Melora fiel auf die Knie und klammerte sich an Kaithlyns Arm, der dadurch schrecklich schmerzte, denn es war der verletzte Arm mit dem gebrochenen Handgelenk. Kaithlyn war unglaublich froh, sie beide wieder zu sehen.

„Du kannst sie nicht töten", stöhnte Melora. „Das ist nicht möglich."

Kaithlyn war voller Verzweiflung und Furcht. „Ich verstehe das nicht."

„Sie ist eine Amythyl Königin", rief Kaine ihr zu und zückte sein Schwert. Doch bevor er Kaithlyns verständnislosen und unwissenden Gesichtsausdruck sah, noch bevor jemand antworten oder die Frau zu einer neuen Überlegung kam, was die neuen Gegner anging, tauchte Fye wie aus dem nichts auf. Sein Rabe flog krächzend über ihren Köpfen hinweg.

„Melora!", rief Fye, während er auf den Trümmern eines oberen Stockwerkes landete. Melora brach in Tränen aus. Ihre Hand krallte sich in Kaithlyns Arm. Kaine ließ sein Schwert fallen, wandte sich zu Melora und legte ihr Gesicht in seine Hände. „Melora, du weißt, was du tun musst?", sagte er ruhig. Seine Augen starrten Melora durchdringend an. „Du bist die Einzige die jetzt mit ihrem Zauber helfen kann."

Melora schluchzte noch heftiger. Sie rieb sich die Tränen aus dem Gesicht und sah hoch zu Fye. Sie nickte und mit einer kurzen, schwachen Handbewegung schuf sie eine Straße aus Eis mitten in der Luft. Fyes Miene war ernster als sie es jemals gesehen hatte. Ernst und entschlossen. Seine wunderschönen stahlblauen Augen blitzen nun glutrot und gefährlich. Er sprang mit einem Satz zwei Meter weit hinauf auf die eisige Straße und war so schnell, dass die Königin der Lüfte, der Banshees, keine Möglichkeit mehr hatte auszuweichen. Kaithlyn verfolgte gebannt das Geschehen. Fyes rechte Hand wurde plötzlich von Flammen umschlossen, er holte aus und formte sie zu einer gefährlichen Waffe, fast wie ein flammendes Schwert. Innerhalb einer Sekunde durchbohrte er der selbsternannten Königin das Herz. Blut spritze durch die Luft, während beide zu Boden gingen. Melora schloss die Augen und schrie Fyes Namen. Kaithlyn und Kaine sahen fassungslos zu. Staub wirbelte auf und verbarg die Sicht auf beide Kämpfer. Die Stimme der Frau schallte durch die Luft, ein schrilles Lachen. *„Du Narr!"*, fauchte sie unter Todesqualen. Jetzt konnte Kaithlyn erkennen, was dort geschah. Fye lag am Boden, die Frau ebenfalls. Ein letztes widerliches Lachen huschte über ihre Lippen, dann war sie tot. Ihr Körper zerfiel augenblicklich zu Staub, der nun merkwürdig umher flimmerte. Fye krümmte sich weiter am Boden. Die Asche der Toten sammelte sich um ihn. Eine Wolke aus schwarzem staubigem Nebel bildete sich um Fye und schloss ihn ein wie eine Blase. Er begann zu schreien. So laut, dass seine Schreie durch den Raum donnerten. Er presste sich die Hände gegen den Kopf.

Kaithlyn stand hektisch auf, Melora weinte unerbittlich und Kaine stand regungslos da. Er hielt Kaithlyn mit sanfter Gewalt zurück.

„Fye! FYE!", schrie Kaithlyn so laut sie konnte. „Lass mich los! *FYE!*"

Sie schlug gegen Kaines Brust, doch er hielt sie, stark, wie er war, weiter fest.

„Du kannst nichts für ihn tun", sagte Kaine bitter.

„FYE!", schrie Kaithlyn weiter. „Was ist mit ihm?!"

Auch Fye schrie noch immer. Der Rauch begann, in seinen Körper zu ziehen. Seine Augen waren wieder blau. Fye spürte einzig und allein den übermannenden Schmerz. Sein Rabe krächzte ebenfalls schmerzlich. Alle seine Freunde starrten ihn hilflos an. Kaithlyn wollte nur noch zu ihm. Melora schlug verzweifelt mit der Faust auf den Boden. Reid war inzwischen ohnmächtig geworden. Kaine ließ allmählich lockerer.

Dann war alles vorbei.

Der Rauch entzog sich Fyes Körper und verschwand bis hin zu seinem Arm, mit dem er die Frau getötet hatte. An dieser Stelle blieb bis hin zum Ellbogen ein schwarzgrau geflecktes Muster zurück. Fye kippt schwächlich um und verlor das Bewusstsein. Sein Rabe kam im Stutzflug hinunter und setzte sich neben ihn.

In dem Moment, als die zu Nebel gewordene Asche der Frau verschwand, regte sich etwas in den Banshees. Sie ließen von ihren Opfern ab. Die Banshees schrien vor Entsetzen über den Tod ihrer Anführerin und flogen ziellos durcheinander. Sie stürmten zum Himmel und versuchten zu fliehen. Nach wenigen Minuten war der Himmel wieder klar, so als wäre nichts geschehen. Die Gäste, ob sie nun gekämpft hatten oder nicht starrten hinauf. Erleichtert und überwältigt. Es war totenstill.

„Jetzt ist alles vorbei“, sagte Kaine, der sich als Erster wieder gefasst hatte.

„Fye hat uns alle gerettet. Er hat den Fluch der Amythyl Königin auf sich genommen“, sagte Melora leise wimmernd.

„Fye!“

Kaithlyn riss sich los und stürmte zu Fye. Sie verstand nichts von all dem, was geschehen war. Fyes Arm hatte dieses seltsame Muster beibehalten. Harlow saß still neben ihr. Crowden setzte sich auf ihre Schulter und knabberte an ihrem Haar.

Was war nur mit Fye geschehen?

Kapitel 15

Täuschungsmanöver

In der nächsten Woche glich das Anwesen der Karacords einem Krankenhaus. Mercudiheiler waren angereist, um Schadensbegrenzung zu betreiben. Sie versorgten die vielen Verletzten, von denen es unzählige gab, nur die besonders schlimmen Fälle wurden nach Diadem gebracht – dort gab es das Antwin Center, eine Einrichtung, die sich auf die medizinische Versorgung spezialisiert hatte, eine die ausschließlich mit Heilmagie arbeitete und daher eine hohe Genesungsquote aufwies. In normalen Krankenhäusern gab es kaum Mercudiheiler, im Antwin Center sogar jene, die Whyburnmagie zum Heilen benutzen. Kaithlyn war froh, dass es nur wenige Menschen gab, die so schwer verletzt worden waren, dass sie dorthin geschickt wurden mussten. Die meisten hatten nur leichte Verletzungen davon getragen und hatten sich wieder vollständig erholt, zumindest körperlich. Nachdem die Banshees vertrieben waren, das Chaos ein Ende genommen hatte, hatte es einen kollektiven Zusammenbruch gegeben. Fünfzehn Todesopfer. Fünfzehn Menschen waren getötet wurden. Die Trauer über den Verlust dieser Menschen hing so schwer in der Luft wie eine dicke Regenwolke, die die Atmosphäre verdichtete. Das Karacord Anwesen war das Zentrum von etwas geworden, über das überall gesprochen wurde – nicht nur auf der Insel Krogan. Täglich flatterten neue Zeitungsmeldungen ins Haus, deren Schlagzeilen sich immer wieder um den Angriff drehten. Es würde lange dauern, bis ein neues Ereignis dieses Geschehen überschatten würde, vielleicht würde es auch nie dazu kommen.

Kaum einer der Gäste war abgereist. Es schien so als würde es niemand über sich bringen diesen Ort wieder zu verlassen, als würde ihre Gemeinschaft ein zweites Mal zerrissen, wenn es auch nur einer wagte, das Anwesen zu verlassen. Bei ihrer ersten Erkundungstour hatte Kaithlyn sich ausgemalt, wie es sein mochte, wenn die vielen Räumlichkeiten voller Leben erfüllt wären. Damals erschien es ihr schier unmöglich die vielen Zimmer zu besetzten. Die Stockwerke, Flure…alles war erfüllt von Stimmen, Gefühlen. Sie hätte die vorherige Einsamkeit nun bevorzugt. Es war als lebte Kaithlyn in einem Strudel aus Tränen, Verzweiflung, Benommenheit und Kummer. Gab es Tage, an denen sie es schaffte ihre eigenen Gefühle zu verdrängen, so schlugen jene der anderen Bewohner, die überall umherstreiften auf sie ein, wie unsichtbare Fäuste. Sie fühlte sich wie ein Schwamm, der ins Wasser geworfen wurde und dessen Natur es war die kühlen Wassermassen auszusaugen. Sie konnte sich nicht dagegen wehren. Egal, wie energisch sie versuchte ihre Gedanken abzuschirmen, die Gedanken der anderen flossen einfach in die hinein. Sie hatte mit Rose darüber gesprochen, aber ihrer besten Freundin war es kaum anders ergangen. Sie sehnte sich nach Stille. Absoluter Stille. Leere. Doch die vielen Fragen…immerzu nur Fragen.

Ashley Green blieb weiterhin verschwunden.

Kaithlyns Großvater hatte *Seeker* auf sie angesetzt, mehr konnten sie im Moment nicht tun, meinte er. Er hatte ihr erklärt, dass diese Seeker, ihre Magie einsetzen konnten, um Verlorenes oder Vergessenes wieder zu finden. Die waren die magischen Detektive dieser Welt. Relia hatte ihr in ihrer Kindheit einmal eine Geschichte über die Seeker erzählt. Kaithlyn hatten sie furchtbare Angst gemacht. Bei dem Wort *Seeker* flackerte ein schwaches Bild von bösen Männern in Schwarz in ihrem Bewusstsein auf. In Relias Geschichte waren sie keineswegs gute Menschen gewesen, sondern selbstgerechte Diebe vergangener Schätze. Sie hoffte inständig, dass dieses finstere Märchen dem Ruf der Seeker nicht gerecht wurde.

Kaithlyn bekam ihren Großvater kaum noch zu Gesicht. Er war vollauf mit Dingen beschäftigt, in die er sie nicht einweihte. Niemand der Erwachsenen tat das. Die Mitglieder des Drachenclans liefen stumm an ihr vorbei, wenn sie ihnen zufällig begegnete. Ihre Gesichtsausdrücke waren abweisend wie steinerne Mauern. Gezeichnet von Anspannung und Verantwortung. Also sagte auch Kaithlyns nichts.

„Es wird eine Beerdigungsfeier für die Opfer geben“, sagte Rose traurig. „Der Mann, der meine Eltern und mich beschütz hat, sagte etwas davon.“

Kaithlyn nickte nur. Sie hielt Harlow auf dem Arm und kraulte sie hinterm Ohr. Harlow schnurrte leise. „Wie hieß er noch gleich?“

„Mr Ry Azedine. Der Onkel von Adriana und Luce“, sagte Rose.

„Stimmt, wir haben die Familie kennengelernt, aber dass sie auch noch einen Onkel haben, wusste ich nicht. Die Familie Azedine ist die einzige des Drachenclans, die ich kennen gelernt habe“, sagte Kaithlyn. Sie bogen gerade nach rechts.

„Es soll wohl ein Gedenkstein errichtet werden", fügte Rose leise hinzu.

„Es ist eine gute Idee, den Opfern zu gedenken", erwiderte Kaithlyn ebenso leise. Die beiden schwiegen betroffen.

„Lass uns weiter gehen", murmelte Kaithlyn. Rose nickte. Sie waren unterwegs, um zwei Menschen zu besuchen, an die Kaithlyn jede Minute denken musste. Der Erste war Fye. Seit dem Angriff auf Ryla und diesem Fluch, wie Kaine es nannte, war er nicht wieder aufgewacht. Seine Familie stand um sein Bett. Mara hielt seine Hand, Liam saß auf einem Stuhl in einer Ecke, Mrs Crossdale neben seinem Bett und Mr Crossdale ging unruhig auf und ab. Sie sahen auf als Kaithlyn, Rose und Harlow eintraten.

„Hallo", sagte Mrs Crossdale freundlich, stand auf und umarmte Kaithlyn. Das hatte sie bisher immer getan, wenn Kaithlyn Fye besuchen kam. Sie bedankte sich immer und immer wieder bei Kaithlyn dafür, dass sie Liam und Mara in Sicherheit gebracht hatte und Liam das Leben gerettet hatte. Kaithlyn war das sehr unangenehm, sie hatte das schließlich nicht alleine geschafft, aber Mrs Crossdale wollte nichts davon hören.

„Eben war ein Heiler hier", begann Mr Crossdale. „Er sagte körperlich sei Fye vollkommen gesund, aber was seinen Geist betrifft, so können wir nur abwarten, bis er aufwacht."

Mr Crossdale wirkte zerstreut und verletzlich. Die Familie Crossdale hatte einen Sohn und Bruder verloren. Die Art und Weise wie Kale sie alle verraten hatte war zu schrecklich. Hatte nun auch Kale Schande über den Namen der Familie gebracht? *Er ist wie Green*, dachte Kaithlyn, *wahrscheinlich sind sie sogar noch Freunde*. Sie erinnerte sich an das Gefühl, was sie bei der Begegnung mit Kale gespürt hatte. Green und er waren beide voller Hass und ihre Augen waren kalt und leer. Kaithlyn schluckte schwer. Nun noch die Sache mit Fye…

„Wie lange wird das dauern? Bis er aufwacht?", fragte sie betrübt.

„Das…weiß niemand so genau", sagte Mrs Crossdale. „Es kommt ganz allein auf Fye an, auf seine innere Stärke."

„Es ist meine Schuld", warf Mr Crossdale ein. Er wandte ihnen den Rücken zu. „Er dachte er habe mich enttäuscht, weil er Kale aus den Augen verloren hatte. Er sollte ihn beschatten, das hatte ich ihm aufgetragen. Er dachte wohl so könnte er seinen Fehler wieder gut machen. Nun habe ich gleich zwei meiner Söhne verloren. Ich bin ein egoistischer Narr!"

Mrs Crossdale nahm ihren Mann in den Arm.

„Das stimmt nicht Liebling. Das weißt du."

„Fye hat das getan, weil er uns allen helfen wollte. Seiner Familie und seinen Freunden. Er ist stark, sehr stark und er hat ein gutes Herz. Ob er nun wusste, welche Folgen alles haben würde oder nicht, er war entschlossener dies zutun als jemals zuvor. Als ich in seine Augen gesehen habe, sah ich vollkommene Zuversicht und Stolz. Fye wird es schaffen, er gibt nicht so schnell auf“, sagte Kaithlyn laut. Fyes Eltern sahen sie gerührt an. „Aber es gibt da eines, was ich nicht verstehe, was genau ist eigentlich passiert? Was bedeutete es überhaupt eine Amythyl Königin zu sein?“

Mr Crossdale nickte verständlich. Er sah Fye so ähnlich. Kaithlyn sah ihn verunsichert an.

„Viele führende Persönlichkeiten, wie Könige oder Oberhäupter von einem Clan, Inselwächter oder auch normale Bürger, fast jeder kann einen Amythyl Zauber erlernen. Es ist ein einfacher aber mächtiger Zauber, wenn man damit belegt wird hat man einen starken Schutzbann um sein Leben gelegt. Die Person die einen mit Amythyl belegten Menschen tötet ist dann auch zum Tode verurteilt, denn sobald der Tod, in diesem Fall der der Königin eintrifft, wird der Mörder mit einem Todesfluch belegt. Ein Fluch der sich in den Körper prägt und niemals wieder erlischen kann.“

Diese Worte lösten in Kaithlyn pures Entsetzen aus. Würde Fye *sterben* müssen?

„Der Fluch tötet nicht sofort. Die Male an Fyes Arm sind erst der Anfang, erst breitet sich der Fluch weiter aus und dann tötet er unter einer Bedingung. Die Bedingung verheißt, dass der Fluchträger höchstens ein so langes Leben wie der Ermordete hat, er lebt nur die Jahre weiter die auch dem Toten geblieben sind. Das machte diesen Zauber so mächtig, denn niemand möchte sein eigenes Leben für ein anderes geben.“

„Und was bedeutet das für Fye?“, sagte Kaithlyn fassungslos.

„Er hat Glück im Unglück gehabt“, sagte Mr Crossdale gefasster. „Diese Frau war ein Dämon, sicherlich an die hundert Jahre alt. Fye wird noch lange leben.“

Kaithlyn atmete erleichtert aus. Sie setzte sich ans Bett und sah in Fyes schlafendes Gesicht.

„Er wird durch den Fluch nur sehr eingeschränkt sein. Fye wird von dem Mal gezeichnet sein“, sagte Mrs Crossdale und ging zurück zum Bett. „Niemand kann sagen, was das genau bedeuten wird, aber mit einem Fluch zu leben ist nie leicht“, fuhr sie traurig fort und strich Fye über das Gesicht.

„Er hat allen das Leben gerettet, er ist ein Held!", sagte Liam plötzlich. Er stand auf und schrie fast. „Mein Bruder ist ein Held, kapiert?!"

Dann begann er zu weinen. Mrs Crossdale ging zu ihm, nahm ihn in den Arm. Kaithlyn wurde ganz elend sie alle so zu sehen. Rose stand still da, fühlte sich ebenfalls unwohl in dieser Situation. Sie waren Außenseiter in dieser trauernden Familie.

„Alle Banshees zu besiegen hätte viele Kämpfe und Zeit gekostet, es waren zu viele Unschuldige dort. Ich hätte es getan, wenn ich gekonnt hätte, aber –"

Mr Crossdale klang sehr wehmütig, so als bereue er Fyes Entscheidung zutiefst. Kaithlyn gab Rose und Harlow zu verstehen, das es besser war, jetzt zu gehen. Auf dem Weg zum anderen Zimmer verfielen die beiden Mädchen in unangenehmes Schweigen. Dann fiel Rose Kaithlyn um den Hals.

„Ich bin so froh, dass dir nichts passiert ist", sagte sie und begann zu weinen. Kaithlyn drückte sie fester an sich.

„Ich auch, Rose. Ich hab mir so viele Sorgen gemacht. Ohne dich wäre nichts mehr wie vorher, du bist doch meine beste Freundin!"

Kaithlyn griff nach Rose' Hand.

„Ich habe mich die ganze Zeit so schwach gefühlt", sagte Kaithlyn bitter.

„Wir schwören uns hier und heute etwas", begann Rose. „Wir werden stärker werden und lernen wie wir unsere Fähigkeiten verbessern können, so lange bis wir die beschützen können die wir lieben", schloss Kaithlyn.

„Wir finden einen Weg. Ich möchte mich nie wieder so schrecklich fühlen."

Die beiden besiegelten diesen Schwur mit einem Blick des Vertrauens. Harlow krallte sich an Kaithlyns Bein. „Ich schwöre es auch!", miaute sie. „Ich will es auch versprechen!"

Den zweiten an den Kaithlyn fast unentwegt denken musste war Reid. Der Junge aus dem Wald ihrer Heimat. Der Junge, den sie auf der Feier wieder gesehen hatte. Derjenige, der ihr Leben gerettet hatte. Auch wenn er es nicht wusste, für Kaithlyn war er dadurch zu einem Freund geworden. Ein Heiler hatte ihn in künstlichen Schlaf versetzt, damit seine Schmerzen erträglich waren. Inzwischen war er wieder gesund und sein behandelnder Heiler meinte er müsse in den nächsten Tagen wieder zu sich kommen. Wie auch Fye besuchten Kaithlyn, Rose und Harlow ihn jeden Tag. Kaithlyn saß dann meist den ganzen restlichen Tag hier, wenn sie nirgends aushelfen konnte.

„Hallo, Reid", sagte Kaithlyn etwas fröhlicher. „Ich mache mal ein Fenster auf, frische Luft tut gut." Er sah so friedlich aus, wie er da lag und leise atmete. Sie wusste, dass er sie nicht hören konnte. Während die beiden Mädchen und Harlow einfach nur so da saßen, dachte Kaithlyn nach. Es waren mal wieder so viele Dinge geschehen. Sie erinnerte sich an das Gespräch mit Ashley Green, daran, dass Mr Grim etwas gesucht hatte und an den Dämon. Ashley sprach von einer Aufgabe und dem Damantioamulett, dem allerersten, das Kaithlyn angeblich besitzen sollte. Was bedeutete das? Mr Grim hatte etwas gesucht. Was hielt er für so wertvoll, dass er es stehlen wollte? Er sprach außerdem von drei Personen, drei weitere Amulettbesitzer? Da war Ashley Green, Kaine und sie. Es könnte stimmen. Und der Dämon? Sie wollte Kaithlyn deshalb sogar töten, sie meinte es wäre notwendig um das Amulett zu bekommen. Seitdem ihr Großvater ihr erzählt hatte die Amulette seien Schlüssel und es müsse einen Grund geben warum das eine in Kaithlyns Besitz sei, dachte sie ständig darüber nach. War das erste Amulett der Schlüssel zu etwas so Bedeutenden, das alle dahinter her waren? Oder waren das nur unglückliche Zufälle? Dass Ashley Green verschwunden war, war jedenfalls eine Tatsache. Kaithlyn musste darüber unbedingt mit ihrem Großvater reden. Reid regte sich kurz.

„Wacht er auf?", fragte Rose aufgeregt und riss Kaithlyn aus ihren Gedanken.

„Nein", sagte Kaithlyn enttäuscht. Er schlief noch immer. Er war ein wenig bleich und sein mittellanges, dunkelbraunes Haar stand wild durcheinander. Er musste genauso alt sein wie sie; sechzehn vielleicht, dachte Kaithlyn. Warum hatte er ihr geholfen? Die Frage ließ sie nicht mehr los. Er hatte sie sogar gewarnt, sie solle Ryla nicht angreifen. Er wusste also Bescheid. Es ließ Kaithlyn einfach keine Ruhe. Dann sah sie etwas, was ihr all die Tage nicht aufgefallen war. Neben dem Bett auf einem kleinen Tischchen lag ein Ring. Er musste Reid gehören. Wem sonst? Eigentlich kam es ihr unhöflich vor den Ring einfach zu nehmen, aber vielleicht war darin ein Wappen eingelassen, das Auskunft über seine Familie gab? Das matte Silber schimmerte in ihren Händen.

„Rose!", sagte Kaithlyn und stand abrupt auf. „Rose, sieh mal."

Rose zog den Kopf aus dem Fenster, ihre Wangen waren ganz rosig geworden.

„Was ist damit?", fragte sie ratlos.

„Das ist *der* Ring! Der Ring von Harlow Hayworth. Der Ring den die Karacords ihr als Geschenk vermachten, der im Besitz der Hayworths war. Der Ring… ich erkenne ihn wieder. Von einem Porträt. Mein Großvater sprach davon…", sagte Kaithlyn fiebrig.

„Aber wo kommt der so plötzlich her?", fragte Rose. Ihrer und Kaithlyns erster Gedanke war: Reid musste ihn gestohlen haben.

„Aber warum sollte er?", warf Kaithlyn ein.

„Weil er kostbar ist oder weil, ich weiß nicht, aber wir wissen auch nichts von dem Jungen außer seinen Vornamen", sagte Rose.

„Reid hat mich gerettet", sagte Kaithlyn verteidigend.

„Vielleicht aus Eigennutz?"

„Und dafür sterben? Außerdem ist der Ring ein Erbstück der Familie Karacord, angefertigt von Cortescount aus Damantio, wie sollte ein Junge an einer Familie des Drachenclans vorbei kommen?"

„Dann frag dich mal, wie diese Banshees den ach so tollen Drachenclan angreifen konnten? Was weißt du denn schon darüber? Vielleicht hatte er Hilfe oder…ach, es gibt so viele Möglichkeiten!", herrschte Rose sie an. Kaithlyn missfiel der Gedanke Reid könnte den Ring gestohlen haben, so diskutierten Rose und Kaithlyn noch eine Weile weiter kamen aber zu keinem Entschluss. Sie würden Reid wohl fragen müssen. Was Kaithlyn noch nicht ahnte war, dass es auch noch eine andere Möglichkeit gab, ein gut gehütetes Geheimnis, wie so viele die sich noch in tieferer Dunkelheit verbargen.

Was beide Mädchen und auch Harlow nicht bemerkten, war das Reid kurz geblinzelt hatte. Er war seit ungefähr fünf Minuten wach, rührte sich aber nicht. Er hatte sofort die Stimmen gehört und wollte vorerst ruhig bleiben. Sein Körper fühlte sich taub an. Schmerzen hatte er keine, aber er war schläfrig, fühlte sich kraftlos, also hielt er es für das Beste so zu tun, als würde er noch schlafen. Reid konnte sich nicht auf die Stimmen konzentrieren und wusste nicht, wer dort sprach. Ein Freund oder Feind? Eigentlich blieb nur eine Möglichkeit. In stillen Gedanken plante er sein weiteres Vorgehen, ewig würde er schließlich nicht so da liegen können.

Lyon Karacord stand in den Trümmern seines Anwesens. Es war kühl, doch einige Sonnenstrahlen schlichen sich durch die Bäume und reflektierten Schatten auf dem Rest des Marmorbodens. Ein paar trockene Blätter segelten herab. Die Leichen der Banshees waren inzwischen alle zu Staub zerfallen. Es war totenstill und der Geruch des Blutes war noch nicht verflogen. Vielleicht war es unpassend diesen Ort aufzusuchen, für einen Moment der Ruhe, einen Moment zum klaren Nachdenken, aber überall anders klangen Stimmen durch die Luft und Menschen rannten umher. Schließlich war er derjenige der die nächsten Entscheidungen treffen würde, das konnte ihm niemand abnehmen. Mr Karacord stand steif da, versuchte seine Gedanken zu ordnen. Er streifte sich durchs kurze graue Haar und zog seine Krawatte zu Recht.

„Ich sehe dich, Hazel", sagte Mr Karacord. Eine junge Frau mit dunkelblondem, asymmetrischen Haarschnitt und funkelnden Augen stand nun hinter Lyon Karacord. Sie trug ein Kleid aus Moos und Blättern. „Was macht eine Sylphe hier?"

„Ich bin nicht nur ein einfacher Naturgeist", sagte die junge Frau. Sie hatte lange spitze Ohren und trug eine Krone aus Zweigen und Waldfrüchten auf den Kopf. Über den beiden kreiste ein Falke. Er hatte spitz zu laufende Flügel, hellgraues Gefieder mit schwarz getupftem Bauch und einen besonders krummen, hakigen Schnabel. „Mein Falke hat beobachtet, was hier vorging, aber meine Hilfe kam mehr als zu spät", sagte Hazel. Mr Karacord musterte sie und schwieg. „Ich hoffe, dass ich dafür jetzt behilflich sein kann?"

„Seit wann interessieren sich die Naturgeister dafür, was uns Menschen angeht? Sonst haltet ihr euch doch auch aus allem raus, nicht wahr?", sagte Mr Karacord ruhig. „Ihr haltet euch für allwissend, da ihr aus euren Lebensräumen, wie Bäumen, Seen, fast alle Orte der Natur heraus, eure Umwelt betrachtet und meint über andere urteilen zu können. Woher kommt der Sinneswandel?"

Hazel wusste, dass sie leicht zu durchschauen war.

„Das stimmt schon, aber mein Volk verhielt sich immer neutral, hat niemandem geschadet, aber nun haben sich die Zeiten geändert. Verschiede Dierraider haben sich zusammengeschlossen. Die Dinge werden ihren Lauf nehmen. Dieser Angriff war wieder ein Zeichen dafür, dass sie an Macht gewinnen, es sind schon lange keine Kleinkriminellen mehr."

Mr Karacord nickte und Hazel sprach weiter. „So wie diese Wesen sich zusammenschließen, so bin auch ich heute gekommen, um einen Pakt zu besiegeln."

„Das hört sich so an, als sei das schon eine beschlossene Sache", sagte Mr Karacord und wandte sich zu Hazel um. „Ich weiß es zu schätzen, Hazel, das du als Bote zwischen mir und den Naturvölkern vermittelst, aber bisher habe ich auf meine Fragen nichts als Spott und Hohn erhalten."

Hazel machte einen Knicks.

„Auch ich bin dankbar dafür. Der Zeitpunkt hätte nicht ungünstiger sein können, aber es ist notwendig. Dryaden, Sylphen, Najaden und Undine, sämtliche Naturgeistvölker wollen diesen Bund schließen. Er lautet wie folgt: es soll ein Friedensbund zwischen uns und dem Drachenclan sein. Wir halten und bewahren Freundschaftsbunde und helfen in Zeiten der Not und des Kampfes, wer gegen den Pakt verstößt, wird verbannt."

Mr Karacord dachte kurz nach.

„Einverstanden, aber du sollst weiter als Botin arbeiten und mich auf dem Laufenden halten. Außerdem sollte der Pakt erweitert werden und zwischen allen Geistern und Rassen geschlossen werden."

„Aber dazu habt ihr keine Befugnis Lyon. Ihr müsst das erst dem hohen Rat des Königs vortragen. Der Pakt kann sich nur auf den Drachenclan beziehen", sagte Hazel angespannt. Mr Karacord nickte. Hazel pfiff und der Falke gehorchte, er flog mit dieser Botschaft davon. Hazel verbeugte sich und sagte: „Bündnisse der Freundschaft werden uns alle vor Unglück schützen." Dann verschwand sie, so als hätte sie sich plötzlich in Luft aufgelöst.

Mr Roberts kam eilends angerannt.

„Mr Karacord, wir müssen alles für die Beerdingung vorbereiten. Sie werden gebraucht!"

„Ja, ich komme", sagte er. Er sah alt und erschöpft aus. „Haben Sie Kaithlyn gesehen?"

Mr Roberts schüttelte den Kopf.

„Das letzte Mal war vor zwei Tagen, beim Frühstück. Aber machen Sie sich keine Sorgen. Das Anwesen hatte noch nie so viele Gäste gleichzeitig zu beherbergen, da kann ein kleines Mädchen schon mal untergehen."

Mr Karacord lächelte milde.

„Es ist nur… es war doch ihr Geburtstag, das alles hätte nicht so enden dürfen. So lange war sie verloren geglaubt und das Erste was ihr hier widerfährt ist ein Zusammentreffen mit einem Schwerverbrecher und als Nächstes der Angriff…ich sorge mich um sie."

Mr Roberts zögerte. Da lag etwas in den Augen Mr Karacords, das er nicht deuten konnte. Doch so schnell, wie es gekommen war, war es auch wieder verschwunden.

„Mr Roberts?"

Mr Roberts zuckte erschrocken zusammen.

„Folgen Sie mir bitte."

Beide Männer verließen schweigend den Saal.

Es schlug schon fast Mitternacht, doch Kaithlyn war noch immer wach. Sie saß in ihrem Zimmer am Tisch und tat das was sie schon lange tun wollte: sie schrieb einen Brief an ihre Tante. Sie war schon bei der vierten Seite, hatte noch lange nicht alles geschrieben was sie mitteilen wollte. Kaithlyn wusste nicht, wann sie den Brief abschicken sollte, zurzeit herrschte einfach ein zu großes Durcheinander, aber sie wollte ihrer Tante unbedingt schreiben. Wer wusste schon, wann sie das nächste Mal so viel Ruhe haben würde? Es tat einfach gut sich alles von der Seele zuschreiben, obwohl Kaithlyn nicht sicher war, ob sie ihrer Tante so viel Einblick in ihre Gedanken geben wollte. Die Überlegungen über das Damantioamulett ließ sie weg. Sie schrieb über den Angriff von Green bis hin zu ihrem Geburtstag. Als sie geendet hatte, hielt sie kurz inne. Ihre Wut auf Relia Abadon war nicht verflogen, erschien Kaithlyn aber eher unwichtig, begraben unter all den überwiegend anderen schlechten Gefühlen. Wie konnte ein einziger Mensch nur so viele Gefühle auf einmal haben? Morgen würde sie nach den Krankenbesuchen bei Fye und Reid sofort ihren Großvater suchen, egal wie lange das dauern würde. Kaithlyn gähnte und streckte sich. Sie war todmüde. Harlow war auch noch wach, sie saß auf dem Bett und wartete auf Kaithlyn. Sie schrieb gerade den letzten Satz und begutachtete ihren Brief. Ihre Augen waren zu müde, um alles noch ein Mal zu lesen, also machte sie das Licht aus und tastete sich zum Bett. Dort lag noch immer der Spiegel aus Evelyns Laden. Kaithlyn betrachtete ihre schemenhafte Gestalt im Mondlicht und dann fiel es ihr wie Schuppen von den Augen. Im Mondlicht leuchtete das Damantioamulett um ihren Hals noch heller. Sie sprang auf und zog das Kästchen unterm Bett hervor. Sie brauchte dafür keinen Schlüssel, das war ihr nun klar. Kaithlyn nahm das Amulett ab und presste es gegen die Einfurchung des Schlüssellochs. Es machte leise *klack* und die Muster und Symbole des Kästchens leuchteten auf.

„Es ist offen", flüsterte sie zu sich selber. Harlow sprang neben sie.

„Du hast es aufbekommen?"

„Ich weiß auch nicht, wie ich auf einmal darauf gekommen bin, aber…ja, es ist offen. Das Damantioamulett war der Schlüssel. Ob das die Aufgabe war, die es zu erfüllen hatte?"

„Was ist drin?"

Genau dasselbe hatte Kaithlyn sich auch gerade gefragt. Behutsam klappte sie den Deckel auf. Das Innere war mit weichem Stoff ausgepolstert. Darin lag ein altes, schmutziges Pergament. Kaithlyn entfaltete es. Sie drehte und wendete es mehrmals, um es von allen Seiten zu betrachten. Ihre Augen suchten jeden Zentimeter ab. Es war vollkommen leer.

„Nichts", murmelte Kaithlyn verblüfft. Das war es, was ihre Eltern zur Aufbewahrung an Mrs Koirbet gegeben hatten? Ein leeres Pergament? Ein wertloses Stück Papier?

„Vielleicht ist es eine verschlüsselte Botschaft oder eine Geheimschrift?", dachte Kaithlyn laut. Harlow roch an dem Papier.

„Es riecht nach Tinte", sagte sie.

„Haben meine Eltern erwartet, dass ich es verstehe?"

Kaithlyn sah Harlows ratlose Miene. Hilfe suchend blickte sie auf das Foto ihrer Familie. Sie legte das Pergament zurück und schob das Kästchen wieder unters Bett.

„Glaubt den jeder, er müsse alles in Rätsel verpacken?", fragte Kaithlyn, als sie und Harlow endlich im Bett lagen. Harlow schnurrte zufrieden, was Kaithlyn weniger als alles andere war. Sie drehte sich auf die Seite.

„Harlow, ich wollte noch was fragen…weißt du noch, das mit uns? Der Zauber? Was genau war das eigentlich?"

Harlow überlegte.

„Wir haben gezaubert, oder? Wir haben die Banshees getötet. Irgendwann wird jemand danach fragen. Was ist dort passiert, Harlow?", fragte Kaithlyn.

„In diesem Moment erschien alles so einfach. Ich wusste, was zu tun war. Es war so, als ob das schon immer in mir gesteckt hätte, als ich dich ausgewählt habe mein Meister zu sein, hat es sich genauso angefühlt. Das konnten wir nur zusammen."

„Mir ging es genauso. Ich hatte das Gefühl, als ob ich das schon immer gewusst hätte. Ein Zauber von uns gemeinsam."

„Ja, ein Zauber", sagte Harlow stolz. „Er hat uns gezeigt, dass die Verbindung zwischen uns sehr tief gehend ist. Wie ein unsichtbares Band."

„Du klingst richtig erwachsen, Harlow", sagte Kaithlyn, doch Harlow war schon eingeschlafen. Kaithlyn gähnte. Sie beneidete Harlow dafür, dass sie immer so rasch einschlief, denn obwohl sie sehr müde war, lag sie noch lange wach. Fragen. Immer nur so viele Fragen.

Am nächsten Morgen war Kaithlyn die Erste, die sich am Frühstücksbuffet zu schaffen machte. Im Esszimmer stand das üppige Frühstück über drei Tische verteilt. Das war schon länger so, denn das Haus Karacord hatte viele Gäste zu bewirtschaften. Kaithlyn griff nach einem Toast mit Butter und machte sich auf den weg zu Reid. Heute wollte sie ihn zuerst besuchen. Vor Reids Tür machte sie kurz Halt und holte tief Luft, bevor sie klopfte. Vielleicht war er wach? Die Spannung war jedes Mal kaum zu ertragen.

„Guten Morgen, Reid…ich wollte –"

Kaithlyn starrte auf ein leeres Bett. Sie trat ins Zimmer und sah sich um.

„Reid?"

Doch von dem Jungen war keine Spur zusehen. Hinter ihr trat ein Dienstmädchen mit Wäsche auf dem Arm herein. Erschrocken ließ sie die frischen Bettlaken fallen.

„Entschuldigen Sie Miss, aber der Junge, wo ist er?", fragte sie unsicher.

„Ich wollte gerade dasselbe fragen. Ist er aufgewacht?"

„Weg? Aber das kann doch nicht sein?", stammelte die Frau. „Der Heiler Mengan meinte der Junge hätte dazu noch gar keine Kraft, wenn er aufwacht."

„Dann ist er einfach so verschwunden?", fragte Kaithlyn und sah auf das verlassende Bett. Eigentlich war es ein dummer Gedanke von ihr gewesen; was sollte Reid hier schon halten? Aber einfach so zu gehen. Würde sie ihn jemals wieder sehen?

„Ich muss jemandem Bescheid geben", fuhr die Frau fort und drehte sich rasch auf dem Absatz um. Schon war sie wieder weg. Kaithlyn bemerkte, dass das Fenster auf war. Die Vorhänge flatterten sanft im Wind. Sie spähte hinaus in den Garten und ihr war als würde sie hinten in der Ferne den

Umriss einer Person wahrnehmen, der langsam verschwand. Kaithlyn lehnte sich weiter hinaus und kniff angestrengt die Augen zusammen.

„REID?!"

Wenn er es war, konnte er sie nicht hören, er war zu weit entfernt. Kaithlyn stürmte aus dem Zimmer und rannte die Flure entlang, wobei sie fast einen Wäschekarren umgeworfen hätte. Vielleicht war er es wirklich? So einfach würde er nicht davon kommen. Kaithlyn machte sich insgeheim Hoffnung ihn nach dem Karacord Ring fragen zu können. Plötzlich prallte sie gegen ein Hindernis und plumpste rücklings zu Boden.

„Oh…ähm…Verzeihung, ich habe nicht aufgepasst", murmelte sie entschuldigend.

„In der Tat", raunte eine tiefe, unfreundliche Stimme. Ein großer dünner Mann stand vor ihr und starrte auf sie hinunter. Er schien sehr alt, zumindest seinem unglaublich langen silbernen Bart nach zu urteilen. Sein Kopf hingegen war kahl und Sorgenfalten durchzogen seine Stirn, während seine kalten wässrigen Augen auf Kaithlyn ruhten. Ein Gewand, so wie er es trug, hatte Kaithlyn noch nie gesehen. Es sah traditionell aus, wie ein Gewand, für eine Zeremonie, darauf waren an den langen Ärmeln Symbole, die wie chinesische Zeichen aussahen. Um seine Hüfte trug er ein silbernes Band, wie einen Gürtel gewickelt. Er machte den Eindruck eines Weisen oder Gelehrten, die in Tempeln lebten, dachte Kaithlyn und rappelte sich auf. Der alte Mann schürzte seine dünnen, runzeligen Lippen zu einem Lächeln.

„Ich glaube meine Suche endet hier", sagte er.

„Äh…was? Entschuldigung, aber ich bin in Eile", sagte Kaithlyn, denn jede Minute, die verstrich, verlor sie Zeit und Reid entfernt sich weiter, wahrscheinlich war er schon weg. Den Mann interessierte das wenig, seelenruhig streckte er Kaithlyn seine dünne, knochige Hand entgegen, an der er unzählige Ringe trug.

„Mein Name…", begann er betont. „Ist Kaitara Razzu. Ich bin Hauslehrer der Familie Crossdale." Es hatte keinen Zweck mehr, Reid musste weg sein. „Vielleicht hat man Sie schon unterrichtet, dass ich Sie aufsuchen würde?"

„Nein", sagte Kaithlyn wütend.

„Nein?"

Sie sah in sein strenges Antlitz.

„Ich bin Kaithlyn Hayworth“, sagte sie schließlich etwas eingeschüchtert. „Was kann ich für Sie tun, Mr Razzu?“

„Meister Razzu“, korrigierte er sie. Er unterzog sie einer zweiten Musterung. „Es geht um den Unterricht, Miss Hayworth.“ Er sagte das in einem Tonfall als würde er Kaithlyn dazu gratulieren, das sie eine Millionen Taler gewonnen hätte und nun reich sein würde. Sie öffnete den Mund, doch er sprach bereits weiter.

„Sie sollen wissen Miss Hayworth, dass Sie meinem Unterricht nur auf Wunsch des Mr Crossdale beiwohnen dürfen. Sie sollten daher – sehr dankbar sein.“

Sie sah ihn mit ratloser Miene an. Kaitara Razzu musterte sie mit strengem Blick, Kaithlyn fragte sich, ob er auch anders schauen konnte, als genervt und arrogant. Dieser Mann kam mit seiner Überheblichkeit nicht gerade sympathisch rüber.

„Mein Unterricht ist diszipliniert, geordnet. Ich nehme an, Sie haben, was ihre Lücken angeht, *selbstverständlich,* so wie ich es von meinen Schülern erwarte, diese durch selbstständig erarbeitetes Wissen geschlossen?“

Kaithlyn lächelte einfach. Lücken geschlossen? Wenn dieser alte Kauz nur wüsste. Kaithlyn war mit tausend anderen Sachen beschäftigt gewesen.

„Nun gut, wenn der jetzige Zeitpunkt für sie ungünstig ist, um über dieses bedeutende Thema zu sprechen, finden wir sicherlich einen anderen Tag.“

Razzu faltete seine Hände hinter seinem Rücken und schritt an Kaithlyn vorbei ohne ein weiteres Wort zu verlieren. Kaithlyn sah ihm nach. Unterricht? Sie dachte nach und rief sich ins Gedächtnis, das Fye wohl so etwas beim tanzen erwähnt hatte. Da die Chance Reid noch einzuholen gleich null stand, ging sie missgelaunt zu Fyes Zimmer im zweiten Stock. Warum hatte dieser Meister Razzu sie ausgerechnet heute aufhalten müssen?

Kaithlyn betrachtete Fyes schlafendes Gesicht. Sie hatte in letzter Zeit so oft seine Züge gemustert, dass ihr sein Gesicht genauso vertraut war wie ihr eigenes. Er sah so schrecklich leblos aus. Leblos, aber schön. Wie eine Statue. Kaithlyn dachte an das Märchen der schlafenden Prinzessin. Relia hatte ihr dieses Buch zu ihrem siebten Geburtstag geschenkt. In der Geschichte ging es um eine Prinzessin, der es an nichts fehlte. Sie hatte alles: Schönheit, Reichtum, ein Volk, das sie bewunderte, alles außer Liebe in ihrem Leben. Ihr Ziel war es nicht von allen gemocht und begehrt zu werden, sondern geliebt, doch weil die Welt sie enttäuschte, weil jeder Erwartungen an sie stellte, die sie nicht erfüllen wollte, legte sie einen mächtigen Zauber über ihr Haupt. Ein Zauber, der ihre Magie vergiftete und sie in einen tiefen Schlaf sinken ließ. Fortan lebte sie in ihrer eigenen Welt, aus der es kein zurück mehr für sie gab. Fye hatte auch entschieden, in seiner eigenen Welt leben zu wollen. Plötzlich spürte sie wie sich ihr die Kehle zuschnürte. Ein lautes Räuspern ließ sie zusammen schrecken. Liam saß auf einem Stuhl in der linken Ecke des Raumes, Arme und Beine verschränkt und zog die Brauen hoch als versuche er Kaithlyn mit seinem Blick zu verspotten.

„Wieso kommst du jeden Tag?", fragte er.

Liam sah Fye so schrecklich ähnlich, aber im Gegensatz zu Fye, war seine ganze Art und sein Gesichtsausdruck angriffslustig und frech. Liam stand auf und ging auf Kaithlyn zu. Auch seine Augen wanderten über Fyes Gesicht.

„Ich komme her, weil ich mir Sorgen mache", antwortete Kaithlyn unbeeindruckt von seinem Versuch sie einzuschüchtern. Ob Fye als kleiner Junge genauso stur gewesen war?

„Sorgen?", wiederholte Liam und fixierte sie.

„So wie diese Melora? Fye hat also zwei Eisen im Feuer."

Kaithlyn verkniff sich ein Lachen. „Das nennt man auch Freundschaft", sagte sie. „Hast du keine Freunde, die sich Sorgen um dich machen, wenn es dir schlecht geht? Und du sitzt auch jeden Tag hier, oder?"

„Ich bin sein Bruder. Ich beschütze ihn", verkündete Liam laut.

„Das ist auch gut so."

„Das musst du mir nicht sagen!"

Kaithlyn straffte die Schultern. Liam sah sie ein wenig ängstlich an.

„Okay", sagte sie sanft. „Ich verstehe das schon."

„Pah! Was willst du schon verstehen? Du kommst jeden Tag hier her und gehst, wann du wieder willst! Fye braucht kein Mitleid! Meine Familie braucht kein Mitleid!"

Liam klang unglaublich wütend.

„Das mag sein, aber ich komme nicht her, um irgendjemanden mein Mitleid zu bekunden. Das weißt du. Du bist klug. Deine Wut richtet sich gegen etwas anderes, Liam."

Liams Augen verrieten ihn. Kaithlyn glaubte zu wissen, wo das Problem lag.

„Vielleicht möchtest du darüber sprechen?"

„Nein", sagte Liam gedämpft. Eine Weile blieb es still.

„Ich hab mich gefragt, wo Crowden ist", sagte Kaithlyn.

„Da draußen sitzt er", sagte Liam leise. Crowden saß vor dem Fenster in der Krone des Apfelbaumes. Er hatte den Kopf dicht an sein Gefieder geschmiegt. Es sah aus als schliefe er.

„Es tut mir leid. Ich hätte nicht so mit dir sprechen dürfen. Du…du hast mir das Leben gerettet", sagte Liam kleinlaut. Er lief leicht rosa an und starrte gedrungen zu Boden.

„Ist schon okay", sagte sie lächelnd. *Irgendwann werden wir uns besser verstehen.*

Am nächsten Tag regnete es heftig. Es war so, als würde der Himmel bittere Tränen weinen. Vor dem Anwesen standen unzählige Kutschen, hintereinander gereiht wie der schwarze Zug des Todes. Obwohl es noch früh am Morgen war, waren alle auf den Beinen. Menschen strömten die große Treppe vor der Eingangstür herunter, stiegen wahllos in die Kutschen ein. Die Zugpferde schnaubten angespannt, ihr Atem bildete weiße Wölkchen. Einige der vorderen Kutschen setzten sich in Bewegung, verließen das Anwesen und fuhren alle in dieselbe Richtung davon. Es war ungewöhnlich kalt, dafür, dass der Juni gerade erst zu Ende ging. Über Nacht hatte sich sogar eine dünne Schicht Frost über den Garten gelegt und der Regen ließ das zarte weiß glitzern wie edlen Schmuck. Kaithlyn zog sich ihren Schal tiefer ins Gesicht. Zusammen mit Rose und ihren Eltern stieg sie in eine der letzten Kutschen. Harlow saß da als würde ihr der plötzliche Wetterumschwung nicht das Geringste ausmachen. Kaithlyn beobachtete die Familie Crossdale, die gerade die Treppe zum Garten herunter ging. Mara winkte ihr. Kaithlyn winkte zurück.

Die Kutsche fuhr los und ruckelte über den Kieselsteinweg. Während Kaithlyn kräftig durchgeschüttelt wurde, sah sie aufmerksam aus dem Fenster. Sie war darauf gespannt mehr von der Insel Krogan zu sehen. Sie erreichten bald ein riesiges eisernes Tor, anscheinend war das Anwesen ihres Großvaters durch eine unglaublich lange Mauer geschützt, fast so wie das Haus von Mrs Koirbet. Dahinter lag ein Stück Nadelwald und zu allen Seiten weitere prächtige Anwesen, jedoch war keins so groß wie das von

Mr Karacord. Die Kutsche bog auf eine gepflasterte Straße die zu beiden Seiten von niedrigen Hecken gesäumt war ab. Es wurde dunkler und der Regen nahm zu. Durchs Kutschenfenster erspähte Kaithlyn die Spitze einer Kirche mit einem steinernen Kreuz. Dann hielt die Kutsche auf einem großen eckigen Platz. Eine Traube von Menschen in schwarzen Kleidern wanderte bereits den Steinweg hinauf. Es war ein schrecklich stiller Marsch. Kaithlyns Magen verkrampfte sich. Heute war der Tag der Beerdigungszeremonie für die Opfer.

Die Kirche war sehr alt, aus kahlem Stein und ihre bunten Fenster ließen nur wenig Licht herein. An den Steinsäulen brannten Kerzen. Die Bänke waren hart und kalt. Vorne ging ein Priester im roten Gewand die wenigen Stufen zu seinem steinernen Podium hoch. Kaithlyn sah ihren Großvater und Mr Crossdale hinter ihm auf Stühlen sitzen. Da saßen auch noch ein paar andere, die wahrscheinlich alle zum Drachenclan gehörten. Kaithlyn meinte Adrianas Vater, Mr Azedine zu erkennen. Ein Mann mit langen grauen Haaren, die er zu einem Zopf geflochten trug. Er saß ziemlich steif da. Rose griff nach ihrer Hand und sah sie betrübt an.

Die Worte des Geistlichen drangen kaum vernehmlich an ihre Ohren. Sie fühlte sich betäubt und nicht fähig auch nur eines seiner Wörter aufzunehmen. Nacheinander standen mehrere der Clanoberhäupter auf, sagten ein paar mitfühlende oder ermutigende Worte.

„Dieses schreckliche Ereignis hat uns gezeigt, das wir als Gemeinschaft noch stärker zusammenhalten müssen. Ich bedaure es zutiefst, dass der Feind erneut aus unseren Reihen hervor ging, dies darf niemals wieder geschehen. Nicht noch einmal wollen wir unschuldigen Opfern gedenken müssen", sagte Mr Crossdale bitter. „In Zukunft wird sich einiges verändern. Der Drachenclan darf sich einer solchen Fahrlässigkeit nicht mehr bekennen."

Kaithlyn sah zur Familie Crossdale hinüber, die nur wenige Reihen rechts von ihr saß. Mrs Crossdale weinte leise. Liam und Mara zu ihren Seiten pressten sich Geborgenheit suchend an sie. Die Älteren der Crossdales nickten zustimmend, während sie Mr Crossdales Worten lauschten. Als alle gesprochen hatten, erhob sich auch Kaithlyns Großvater. Alle Augenpaare waren auf ihn gerichtet und es wurde noch stiller. Die unerträgliche schwere Stille ließ Kaithlyns Herz schneller pochen. Sie drückte Harlow an sich und ließ Rose´ Hand nicht mehr los. Mr Karacord wandte sich zu allen Seiten, ließ den Blick durch das schwarze Meer der Trauer schweifen. Der

Regen hämmerte härter gegen die Scheiben. Während Mr Karacord sprach, versuchte Kaithlyn sich auf seine Worte zu konzentrieren, aber es klappte nicht. Genau wie bei den anderen Rednern, füllte die Leere sie zur Gänze aus. Sie musste an Fye und an Reid denken und kam sich furchtbar egoistisch vor.

Epilog

Unruhe

Nach der Zeremonie wanderten einzelne Gruppen von Menschen zu verschiedenen Gräbern. Mit dem zwölften Glockenschlag glitten alle Särge in die ausgehobenen Erdlöcher. Kaithlyn und Rose beobachteten das trübselige Treiben, dann gingen sie den Weg zurück. Die beiden fühlten sich überflüssig. Sie konnten nicht allen ihr Beileid wünschen, die Situation überforderte sie. Nach einer halben Stunde stiegen die meisten schon wieder in ihre Kutschen. Sie fuhren davon, zurück nach Hause. Zum Anwesen würden nur noch Rose´ Familie, die Familie Crossdale, ihr Großvater und Kaithlyn zurückkehren. Die letzte Woche aber würde niemand von ihnen vergessen. Es nieselte noch immer leicht, als der Trauerzug sich fast gänzlich aufgelöst hatte. Kaithlyn hielt nach ihrem Großvater Ausschau. Der Friedhof war recht groß, die bunten Blumen, die zwischen den Gräbern wuchsen passten hier nicht her. Die Atmosphäre war dafür zu bedrückend. Mr Karacord stand in der Mitte des Friedhofs vor einem großen Gedenkstein.

„Ich gehe kurz zu meinem Großvater", sagte Kaithlyn, ging das Stück zurück. Mr Karacord wirkte sehr einsam, wie er so alleine da stand. Sie stellte sich neben ihn, sah auf den Stein. Er war aus schwarzem Marmor und darauf waren rund zweihundert Namen eingraviert. Mr Karacord fuhr mit den Fingern über einen der eingelassenen Namen.

„Dieser Stein ist ein sehr alter Gedenkstein. Darauf stehen die Namen, aller die durch Feinde auf dieser Insel umgekommen sind."

„Das sind sehr viele", sagte Kaithlyn nachdenklich.

„Nun stehen hier fünfzehn neue Namen. Das ist wohl der Lauf der Zeit", fuhr Lyon Karacord fort. „Ich bin sehr froh, dass es dir gut geht Kaithlyn."

„Das verdanke ich meinen Freunden, sie haben mich beschützt", sagte Kaithlyn ehrlich.

„Du hast in der Tat sehr außergewöhnliche Freunde. Du musst diese Freundschaften behüten und immer zu schätzen wissen", sagte ihr Großvater.

„Das werde ich."

Er legte seinen Arm um sie.

„Großvater, ich muss mit dir reden. Es ist wichtig", begann Kaithlyn. Er nickte.

„Das habe ich mir schon fast gedacht. Gehen wir ein Stück?"

Kaithlyn und ihr Großvater gingen einen Pfad entlang der vom Friedhof wegführte. Harlow tapste neben ihnen her. Kaithlyn begann zu erzählen. Zuerst berichtete sie von dem Gespräch zwischen sich und Ashley Green.

„Ich danke dir für dein Vertrauen, Kaithlyn, aber zu diesem Thema kann ich nicht viel sagen. Was das Amulett angeht, erinnerst du dich noch an unser abendliches Gespräch? Dass was ich über die Damantioamulette erzählt habe? Jeder Inselwächter besitzt eines oder zumindest war es so. Die Amulette sind Schlüssel. Es ist selbstverständlich, das es ein Erstes gegeben haben muss, aber ob es eine besondere Macht besitzt weiß ich nicht."

„Ich glaube, dass die Amulette eine zentrale Rolle spielen werden. Es klingt komisch, aber ich weiß es einfach. Aber das war noch nicht alles", sagte Kaithlyn ernst. „Der Dämon war dahinter her. Sie wollte mich deswegen sogar töten. Ich habe außerdem noch ein Gespräch zwischen Merren Grim und einem Mädchen mitgehört. Sie sprachen darüber etwas zu stehlen, aber sie hatten es zu dem Zeitpunkt noch nicht gefunden. Dann sprachen sie über Green und Kale Crossdale, das muss bedeuten, das Sie Dierraider sind."

Mr Karacord schwieg kurz.

„Ich kenne Mr Grim sehr gut. Er ist ein hervorragender Lehrer und Mitglied des Auswahlkomitees der Deity Akademie. Weil er ein Vampir ist, gibt es viele Gerüchte und Vorwürfe gegen ihn, aber das er ein Dierraider ist bezweifle ich."

„Woher willst du das wissen?", meinte Kaithlyn rasch.

„Wenn du einmal genauer über seine Worte nachdenkst hat er nichts gesagt, dass Aufschluss darüber gibt, dass er in solch perfide Angelegenheiten verwickelt ist. Das ist eine schwere Anschuldigung, Kaithlyn."

„Aber er wollte etwas aus deinem Haus stehlen! Er hatte einen Plan!"

„Natürlich glaube ich dir jedes Wort. Ich denke er hat etwas bei uns gesucht, du musst wissen er interessiert sich für kostbare und antike Sachen. Er hat schön öfters versucht mir ein paar Erbstücke abzuschwatzen, aber nachweisen können wir ihm nichts. Noch hat er nichts Auffälliges vor unserer Nase getan, oder? Viele Menschen haben verborgene verbotene Neigungen, aber das heißt nicht, dass sie gleich alle Dierraider sind. Dierraider sind verächtete, verstoßene Seelen, Menschen, die sich einer dunklen Seite zugewendet haben, die nichts mehr mit dem Leben zu tun hat. Mr Grim hat sehr gute Beziehungen, deshalb solltest du sehr vorsichtig sein, außerdem zählt er List und Intelligenz zu seinen Stärken."

„Verstehe", sagte Kaithlyn und sah enttäuscht zu Boden. Wie konnte ihr Großvater nur nicht verstehen, was sie meinte? Sie fühlte sich äußerst missverstanden. Sie war sich sicher, das Merren Grim ein Dierraider war, das er den Angriff mitgeplant hatte. Aber ihr Großvater hatte recht. Was hatte sie schon gegen ihn in der Hand?

„Was ist mit Ashley Green? Sie wurde noch immer nicht gefunden. Was wenn sie von ihnen entführt wurde?", drängte Kaithlyn weiter.

„Ich vermute sie hat sich selber zurückgezogen. Etwas muss geschehen sein und das stellt ein großes Problem dar, denn Ashley ist die Inselwächterin dieser Insel. Das ist eine Sache, die nun an das Königshaus weiter gegeben werden muss. Dieses Problem betrifft nicht mehr ausschließlich den Drachenclan."

Kaithlyn seufzte. Sie blieben stehen und Kaithlyn beobachtete eine Amsel, die gerade mit etwas glänzendem im Schnabel, in ihr Nest geflogen war. Ihr war das alles zu wider. Ihr Großvater sagte kaum etwas, was ihr half, sich weniger Sorgen zu machen. Er hatte anscheinend genauso wenig Ahnung wie sie.

„Es gibt da noch eine Angelegenheit", sagte er. „Es geht um das Ryogan. Das ist eine alte Schriftrolle, die am fünfzehnten Geburtstag als Vermächtnis der Drachenkünste weiter gereicht wird. Diese Schrift ist sehr bedeutungsvoll für uns. Sie hilft dir, deine Zauberkräfte unter Kontrolle zu halten. Du solltest sie nach deinem Geburtstag in einer traditionellen Zeremonie übereicht bekommen."

Mr Karacord zupfte sich nachdenklich am Bart.

„Ich erinnere mich schwach daran. Mr Roberts hatte das kurz erwähnt, vor meinem Geburtstag", sagte Kaithlyn matt.

„Sie wurde gestohlen."

„Ah...ja." Kaithlyn starrte ihren Großvater an. „Was?"

„Wir haben es später bemerkt, als das ganze Chaos vorbei war."

„Und dann nimmst du das alles so leicht?", fragte Kaithlyn angespannt.

Ihr Großvater sah sie überwältigt an.

„Verstehst du nicht? Mr Grim hat es gestohlen. Wie viele Beweise brauchst du noch? Das war sein Plan. Der Angriff, all das...", sagte Kaithlyn ernst und sah ihren Großvater eindringlich an.

„Kaithlyn, wie ich bereits sagte, das –"

„Nein, hörst du mir nicht zu? Jetzt reimt sich alles zusammen."

„Kaithlyn ich glaube du steigerst dich da in etwas hinein."

Kaithlyn dachte angestrengt nach.

„Dieser Angriff war ein Täuschungsmanöver. Während wir alle kämpften, erfüllt von Angst und hinter links überrumpelt, muss die Rolle gestohlen worden sein."

„Aber Mr Grim verfügt über keinerlei magische Kräfte, ein sehr mächtiger Zauberer muss es getan haben, denn das Ryogan wurde durch starke Zauberbanne geschützt", sagte Mr Karacord sachte.

„Ja, weil er es nur suchen sollte, dann hat er Kale gerufen und er hat es gestohlen!"

„Sein Verrat hat uns viel gekostet", sagte Mr Karacord mit einer Bitterkeit in der Stimme die Kaithlyn Angst machte. Selbst ihr Großvater fürchtete Kale. „Kaithlyn du musst mir jetzt gut zu hören. Wer auch immer das Ryogan gestohlen hat, muss dies in der Absicht getan haben, dass du es dir irgendwann zurückholst. Sie selber können die Schrift nicht lesen; nur derjenige für dessen Augen das Ryogan bestimmt ist. Für sie ist es wertlos."

Mr Karacord nahm Kaithlyns Hände.

„Ich bitte dich, was auch immer geschieht suche nicht danach. Wir finden einen Weg, es wieder zu bekommen."

„Ich verspreche es", sagte sie ehrlich, denn für sie hatte diese Schriftrolle im Moment keine Bedeutung.

„Danke", sagte er erleichtert. „So wie es aussieht, werde ich übermorgen zusammen mir Mr Crossdale abreisen. Die Operhäupter des Drachenclans treffen sich, um sich zu beraten. Ich habe die Versammlung einberufen. Normalerweise findet ein solcher Rat hier auf Krogan statt, aber unter den gegebenen Umständen reisen die Ratsmitglieder nach Diadem zum Königspalast. Mr Roberts kümmert sich in meiner Abwesenheit um alles."

„So plötzlich?"

„Diese Treffen haben keine Beständigkeit, sie werden einberufen, wenn es notwendig ist, bei Schwierigkeiten und...anderen Angelegenheiten."

Mr Roberts kam den Waldweg entlang, er winkte ihnen zu.

„Ihre Kutsche wartet, Sir."
„Ja, danke."
Kaithlyn blieb kurz stehen und sah zum Himmel. Ein paar Sonnenstrahlen streiften ihr Gesicht. Sie atmete die Luft in großen Zügen ein und senkte dann den Kopf.

„Ich liebe den Geruch nach dem Regen", sagte sie leise. Harlow hatte still zugehört, das tat sie meistens. Sie wusste, das Kaithlyn an ihr Versprechen mit Rose dachte. Bald würde sich vieles ändern, aber sie würde für immer an Kaithlyns Seite bleibe. Sie schwor Kaithlyn ihre Treue. Schließlich waren sie Freunde. Gebunden für die Ewigkeit.

Tanja Voosen

wurde 1989 in Köln geboren und lebt heute in der Nähe von Düren. Nach ihrem Abitur begann sie sich sozial zu engagieren und hofft anschließend ein Studium beginnen zu können. Ihre Liebe zu Büchern entdecke sie erst sehr spät und auch mit dem Schreiben begann sie erst vor wenigen Jahren. Geheimnisse des Himmels ist ihr Debüt-Roman und gleichzeitig der Auftakt zu einer Serie, deren Idee ihr während ihrer Schulzeit kam.

AAVAA

VERLAG

www.aavaa.de